JN252428

ТЕЛЛУРИЯ

Владимир Сорокин

ウラジーミル・ソローキン

松下隆志・訳

テルリア

河出書房新社

テルリア

1

「クレムリンの壁を揺さぶる時が来た！」拳骨で手のひらを叩きながら、ゾランはテーブルの下を一心不乱にうろついていた。「時が！　と、き、が！」

　ゴランはぴょんと跳び上がってベンチによじ登った。腰を下ろし、いつもの癖で、古びたブーツを履いた小さな足をぶらぶらさせる。鉤鼻で、額が狭く、長さの揃った顎ひげで縁取られたその顔は、穏やかな確信を放っていた。

「揺さぶるんじゃない、壊すんだ」彼は言った。「それに、壁じゃなくて、腐った頭を」

「カボチャみたいに、カ、ボ、チャ、みたいに！」ゾランはテーブルの脚を小さな拳骨で殴った。

「壊してやる」

　ゴランは証拠を示すように片手を伸ばし、悪臭を放つ倉庫の煙を指差した。そこには二人の巨人がおり、まるでこの小さな指に命じられたかのように、腹の底から、ふん、と雷鳴が轟くような掛け声を出し、燃え盛る炉から溶けた鉛の入った百ヴェドロー（一ヴェドロー＝一二・三リットル）の坩堝を取り外し、鋳型の方へ運んでいった。二人の裸足の歩みが倉庫を揺らした。ホルダーに入った人間用サイズの空きコップがテーブルの上でガチャッと音を立てた。

　ゾランはぎこちなく高いベンチによじ登りだした。足をぶらぶらさせたまま、ゴランが彼に手を貸してやる。ゾランはさらにベンチからテーブルへとよじ登り、背筋をぴんと伸ばすと、縁へ近づき、ショートコートの折り返しを両手でつかんで立ち止まった。細い目はじっと坩堝に注がれており、赤みがかった蓬髪がここまで届く炉の熱になびいた。

二人の巨人は坩堝を鋳型へ近づけ、傾けた。鉛がジューと鈍い音を立て、広い樋(とい)に勢いよく流れだした。灰色の煙がもくもく上がり、樋からはたちまち目映いほど白い鉛の細流が、何十本もの、何十本もの細流が広がる――そして流れ、鋳型に滴(したた)りはじめる。防水エプロンを身につけた半裸で汗びっしょりの巨人たちは滑らかに坩堝を傾けていく。

鉛は流れては分かれ、土色の鋳型の中へと消えていき、また流れては分かれた。ゾランとゴランはその様子を眺めていた。一方は緊張の面持ちでテーブルの縁に立ち、他方はベンチで足をぶらぶらさせながら。巨人たちの腕の怪物的な筋肉はぼこっと隆起し、汗できらきらしていた。煙が倉庫の天井の穴に向かってもくもく立ち上っている。ゾランは思った――〈偉業のため……〉。ゴランは思い出した――〈母なる湿潤な大地よ……〉。

坩堝はどんどん傾いていった。それには果てがないように思えた。ゾランの目に涙が浮かんだ。しかし、瞬きはせず、涙を拭こうともしなかった。

ついに鉛の溶岩が尽きた。二人の巨人は坩堝を石の床にどすんと下ろした。

ゾランは両の手のひらで目を拭き、ゴランはパイプを取り出して火をつけた。

「よくやった、同志たちよ！」炉の大きな音に負けないよう、ゾランは声を振り絞った。

しかし、巨人たちには聞こえていなかった。急ごしらえの溶鉱炉の悪臭をその巨体でかき分けながら、二人は片隅に移動し、バケツをつかんでがぶがぶと飲みはじめた。バケツ三杯分も飲み干すと、エプロンを外し、クラミュス（古代ギリシャ人の右肩で留める短いマント）を羽織り、テーブルに近づいた。彼らの姿が溶鉱炉を遮(さえぎ)った。巨人たちの影がゾランとゴランの上に落ちた。

「よく、やっ、た！」ゾランは満足げに目を光らせながら繰り返した。その顔は巨人たちの影の中にあってさえ輝いていた。

ゴランはパイプをくゆらせながらテーブルによじ登り、がに股で近づき、並んで立った。

二人の巨人は茶色っぽい肉刺(まめ)が瘤(こぶ)のようにいくつもできた巨大な手のひらを小人たちに向かって伸ばした。

ゴランはジャケットのポケットから百ルーブル札を二枚取り出し、ゆっくりとそれぞれの手のひらに置いた。一方の巨人はすぐさま百ルーブル札を握りしめ、拳をポケットに突っ込んだ。もう一方の巨人は札を顔に近づけ、ただでさえ細い目をさらに細めた。

「上等なやつだろうな？」彼の大きな唇が動いた。

「上等なやつだ」ゴランは脂がこびりついた歯を剝き出し、薄く笑った。

「とびきり上等なやつだぜ、大きな同志！」ゾランが励ました。「労働モスクワより礼を述べる！」

「また連絡する」ゴランは煙を吐き出した。

巨人は喉を鳴らして百ルーブル札をしまった。そして再び、手のひらを伸ばした。ゾランとゴランはそれを見つめた。二人の巨人は小人たちを見下ろしていた。巨人の手のひらはゾランに、そう遠くない昔にはまだスモレンスクからウラル山脈まで広がっていたロシアを想起させた。モスコヴィア人のゾランは、この国を映像でしか見たことがなかった。巨人は彼をからかっているかのようだった。

〈ロシアをポケットに入れているのか？〉という考えがゾランの脳裏を過ぎった。〈トロールども、さては吹っ掛けるつもりだな〉とゴランは思った。

苦しい数秒が経過した。ゾランの赤毛の眉が挑発的に曲がり、ゴランの片手がポケットに伸びた。しかし急に、二人の巨人はいたずらっぽく喉を鳴らすと、手を振り上げてハイタッチした。

その音は、小人にとっては耳を聾するほどのものだった。

小人たちはぶるっと身震いした。

巨人たちはげらげら笑いだした。その笑いは倉庫の波板屋根に轟きわたった。

「冗談？」ゾランはさっと眉を上げた。

「冗談だ……」ゴランはむっつりとうなずいた。

巨人たちは背を向け、扉の方へ歩きだした。たどり着いた。身を屈める。四つん這いになり、順に扉を潜り抜けた。扉がバタンと閉じた。

「お茶目な連中だな、え？　いいやつらじゃないか！」ゾランは折り返しをつかみながら興奮してテーブルの上を歩きはじめた。

「いいやつらねえ……」ゴランはぼそっとつぶやき、ジャケットのポケットから高価な稲妻放電銃を取り出した。「感電させてやるつもりだったが……」

彼はぺっと唾を吐いた。がに股の、まるで古代のダンスでも始めようとするかのような足取りで歩きながら、げらげら笑いだした。そしていきなり、孤独にぽつんと立っている人間用サイズのコップを乱暴に蹴った。コップはテーブルからすっ飛び、ホルダーから外れ、ベンチに当たってガシャンと砕け散った。

「行こう、行こう、見てみよう！」ゾランはせかせかと下に這い下りる。

「まだ熱い。冷まそう」

「見よう、見よう、人間が来る前に！」

二人は床に這い下り、鋳型に近づいた。二十個ある鋳型は、とある古い資本主義映画をゴランに想起させた。それは、土色をした繭状の卵を産む異星の怪物に関する映画で、後でその卵から何やら気味の悪い生物が孵化するのだ。

ゾランは道具箱に駆け寄り、スレッジハンマーをつかもうとしたが、その場からずらすことさえできなかった。普通のハンマーを見つけ、頭上に旗のように掲げると、鋳型の方へ駆けていく。

「いぃち！」彼は勢いをつけて鋳型を打った。かけらが飛び散った。

「いぃち！　にい！　さん！」ゾランはこれで最後とばかりに、荒々しく、根気強く殴った。

〈これがあいつのやり方なんだ……〉ゴランは陰気に考え、パイプで鋳型を叩いて灰を落とすと、きれいにするために空っぽのテルルの釘で中身をほじくりはじめた。

ゾランは早々に疲れ、彼にハンマーを渡した。ゴランはパイプをしまい、鋳型を叩きだした——急がず、力を込めて。

六回目の打撃でひびが入り、鋳型が崩れだした。内側で鋳物がきらっと輝いた。小人たちは足で鋳型を砕きにかかった。できたてほやほやの鋳物がガラガラと床に転がり落ちる。それは四十個ものナックルダスターだった。ゴランは箱から鉄の棒を抜き出すと、湯気を立てる熱いナックルダスターを引っ掛け、持ち上げた。

「素晴ら、しい！」ゾランは目を細めた。「民衆の武器！　こうで、なく、ては！」

彼は小さな手を伸ばし、サイズを合わせるようにぎこちなく指を広げた。ナックルダスターは中級階級、つまり、通常の人間向けのものだった。このナックルダスターを鋳造した巨人にとっては小指にはめる指輪くらいの大きさで、その鋳造に金を払った小人にとっては脚にさえぴたりとはまりそうにはなかった。

「八百」ゴランは念を押した。

「これは八百人の破壊者だ！　こいつはたいした力だぞ！」

「八百人の英雄」ゴランは真面目にうなずいた。

「八百人の死せる吸血鬼！」ゾランは両の拳をぶんぶん振り回した。

　ゴランのポケットで電脳がピーッと鳴った。ナックルダスターを引っ掛けていた棒を投げ捨て、電脳を取り出し、いつもの突発的な動きで、目の前にアコーディオンのように広げた。半透明の電脳に中世の勇士の顔が現れた。

「巨人は去った、肉団子（クロプセ）はない」騎士が報告する。

「人間は？」ゴランが訊ねた。

「ここにいる」

「五人で来てくれ」

「了解」

　ゴランは電脳をしまった。ゾランはコートをつかみ、空っぽの坩堝の周りをじれったそうに歩きだした。ゴランはパイプを取り出し、ぴょんと跳び上がって鋳型の上に座った。

〈これでケツが温まる……〉と彼は考え、パイプに煙草を詰めながら訊ねた。

「二度目の鋳造は……いつだ？」

「前日！」ゾランは手のひらで坩堝をぴしゃりと叩いた。「ぜ、ん、じ、つ！」

「さすが指導者はよくご存じだ」ゴランはうなずいた。

　二十三分後、鞄とリュックサックを持ったプロレタリア風の五人の人間が、扉からノックもせずに入ってきた。

2

俺のかわいい、もっとも尊敬すべき坊や

俺は今、モスクヴィアにいる。すべていつもより手早く簡単にすんだよ。とはいえ、この国に入るのは、出るよりもはるかに簡単だといわれている。いうなれば、そこにこの場所の形而上学があるんだ。だが、知ったことか！　噂や当て推量に頼って生きるのはウンザリだ。俺たち、ラディカルなヨーロッパ人が、エキゾチックな国々に対する偏見や警戒に囚われているのは、侵入の瞬間まで、簡潔に言えば、親密な近さに達するまでのことだ。そして、俺はすでにその近さに到達した。この年老いたバクを祝ってくれ！　そう。魅力的な十六歳の moskovit（モスコヴィア人）が今宵もっとも狭き門となり、それを潜って俺はこの土地の形而上学に入り込んだのだ。この夜の後、俺はモスクワの倫理や美学について多くのことを知った。どこもすっかり文明的だが、野趣がないわけではない。たとえば、その青年は俺たちが親密になる前に、部屋の両方の鏡をタオルで覆い隠し、明かりを消し、蠟燭をともした。彼が持参した蠟燭だ。俺の方は（怒るなよ）テルルで力を増強していた。翌朝には、魅力的な Fedenka がバスルームで長々と祈っているのを耳に（そして目に）した。彼はシャワーブースの隅っこの棚に、銅で鋳造された小型の折り畳み式聖像（skladen）をシャンプーの代わりに祀り、その前で膝立ちになっていた。これは実に感動的で、俺はこのチェックのパンツ一枚でひざまずくアドニスを隙間から観察しながら、不覚にも欲情したほどだ。お前もよく知っているように、朝っぱらから俺の身にそんなことが起こるのは極めて珍しい！　祈禱が終わるのを待たず、俺はバスルームに押し入り、俺の男妾の王座を露わにし、その深みに自分の注文の多い舌を侵入させ、驚嘆の悲鳴を上げさせた。もうその先は想像できるだろう……。これはまったく腹蔵なく言うのだが、友よ、一日が祈禱から始まるというのは、実に素晴らしいことだ。そういう日はたいていいつも物事がうまく運び、深く記憶に刻まれる。モスクワ国での俺の第一日もまた、例外ではなかった。褐色の目のFedenkaに支払いをすませ（一晩三ルーブル＋朝の一ルーブル＝四十二ポンド）、Slavyankaという滞在先の安宿でなかなか悪くない朝食を摂り（samovarで沸かした紅茶、スメタナのsirniki（チーズケーキ）、kisel（果物などをピューレ状にした飲み物）、白パン、蜂蜜）、散歩に出かけた。天気は上々——空気は澄み、太陽が照っていて、すがすがしい。モスコヴィアの首都は爽やかな十月で、まばらな木々の葉はまだ紅葉の最中だ。知ってのとおり、俺は観光地そのものの愛好家ではないし、観光客だったことは一度もない。お前の友は何でも自分の舌で試してみるのが好きで（ふむ、とか言うなよ、この皮肉屋！）、群衆の味覚を信用していないのだ。モスクワの最初の味はあまり気に入らなかった。甘ったるさ、不潔さ、テクノロジー性、イデオロギー性（共産主義＋正教）、そして田舎のかび臭さの結合だ。街には広告、車、馬、乞食が犇めいている。料理にたとえるなら、モスクワはokroshka（クワスに刻んだ肉・野菜を入れた冷たいスープ、転じてごた混ぜの状態を意味する）だ。空気はまた別の話で、モスクワではガソリンや電気で走っているのは為政者と金持ちだけだ。平民と公共交通機関はバイオ燃料だけでやっている。基本的にこれはジャガイモのパルプで、それというのも、ジャガイモはエカテリーナ二世時代のモスコヴィアでも足りていたからだ。実際、このジャガイモの排気こそが、この地の空気に、周囲すべてに広がる甘ったるくかび臭い風味を添えている。そして、クレムリン、ボリショイ劇場、聖ワシーリー大聖堂、大砲の皇帝、といったモスクワのメインディッシュを舌で味見しているときも、いわば、このあまり食欲をそそらないソースが、景色を台無しにし、まずい後味を残す。だが、繰り返すが、これはあくまで初日のことだ。二日目にはもう慣れた——カイロやマドラス、ヴェネツィア、ニューヨーク、ブカレストの悪臭に慣れたように。嗚呼、問題はにおいにあらず。単純にモスクワが奇妙な街なのだ。そう、またとない奇妙さを備えた奇妙な街だ。とうていそれを首都と呼ぶ気にはならない。一度もここを訪れたことがなく、この地の歴史にてんで無関心なお前に、そのことを説明するのは難しい。だが、俺をヴヌコヴォ空港へ連れていく義務のあるジャガイモタクシーが到着するまでまだ一時間半もあることだし、とにかく説明を試みよう。さて、革命前のロシア帝国は、アジア＝ビザンチン的専制政治を、下品なほど伸縮自在な植民地地理学や、峻厳（しゅんげん）な気候や、その大部分が奴隷的な生活様式を営んでいた従順な住民などと結合させて世界に示したわけだが、その歴史を引っかき回すことに意味はない。はるかに面白いのは、世界大戦から始まった二十世紀の方だ。最初の大戦の間に、君主制の巨人だったロシアはぐらつきだした。それからごく自然にブルジョア革命が勃発し、その後、彼は仰向けに倒れていった。正確には、彼女だ。ロシアは女性名詞だからな。帝国の心臓は停止した。もし彼女、ダイヤの王冠をいただき、雪のマントを羽織ったこの素晴らしく無慈悲な女巨人が、一九一七年二月に首尾よくぶっ倒れ、いくつかの人間サイズの国々に分裂していたならば、万事が最新の歴史精神に完全に合致していたことだろうし、ツァーリの権力によって抑えつけられていた諸民族は、ついにポスト帝国的民族アイデンティティを獲得し、自由に生きられるようになっていたことだろう。だが、そうは問屋が卸さなかった。野獣のようなやり口と無尽蔵の社会活動によって自分たちの数の少なさを補っていたボリシェヴィキの党は、女巨人を倒れさせなかった。サンクトペテルブルグで夜のクーデターを実行した彼らは、倒れかかっている帝国の屍（しかばね）を、まさに地面すれすれで受け止めたのだ。俺にはレーニンやトロツキーの姿が、死んだ美女をひいひい言いながら支えている小さな女人像柱（カリアティード）に見える。帝政に対する〈凄絶な憎悪〉にもかかわらず、ボリシェヴィキは実のところ無意識のネオ帝国主義者だった。彼らの勝利に終わった国内戦の後、屍はソ連と改名されたが、その中身は中央集権的統治と厳格なイデオロギーの専制国家だった。帝国に相応（ふさわ）しく、ソ連は新たな土地を奪い取りつつ拡大を始めた。しかし、新たな発展段階における純粋な帝国主義者はスターリンだった。彼は帝国の屍を柱になって支えるのではなく、単に持ち上げることにした。これが、kollektivizacia +

industrializacia（集団化＋工業化）と呼ばれるものだ。彼はそれを十年で成し遂げたのだが、女巨人を持ち上げる際には古代文明の手法に倣（なら）った。古代には建てられた彫像の下に一貫して石が敷かれたものだが、スターリンは石の代わりにソ連国民の体を敷くことにした。その結果、帝国の屍は垂直姿勢を取った。その後、薄化粧を施され、頬紅（ほおべに）をつけられ、凍らされた。スターリン体制の冷凍庫は正常に作動していた。だが、周知のように、技術が俺たちに奉仕するのは永遠ではない――お前の素晴らしい赤のBMWを思い出せ。スターリンの死とともに、屍の解凍が始まった。どうにかこうにか冷凍庫を修繕したものの、長くは保（も）たなかった。ついに我らが美女の体は最終的に溶け、彼女は再び傾きだした。早くも新たな手が上がり、ポストソ連の帝国主義者たちは柱になる用意をしていた。だが、ここでやっと知恵のある連中が権力の座につき、一見するとみすぼらしい人物を頭（かしら）に掲げた。彼は偉大なリベラルで精神療法医だった。十五年もの間、この崩壊の静かな勤労者は、しきりに帝国の復活を口にしつつ、実際には、屍が無事に倒れるよう八方手を尽くした。そして、そのとおりになった。その後、崩れ去った美女の破片の中で別の生の火がともった。そうして俺は今、親愛（マイ・）なるトッド（ディア・トッド）、モスクワに――かつての女巨人の頭にいる。ポスト帝国の崩壊の後、モスクワは多くのことを経験した。飢饉（ききん）、新たな君主制＋血に飢えたoprichnina[*1]、身分制、憲法、モスクワ共産党（エム・カー・ペー）、議会。仮にモスコヴィアの現国家体制を定義するなら、啓蒙的神政共産封建制、とでも名づけるところだ。それぞれに独自の……。しかし、俺がこの歴史探訪を始めたのは、ただお前にこの街の奇々怪々さの説明を試みたかったからにすぎない。想像してみろ、神意により巨人の島に放り込まれたお前は、悪天候に見舞われ、とっくの昔に鬼籍に入った巨人の頭蓋の中で一夜を過ごすことを余儀なくされる。びしょ濡れになり、寒さでぶるぶる震えるお前は、眼窩（がんか）を通って中に潜り込み、骨の円屋根の下で眠りに落ちる。お前の眠りを満たす異常な夢が、英雄的（あるいはヒポコンデリー的）巨人症抜きにすまされないことは、想像にかたくない。実際のところ、

*1 ［訳註］十六世紀にイワン雷帝が反乱貴族弾圧のために組織した親衛隊。所属する隊士は「オプリーチニク」という。ソローキンの『親衛隊士の日』（二〇〇六）に近未来のロシアの君主に仕える組織として登場。

モスクワはロシア人たちの帝国の頭蓋でもあり、その奇々怪々さは、まさに俺たちが〈帝国の夢〉と呼んでいる過去の亡霊自体にあるのだ。おまけに、この亡霊たちにはまだジャガイモの排気が浸み込んでいる。眠り、眠り……。ロシアは、陰謀家や反乱者や革命家らの意志に従って少しの間だけ目を覚ますことはあるが、いつの時代も眠りという形で生活を送ってきた。戦争もまた、彼女を長く不眠で苦しめることはなかった。女巨人は寝ぼけながら自分の体のむず痒い場所を掻き、雪に包まり、再び眠りに落ちる。彼女のいびきが遠方の県を震わせると、かの地の役人も恐ろしい首都の検察官を待ち受けて震えた。彼女は色のついた夢が好きで、そういう夢を見ることができた。現実の方は灰色がかっていた。陰鬱な空、雪、吹雪とごちゃ混ぜの祖国の煙、チョウザメやデカブリスト（一八二五年十二月、農奴制と専制政治に反対して反乱を起こした貴族革命家たち）を運ぶ御者の歌……。どうやらロシアはいつも、モスクワ的頭痛を伴うろくでもない気分で目覚めるらしい。モスクワは病気で、ドイツのアスピリンが必要だ。情念と国家性が結びついたこうしたあらゆる醜悪さにもかかわらず、それでもやはりこの街には独自の魅力がある。それは、お前がふと夢に見た、とうの昔に滅んだ大国の夢想という魅力だ。それを記述するのは難しい。なぜなら、ロシアの国家的夢想が有しているのはまたとない……云々。というわけで、俺はもうこれ以上お前の注意と自分の痛風の指のエネルギーを浪費するのはやめにして、到着してから頑張ってお前に話して、見せることにするよ。モスクワ全部は無理でも、せめてTsar-pushka（大砲の皇帝）だけでも。長年使い込んだ俺たちのベッドでな。全体として、この小旅行には満足している。父祖伝来の古い地球儀に次のピンを突き刺すことができるからな。冬になったら、一緒にかわいらしいベトナムのキューピーちゃんたちのところへ飛んでいこう。そして春が来たら、戦後のヨーロッパを訪れよう。タクシーが来る前にまだ時間があるので、papirosa（紙巻き煙草）を吸って、ロシアのツルコケモモのウォッカを少し飲むことにする。

　ではまた、脳の霧とアングロサクソン的冷静さに満たされた、懐かしのネオ帝国的頭蓋で。

Yours,

Leo

3

もし陛下のトップマネージャーが、ヒューマニズム、ネオグローバリズム、ナショナリズム、反米主義（アンチアメリカニズム）、聖職権主義（クレリカリズム）、主意主義（ヴォランタリズム）の理想の名の下に、全世界の平和と繁栄、我らの内なる神の国、よその若者、主イエス・キリスト、新婚夫婦、トンネルの終わりの光、親衛隊士（オプリーチニク）の日、母親英雄の功績、海の人々、アカデミー会員サハロフとルイセンコ、生命の樹、BAM、KAMAZ、GULAG、雷神（ペルーン）、テルルの釘、祖国の煙、勇気、創造、聖像破壊、TBC、ROC、聖なる父、牝牛の乳、暖かいペチカ、明るい地下、満杯の杯、青い三日月、騒々しい野次、マフノの親父等々のため、ロシア史捏造の仇敵どもを憎み、共産主義（コミュニズム）、正教原理主義（ファンダメンタリズム）、ファシズム、無神論（エイシズム）、グローバリズム、不可知論（アグノスティシズム）、新封建主義（ネオフューダリズム）、悪魔的詐術、バーチャル妖術、言葉のテロリズム、コンピューター中毒、リベラルの無定見、貴族的民族愛国精神、地政学、マニ教、単性論及び単意論、優生学、植物学、応用数学、大数・小数理論などと根気よく格闘する、ワシーリー・ブスラーエフ、セルギー・ラドネシスキー、ユーリー・ガガーリンといった誇り高き名を持つすべての誠実な人々、アンドロイド、年金生活者、ナショナル・ボリシェヴィキ、農夫、織工、極地探検隊員、ボディーガード、同性愛者、政治戦略家、医者、人類遺伝学者、武装戦闘員、シリアルキラー、文化・サービス部門の労働者、大膳職や侍従官、ストリッパー、洗礼志願者や聾唖（ろうあ）者、賦課農民や僕婢、老人や若者などの不断の精神的功績のため、黒い再分割と白い兄弟団への面当(つらあ)てに土地と自由に逆らい、通貨介入、パンと塩、ささやきと叫び、ここかしこ、大統領の車列、動物学的反ソ主義、我が家の窓の下の白い白樺、プロレタリア国際主義、ち×こと金玉、ドルとユーロ、第七世代スマートフォン、権力の垂直構造、共同金庫の然るべき保管等々のために罪なく殺(あや)められし子どもたち、偉大なロシアの川の岸辺の国民信頼特区、老翁の僧庵や帝王の社説、共産主義の掲示や神学の啓示、性的決議や闇予算において、英雄的ハイテクの帝国主義的伝統を保存・増大させている正教銀行の清く正しい不良(わる)どもを通じ、アフィリエイト会社の共産主義青年同盟(コムソモール)的ホラ吹きの手で全進歩的人類の残忍な敵や黒いカラスを打ち砕く、中央委員会(ツェー・カー)及び全ソ連邦労働組合中央評議会(ヴェー・ツェー・エス・ペー・エス)の秘密インスタレーションに照らし、ロシア軍の常勝の誉れを便所でいかに効果的に脅し、撓(たわ)め、絞り、殴り、貶(おとし)め、沈めるか、いかに非営利的使用及び敵対的買収を行うか、それらを知っているクリップボードにデフォルトでコピーされた無辺(むへん)なる我らが祖国の僧院や労働団体、女郎屋や児童施設、賃貸アジトや家具つき隠れ処(かくが)、親衛兵村や建設協同組合、大手新聞編集部、カタコンベ教会、戦の一騎打ち、権力の回廊、遺伝子孵卵器、ムショのベッド、収容所の板寝床や便器における民主的イベントのさらなる発展に関連して、聖霊の全国民的ナノテクノロジーのスタハーノフ的イニシアティブで、住宅運営委員会の決定に従い、全国民会議とソヴィエト的似非(えせ)科学の大ホールディングの聖地において壊してはまた結びつけ、呼び掛けては導き、寄り集っては殴り合う、かようなハイテクノロジー全権を有するロシア国家の歴史にとっての資本主義概念に基づく財務鑑定つきの堅固なコンセンサスと精神的安息を有しつつ、ただ神の意志、世界帝国主義の要求、啓蒙的悪魔主義の望み、正教的愛国心の燃焼によりて、国民の幸福のためにソ連共産党(カー・ペー・エス・エス)とすべての聖人を称え、とこしえに千代に八千代に……。アーメン。

4

六時十五分、あの子が自宅玄関から出てくると、僕の心はぎゅっと締めつけられた。初めて遠目に見たときは衝撃だった、こんなにも華奢でミニチュアみたいだなんて、思ってもみなかったから。もう学生っていうよりか、ずっと昔に書かれた童話に出てくる親指姫っていう女の子そっくりなんだ。灰色の帽子をかぶり、黒いショートコートを羽織った素敵なエルフ。そんな彼女が、ゴロホフスキー小路を歩いて僕の方へやって来る。

「こんにちは！」この少しぶっきらぼうでチャーミングな子どもっぽい声を、この一週間——ゴムみたいにびよーんと伸びた呪わしい一週間、気も狂わんばかりの一週間、僕らのつらくてばかげた離れ離れの一週間——ずっと電話の受話器で響いていた他人の声と聞き違えたりなどするものか。

僕の両手は彼女に伸び、接し、触り、握る。確かめたいんだ、この子が幽霊じゃないってことを、大げさに皺が寄ったコートを着たホログラムじゃないってことを。

「こんにちは！」彼女はもう一度そう言ってうつむき、緑がかった灰色の素敵な目で僕をじろりと見る。「どうして黙ってるの？」

僕は黙っている。そして、ばかみたいに微笑んでいる。

「お待たせしちゃった？」

僕は嬉々として首を横に振る。

「人文の宿題があり得ないくらい多くて」ごみだらけの小路へ目を逸らし、彼女はマフラーを直す。「どうすればいいか、見当もつかない。あたしたちの鬼教師ったら、一昨日になってやっと参考書をお配りになったのよ。考えられる？」

カワイコちゃん、君のこと以外は何も誰のことも考えられないよ。

「本当に長いことお待たせしなかった？」彼女はすごく細い眉をきっと寄せる。

「ちっとも」僕はまるで会話の勉強でもしているみたいに言う。

「酸素を吸いに行きましょう」彼女は小さな手で僕の服の袖をつかみ、自分の方へ引っ張る。「なんだか知らないけど、そっちの交換手は完全な白痴（おばか）だわ。あたし、電話ではっきり言ったのよ。最近またあたしとママの電脳の調子が悪くて接続できないと彼に伝えてください、って。べつに簡単なお願いでしょう？　なのにあの女の人ときたら、お嬢さん、お伝えする相手が見つかりません、ですって。もう知らない、赤い棘を差し込むのがそんなに難しいわけ?!　愚妄（ばかげてる）！　ほんとヤなやつ！　懲らしめて！」

「必ず懲らしめるよ」

カワイコちゃんの隣を、僕はゾンビみたいに歩く。

彼女は僕の手を握り、ショートブーツがアスファルトに当たり、夜中に氷が張った水たまりをパリパリ割る。今は制服じゃなくて普段着なのが残念だ。制服の方がチャーミングなのに。初めて見たときは、制服姿で校庭にいた。チョークで引いた円の中に立って、女の子たちがお気に入りの遊びをしているところだった。赤いボールが空高く舞い上がり、彼女の名前が叫ばれる。彼女は前に飛び出したけれど、すぐにキャッチすることはできず、ボールはアスファルトにぶつかって跳ねた。彼女はボールをつかみ、〈東ザ〉[*1]のバッジをつけた茶色い制服の胸に押しつけ、「そこ止まれ！」と叫んだ。すると逃げていた生徒たちは、厳めしいドイツ語の言葉で麻痺しちゃったみたいに、ぴたりと動きを止めた。彼女はのっぽの友達に向かってボールを投げ、頭に命中させた。当てられた生徒は、不満げに大声で「もー！」と言い、彼女は手のひらで口を押さえながらぷっと噴き出した。そして、愛らしい脚を折り曲げて少ししゃがむと、お下げ髪の惚れ惚れする頭を揺らし、素敵な笑いと格闘しながら、何やら詫び言をつぶやいていた……。

　金色の産毛をいただく少しまくれたチャーミングな唇から魔法の言葉が零(こぼ)れる。

「みんな、頭がおかしくなっちゃったんだわ、本当よ。昨日もアプテカルスキーで牛肉を買う列に並んでたら、急に後ろから誰かが――つんつんって背中をつついてきたの。今度はいったい何なの？　手にはメモが握られてて、そこには、私は唖(おし)です、キリストのためにどうか私に牛肉の骨を三フント（一フント＝四〇九・五グラム）買ってください、って書いてあった。だけど問題は、どうしてもそいつの姿が見えないってこと。顔は、体は？　見えるのは手だけ！　持ち主はどこなの?!」

　このフレーズを口にしたところで彼女は足を止め、ヒールで地団駄を踏んだ。

「たぶん、その人は君の美しさに目が眩(くら)んじゃって、だから、列に並んでる他の人の背中に隠れたんだよ」僕はぎこちなくささやく。

「美しさなんて関係ないわ！　これは単なる手品なの、わからない?!　どこかのこそ泥が盗んだ電脳で手をこしらえたのよ！」

「へえ、なるほど……」

「それが問題なの！　あの手は落ち着き払って列をうろついてたのよ。物乞いをするためかもしれないし、ポケットを覗(のぞ)くためかもしれないけど。それだけのことだわ！」

「君の手を貸して」僕は唐突に言い、手袋に入った彼女のちっちゃな手をつかむ。

「どうして？」彼女は胡乱(うろん)な目で見る。

　僕はコートの袖をずらし、子どもらしい手首に、細い静脈に、くらっとさせる温もりと柔らかさに、唇を押しつける。彼女は抵抗せず、黙って見ている。

「僕は君に夢中なんだ」僕はその静脈に向かってささやく。「僕は君に夢中なんだ……夢中なんだ……夢中なんだ……」

　童話に出てくるエルフのような彼女の手首は、僕の指二本分の幅もない。僕はそんな手首にキスし、吸血鬼みたいにしゃぶりつく。もう片方の子どもらしい手が僕の頭に触れる。

「おじさんて、絶対に若白髪よね」彼女は静かに言う。「四十七歳でもうほとんど白いの？　戦争に行ったの？」

＊1　〔原註〕東ザモスクヴォレーチエ、地区小学校のバッジ。

いや、戦争には行かなかったよ。僕は彼女を抱きしめ、自分の唇の方へ持ち上げる。不意に彼女はさっと、まるでトカゲのようにするりと抱擁を逃れ、小路を駆けていく。僕は後から追いかける。彼女は角を曲がる。追いつけない。見事な走りだ。

「どこへ行こうっていうんだい？」僕も角を曲がる。彼女は黒いコートと灰色の帽子が前方にちらつく。彼女はスターラヤ・バスマンナヤ通りを走り、僕が暮らすモスクワと彼女が住むザモスクヴォレーチエとを隔てる、灰色の巨大な環状壁の方へ向かう。駆け寄り、壁に背を向けて立ち止まり、腕を広げる。

僕は自分のすばしこいエルフのもとへ急ぐ。

高さ十二メートルの壁を背にすると、彼女の容姿はあまりにも小さくて、灰色の濁った波が覆いかぶさっているみたいだ。ふと、怖くなる。急にこのコンクリートの津波が僕の喜びを呑み込んだら？　そして、もう二度と彼女をこの腕に抱きしめることができなくなったら？

我を忘れ、彼女のもとへ駆け寄る。

彼女は目を閉じ、開いた両腕を壁に押しつけて立っている。

「好きなの」彼女は目を閉じたまま言う。「ここに立って、壁の向こうのモスクワの音を聴くのが」

僕は彼女を綿毛のようにひょいと抱え上げ、子どもらしい大きな耳に向かってささやく。

「慈悲を垂れておくれよ、僕の天使」

「どうしてほしいの？」彼女の両手が僕の首に巻きつく。

「僕のものになっておくれ」

「妾（めかけ）ってこと？」

くすくす笑いが彼女のお腹（なか）を叩いているのを感じる。

「恋人ってこと」

「秘密のデートがしたいの？」

「うん」

「ホテルの部屋で？」

「うん」

「いくらかかるの？」

「十ルーブル」

「大金ね」思慮深げに、でもどこか子どもらしくない悲哀を漂わせながら、彼女は僕の頰に向かって言う。

「あの……下ろしてもらえる？」

僕が下ろしてあげると、彼女はベレー帽を直す。今やその顔は、欲望の散発的核爆発が発生中の僕の太陽神経叢の真ん前にある。

「行きましょ?」彼女は僕の手をつかむ。まるで僕が彼女のクラスメイトの女の子であるかのように。

　僕たちはごみを蹴散らしながら壁伝いに歩く。彼女は僕の手を揺らす。ザモスクヴォレーチエは相変わらず不潔で、取っ散らかっている。だけど僕には、ごみも、ザモスクヴォレーチエも、モスクワも、アメリカも、火星の中国人も関係ない。僕は待ちに待った相手のひたむきな顔に見とれている。彼女は考え、そして決心する。

「あの」彼女はゆっくりと言ってから、立ち止まる。「わかったわ」

　僕は彼女をかき抱き、温かく青白い顔にキスをしはじめる。

「待って、でも……」彼女は僕の胸に腕を突っ張る。「来週じゃなきゃだめ」

「ひどいや!」僕は彼女の前にひざまずく。「来週なんて、死んじゃうよ! お願いだから明日にしよう、〈スラヴャンスキー・バザール〉で、時間はいつでもいいから」

「人文の宿題」彼女は嘆息する。「明後日までにやって合格しなきゃいけないの。じゃないと、マズいことになるから。一学期にブラックリスト入りしちゃって。挽回しなきゃ」

「頼むよ、お願いだよ!」僕は彼女の古ぼけた手袋にキスする。

「信じてちょうだい、あたしはべつに人文なんてどうでもいいんだけど、あたしが罰を受けたら、ママが悲しむから。すっごく心の優しい人なの。あたしにはママしかいない。パパは戦争に行ったきり。お兄ちゃんも。ムカつく人文だわ……」

「じゃあいつ君をかわいがれるのさ?」僕は彼女の手を握りしめる。

　緑がかった灰色の目は物思わしげに壁に向けられている。

「できれば……土曜」

「金曜にしよう、僕の天使、金曜!」

「いいえ、土曜よ」彼女は真剣にピリオドを打つ。

　彼女の内面は同い年の子どもよりずっと大人びている。こういう戦争の子どもは早熟だ。彼女の父親はペルミで戦死した。この年頃の僕らはもっと違っていた

「わかった、土曜にしよう。六時でいいかい？」

……。

「うん……」彼女はすっかり子どもに戻ったみたいに相槌を打つ。

「あそこには最高のレストランがあるんだ、ファンタスティックなデザートや、レモネードや、ケーキや、あり得ないくらいのチョコの塔や……」

「あたしは、ピスタチオのアイスと、カカオクリームと、それにホワイトチョコが好き」彼女は僕のはみ出したマフラーを直してくれる。「立って、いい服着てるのに汚れちゃう」

腰を上げながら、ふと、そばにあるごみの中に黒ずんだ空っぽのテルルの釘を見つけた。拾い上げ、彼女に見せる。

「ザモスクヴォレーチエの人たちはけっこうな暮らしをしてるんだね！」

「やだ！」彼女は叫び、僕から釘を奪い取って目の前でくるくる回す。

僕は彼女の肩をつかむ。

「じゃあ、土曜の六時だね？」

「六時」彼女は釘をじっくり見ながら繰り返す。「ええ……ラッキーな人がいるのね。あたしも大人になったら、絶対試金してみよう」

「どうして君がテルルを？」

「パパやお兄ちゃんに会いたいの」

素敵な王子様に会いたいとか、もっと別の答えならよかったのに。戦争が子どもたちをこんなにしたんだ……。

黄色い作業服を着たポドモスクワの人たちを乗せたトラックが三台、そばを通り過ぎる。最後のトラックからは何やら楽しげな歌声が聞こえてくる。

羨望のため息とともに彼女は釘を壁に投げつけ、またため息をつき、僕のボタンに触る。

「あたし、行くね」

「送ってくよ」

「だめよ、だめ」彼女は断固として押しとどめる。「一人で帰るわ。もうさようなら！」

彼女は手を振り、背を向けて駆け去る。僕は飢えたライオンの目つきで彼女を見送る。僕のダマジカが逃げていく。そして、彼女の膝とブーツが見え隠れするたび、コートが翻るたび、灰色のベレー帽が揺れるたび、ホテルの部屋の薄闇で、僕がキャンディーみたいな彼女の体をめまいがするまでしゃぶり、このザモスクヴォレーチエのエルフを僕の情欲の垂直線に滑らかに座らせ、優しい忘却の波の上でねんねんころりよと揺すり、生徒の唇から〈人文〉という魔法の言葉を繰り返させる瞬間が、刻一刻と近づいてくるのだ。

5

「リヒャルト、スタンバイ、七！」ザミーラの声がリヒャルトの右耳で歌う。

　耳を聾するカーニバルの人混みを移動しながら、彼の右耳でピッピッと数字が鳴り、一つ一つの数字が右目で赤く点滅し、そして彼は現地リポートを開始する。

「さて、親愛なる視聴者の皆さん、ＲＷＴＶ[*1]のリヒャルト・ショルツは皆さんとともに再びケルンにいます。ここでは待望のケルン・カーニバルが続いています。故郷の街の通りに出るべく、我々は三年間ずっとこの〈バラの月曜日〉を待っていました。カーニバルを〈悪魔(シャイターン)の吐息〉と見なす占領者どもの悪意によって、ケルンの人々は三年間も祭りを開催することができませんでした。そして我々が勝利したこの今、新政府の閣僚の何人かには早くも物忘れという危険なシンドロームが現れています。彼らは過去を顧みようとせず、拒絶的な態度を取り、昔のことを蒸し返すのはもうたくさんだ、これからはこの陽気なカーニバルの群衆のように現在に生き、未来を目指して進まなくてはならん、などと言っています。ですが、これは危険な傾向です。〈物忘れ〉シンドロームが大臣や議員の頭を離れるまで、そのことを繰り返し言っておかなければなりません。もちろん、カーニバルは素晴らしい！　ですが、今だからこそ、まさにこの喜ばしい日だからこそ、思い出していただきたいのです、皆さんや皆さんのお子さんたちが決して忘れないように――三年前、ブハラから飛んできた十九機の輸送用〈ヘラクレス〉

が、五月のある静かな朝、明け方、ケルン郊外のレーヴァークーゼンに空挺師団〈タリバン〉を降下させたことを。そして、タリバンはノルトライン＝ヴェストファーレンの三年にわたる陰鬱な占領を開始しました。別の生活が始まったのです。タリバンは巧みに権力奪取の準備を整え、大規模な地下活動を行い、現地住民の中で原理主義的傾向を持つイスラム教徒を利用し、それから……」

「リヒャルト、もっと手短に！」耳の中でザミーラの声が歌う。

「それから起きたことは、誰もが記憶しています。処刑、拷問、体罰、アルコール・映画・劇場の禁止、女性への侮辱、不況、重苦しい空気、インフレ、社会崩壊、戦争。さあ、私たちの若い国家で、ライン＝ヴェストファーレン共和国で、こんなことがもう二度と繰り返されないように、ワッハーブ＝タリバンのハンマーがもう二度とライン川の上に覆いかぶさることがないように、我々や我々の子どもたちが自由な国で生き、未来を楽観視できるようにしましょう。ですが、忘れてはなりません、ある詩人が戦争について書いた言葉を忘れてはなりません……」

彼の右目に、ツェラン、ブレヒト、ハイム、グリューンバインからの四つの引用の選択肢が現れる。

「〈夜明けの黒いミルクを僕らは晩に夜に昼に飲む〉。三年間、国民はこの占領という黒いミルクを飲み、数多くのヴェストファーレン人がまさにあの〈横たわるのに狭くない空の墓〉を自分のために掘りました。ですから我々はこの墓たちに、このレジスタンスの英雄たちにこうべを垂れるのです、恐れも咎（とが）められもせず、前へ、よりよい未来へ進めるようにと……」

「リヒャルト、注目、左から大統領と首相が来るわよ！」耳の中でザミーラの声が蜂のようにブンブン鳴る。

「皆さん、私の左手前方に、我らが大統領カジミール・フォン・リュッツォウ将軍とシャファク・バシチュルク首相が見えます。すでに先ほどのリポートでお伝えしましたように、二人はアッペルホーフ広場でカーニバルの群衆に合流し、ブリュッケン通りを通ってここアルター・マルクトへやって来ました。人混みをかき分けて彼らに近づくのはケルンの武術太極拳元チャンピオンの私にさえ極めて困難でした。それはさて

＊1 〔原註〕ライン＝ヴェストファーレン・テレビジョン。

おき、ここまで彼らは歩いてきたのですが、今は二人とも馬に、騎士用の素晴らしい軍馬に跨がっております。大統領は十字架が描かれた白い馬衣を着た白馬に、首相は半月が描かれた緑の馬衣を着た黒馬に乗っていて、これは象徴的なことです、皆さん、実に素晴らしいことで、今日的な意義があります。と申しますのも、これは我が国の政治だけでなく、二つの文化、二つの文明、二つの宗教、カトリックとムスリムの団結をも象徴しているからでありまして、この団結のおかげで我が国は狡猾な強敵を打ち負かし、過酷な戦争に耐え抜くことができたのであります。大統領も首相も元気で、嬉しげで、力に満ちています。二人は巨大な金色の豊穣の角から群衆にキャンディーを振る舞っており、本物の騎士さながらです。そして実際、二人は騎士なのです。フォン・リュッツォウ将軍のオランダ国境からケルンへの名高い冬の行軍は誰もが記憶するところでありますし、戦時の報告の数々を我々が忘れることはありません。オーバーハウゼン解放、血なまぐさいデュースブルクの戦闘、輝かしいデュッセルドルフ作戦、そして早くも現代の戦争史に入ったボーフムの〈大釜〉、フォン・リュッツォウ将軍の軍勢がタリバンのためにこしらえたあの〈大釜〉は、タリバンの背骨をへし折り、その後の敵の退却は、より正確には敗走は、もはや決定的となり、タリバンの人殺しどもは恐慌を来して東国境へ逃げ出し、やつらの思想的指導者、いわゆる燃え盛るイマームは……」

「リヒャルト、大統領のことはもう充分。首相に移って」

「……タリバンによって破壊されたトロイスドルフの通りで当然の死の報いを受けたわけであります。一方その頃、我が国の未来の首相シャファク・バシチュルクは、ケルンの地下で細心の注意を要する英雄的な仕事に取り組んでいました。自身のレジスタンス軍を創設し、街の地下の各所で勝利のエクスカリバーを鍛え、タリバンの破滅を早めたのです。この英雄的人物、ルールの愛国者、かつての熱工学技師は、占領時代の生きた伝説、地下の英雄となり、周囲で同じ志を持ち、野蛮なタリバン体制への憎悪に燃えるイスラム教徒を団結させました。タリバンがこの首にかけた賞金は、毎月どころか、毎日上がる一方でした！　レジスタンス軍〈セルベスト・エル〉[*2]は占領者から安穏な生活を奪い去り、〈セルベスト・エル〉の戦士たちの知恵とヒロイズムのおかげで、大地はタリバンのサンダルの下で文字どおり燃え、彼らの……」

「リヒャルト、もう過去のことはいいわ。現在よ、現在！」

「……彼らの余命はいくばくもありませんでした。今やそれに代わって我々は皆、戦争の勝利のみならず、この三年間で初めてのカーニバルも、素晴らしくて、喜ばしくて、美しくて、にぎやかな、このバラの月曜日も楽しむことができるのです。ご覧ください、祭日の群衆の色合い豊かなバラ色を、花に仮装し、バラの蕾（つぼみ）の頭をした大勢の子どもたちを！　これが我々の未来の子どもたちであり、この子どもたちがやがて新国家の市民となり、父たちがデュースブルクの野原で、ボーフムの郊外で、ケルンの通りで勝ち取った平和を守ることになるのです。子どもたちに幸あれ！　大統領と首相が金色の豊穣の角から群衆にキャンディーを投げている――これぞまさに平和と繁栄と幸福への希望ではないでしょうか？」

「リヒャルト、観衆、交流」

「皆さん、今こそカーニバルの参加者たちと交流する時です」中世の道化師の仮装をした中年カップルに話しかける。「こんにちは！　どちらからお越しで？」

「プルハイムからさ！　やあやあ、みんな！　やあやあ、ケルン！」

「お二人が今日ここでハッピーに楽しんでいることは言うまでもなく明らかですね！」

「もちろんさ！　カーニバルが戻ってきたんだ！　クールだ！」

「カーニバルが戻ってきた！　それと一緒に、お二人のプルハイムにも平和な暮らしが戻ってきました」

「ああ、そうとも！　これはシンボルだ！　僕らは勝利した！　僕らの息子はフォン・リュッツォウの隊に志願したんだ」

「ご無事でしたか？」

「無事だったよ、おかげさまでね！　息子もすごく参加したがってたんだが、あいにく仕事の都合で今オスロにいてね。だけど、問題ない！」カップルは電脳を広げ、若者のホログラムを呼び出す。「やあ、マルテイン！」

「やあ、父上に母上！　繋（つな）がったね！　オスロからこんにちは！」

＊2　［原註］「自由の手」、トルコ語。

「マルティン、ＲＷＴＶのリヒャルト・ショルツです、君はここに来てこの自由の空気を吸うために休暇を取らなかったことをどれだけ後悔するだろうね！」

「後悔するに決まってるじゃないか、ちくしょう！　もう後悔しちゃってるし！　間違いなく僕はばかだ！　ワーオ！　そっちの空気を感じるぞ！」

「ここは本当に超サイコーよ！　みんなが永久に家族の絆で結ばれたって感じ！」

「クール！　懐かしのケルシュ[*3]が聞こえてきて、この静かなオスロにいてもくらっとするよ」

「マルティン、ご両親が教えてくれたんだが、君はフォン・リュッツォウ将軍の軍にいたそうだね。どの街を解放したんだい？」

「僕が戦えたのはデュースブルクとデュッセルドルフだけさ。ボーフムの〈大釜〉の前に打撲傷を受けて、まあいってみれば、プロセスから脱落しちゃったんだ」

「最初の戦勝日はデュッセルドルフにいた？」

「もちろん！　あれはクールだった！　フォン・リュッツォウは偉大な人だ。自分の国にあんな大統領がいてくれて幸せだよ！」

「ほら、彼が白馬に乗ってるよ！」

「ワーオ！　クールだ！　ちくしょう、のこのこ出かけちまうなんて、僕はとんだ大ばか野郎だ！」

「お前はあたしたちと一緒だよ、ここにいるんだよ！」

「ママ、あれはシャファク・バシチュルクじゃないか！　地下の英雄！　ああ、彼と握手したかったなあ！　ワーオ！　これからパブに行って飲みまくるぞ！」

「ノルウェーのアクアビットだけはよしなさいよ！　あれは気分を滅入らせるからね！」

「マルティン、ビールだけにしとけよ！」

「もちろん、あたしたちのライスドルフ[*4]は置いてないんでしょうね！」

「地ビールを飲め、地ビールを！」

「わかったよ、パパ！」

「マルティン、教えてくれ、オスロは相変わらず万事平穏かい？」

「ああ、ノルウェー人はラッキーだね、多くの犠牲者を出さずにすんだから。戦火が及ばなかったから建物も無傷だし、ミサイルが二、三発落ちただけだ。僕らのとこととは違う。ワーオ！　トロールやノームたちが見えるぞ！　クールだ！」

「我々はこれからトロールたちのところへ行くよ！　マルティン、幸運を祈る！」

トロールの仮装をした三人の巨人がノームたちを肩に乗せており、ノームたちは群衆に向かってキャンディーを投げている。リヒャルトは人混みをかき分けて彼らの方へ向かう。

「リヒャルト、ストップ！　トロールは後回し。後ろにサビーナ・グルギチがいるわ」耳の中でザミーラの声が鳴る。

リヒャルトは振り返り、群衆の流れに逆らって歩く。長身で筋肉質のグルギチが、同じように長身で筋肉質のアマゾネス・フレンドたちに囲まれながら歩いている。彼女たちは『ロード・オブ・ザ・リング』のエルフ戦士のコスプレをしている。

「こんにちは、サビーナ！　RWTVのリヒャルト・ショルツです。私も視聴者の皆さんも、ここ、この祝祭の群衆の中で、ボーフムの〈大釜〉のヒロインであるあなたにお目にかかれて嬉しく思います！」

「ご機嫌よう、尊敬すべき皆さま」サビーナが自尊心を持って誇り高く手を上げる。

彼女のフレンドたちも手を上げる。

「あなたの新しい手はどうです？」

「まだ自分のって感じじゃありませんけど、もうすっかり思いどおりに動きますわ」サビーナは微笑む。

「親愛なる視聴者の皆さん、もしサビーナ・グルギチの武勇伝をご記憶でない方があれば、まあそんな方はほとんどいらっしゃらないとは思いますが、そんな方のために思い出していただきましょう。ボーフムの〈大釜〉、タリバンの抵抗の最後の竈となった大学施設、人文棟、第三連隊を指揮したゲオルク・マリー・ヒュッテンのジープ、タリバンが放った手榴弾、その手榴弾を鷲づかみにして指揮官を救い、片手を失ったサビーナ・グルギチ。その前にはフシュタットリンクでの戦闘がありましたが、そこでサビーナは自らの〈スズメバチ〉からタリバンの装甲輸送車を撃破しました。彼女は英雄です！　サビーナ・グルギチやその戦友たちのような英雄が参加しているカーニバルに誉れあれ！　今日は幸せですか、サビーナ？」

＊3 〔原註〕ケルン方言。
＊4 〔原註〕ビールの種類。

「悪が敗れ、黒い塔が全能の目とともに崩れたことを幸せに思います。私たちがそれを倒したのです！」

　アマゾネス・フレンドたちが鬨の声を上げる。

「素晴らしい！　タリバンのサウロンは敗れ、国民は歓喜に沸き返っております！　サビーナ、今日という日に視聴者の皆さんに何を願いますか？」

「我がライン王国の全住民に黄金の風と、純粋なる岸と、新たな黎明を願います。新たな黎明を！」

「新たな黎明を！」アマゾネスたちが叫ぶ。

「ボーフムのワルキューレたちによる素晴らしい呼び掛け！　我々はそれを覚えています！　サビーナ、もう故郷のボーフムへは戻られましたか？」

「アスパイの自宅はオークどもに壊されましたし、愛するブルストはゴブリンどもの火葬場で焼かれ、翼の生えたシルビアは〈永遠〉と出会い、金髪のマーシャはアメリカへ逃れました。ですが、私は杖を手放しません。玉門から白のヴェールを取りました。私は灰色の霧の克服を信じています。以前のように、私たちは純愛の川を泳いでいるのです」

　サビーナのフレンドたちがワルキューレの雄叫びを上げる。

「素晴らしい！　きっと、あなた方の純愛の川は今日はもっぱらライン川に注いでいることでしょう！　サビーナ、素敵なアマゾネスの皆さん、どうぞお幸せに！　視聴者の皆さんを代表いたしまして、私があなたの一新された素敵な手に、新しい平和な生活の手にキスします！」

　サビーナの前で片膝を突き、彼女の手に口づける。

「リヒャルト、右、右、右！」ザミーラがしつこく繰り返す。「ツヴェタン・モルドコヴィチよ！」

「皆さん、ご覧ください、すぐそばにあの男がいます！　ツヴェタン・モルドコヴィチ、名うてのエース、我が国の空を守り、空中から敵を突き刺す空の軽騎兵です！　やあ、ツヴェタン！」

「どうも！」

「ご家族と一緒ですか、すごい大家族ですね！」

「ええ、今日は部隊勢揃いってとこです！」

「空の英雄ツヴェタン、視聴者の皆さんに向かって何か一言」

「すごく嬉しいです、今日ここに来られて、みんなと一緒に……」

「やっと地上で、ですね？」

「ええ、地上で、家族と、僕が守った人たちみんなと」

「あなたのおかげで、我々は今日、爆撃を恐れることなく、爆音や弾丸が風を切り裂く音を恐れることなく、この地上を心安らかに歩くことができます。ケルンに空襲警報のサイレンが鳴り響くことはもうありません。ツヴェタン、これはあなたの空の戦功のおかげです！　あなたは個人的にタリバンの飛行機を四機も、我々の平和な空を引き裂くハゲタカを四羽も撃ち落としたのですから」

「ええ、どうにかうまくいきました。大事なのは、僕が撃ち落とされなかったことです。空が助けてくれたんです」

「今日の空模様はどうですか、ツヴェタン！　お誂(あつら)え向きに雲一つない！」

「素晴らしい空です、僕らはみんなとても嬉しい……」

「黒雲が晴れたことが、ですね？」

「ええ、今はすごくいい……」

「空に太陽だけがあることが、ですね？　そして、黒いシルエットが一つもないことが！」

「ええ、平和な空はいいものです」

「よくぞ言ってくれました、ツヴェタン。飛行中隊〈ヴェストファーレンのハヤブサ〉の仲間に何かあいさつを伝えますか？」

「そうですね、やあ、空の軽騎兵たち、僕はみんなのことを覚えてるし、愛してる！　僕らは勝った！　カーニバル万歳！」

「カーニバル万歳！　ありがとう、ツヴェタン！　皆さん、これから我々はトロールのところへ向かいます」

「リヒャルト、ストップ、続きはファティマがやるわ、あなたはもう自由よ」

　リヒャルトは自分の肩から電脳プラスチックのチップを外し、揉みくちゃにしてポケットにしまう。苦労して群衆から抜け出し、フィルツェングラーベン通りに出て自分のキックスクーターを見つけ、ロックを解除して乗り、河岸通りを走って自宅に直行する。入り口を通って三階に上がり、鍵で扉を開け、玄関に入り、スーツの上着を脱ぐ。

シルケ（妻）の声　（拡声器で増幅された声で）あなたなの？

リヒャルト　（上着を掛けながら）俺だ。

シルケの声　お腹減ってる？

リヒャルト　すごく。

シルケの声　私は要らないから。

リヒャルト　もうすませたのか？

シルケの声　まだだけど。

リヒャルトは古い調度が並ぶ小さなキッチンに入り、旧式の冷蔵庫を開け、ビール瓶を取り出して開け、ラッパ飲みする。冷蔵庫の中を覗き、あまり新鮮でないチキンサラダが山盛りになったライスボウルとソーセージを二本取り出す。やかんを火にかけ、ソーセージを鍋に入れ、熱湯を注ぐ。立ったまま、ライスボウルから噛み千切るようにサラダを食べながら、窓の外を眺めている。そこには狭い中庭が見える。栗の古木、錆びついた自転車、あふれかえったごみのコンテナ。ボウルとサラダを片づけ、鍋からソーセージを取り出し、さっと食べ、ビールで流し込む。瓶を空にし、ビールの空き瓶用のプラスチックケースに入れる。リンゴを手に取ってかじり、キッチンを出て狭い廊下を通り、トイレに寄り、リンゴを歯に咥えたまま放尿する。それから、まるで麻痺したように動かなくなる。食べかけのリンゴを吐き出し、毒々しく呻き、急にトイレを出て扉をバタンと閉め、歩きながらズボンのジッパーを上げ、「くそっ、くそっ、くそっ！」とつぶやきながら、ほとんど駆け足で廊下を歩き、アパートのただ一つの部屋に入る。部屋はアンティーク家具でいっぱいで、頻繁に場所から場所へ移されていることはどこから見ても明らかである。プラスチック容器に梱包されたままの物もある。楕円形の食卓にはガラスの家が立っている。この家にはシルケが——小さくて、魅力的で、スタイルのいいブロンドが住んでいる。身長は三百ミリリットルのビール瓶に満たない。シルケは自宅の屋根裏部屋にあるミニチュアのスキー・シミュレーターで運動中。スポーツウェアを着ている。家の中からリズミカルな音楽が聞こえる。リヒャルトはほとんど駆け足でテーブルに近寄り、両手でテーブルの天板にすがりつきながら、家の上に覆いかぶさる。

リヒャルト　シルケ、釘が必要だ！

シルケ　（運動を続けながら）いいニュースね。
リヒャルト　釘が必要だ！
シルケ　あなた、退屈なこと言わないで。
リヒャルト　（叫ぶ）釘が必要だ！
シルケ　お家の屋根が震えてる。気が変になりそう。

なんとか自制しながらリヒャルトは椅子に座り、テーブルに握り拳を置く。

シルケ　（運動を続けながら）すごくアグレッシブな様子よ。疲れてるのね、わかるわ。あなたのリポートを見てたの。
リヒャルト　釘をくれ。
シルケ　あなた、落ち着いて。
リヒャルト　釘をくれ！
シルケ　まだ三分あるの、終わったらそっちへ行くから、それで一緒に落ち着きましょう。
リヒャルト　（手のひらでテーブルを叩く）釘が必要なんだ！
シルケ　（運動を続けながら）リヒャルト、釘は不要よ。
リヒャルト　釘をくれ！
シルケ　リヒャルト、お薬は飲んだ？
リヒャルト　シルケ、扉を開けてくれ！
シルケ　開けないわ。
リヒャルト　（自制心を失い）お前の小屋をどっかにぶつけて壊しちまうぞ‼
シルケ　そんなことしないわ。
リヒャルト　（ヒステリックに）いいから開けろ、この悪党‼
シルケ　お願い、お薬を飲んで。朝に飲んだきりでしょ。
リヒャルト　（椅子をつかみ、振り上げる）そら、踏ん張れよ、くそアマ……。
シルケ　（穏やかに、リズミカルに動きながら）踏ん張るわ、踏ん張るわ。

リヒャルトは絶叫しながら椅子をベッドに投げつける。床にへたり込む。

シルケ　疲れてるだけよ。私はこんなカーニバル、好きだったこと一度もないわ。へとへとになるだけだもの。

リヒャルト　（ぐったりとうな垂れ）釘をくれ……。
シルケ　お薬を飲みなさい。そうすれば楽になるわ。
リヒャルト　（叫ぶ）そのムカつく音楽を消せ!!

シルケは音楽を切り、シミュレーターから降り、首にタオルを掛ける。

シルケ　わかるわ、あなた、ああいう愛国的なたわ言を言うことがどれだけ不愉快か。だけど、どうして自分の苛立ちを私みたいないちばん身近な人にぶつけるわけ？

リヒャルトは黙っている。

シルケ　あなたはすべて超プロフェッショナルにやったわ。きっと正式に採用してくれるわよ。
リヒャルト　（うな垂れ）その決定はリポートの質とは関係ない。
シルケ　試用期間はどんなことでも関係するわよ。
リヒャルト　俺の場合は何もかもあのばか女次第だ。
シルケ　彼らの興味はあなたの心身の状態だけ。あなたのプロとしてのレベルはとっくに知れわたってるもの。
リヒャルト　（頭を振る）連中なぞどっかへ消えちまえ……。
シルケ　一度は消えたわ。だけどその後で戻ってきた。彼らのことも考慮しなきゃ、あなた。

シルケは二階に下り、透明なシャワールームに入り、服を脱ぎ、シャワーの下に立つ。

リヒャルト　あと丸一ヵ月もうちには金がない。
シルケ　それが怖いの？　飢え死にしたりしないわ。
リヒャルト　一服が必要なんだ。
シルケ　初めからそう言いなさいよ。なのに、〈うちには金がない〉だなんて！
リヒャルト　一服でいいんだ。そしたら正気に戻れる。
シルケ　自制が利かなくなるわよ。そしたらあなたは雇ってもらえない。
リヒャルト　一服だけ！　たった一服で我を忘れたりするものか！
シルケ　一服じゃ足りないでしょ。だけど、あなたがついさっき口にしたとおり、私たちには五服も買うお金なんてないの。

リヒャルト　釘を一本売れば、五百マルク手に入る。

シルケ　二十マルクで一服買うために？　面白い算数ね、あなた。

リヒャルト　二マルクもないんだぞ！　これまでそんなことはなかった！　その上俺にはまだ借金がある！

シルケ　いい、あなたが正式に採用されれば何もかもうまくいくわ。お薬を飲んで。

リヒャルト　釘をくれ。

シルケ　わかってるでしょ、釘は私たちの非常用備蓄なの。もし釘をあげたら、あなたはすぐに百服も買っちゃうわ。そして、痛いくらいよく知ってることがみんなまた一から始まるのよ。

リヒャルト　買うのは一服だけ、たった一服だけだ、誓う！

シルケ　もう、誓わないでよ、私の名高い騎士さん。

リヒャルト　俺たちには金がない！　危機的状況だ！　一ペニヒもないんだぞ！

シルケ　今は誰もお金なんて持ってないわ。私たちの大統領が言っているとおり、戦後改革はゆっくりと、でも着実に前進してる。釘の価格は右肩上がり。三日で八パーセント。二、三ヵ月後には、私のテルル遺産を二倍に増やせるのよ。

リヒャルト　一本だけだ、シルケ！　うちには八本もあるだろ！　たった一本でいいんだよ！　そしたらやっと正常だと感じられるんだ！

シルケ　（シャワールームから出てきて、タオルで体を拭く）私は完全に正常だと感じてるわ。懇願するのはやめて。

リヒャルト　お前は……そんなくそアマだったのか?!

シルケ　そういう女を選んだのよ。

リヒャルト　具合が悪いのがわかるだろ？

シルケ　お薬を飲みなさい。

リヒャルト　（叫ぶ）あの最低な薬なら棺桶の中で見た!!　具合が悪いんだ！　リアルに！

シルケ　（バスローブを着る）リヒャルト、あなたって強いの、弱いの？　燃えるボーフムで、あなたが私をポケットに入れて運んでくれたとき、私にはあなたが強い人だってわかった。一緒に地下室にいたときも。犬の肉を焼いてくれたときも。あのトンネルを走ったときも、三人の障害者と喧嘩したときも。あなたは強かった。あなたのこと、誇りに思ってた。ものすごく誇りにしてた。あの頃、あなたは麻薬のことは忘れてた。だけど、戦争が終わった途端、あなたはたちまち弱虫になった。どうしちゃったの？

リヒャルト　たった一本だけでいいんだ。一本！　我に返るために。

シルケ　（叫ぶ）釘は渡さないわ！

リヒャルトは黙って座っている。シルケは一階に下り、キッチンへ行って水を飲み、テーブルに脚を置いて座る。座りながら水を飲む。

シルケ　一ヵ月したらあなたは正職員に採用され、給料を支払われる。そしたらお金もできる。

リヒャルト　俺には……必要なんだ……。

シルケ　一服だけでいいのね。いいわ。へそくりがあるの。

リヒャルト　へそくり？　あれか、お前のばあさんのダイヤの指輪か？　ダイヤなんぞ今は誰も欲しがらないぞ！

シルケ　そのとおりよ。それどころじゃないものね。違うの、指輪じゃないの。

シルケは立ち上がり、上階の寝室へ行き、ベッドに腰掛けて身を屈め、ベッドの下からケースを取り出して開ける。ケースにはバイブレーターが入っている。

リヒャルト　〈バイオレット・ロータス〉か？

シルケ　〈バイオレット・ロータス〉よ。

リヒャルト　それは……もう要らないのか？

シルケ　バイブは他に三つもあるから。

リヒャルト　でも、言ってたじゃないか……。

シルケ　これが最高だって？　ええ、半年前に言ったわ。だけど、何もかも変わるのよ、あなた。時間と同じように、古い願望も流れていくの。そして、新しい願望が現れるのよ。

リヒャルト　しかし、お前はこれが売れると……。

シルケ　我先にと飛びついてくるわよ。

リヒャルト　論理的に考えれば、そもそもバイブが求められるのは戦時中で、戦後じゃない。

シルケ　人間にとってはね。だけど、小人にとっては反対。

リヒャルト　まだよくわからないんだが……。

シルケ　明らかにこの戦勝後カーニバルの疲れね。ほら、考えてもみなさいよ、男たちは戦争から自分の妻や恋人たちのもとへ戻ってくる。彼らは英雄だわ。彼らには勝者の力強い勃起がある。でも、小人は？　彼らは戦わなかった。恐怖に震えながらネズミの穴に潜ってた。勝利の雷鳴が轟き、彼らは外に出てきた。だけど、彼らの能力はあの穴に置き去り。そんな恋人に何ができるの？　ヤケ酒を飲んで、ガールフレンドに自分より大きな連中の戦功を話して、彼女の足の裏をマッサージするくらいが関の山でしょ。

リヒャルト　なるほど……お前の言うとおりかもな。（ほっとして笑う）シルケ、お前は頭がいいぞ！

シルケ　頭のいいくそアマでしょ？

リヒャルト　まったく……。（ため息をつく）知ってるだろ、俺にはお前しかいないんだ。

シルケ　知ってる。

シルケはバイブレーターのケースをつかんで階段を下り、家から出てテーブルの上を歩く。

シルケ　（彼にケースを差し出す）蚤の市なら小人はこれに最低八十マルクは出すわ。

リヒャルトは手を伸ばすが、シルケはケースを背中に隠す。リヒャルトは手を止める。

シルケ　ついさっき誰かさんが私のことを悪党呼ばわりしたわね。

リヒャルト　ばかなことを言ってすまなかった。

シルケ　（テーブルの端に近づく）ひざまずきなさい！

リヒャルトはひざまずく。彼の頭がテーブルの天板と同じ高さになる。

シルケ　（バスローブから膝を出す）接吻なさい！

リヒャルトは唇を伸ばし、膝にキスする。シルケは彼にケースを渡す。

リヒャルト　（ささやき声で）愛しいお前、なんなら、舌の上で転がしてやろうか？

シルケ　あら、けっこうよ、あなた。どんなことにもそれに相応しい時というものがあるの。晩よ、晩になったら障害物競走をしましょう……。（辺りを見回す）もう、また家中を散らかして。あなたの不潔なところは大嫌い。

リヒャルト　みんな片づけるよ。（ベッドから椅子を下ろし、テーブルのそばへ置く）

シルケは自宅の玄関から箒（ほうき）を持ってきて、テーブルの掃除を始める。リヒャルトはバイブレーターのケースをポケットにしまう。

シルケ　食べ物も買ってきてね。私には、ヨーグルト、納豆、プロトプラズマ、ジュースね。それから、お願いだからギョライを二つも買わないでよ。何があっても、今日だけは。

リヒャルト　わかった。買うのは一つだけにする。誓う！（二本指を上げる）

廊下に向かうが、急に立ち止まり、シルケの方を振り向く。

シルケ　（掃きながら）まだ何か？

リヒャルト　見せてくれ。

シルケ　今？

リヒャルト　今。

シルケは不満げなため息とともに箒を投げ捨て、家の中に入って二階の寝室へ上がり、ガンロッカーに近づき、手のひらを錠に当てる。ロッカーが開く。中には銃の代わりにテルルの釘が八本入っている。シルケはロッカーから一本取り出し、バスローブを脱ぎ捨て、釘の頭部を自分の露わな胸に当て、リヒャルトに狙いを定める。彼女の手の中にあると、釘はライフル銃と同じくらいの大きさに見える。

シルケ　バーン！

それを見届け、リヒャルトは背中を向けて出ていく。

6

第一次ウラル戦争英雄ミグエル・エリアザール記念パルチザン部隊の誉れは、ウラル全土に轟いている。わずか六ヵ月前、ウラル共産党（カー・ペー・ウー）地下州委員会によって創設された部隊は、バラビンの占領白衛軍に対する闘争の中でたちまち本格的な戦闘兵団となった。部隊の中核を構成しているのは、狡猾なやり方で奴隷化された祖国の真の愛国者たち、第二次ウラル戦争だけでなく、原則として第一次ウラル戦争をも潜り抜けた職業軍人たちである。彼らは包囲されたニジニ・タギルで戦い、カラバシ突撃を行い、マグニトゴルスク塹壕戦（ざんごうせん）を余すところなく味わった。故郷のプリウラリエ（ウラル山脈の西斜面に接するカマ川とペチョラ川流域地帯）は、フョードル・ローザ、ヴィクトル・カーツ、ヴォリシャ・モウレ、ハリー・クウィラーら部隊の功労ある戦闘員の血を大量に浴びた。部隊を率いるのは、共産党員にして受勲者のアリシェル・イサンバエフ大尉。彼の指揮のもと、パルチザンたちは二百十三もの戦闘作戦を遂行し、バラビンの占領者のみならず、狂犬カロプ体制とも、ワッハーブ派の分離主義者とも、さらには血まみれの己が触手をウラルの地にまで伸ばしてきたモンゴル帝国主義者とも戦った。

今朝ようやく掘り終えたばかりの窮屈な穴小屋の中で、私はイサンバエフ大尉と座っている。現在は夜で、部隊は三日間の行軍の後で休息中だ。指揮官は寡黙（かもく）で、感情を表に出さない。その厳めしい顔が電脳ランプのしみったれた光で照らされている。ディロロンの頬骨と凝視する赤い望遠眼を持つ、多数の傷痕に覆われたイサンバエフ大尉の顔――これは占領者に抗して蜂起したウラル国民の顔、森林火災なみの速さで南ウラル山麓のみならず北ウラルをもすでに包囲している解放戦争の顔だ。指揮官は歴戦の行軍用ジョッキから好物のウーロン茶を啜（すす）りながら、白衛軍の背後からの大胆な奇襲について、検問所や鉄道の爆破について、最近のワッハーブ派との白兵戦について、不意に出くわしたモンゴル軍の空挺部隊について、穏やかに物語る。大尉の簡潔な答えを私は父祖伝来のやり方で――紙に鉛筆で――書き留める。部隊内の電脳の使用は厳禁となっている。

「戦士たちは不朽の誉れに浴した」大尉は九月のカロプ派の検問所への大胆不敵な出撃を回想しながら話す。「五人でカロプ派の連中を八人も切り殺しただけでなく、賢い頭も奪った。この頭には生きている間にずいぶん役に立ってもらった。そいつの誘導で、四日立てつづけにカロプ派の連中に上空からぶちかましてやった」

　指揮官は一つだけ残った目でいたずらっぽくウィンクする。この戦争に焼かれた寡黙な人間は数多くのことを潜り抜けてきた。彼の部隊は未来の共和国のため、社会主義と公正の勝利のため、日々の偉業を成し遂げながら、己の厳しい戦闘生活を生きている。

　物資の供給について、民間人との関係について、地下州委員会の指導的役割について訊ねる。指揮官は詳細に答えてくれ、弾薬と薬品の遅配や、地元の富農（クラーク）との小競り合いや、州委員会の連絡兵二名が地雷で被爆したことなどには不平も漏らさない。イサンバエフ大尉と彼の戦闘員たちには困難に立ち向かう覚悟があるのだ。

「目的さえあればすべて克服できる。我々が戦っているのはＵＳＵのため――誰もがそれを知っている。我らの側の地方の貧窮、これが問題なのだ。農民たちはバラビンの〈経済的奇跡〉に飽き飽きし、土地改革の全負担を身をもって味わっている」

　イサンバエフ大尉の部隊はウラル合衆国のために決死の闘争を行っている。戦士にとってのみならず、ウラルの農民にとって、鉱山労働者にとって、公正な生活を求めて身の細る思いをしているウラルのすべての誠実な勤労者にとって、このＵＳＵという三文字は多くのことを意味する。彼らのために偉業が成し遂げられる、彼らの来るべき幸福のためにパルチザンの血が流される。ＵＳＵ――これは自由なウラルの未来なのである……。

党の指導部について指揮官に根掘り葉掘り訊ねる。地下州委員会と部隊には固い、揺るぎない結びつきがある。

「州委員会書記薄作飛（ボー・ズオフェイ）は我々のために可能な限りのことをしてくれている。頭が切れ、注意深く、党員らしく誠実で原則に忠実な人間だ。我々と彼の間にはいかなる不和もない、いかなる〈井のはたのヒキガエル〉も我々を邪魔することはできない。ちょうどテルルの釘が届くところだ。ここで私は州委員会の指令をすべて把握している」

指揮官は自分の望遠眼をぱちんと弾く。

かなり前から用意していた〈厄介な〉質問を指揮官にぶつける。

「キューバ人はどうしますか？」

パルチザンの顔が険しくなり、彼は目を脇へ逸らす。視線の先のざらざらした丸太の壁には、チェ・ゲバラ、劉少奇（リウ・シャオチー）、エリアザールのホログラムが輝いている。

「自由を勝ち取るための闘いを望む者なら誰でも部隊に迎え入れる用意がある。だが、第一次ウラル戦争で裏切りによって自身の名誉を汚した者だけは別だ。私や私の戦士たちはキューバ人の恩赦を認めない」

「同志大尉、ですが、あなたの立場は七月に出された州委員会の指令と食い違うのではありませんか」と私。

「その問題に関しては、然（しか）りだ」イサンバエフは厳しく切り返す。「私と私の戦士たちは今も宣誓に忠実なのだ。勝利の暁には、ウラル共産党（カー・ペー・ウー）の大会で我々を裁くがいい」

会話が終わる。指揮官は骨の折れる一日の後で少しでも睡眠を取らなくてはならない。第十九パルチザン部隊になまやさしい日などないのだ……。

別れを告げ、穴小屋を出る。周囲は見通しの利かない森の暗闇。松の上の暗がりで歩哨が鳥声で鳴き交わしているのみ。手探りで自分の穴蔵を見つける。信じられないほど長く感じられたこの張り詰めた数昼夜の後では、指揮官との夜半の会話の後では、なかなか眠りに就くことができないだろう……。

解放戦争が、困難ではあるが勝ちほこった足取りでウラルの道を歩いていく。

ここでは勤労国民の敵には昼夜を問わず安息などな

い。やつらがどこにいようとパルチザンの弾丸は届き、バラビンの占領者やカロプ派の腰巾着どもを公正な罰から救うものは何一つない。

国民の怒りの葡萄が熟しつつある。

ウラルの森が厳かにざわめいている。

7

「親愛なる伯爵、帝政ロシアをドイツ人の手で倒したのはイギリス人であり、そのはらわたを引きずり出したのはスターリンのユダヤ人委員（コミッサール）です。内臓は外貨稼ぎのために資本家に売り払われ、空になった腹の中にはマルクス＝レーニン主義が詰め込まれました」

公爵がまずは仕留めたヘラジカに近づき、一瞥（いちべつ）し、銃と弾薬盒（だんやくごう）をお雇い猟師に渡し、手袋を振った。猟の終わりの合図だ。口ひげを生やした男前のラッパ吹きが角笛を唇に近づけ、吹き鳴らした。鼓舞するような別れの音が秋の森に響きわたる。猟師は革鞘（かわざや）から諸刃の短剣（テサーク）を引き抜き、ヘラジカの喉に器用に突き刺した。動物の黒ずんだ血が湯気を立てながら落ち葉の絨毯（じゅうたん）にどくどく流れだした。猟犬たちはもう吠えておらず、革紐に繋がれてくーんと鳴いたり、時折金切り声を上げたりしていた。三人の猟犬番が犬たちを脇へ連れていった。

「公爵、ロシアは勝手に倒れたのです」伯爵は自分のカービン銃を非常に若い猟師に渡してシガレットケースを取り出そうとしたが、誤ってポケットからテルルの挿弾子を取り出してしまい、悪態をついてそれをしまうと、再度ポケットの中をまさぐり、シガレットケースを取り出して開け、小さな葉巻に火をつけた。

「内臓は十九世紀の間に腐っていらしたので、弾丸すら不要なくらいでした。巨人はドイツ人が放った散弾の一粒で倒れたのです」

「倒したのは、ドイツ人、ユダヤ人地下活動家、それにイギリス人です」伯爵の言うことには耳を貸さず、公爵は辺りをきょろきょろ見回しだした。「トリーシカ！　どこだ？」

「ここでございます、閣下！」軽騎兵風の滑稽な上着を着た白髪のトリーフォンが駆け寄る。

「向こ――うで露営する」公爵はぽつねんと立っているカシワの木の方をひげの生えた顎でしゃくった。

「かしこまりました！」

伯爵はジャケットのポケットからコニャック入りの小さなスキットルを抜き出し、蓋を開けて公爵に差し出した。

「一九一四年にロシアはドイツの軍事機構の攻撃に耐えられなかった。それなのに、あなたのユダヤ人が何の関係があるというのです？」

公爵はスキットルに口をつけた。

「大猟を祝して……。関係ありますとも、伯爵、ソヴイエト政権時代の国民的な謎々にこういうのがあるんです。六人のコミッサールがテーブルに着いている。さて、テーブルの下には何が隠れているでしょう？　答え――イスラエルの十二の支族。コミッサールの名簿をご覧になったことはありますか？　九十パーセントがユダヤ人でした。チェカー、OGPU、NKVD（いずれもソ連時代の政治警察）の長官は誰です？」

「ユダヤ人です」伯爵はスキットルに口をつけながらうなずいた。「ですが、それが何だというのです？　ええ、彼らは汚れ仕事を引き受けましたとも。つまり、ロシア人よりちょいとばかり神経が図太く、偏見が少なかったのです」

「汚れ仕事、すなわち人殺しですな！」

「そう、人殺し……」伯爵は考え深げに高い秋の空を見上げた。「どうやってそれなしですませられます？　大きな犠牲は不可欠です。人口過剰。誰もがよい生活を望む」

「ボリシェヴィキは仰向けに倒れたロシアを産業化でもって強姦しました」公爵はスキットルに手を伸ばした。「そして彼女は死んだ。スターリン的穴居人どもは七十年もの間、その美しき屍の上で自分たちのブギウギを踊っていたのです」

「それでも、彼らは乞食を養いましたよ。帝政時代の母なるロシアに物乞いがどれだけいたと？」伯爵はにやりと笑みを浮かべた。

「あなたは茶化してばかりおられる……」公爵は手を

振った。「養った！　だが、最初に銃殺した」

「いいえ、公爵、最初はやはり養ったのです」

彼らははたと口を噤み、二人の猟師が手早くヘラジカの皮と内臓を取り除きにかかる様子を眺めた。内臓のにおいが漂う。トリーシカが焼き肉用の金串を手に駆け寄ってきた。

「肝臓は必ず除け！」公爵が指図した。

「心臓になさいますか、閣下？」

「それと、ヒレもだ」

「かしこまりました」

草地の上を鴨のつがいが飛んでいく。

伯爵はスキットルに口をつけ、ヘラジカの半分閉じた目を見ながら考え深げに言った。

「それぞれの眼に鹿の疾走、それぞれの眼差しに槍の飛翔……[*1]」

「何です？」公爵が訊き直した。

「いいえ、ふと思い出しましてて……。真面目に申し上げますと、私の不満はもはやドイツ人やユダヤ人にではなく、ロシア人に向けられているのです。これほど自分たちの生活に無関心な国民はこの世にございません。それが国民性だとすれば、そんな国民は同情に値しません」

「スターリン曰く、私は他の国民を持たない」

「いや、適切な時期にロシアにドイツ人をもっと移住させておくべきだったのです。ボリシェヴィキはそこまで思い至らなかった。エカテリーナが始めたものの、完了させる者がいなかった……」

「ロシアの存在は……」

「……世界に大いなる教訓を与えるためでした。皆がロシアのことを読み、ロシアは皆に教えた。身の毛がよだつようなことを」

「ロシアが永遠に人々の記憶に留まらんことを」公爵はコニャックを啜った。「その代わり、今は万事良好です」

「何のことですか？」

「ロシアのイメージですよ。まあ要するに、良好なんです！　とにもかくにも、私は自分の国に満足していますよ」

「まあ……」伯爵は笑みを湛えて辺りを見回した。

「無論、リャザン帝国はウラル共和国よりはマシです

＊1　［訳註］ロシア・ソ連の詩人ヴェリミール・フレーブニコフの詩（一九〇八）の一節。

が」

「いやはや、どこと比較なさるかと思えば！　あの〈精神病院国（ドゥールカ）〉と！　尊敬すべき伯爵、アンドリューシェニカさまがご即位なされば、我々は経済・文化の面でトヴェーリやカルーガだけでなく、あなた方のモスコヴィアをも凌ぐでしょう」

「公爵、我がモスコヴィアを足蹴にしないのは今や死人だけです。以前は勅許状（ヤルルイク）を求めてわんさと人が這い寄ってきたものですが……」

「いつも嫌いだった！　子どもの頃から！」公爵は両手をさっと振り上げた。「どうか悪（あ）しからず。ポストソヴデピアが崩壊したとき、私は未成年でした。物心がつく前です。それなのに、モスクワを激しく、ぞ、う、お、していました！　私の祖父も憎んでいました、〈資金の話をまとめ〉に行くときに！　曾祖父だって、仲間と出稼ぎに行くときに！　遺伝的憎悪でございますよ！　その後も、モスコヴィアが乞食に成り下がったときも、飢饉に陥ったときも、ジャガイモ用に大通りを開墾していたときも、カニバリズムのにおいを放ちだしたときも。共産帝国が出現してからは、憎悪も一入（ひとしお）です。新たなネップ（一九二〇年代に行われたソ連の経済政策）も気に食わない。何がポドモスクワを中国人に譲渡するだ！　何が壁で仕切るだ！　お利口でございますよ！　大、嫌い、だ！」

「我が国が貴国を襲わないかお気をつけください」

「伯爵、我が国は魅力的な水爆を六発も保有しております！　実に美しいものですよ、職人たちが絵を描いて、まるでマトリョーシカみたいで。なんなら、モスコヴィアの皆さんにそのマトリョーシカを一つ投げて差し上げましょう！　どうぞ、プレゼントです！」

「ご随意に、公爵……それにしても、おまんまが恋しいですな……」

「おまんこ、とおっしゃいましたか？」

「聞き違いです。おまんまです、おまんま……」

「もちろんです、ぜひともそうしましょう！　いざ露営地へと参りましょう」

　公爵は伯爵の手を取り、カシワの木の方へと導いた。伯爵のどっしりした容姿が小さくて活発な公爵の上に覆いかぶさる。片耳が遠い公爵は、普通より大きな声で、普通より早口で話した。

「伯爵、あなたは私の半分の年齢だ、多くのことはご記憶でないでしょう。さあ、じっくりお考えください、私たちは今、何語で話していますか？」

「思うに、ロシア語ですね」

「ズバリ正解！　ロシア語で！　ポストソ連の混合語（スルジク）ではなく！　混じり気のない流れに戻るまで三十年かかりました。混沌から秩序へ（オルド・アブ・カオ）。国家とは言語です。この言語にしてこの秩序あり。この問いを最初に提起したのは誰か？　我々リャザン人です。最初に言語改革を行ったのは誰か？　スルジクを、ばかげた外来語を、リブランディング、ホールディング、マーケティングといった言葉をすべて禁じたのは誰か？　あなた方のモスコヴィアを含むすべての人々に範を垂れたのは誰か？　我々です！」

「亡き父が話してくれましたよ、学校で〈インターネット〉という言葉を口にしたために、豆の上に立たされたと」

「ええ、豆の上に立たせ、鞭打ち（むちう）ました！　その結果、今はどうです？　生きた正しいロシア語、聞き惚れるでしょう！　国家の秩序！　とにもかくにも、我が国にはそれがある……。異存がおありですか？」

「秩序に関しては……わかりません。言葉遣いは正しい、その点は異議なしです。しかし、それを話している者たちに……」

「問題があると？」

「正確には、彼ら自身というよりも、彼らの容姿です。醜い面（つら）が多すぎる」

「親愛なる伯爵、それもまたソ連の遺産です」

「いくらでもソ連のせいにできるんですね……」

「ロシア民族総虐殺は六十年経っても埋め合わせられません。ボリシェヴィキは民族の花を根絶やしにし、ユダヤのゴボウと愚民のアカザのために畑を切り開きました。そしてそれが子孫を遺したのです、母なるアカザが！　これを根こそぎにするのは大変でしょうな！」

「何です？」

「ふむ……地上すべてを、果ての果てまで、面（つら）が連なりつらき夜[*2]……」

「いえ、ふと思い出しまして……」

「ところで、建築はどうです？　自分たちの住居への配慮は？　いつの、どんな時代に、ロシアの民衆は住居を持っていましたか？」

*2　［訳註］ソ連の作家・詩人ボリス・パステルナークの長編『ドクトル・ジバゴ』（一九五七）の作中詩「冬の夜」のパロディ。

「一度たりとも。民衆は家畜小屋で暮らし、エリートは自分たちのためにとんでもないものを建てていました」

「にもかかわらず、エリートは理解していなかった、自分たちが本当に欲しているものが、ヴェルサイユ宮殿なのか、ソヴィエト宮殿なのか、それとも……」

「エンパイア・ステート・ビルディングなのか」

「伯爵、一つお訊ねします。我々がそのことを初めて理解したのはいつですか？」

「崩壊したときです」

「ご名答！　崩壊したとき！　そしてようやく、自分たちの住居に、街に、注意を向けたのです！　今や我が街に偶然による建物など一つもありません！　街の建築家は神です！　誰もが建築家に頭を下げます！　特別全権でございます！　街の顔です！　我が、街、の！　私はその街に、その街のために生き、歴史に対して、世界文化に対して責任を果たしているのです……つい熱がこもってしまったことをお許しください！」

「そうはいきません……」伯爵はスキットルに口をつけながらにやりとした。

「今や我が街の建設ぶりはどうです？　綿、密、さ！　責任感！　風情！　遺産！　慎重さ！　用心深さ！」

「用心深さ……」伯爵は暮れゆく森の方角を眺めながら繰り返した。「今やそれは、ロシア人の永遠の道連れですね」

「伯爵、中部ロシア高地がルーシ（ロシアの古名）の香りを放ちだしたのは、やっと崩壊後のことでした」

「同感です。それ以前は別の香りがしました……」

「まったくそのとおりです！　腰を落ち着けて飲みましょう、あなたにある出来事をお話しします」

二人は、すでに葉が落ちたカシワの古木の下に敷かれた絨毯に腰を下ろした。絨毯には公爵の野外テーブルが置いてあり、そこには露営恒例の前菜（ザクースカ）と、銅線を巻きつけた緑の丸瓶に入ったペルツォフカ（トウガラシをウォッカに漬け込んだ酒）が載っていた。猟に召使いは同伴しない決まりだったので、公爵は手ずから銀のショットグラスに酒をなみなみと注いだ。

「大猟を祝して、伯爵！」公爵は指の細い手をかすかに震わせながらグラスを持ち上げた。

「大猟を祝して、公爵」グラスが伯爵の大きな手のひらの中に消えた。

二人は飲み干し、食べ物をつまみだした。その間に敏捷なトリーシカがヘラジカの心臓とヒレ肉の塊を金串に刺し、焚き火の炎で炙りにかかる。

「ポストソ連ロシアが崩壊し、いわゆるポストポストソ連空間の諸国家が形成されはじめたとき、我が国の最初の統治者イワン・ウラジーミロヴィチが、一度、我々新リャザン貴族を自宅へ招きました。いつものように、意見交換、宴会、グースリ（膝の上に置いて爪弾くロシア古来の竪琴）演奏。それから夜もふけて、選り抜きの側近だけが残り、我々はとある場所に連れていかれました……どこだと思いますか？」

「女中部屋ですか？」

「やや陳腐ですな、伯爵……。我々はビリヤード室に連れていかれたのです」

「思うに、あのお方はどの遊戯よりゴロトキー（棒を投げて陣地内に並べたピンを弾き出すゲーム）を好んでおられたようですが」

「まったくそのとおりです！　さて、陛下は我々をビリヤード台へとお導きになり、玉をつかんでおっしゃいました——新貴族の諸君、これから諸君に二十一世紀の歴史現象を一目瞭然にご覧に入れよう。そして、つかんだ玉を台のポケットに放ちなさいました。玉はうまい具合にそこに落ちました。それから別の玉をつかみ、またお訊ねになります——これからこの玉を同じ方向に放とう。玉はどうなる？　ポケットに落ちるでしょう——我々は声を揃えて答えました。陛下は球を放ちなさると、ご自分でリモコンのボタンを押されました。玉はポケットの手前で爆発し、粉々に砕け散りました。そして象牙の破片が、親愛なる伯爵、我々の目の前の台の上に散らばっていたのです」

「美しい」

「美しかったですとも！　そして、イワン・ウラジーミロヴィチは我々にお訊ねになりました——もしこの玉が粉々に砕けなければ、どうなっていた？　答え——ポケットに落ちていました。つまり、台から消えたと？　左様でございます、陛下。台から消えたでしょう。そのとおりだ、親愛なる我が忠臣たちよ。つまり、この台が世界史で、この玉がロシアだ。一九一七年からポケットへ、すなわち世界史の非在へ向かって容赦なく転がりだしたロシアなのだ。もし六年前にばらばらに崩れていなければ、永久に消滅していたであろう。台からの転落は、地政学的崩壊ではなく、国民の内的衰退であり、不可避の退化なのだ。それは国民を、無個性で、道徳的責任を欠き、できることといえば盗みと追従だけで、己が歴史を忘れ、みすぼらしい現在にのみ生き、堕落した言語を話す生物資源（バイオマス）へと変える。民族（エトノス）としてのロシア人は永久に消滅していたであろう……」

「他の諸民族に溶け込んで」伯爵は重々しくうなずいた。「まったく同感です。ですが、公爵、お聞きください……」

「そちらこそお聞きください！　ポストソ連の統治者たちは、いうなれば、遠からぬ破滅を感じて、全国民に呼び掛けたのです。国家理念を探そう！　コンクールが公示され、学者、政治学者、作家が集められました——さあ皆さん、我々に国家理念を生んでください！　〈どこだどこだ、我々の国家理念は?!〉と、顕微鏡片手にイデオロギー置き場を探し回りかねない勢いでした。まったく、この愚か者どもは理解していなかったのです、国家理念は七つの封印を施したわけのわからぬ財宝ではない、公式ではない、病んだ住民に即座に接種できるワクチンではないのだということを！　国家理念などというものがあるとすれば、それは屋敷番から銀行家に至るまで、国民一人一人に宿っているもののことでしょう。それがないのに、それでも見つけ出そうとしているとすれば、つまり、そんな国家はもはや破滅する運命だということです！　国家理念！　それがロシア人一人一人に芽生えたのはいつですか？　ポストソ連ロシアがばらばらに崩壊したときです！　それでやっと、ロシア人一人一人が自分がロシア人であることを思い出したのです！　それでやっと我々は、信仰、歴史、ツァーリ、貴族、公爵に伯爵、祖先の慣習、そしてそれのみならず、文化も、言語も思い出したのです！　正しく、気高く、偉大な我々のロシア語を！」

　公爵の目にきらりと涙が光る。トリーシカが湯気を立てている肉を刺した金串を運んできた。

「時宜にかなった崩壊に関しては明白で、議論の余地はございません」伯爵は金串をつかみ、湯気を立てているヘラジカの心臓のにおいを嗅いだ。「ポストソヴデピアは占領地帯で、理性的に統治することなど不可能でした……。ですが、公爵、国家理念に関しては……なあ、教えておくれ、兄弟トリーフォン、お前にはどんな国家理念がある？」

　皿に金串を並べ終えたトリーシカは、きょとんとした笑みを浮かべて伯爵を見つめた。まるで鳥の言葉で話しかけられでもしたように。

「お前の人生にはどんな大事な考えがある？」伯爵ははっきりと言葉を区切りながら訊ねた。

「考えですか？」トリーフォンは訊き返し、公爵の方を見た。

公爵は口を噤んだままグラスになみなみと酒を注いでいる。

「わたくしどもが考えておりますのは、閣下、手前の旦那さまにお仕えすることでございます」トリーシカは言った。

重苦しい眼差しで伯爵は、微笑みを浮かべているトリーシカの、横幅が広くてざらざらした顔をしげしげと見つめた。それから、公爵に視線を移した。公爵はウォッカを注ぎ終え、伯爵にグラスを差し出した。顔には、まるで何一つ聞き取れなかったかのような表情を浮かべている。伯爵はゆっくりと、黙ったまま、ウォッカのグラスを手のひらに収めた。

トリーシカは伯爵の返答を聞きもせずに焚き火の方へ駆けていき、次の肉を金串に刺しにかかった。

公爵は熱い塊を噛み千切り、しばらく嚙んでから呑み込んだ。

「ううむ……素晴らしい。煙だ、煙のにおいがする！上出来だ、トリーシカ！　素人は決まって仕留めた獣の肉を炭火で焼く。真の猟師たるもの、裸火に親しまねばならん……。さあさあ、伯爵、何に乾杯しましょうかな？」

「乾杯ですか？　ふむ……何にと言われましても……」伯爵は重苦しい視線を公爵に向けた。

二人の目と目が合った。

〈やれやれ、このモスコヴィア人という連中は実に耐えがたい〉公爵は思った。〈連中ときたら、真心や、誠実さや、率直さといったものを、みんな敬遠するんだからな。テルルのことしか頭にない……〉

〈ここは何もかも苔むしている、リャザン人気質だな〉伯爵は思った。〈脳味噌が昔の苔で覆われているんだ。テルルをもってしても叩き壊せやしないだろう……〉

間が長引く。公爵は待った。

「では、公爵、乾杯しましょう……」伯爵はとりとめもなく始めた。

だがそのとき、彼が着ていた、裏にケワタガモの綿毛を入れたスエードのハンティングジャケットの内ポケットで、ブレゲの懐中時計が『タンホイザー』のロマンスを鳴らしだした。

「音楽に」伯爵は父の古い懐中時計の助言を内心密かに喜びながら言った。「なんとなれば、音楽は政治に勝るがゆえに」

「素晴らしい！」公爵は顔を輝かせて微笑んだ。

　二人のグラスが触れ合う。

　ヴォルフラム・フォン・エッシェンバッハのロマンスが、かろうじて聞こえるような音で爽快な森の空気に漂う。

　焚き火の煙に焼けた肉のにおいが混ざる。

　どこか近くで〈パタパタパタ……〉という音が聞こえた。音は次第に大きくなり、間もなく、シルバーの小型ドローンが剝き出しになった木々の梢（こずえ）の上を通り過ぎ、それから秋の空に溶けた。

8

聖戦の風がヨーロッパの頭上でびゅうびゅう唸る。

アイヤア！

おお、パリにバーゼル、ケルンにブダペスト、ウィーンにドゥブロヴニクの古き石たちよ。恐怖と戦慄が汝らの御影石の心臓を満たすであろう。

アイヤア！

おお、リヨンにプラハ、ミュンヘンにアントウェルペン、ジュネーヴにローマの舗道たちよ。誇り高きアラーの戦士たちの履き古されたサンダルが汝らを踏みつけるであろう。

アイヤア！

おお、老いたヨーロッパよ、狡猾な人類の揺籃（ようらん）、罪人と姦通者の砦、変節者と収奪者の避難所、不信心者と異常性愛者の隠れ処よ。ジハードの雷鳴が汝の壁を震わせるであろう。

アイヤア！

おお、信仰を生活のルーティンと、真実を虚偽と、天なる星をみすぼらしい貨幣と取り替えた、ヨーロッパの臆病で狡猾な男たちよ。聖なる剣の影が汝らの上に落ちるとき、汝らは恐怖に駆られて通りを逃げ惑うであろう。

アイヤア！

おお、出産を恥じながら男の荒仕事を恥じぬ、ヨーロッパの美しくか弱い女たちよ。勇敢なムジャヒディンの熱い子種が汝らの胎（はら）にどっと迸（ほとばし）るとき、汝らは仰向けに倒れ、長い叫び声を上げるであろう。

アイヤア！

おお、ムスリムを自称しながら、新時代の誘惑や罪業の言うなりに古き信仰を捨て、異教徒に狡猾なテルルによって心を惑わされるがままになっている、浅黒い顔をしたヨーロッパ人たちよ。イマームの手が汝らの頭から、汝らの魂に疑惑と幻想をもたらす不浄な釘を引き抜くとき、汝らは悲鳴を上げるであろう。そして自由になった汝らの頭から抜かれたこの釘は、ヨーロッパの舗道に枯れ葉の如く落ちるであろう。

アイヤア！

9

市委員会書記ソロヴィヨワは自分の複雑な髪型をもどかしげに整えた。大きな仕事机に向かい、空っぽのテルルの楔をいじりながら、彼女は目に見えて苛立ちを募らせていた。

「ヴィクトル・ミハイロヴィチ」ソロヴィヨワは口を開いた。「待つにも限度があることをおわかりになって？　人間は仕事だけでなく、休息、子育て、洗濯、炊事だってしなくてはなりませんのよ！」

「充分承知しております、ソフィヤ・セルゲーエヴナ！」キムが手入れの行き届いた両手を胸に当てると、父祖伝来のダイヤの指輪がきらりと光った。「ですが、昔の人が申しましたように、自分の頭を跳び越すことは不可能です。陛下の基金は一月まではございません！　これは客観的な現実なのです」

「七月にはあったじゃないか」マラーホフが立ち上がり、窓辺を歩きだした。「それに、何が基金だ！　ブロック、胎生剤、固定具、土台！　車両十六両！」

「はあ、セルゲイ・リヴォヴィチ、またぞろその話ですか……」キムは腕を広げ、ぐったりとため息をついた。「もう一度報告書の作成に取りかかろうじゃありませんか！」

「ああ……君の報告書ね……」マラーホフは痺れを切らして手を振った。「そら、連中に報告しに行くがいい！」

彼は防弾仕様の窓ガラスに向かって顎をしゃくった。その向こうの広場にはイワン三世の銅像が立っており、そのそばでは色とりどりのデモの参加者たちが群れを成していた。特別任務警察隊隊員たちの黒い姿がそれを取り囲んでいる。

「いいえ、私は今でも納得がいきません」左手で筒状に巻いた電脳を苛立たしげに揉みしだき、右手でテルルの楔をいじりながら、ソロヴィヨワは肘掛け椅子の中で身を反らせた。「どうして曖昧な契約に従って義務を撤回するなんてことになったのです？　ナターリヤ・セルゲーエヴナ！　あなたはうちの法律コンサルタントになってもう三年目じゃありませんか！　それなのに、ニジニ・ノヴゴロドの連中との契約を取り消す機会を逃すなんて！」

　この果てしなく長い三時間で疲れたレヴィートは、細長い煙草の火を揉み消した。

「私一人の責任ですわ」

「彼女には何の責任もない！」窓辺に立っていたマラーホフがほとんど叫ぶように言い、親指で肩越しにキムの方をぶっきらぼうに差した。「悪いのはやつだ！　すべての点で！」

「もちろん私です、えー、えー、えー、私ですとも！」キムは腕を組み、日に焼けた横幅の広い顔に泣きべそをかきながら、まるで歌うように言った。「ニジニ・ノヴゴロドの連中と契約を結んだのも私ですし、トゥーラへ行ったのも私ですし、火をつけたのも私ですし、判子なしで四半期計画を承認したのも私です！」

「四半期計画はここで承認されました！」ソロヴィヨワが手のひらで机を強く叩いたせいで、彼女の髪の中にいるモルモロンの甲虫たちがカサカサ蠢きだした。「あなたも手を挙げたでしょう！　あなたの才能は、あなたの千里眼は、ど、こ、へ、いったの?!」

「やつは何もかも見通した」太ってのっそりしたゴブゼフが陰気に忍び笑いを漏らした。「ペルフシコヴォの建設現場に必要なものはすべて、素晴らしく見通した。今やあそこには摩天楼が聳えている。デモもオポンもありゃしない。いうなれば、千里眼の結果というわけだ！」

「同志の皆さん、私は辞表を出せばいいのですか？」キムは驚き怒って訊ねた。「それとも、労働者のためにバラックの建設を続ければいいのですか？　どうすりゃいいんです、さっ、ぱり、です！」

「どうやってトゥーラの連中にニジニ・ノヴゴロドの十六両編成の列車をみすみすパクられたのか、お前は正直に話さねばならん」とゴブゼフ。

「ソフィヤ・セルゲーエヴナ……」キムは自分のシルバーオリーブのスーツのボタンを留めながら立ち上がった。

「お座り！」ソロヴィヨワが命じる。

キムは緊張して立ったままでいた。彼女は彼に向かって、イランの黄土を塗った、ただでさえ細い目をさらに細めた。

「答えなさい、同志キム、あなたは何者なの？」

「私は正教共産主義者です」キムは真面目にそう答え、ソロヴィヨワの頭越しに視線を壁に移した。そこには絶えずペンを動かすレーニンの動く肖像画が掛かっており、右隅の方にはどっしりした聖像入れが黒ずんで見え、灯明がともっていた。

「信じられないわ」ソロヴィヨワが言った。

張り詰めた間が生じた。

「信じられないわ、七月にあなたがトゥーラ市参事会のブレイク・イニシアティブのことを知らなかったなんて」

窺い知れない表情を湛えたキムは、黙ったまま聖像入れに向かって伸び伸びと十字を切り、会議室全体に響きわたるような大声で言った。

「神かけて、知りませんでした！」

着席者の間に疲労の色が走った。ほっと安堵する者もいれば、憤って嘆息する者もいる。ソロヴィヨワは立ち上がってキムの間近に詰め寄り、その顔を直視した。彼は目を逸らさなかった。

「ヴィクトル・ミハイロヴィチ、半年後は党大会です」ソロヴィヨワが言った。

キムは黙っている。

ソロヴィヨワは黙ってジャケットのボタンを外し、右肩を露わにしてキムの方へ向けた。肩には真っ赤な動くタトゥーが見えた。心臓と二本の交叉する骨。心臓はどくんどくんとリズミカルに震えていた。

キムは心臓をじっと見つめた。

「陛下が第三回党アピールを発表なさったとき、私は二十(はたち)でした。夫は出征中、子どもは三歳。私は推薦人の仕事をしていました。給料は二十五ルーブル。食べていくことすらままなりません。ヤセネヴォで野菜畑を耕し、ジャガイモを植えていました。夜は内職をして、中国人のために電脳ペーストを捏(こ)ねました。翌朝起きると、夜遅くまで捏ねていたせいで目がチカチカして何も見えません。ビフィミルクンを一気飲みし、子どもに食事を与えて幼稚園に連れていき、それから職場へ。仕事の後は地区委員会。十時まで。幼稚園にお迎えに行くと、ガーリクはもう寝ています。抱きかかえて家に連れて帰るんです。毎日がこんな調子で、戦時に休日などありません。それからある日、頭の中が真っ白になるような知らせが届くのです――ご主人ニコライ・ソロヴィヨフは、ワッハーブ派の侵略者から英雄都市ポドリスクを解放する際に英雄的な死を遂げた、という知らせが。まさにこのとき、ヴィクトル・ミハイロヴィチ、私はこの形見を彫ったのです。そして、技術課から社会主義建設課に移りました。なぜなら、自らに誓ったからです。私たちの戦後の生活を幸せなものにすると。そうすることで、我が子が幸せな人間に育つように。息子と同い年の子どもたちも幸せになるように。ポドモスクワのすべての勤労者が安いアパートを持てるように。この若いモスクワ国が強くなるように。もう二度と誰もこの国を襲おうなどという気を起こさないように。もう誰も二度と戦死公報を受け取らなくてすむように」

彼女は口を噤み、キムから離れ、ボタンを留めて机に向かって腰を下ろした。

「私はどうすればいいのです？」キムは低い声で訊ねた。

ソロヴィヨワはゆっくりと煙草に火をつけ、赤い爪で机をこつこつ叩いた。

「ここへ。明日。九千。第一期鋳造の金貨で」

「明日までに集めるのは無理です」キムが即答する。

「明後日」

彼は居心地悪そうに肩を動かす。

「それも非現実的ですが、しかし、しかし……」

「しかし、そうするのよ」ソロヴィヨワが遮った。

彼は口を噤み、怒りの眼差しを彼女から逸らした。

「そして、いかなるクレームも、いかなる誤魔化しもなし」彼女は肘掛け椅子の中で身を反らせた。

キムは鼠径部の上で手を組み、腹立たしげにうんうんとうなずきだした。

「九千よ」ソロヴィヨワが念を押す。

「行ってもよろしいですか？」とキム。

「けっこうよ、ヴィクトル・ミハイロヴィチ」ソロヴィヨワは疲労の滲む冷たい眼差しを彼に向けた。

彼はいきなり背を向け、ドアをバタンと閉めて出ていった。

「あの虱の卵は党から追い出すべきだ」長らく沈黙を守っていたムルタゾフが不機嫌そうに言った。

「どっか遠くへやっちまえ！」ゴブゼフがずっしりとした頭を激しく振った。

「次の会議で！」マラーホフが電脳で机を叩いた。

電脳がピーッと鳴って光る。

「その必要はありません」ソロヴィヨワは窓外のデモの群衆を眺めながら真剣に言った。「今のところは」

吸いさしの煙草の火をてきぱきと揉み消し、彼女は立ち上がった。ジャケットをピシッと引っ張り、髪の毛を触って依然として蠢いているモルモロンの甲虫たちを落ち着かせると、会議室全体に響きわたるような大声を張り上げた。

「では、同志の皆さん、民衆と話しに行きましょう」

10

扉が、慎重に、少しだけ開いた。

「やった、やった」ボグダンカはほとんど唇を動かさずに言った。

扉がバタンと閉まった。ボグダンカは耳にしたというより、むしろ感じた――ウラジーミルの手がドアチェーンを外そうと奮闘しているのを。

〈やったぞ、みんなうまくいった!〉この古臭くてみすぼらしくていまわしい扉に向かって叫びたかった――まだ前帝国時代か、ひょっとしたらポストソ連時代か、はたまたソ連時代のものという可能性すらある、得体の知れないひどい生地が張られた扉に向かって。

だが、最後の力を振り絞って踏みとどまった。

ウラジーミルは扉を開け放った。その開け方ときたらまるで、第二次戦争で永久に行方知れずとなった自分の兄が帰ってきたみたいだった。ボグダンカは飛び込むように玄関の暖かい薄闇に入り、ウラジーミルが背後で扉をバタンと閉め施錠するやいなや、上着も脱がず、壁にもたれ掛かりながら力なく床にずり落ちていった。

「どうした?」ウラジーミルは怪訝(けげん)そうに彼の上に屈み込んだ。

「べ、べつに……」ボグダンカは自分で自分に笑いかけながらささやいた。「疲れただけさ」

「走ってきたのか?」

「いや」ボグダンカは正直に打ち明け、ポケットからマッチ箱を取り出してウラジーミルに差し出した。

彼はさっとそれをつかみ取り、玄関を離れた。

ボグダンカは身を起こすと、ジャケットを床に脱ぎ、マフラーを解いて投げ捨て、ポドモスクワの泥で汚れたブーツを脱ぎ、立ち上がってバスルームに寄り、蛇口を開いて生温くまずい水をごくごく飲んだ。自制しながら鏡に目を向ける。目の周りに丸いくまができた灰色の痩せこけた顔が自分を見返した。

「静かな晩だ」と顔の中で荒れた唇が言い、微笑もうとした。

ボグダンカは黄ばんだ洗面台を突いてその場を離れ、部屋に向かった。

客間では、絨毯の上で十二名の人間が黙って車座になっていた。輪の中心ではひどく傷んだ『三国志』の上に開いたマッチ箱が置いてあり、箱の中でテルルの楔がかすかに銀色に輝いていた。

ボグダンカは、ポドモスクワのワーレヌイと、それからウラジーミルの二人目のガールフレンドでザモスクヴォレーチエのレギーナを乱暴に押し退け、輪の中に座った。二人はボグダンカの乱暴な振る舞いなど気にも留めず、彼らの目がテルルの塊から離れることはなかった。

「どうした、大事な夢でも叶ったような顔して？」ワーレヌイは苛立たしげに冗談を口にしようとした。

返事をする者はなかった。

堪えきれず、ウラジーミルが大きなため息を漏らした。

「それじゃあ始めよう……ぼんやり眺めててもしょうがないしな、実際……」

「皆さん、全員が満足し、いささかの侮辱もなく、不正や誤魔化し、取るに足らない浅ましいインチキ、配り忘れなどを窺わせることがこれっぽっちもないように、くじ引きにすべきです」ひ弱で華奢なスネジョークが熱を込めて話しだした。

「いかなる侮辱も、いかなるペテンもなしだ……」いつもぷりぷりしているマヴリン＝パヴリンがブルドッグみたいな頭を振りだした。

「ねえ、いったいどんな侮辱があり得るっていうのさ？」ダサくてだらしない恰好をした小太りのリー・グアレンがつぶやく。

「俺の機嫌を損ねるのは簡単だぜ……」猫背のクロープがかろうじて聞こえるような声でつぶやいた。

「そんなことを言ってるんじゃない！　断じて違う！」

ボンディク＝デイが自分の膝を叩いた。

「違うとも、さあ、取り決めをしよう、さあ、さあ、さあ」サモイが不気味にうなずきだした。

「聴いてくれ！　ちくしょうめ、俺たちはペテンのために集まったんじゃないんだ！」ウラジーミルが声を高め、皆は彼が極度に苛立っていることを感じた。

「あんたらは俺んちにいるんだぞ、みんな、どんなペテンがあるってんだ、くそったれ?!」

「ウラジーミル・ヤーコヴレヴィチ、問題はペテンではないのです。そんなことは、無論、私たちのような、特別で、賢明で、責任感も責任能力もある人々の間ではあり得ないことですが、私が注意を促したいのは単に……」スネジョークがべらべらと喋りだしたが、途中で遮られた。

「くじ引きだ！　くじ引きだ!!」ウラジーミルが猛然と、夢中になって手を叩きだした。

　皆がじろりと彼を見る。

　隣に座っている丸々と太ったアヴドーチヤが抱きつき、体を寄せた。

「ヴォローデニカ……何も心配ないの、何もかも素晴らしいわ……」

　ウラジーミルは彼女を押し退けようとしたが、アンマンが大きな手を伸ばして彼の肩をつかんだ。

「ウラジーミル・ヤーコヴレヴィチ、抑えて。抑えて」

　その深く威圧的な声がウラジーミルに作用した。彼はアヴドーチヤの抱擁の中で物憂げに身じろぎしただけで黙り込んだ。

「皆さん」アンマンは深く落ち窪んだ知的な目で座っている者たちを見回しながら続けた。「今日、我々がここに集ったのは、新しいブツを試金（ため）すためです。その新しいブツは我々の目の前にあります」

　まるで号令でもかかったように、皆の視線がいっせいに箱に集まる。

「これは我々にとって大金がかかりました。これは、世界でももっとも高価で、もっとも稀少で、もっとも重く罰せられる製品です。我々の誰一人としてこれまで試金（ため）したことはありません。ゆえに、今日という日を曇らせぬようにしましょう。私はくじ引きを提案いたします」

「マッチ棒でやろうぜ！　マッチ箱があるからにはよ……」いつも物悲しげなロージャ・シュヴァルツが苦

笑した。

「紙切れ十三枚に、当たりは一枚」アンマンはロージャの茶々を無視した。

「俺んちに紙なんかないぜ」ウラジーミルがつぶやいた。

　アンマンはマッチ箱を持ち上げ、『三国志』から一ページ破り取り、箱をもとの場所に置いた。

「ハサミを」

　ハサミが手渡される。彼は黄ばんだページを同じ形の帯になるようきちんと切り分けていく。

「ごみ袋を持ってきてくれ」ウラジーミルがアヴドーチヤに命じた。

　彼女は太った図体を揺らしながらぎこちなく飛び起き、キッチンに駆け込んでしばらく騒々しくしていたが、やがて黒いビニール袋を手に戻ってきた。

「ウラジーミル・ヤーコヴレヴィチ、あなたのお家に筆記具（スタイラス）はあるでしょうね？」とレギーナ。

「どこかにあったな」とウラジーミルはつぶやき、憎々しげにつけ加えた。「言っとくけど、俺は書き方は習ってないぜ」

　彼は立ち上がり、いくつかの引き出しをがさごそかき回した。そして時間の経過で傷んだ鉛筆を発見し、レギーナに向かって放り投げた。レギーナはそれをキャッチしてにおいを嗅ぎ、神経質な笑みを浮かべながら鉛筆を舐めた。

「あの、皆さん、私も……あまりうまくはないんだけど……」

「私が書きましょう」アンマンは彼女から鉛筆を取り上げ、拳に握りしめると、一本の帯に拙（つたな）い字で大きく〈TELLUR〉と書いた。鉛筆を投げ捨て、それぞれの帯をきちんと半分に折り畳み、黒い袋に入れていく。彼の大きくたくましい手は、この期に及んで落ち着きを失いはしなかった。最後の帯が袋に消えると、アンマンはその口を閉じ、長いこと揺さぶり、それから少しだけ開いた。

「反時計回りで、最初は家主から」

　やっとのことで動揺を抑えながら、ウラジーミルは袋の黒い口に手を突っ込んだ。しばらくかき混ぜてから帯を抜き出し、目を向ける。それからくしゃっと丸め、憤然と放り上げた。

「こんちくしょう！」

　アンマンは冷静に袋をアヴドーチヤへ近づけた。彼女が引いたのは空くじで、安堵の笑みを浮かべてウラジーミルに体を寄せた。

「くっつくなよ……」ウラジーミルは彼女を押し退けてさっと飛び起き、キッチンに水を飲みに行った。

　袋が輪を回る。だが、一周する前に真ん中で止まった。猫背のクロープが当たりくじを引いたのだ。

「テルルだ」彼は病的な笑みを浮かべて言い、皆に帯を見せた。

「テルル」とアンマンは認め、目に見えて不満な様子でクロープの細い指から紙切れを引き抜いた。「皆さん、クロープが試金(ため)します。それでは……親方を呼んできてください」

　誰もその場から動こうとしなかった。クロープの当たりはある者たちを興奮させ、他の者たちを麻痺させた。

　スネジョークがクロープに飛びついた。

「クロープ、我が親愛なるクロープ、今日、あなたは頂点に立つのです、あなたは壮士(ジュアンシー)（屈強かつ勇敢な人物）、造物主(デミウルゴス)、建築家(アルヒテクトン)になる、わかりますか、頭で雲を支えるのです、世界はあなたの足もとにあり、世界はトカゲの如く、両生類の如く、犬の如く、あなたの手足を舐めるでしょう……」

　クロープはいっそうひどく背を折り曲げながら声を立てずに笑い、体をゆらゆら揺らしながら、骨張った拳をニキビだらけの狭い額に押しつけていた。

「クロープのくそ野郎、リスペクト・プラス・ジェラシーだぜ」ワーレヌイはレトロな言い方をした。「いいか、みんな、俺は絶対に確信してたぜ、クロープかロージャが引き当てるってよ」

「混ぜ返すな、友よ」ロージャ・シュヴァルツはモルモロンのプレートをはめ込んだワーレヌイのスキンヘッドを物悲しげに叩いた。

「クロープったらクロープか、ったくよ……」マヴリン＝パヴリンはマスクを取り出そうとして陰気に手を伸ばした。

「なんでまた十三なんて不吉な数にしたのか、いまだに断じて理解できん」サモイが注射痕だらけの腕を腹立たしげに掻いた。

「あんた、六十持ってる？」リー・グアレンが柔らかいピエロのような顔つきをしながら彼に訊ねた。「それか、せめて二十でも？」

「ない。それに、四ルーブル六十二コペイカもない」

「すでにね！」彼女がほのめかす。

皆がどっと笑いだした。この爆笑でどうにか落ち着いてきた。何人かは結果を気楽に受け止め、マヴリン＝パヴリンはたっぷり吸い込んで機嫌がよくなり、レギーナに温かい錠剤を放り投げた。レギーナは彼に向かって特別な顔つきをした。

「皆さん、クロープのことを喜んであげましょう」アンマンが言った。「親方はどこですか？」

キッチンから戻ってきたウラジーミルが鍵を取り出して寝室を開けた。扉の向こうから背の低い男が出てきた。目が細くて横幅の広い顔をしていて、肩に鞄を下げている。

「アリシャです」彼は軽いお辞儀とともに自己紹介した。

アンマンは黙って彼にクロープを示した。アリシャは手際よくテーブルに鞄を置いて中からバリカンを取り出し、クロープに近づいて膝を突くと、彼の頭を丸坊主に刈りだした。

「長らく床屋に行かなかったのはこういうわけさ」クロープは痩せた指を素早く動かしながら言った。

「頭をもっと上げてください」アリシャが頼む。

「やっぱり理解できないんだけど、どうして楔を二度使用しちゃいけないの？」満足げなアヴドーチヤはウラジーミルに抱きつきながら話しだした。

ウラジーミルはふんとせせら笑い、アヴドーチヤの額を指で叩いた。

「テルルは脂肪酸と反応して純度が下がり、塩に変わります」アリシャは作業をしながら答えた。「変化が非常に活発なので、塩の層はかなり広くなります。それに、問題はそれだけではありません。説明不可能なこともあります。たとえば、結晶格子の極性が変化するのです。要するに、これまで釘を浄化して二度目を打ち込むことに成功した者はいません」

「そして、これからもいない」ロージャは嘆息した。

「死亡」顔を真っ赤にしたマヴリン＝パヴリンがつけ加えた。

「ニューロンの膜とテルルの原子が急激に反応するのです」アリシャが続けた。「ですが、釘が適切な場所に打ち込まれたらどうなるか。テルルは酸化し、膜は脂肪酸を失います」

「そう、そう、そうなんです！」スネジョークが熱っぽく言葉を引き取った。「これは衝撃的で信じられないような変化なんですよ、友人諸君、ニューロンの脂質膜がその脂肪酸でもって金属からテルルの原子を文字どおり舐め取るのです、舌みたいに舐めて舐めて酸化させ、その際に自分自身も急激に柔らかくなり、ニューロン内で、脳内で変化が始まり、人間は願望の空間に入り込む！　実に素晴らしいじゃないですか、皆さん！」

「何が素晴らしいもんか」ワーレヌイは煙草を巻いている。「釘一本に六十ルーブルなんて……世界が発狂する」

「釘代だけじゃないわ」レギーナが言葉を挟む。

「釘を入れる腕前も必要ってこと？」アヴドーチヤはわかったようなわかっていないようなばかっぽいうなずき方をした。

「自分で自分に打ち込むやつもいる」ワーレヌイがぼそっと言った。「大工なしで。それでも平気なんだぜ」

「大工なしでも打ち込めるが、昇天するのがオチだ」ロージャはにやりとした。

「曲がって入ったらサイアクだ」サモイは絨毯に唾を吐いた。「釘抜きは役に立たない」

「だからこんなに素晴らしいんじゃないですか、親愛なる皆さん！」スネジョークがまたべらべら喋りだした。「フグという日本の魚みたいな製品です。危険だからこそ素晴らしい、致死率十二パーセント。これは羊のくしゃみのような些細なこととはわけが違います、これは神的なもののしるしなのです、そうでしょう？　神は褒め称えては罰を下し、蘇らせては道端の塵に変える！　楽園へと通じる門は狭く、入れるのはただ選ばれし者のみ！」

「もし、あなたはゴルノ＝アルタイスクの方ですか？」アンマンがアリシャに訊ねた。

「私はヤクート人です」訊ねられた方は刈り込みを終えながら穏やかに答えた。

「どこであなたは……」ボンディク＝デイが口を開く。

「あそこで」アリシャが遮る。「暮らし、習得しました」

「それで、打ち込むのは何度目ですか？」サモイがアリシャに向かって意地悪く目を細めた。

「百五十四回目になります」とアリシャは答え、クロープの頭をアルコールで拭きはじめた。

「ちくしょうめ……」ウラジーミルが羨ましそうに罵った。

「なんと、ヴォローデニカ、母なるモスクワはテルルにハマってるのね！」アヴドーチヤは彼を抱きしめながらくすくす笑いだした。

「これはキューブやスフィアじゃないんだぜ……」ワーレヌイは煙草に火をつけた。「一本につき六十ルーブル……キューブなら三十個、スフィアなら二十個、ピラミッドなら八個手に入る計算だ。半年は絶え間なくトリップできるぜ」

「キューブは素晴らしい製品よ」リー・グアレンが反論した。「あたしはどんな楔とも取り替えようとは思わないわ」

「奥様、あなたには誰も提供しませんよ」サモイが毒づく。

多くの者が笑いだした。

「家に帰ろうかなあ」リー・グアレンはわざとらしく伸びをしながら立ち上がった。

「そう、そう。毒をもって毒を制すべし……」サモイは静まらない。

「俺たちも行くよ、どうぞごゆっくり」ワーレヌイがボンディク＝デイの腕を取りながら立ち上がった。

「ご機嫌よう、兄弟クロープ」ボンディク＝デイはクロープに向かって言葉を投げた。

「私も、私も行きます、皆さん、正直に申しますと、灰になるほどものすごい好奇心に燃えているのですが」スネジョークが飛び起きた。「我が全内奥が、不死なる全本質が、クロープの頭蓋に入り込み、いかなる輝きとて匹敵することを知らぬ神々しい変容を体験したいという願望に震えています、高揚や陶酔のことを言っているのではなくて、ええ、ええ、入り込みたいのです、よしんば入り込まないまでも、せめてすべてが終わった後で尊敬すべきクロープに体験したことを根掘り葉掘り訊ねたい、天上のものに関与した彼の喜びを享受し、彼の超感覚的告白に一瞬なりとも溶け込み、溶け込んだ後で黒い嫉妬に燃え上がり、すぐさま歓喜と陽気の白い服を着て不死鳥の如く嫉妬の黒い灰より蘇りたい！」

「一回で五日かかることもあります」アリシャはゴム手袋をはめながら忠告した。

「知っています、親愛なるアリシャ、知っておりますとも！」スネジョークが後を続けた。「まさにこの知識が私をこの力場から去らせるのです、なんとなれば、我が心臓がその五日間の試練に耐えきれぬのです！

嫉妬でパレスチナのイチジクの如く弾けてしまう！　というわけでいざさらば、親愛なる皆さん！　いざさらば、ウラジーミル・ヤーコヴレヴィチ！」

彼は深々とお辞儀をして出ていった。

マヴリン＝パヴリンとサモイが黙って立ち去った。物悲しげな笑みを浮かべてロージャがアパートを後にした。絨毯に座っているのはボグダンカと、ウラジーミルにアヴドーチヤ、アンマン、それにレギーナのみとなった。

「ベッドが必要です」アリシャが背筋を伸ばした。

「寝室にある」ウラジーミルは疲労による無関心とともに顎をしゃくった。

クロープが夢遊病者のように寝室へとふらふら歩きだした。アリシャ、レギーナ、アンマンがその後に続く。ボグダンカ、ウラジーミル、アヴドーチヤは座ったままでいた。

「見に行きましょうよ、ヴォローデニカ」アヴドーチヤがウラジーミルの落ち窪んだ頬を撫でる。

「いやだね」彼はぼそっと言った。

「私は行きたい」レギーナは立ち上がり、寝室に入った。

ボグダンカが彼女について部屋を出た。ウラジーミルはもう少し座っていたが、立ち上がって寝室に入った。クロープはすでに右の脇腹を下にしてベッドに寝そべっていた。目は半分閉じていた。アリシャは電脳を広げ、それをクロープのつるつるした頭に貼りつけた。電脳にクロープの脳の映像と浮かぶ地図が現れる。アリシャはクロープの頭上に両手を伸ばし、ぴたりと動きを止めた。長い数瞬が過ぎ、アリシャはクロープの頭蓋からさっと電脳を外し、頭蓋に緑の点で場所を記した。その後、マッチ箱から楔を取り、アルコールで拭き、点にぴたりと当てた。鞄からハンマーを取り出し、素早く強い打撃でクロープの頭に楔を打ち込んだ。

11

おお、完全国家よ！

汝は可視・不可視の太陽となりて我らの頭上に輝き、温め、焦がす。汝の光線が我らを貫く。そは強大にして遍在する。正しき者も、咎ある者も、何人たりとも隠れられぬ。

だが、そもそも隠れる必要などあろうか？

ただ狡猾な者のみが汝の光輝を避け、自尊心という暗い片隅に身を潜める。彼らは汝を愛することができぬ。なんとなれば、己と己に似た者しか愛せぬがゆえに。彼らは汝に身を委ねることを恐れる。汝が自分たちの自尊心を永久に奪い去るのではないかと、自分たちの埃まみれの狡猾な世界を破壊するのではないかと。彼らの歯は貪欲とエゴイズムで食いしばられる。彼らにとって人生とは歯軋り。自惚れは彼らの王座。嫉妬と恐怖は彼らの永遠の道連れ。彼らの顔は己に没頭している。彼らは複雑であり、様々な恐怖に満ちている。彼らは不透明である。汝の光から逃れようと己が住居の複雑な家財道具の陰に身を潜める。汝の光は彼らを焼く。彼らの思考は永遠の懐疑の影である。

嗚呼、汝ら、複雑不透明な者たちよ！

燃えよ、判決を下され破滅を運命づけられた者たちよ。煙れ、人類の古き懐疑の暗い思考よ！　完全国家の光が汝らを灰にする！　泣き叫べ、自尊心に溺れた狡猾な者たちよ、火傷にのたうち、埃まみれの己が住居に身を隠せ。汝らは灰と化す定め。汝らは過去。

我らは現在であり未来である。

単純透明な我らのみが、完全国家を愛し得る。透明な我らのためにのみその太陽は輝く。我らの人生は歓喜。なんとなれば、我らの体は国家の光を通すがゆえに。

我らは汝の光を遮らぬ、完全国家よ！　我らは飽くなき歓喜とともにそれを吸収する。汝は大いなる希望。汝は大いなる秩序。汝は我らが人生の幸福。我らの体の原子一つ一つの中で大いなる秩序への関与の喜びが歌っている。我らの顔は歓喜し開かれている。我らは完全国家を信仰する。そして国家も我らを信じ、我らの信仰を支えにする。

人間の最高の幸福は完全国家のための生である。その偉大な建築物を構成するのは我らである。我らはその偉大さの光り輝く煉瓦（れんが）。我らは国家の蜜で満たされた蜂房。我らは国家の支柱。我ら一人一人の中でその強大なエネルギーが歌っている。一人一人の中に大いなる完全さの理念が生きている。我ら一人一人に国家のため身を捧げる覚悟がある。我らの肉体はその建築物の土台。我らの愛はその柱。偉大な建築物は光り輝く高みを向いている。その頂点は最高純度のテルルでできている。そは輝き、目を眩ませる。

おお、この建築物はなんと壮大で完全であることか！　まさに唯一無二。そは我らの幸福のために創られ、建てられた。我らの幸福は我らの国家の偉大さにある。

その完全さは我らの喜び。
その強大さは我らの力。
その富は我らの平安。
その願望は我らの労働。
その安全は我らの懸念。
汝に栄えあれ、完全国家よ！
千代に八千代に栄えあれ！

12

私たちの工場には関所町があります。モノレールの終点のスホドニャからすぐのところ、そこに関所町があるんです。工場は停留所を三つ越えた先にあります。大きくて、いい工場です。いろんな胎生製品を作っています。糊とか、フェルトとか、ゴムとか、プラスチックとか、いろんな口径のパッキンとか、胎生玩具なんてものまで。工場では千五百人が働いています。陛下がお定めになった制限に従って、よそ者の数はきっかり五百人で、全員が第二壁外の中国人です。あの人たちは壁の向こうの寮に住んでいて、仕事のためだけにやって来るんです。中国人と関所町の人たちがここで働いています。関所町にはザモスクヴォレーチエや壁外の人たちが住んでいます。一対三の割合で。私たちザモスクヴォレーチエの住人は三分の一。壁外の人たちは三倍も多いんです。関所町には十二棟のアパートがあります。しっかりとしたいい建物です。お部屋はあんまり広くないですけど、暖かくって快適です。それで、その第三棟の二十七号室に、卑劣漢のニコライ・アブラモヴィチ・アニケーエフが自分の家族と暮らしているんです。彼は一年前にうちの工場にやって来て、手続きをしました。彼自身はヤロスラヴリの出身で、よそ者です。ここに来たときは独り者として手続きをしました。部屋の一部を借りるだけにして、さしあたり家賃を支払わなくてすむようにするためです。しきりに、独身だ、独身だ、と皆に言っていました。私をダンスに誘ったときもそう言ったんです。一緒に踊ってみて、彼のことが気に入りました。巻き毛で、肩幅が広くて、はきはきしていて、踊りができて、それも名人級なんですもの。ペレプリャース（踊り手が順番に技を競い合うロシアの民族舞踊）が始まると、彼はすぐさま気取って前に出てきて、ブーツの底金を鳴らし、チューブ髪（頭頂部を残して髪を刈り上げ、残った長い髪を前に垂らす、ウクライナ・コサックの伝統的な髪型）を振りながら叫んだものです。ポドモスクワよご覧じろ、ヤロスラヴリの益荒男が地面から火を出すぞ、って。私たちは知り合って仲よくなり、作業場で話をするようになりました。彼はフェルト部門で、私は玩具部門で働いていました。二つはほとんど隣り合っていて、ゴム部門を通るだけで行き来できます。仕事の合間の一服に行くと、彼ったら、すぐ私にサインを送ってくるんです。マルーシャ、一緒に煙草を吸いに行こうよって。すぐに恋に落ちたわけじゃなくって、単に面白くて、目立つ人だなって。私たちの作業場は娘っこやおかみさんばかりで、べつに話すことなんてありません。それでなくとも一緒に暮らしているわけですし……。で、彼が私に自分の人生を語りだしたんです。軍に招集されたことや、ウラル山脈の向こうで戦ったこと、ダムダム弾で片脚の骨を粉々に砕かれたこと。それで彼は病院に入院したのですが、すでに壊疽が始まっていて、譫妄状態で脚を切断され、退院を求められたものの強情を張って手首を切り、片脚では出ていかないぞと言ったもののそれっきりで、結局いつものように病院に新しい脚はなかったのです。医者の先生が彼のそばに来てささやきました――私にテルルの釘を買ってくれたら、君に脚をあげよう。彼は両親に手紙を書きました。両親は仔牛を二頭屠り、ラジオを売り、お隣さんから借金をしてお金を送りました。それで釘を買い、先生は脚を縫いつけ、彼は退院しました。そしてまた戦列に加わり、またウラル山脈の向こうに行き、また然るべく戦い、メダルをもらい、それから血に飢えたミシュートカが打倒されると、皆と一緒に脱走しました。ニコライ・アブラムイチはいろんなお話の名人で、まるですべてがありありと目に浮かぶように話すのでした。自分の家族のことも話しました。彼のお父さんは洗礼を受けたユダヤ人で、たいそう信心深く、すべての聖地を巡りました。アトス山にも行ったことがあって、絶えず息子のために祈っていました。そしてお父さんの祈りは彼を二度も救ったのです。一度目は、突撃をして銃弾が三度も自動小銃に当たったとき、二度目は、ウラル山脈以東（ウラリエ）地方の二人と塹壕の中でつかみ合いの喧嘩になり、一人が滑ってよろけた隙に彼が二人とも切り殺したときです。それから、自分の兄のことも話しました。兄は中国人と結婚してクラスノヤルスクに引っ越し、そこに根を下ろして地盤を固め、妻と一緒に小吃攤（シアオチータン）（屋台）を営み、車を二台買い、子どもはもう三人いて四人目を待っているところで、彼はクリスマスになると兄の家に顔を出す。とまあ、そんな話をしました。その後、彼から地元の居酒屋に誘われました。ワインを奢ってくれて、お肉や甘い物を食べさせてくれました。それから彼が私を送ってくれたのですが、途中の松林で私を抱きすくめ、キスしたんです。彼のことを気に入っていたので、抵抗はしませんでした。浴びせるようにキスをして、やっと放してくれました。そして次の日、トルコ石の指輪をプレゼントされました。それから一緒に映画を観に行きました。映画館でも彼は私の体を押さえつけ、愛撫しました。翌日、私の部屋の娘っこたちが市場に出かけたとき、私は彼に身を捧げました。そして、そのときから私とニコライは恋人同士になったのです。行き当たりばったり、いろんな場所で愛し合いました。至聖生神女就寝祭（八月二十八（旧暦十五）日）には彼と定期市を訪れたり、雀が丘に行ったりしました。彼は私を回転木馬に乗せたり、宇宙船で一緒にアルデバランへ飛んだり、青い草原を散歩したり、私にバイエルンのビールを飲ませたり、甘い物を食べさせたり、生きたスカーフを二枚プレゼントしたりしてくれました。そして、無我夢中になるほど彼に惚れ込みました。彼は単に恋人というだけでなく、心の友となったのです。プロポーズしてくれるのを待っていましたが、彼ときたらずっとだんまりで、〈まだその時じゃない〉とか、〈根を張って少しずつ金を貯めないと〉とか言うのです。ママにはもう彼の存在を明かしていて、毎日のように近況を話していました。ママはいつもこう言って私を慰めてくれました。若い男が新しい土地に来たんだ、まだよく馴染んでいないし、自信もないんだろうから、いたずらにせっつくもんじゃないよ、と。時は経ち、秋が過ぎました。私たちの作業場では三人の娘っこが嫁いでいきました。そんな折、まるで頭に雪が落ちてきたみたいに、いきなりニコライの奥さんがやって来たんです。それも、奥さん一人じゃなく、六歳の娘まで連れて。ほんとに呆れちゃいます。彼らはすぐ家族用の部屋に移りました。

そして、そのことを耳にした瞬間、私の頭の中で稲妻がピカッと光り、そのまま光りっぱなしになったみたいでした。それからというもの、寝食もままなりません。この稲妻のせいで誰も見えなくなったみたいでした。頭の中にあるのは、彼のところへ行ってすべてを解決したいということだけ。愛しのコーリャ、あなたに会いたい——そうメッセージを送りました。だけど彼ったら、それをみんな消しちゃって、井戸の中に入ったみたいにだんまりを決め込む始末。休憩時間まで待ちましたが、彼はいません。仕事が始まりました。もういっそのこと自分の方から彼の仕事場へ行こうとしましたが、部門長に仕事の邪魔だと追い払われました。食堂で彼に近づきました。彼はシチー（キャベツなどのスープ）をがっついています。こんにちは、ニコライ・アブラモヴィチ。彼は初対面みたいに私を見て——こんにちは、マルーシャ。なんで騙したの？——私は訊ねます。「べつに」——彼は顔を背け、シチーをがっつきつづけます。そこでまた私に雷が落ちたのです。私はビトーチキ（ロシア風ハンバーグ）のお皿をつかんで、彼の頭に投げつけました。そして食堂を出ました。それから私たちの玩具の作業場に入って、コンベアーから子ども用の〈おじいさんのキノコ栽培キット〉の箱をつかみました。中にはプラスチック製のちっちゃなキノコがいくつも入っていて、それを栽培するのです。私はキノコをひとつかみして呑み込み、命の水が入った小瓶を開けて飲みました。生きた水はまったく味がしません。外に出て私たちの小さな礼拝堂に向かい、十字を切ってひれ伏しました。主よ、お赦しください、私が悪かったのです。そのとき、お腹の中でプラスチックが膨らみ、私は意識を失いました。気がつくと病院でした。台の上に寝ていて、お医者さんに人間の頭がついたヤマイグチを見せられました。すっかり私の血で汚れていて、ヤマドリタケの方も同じでした。ばかだね、お前さんは自分のお腹の中でおじいさんのキノコを育てていたのかい？　キノコスープを食べに招待しておくれ！　そうそう、治療には工場の保険を使ったが、新しい胃の代金にお前さんの給料から四十六ルーブル差し引いておくからね。一週間後には仕事に出られるだろう。私は泣き叫びたかったけれど、気力が残っていませんでした。言えたのはたったこれだけ——先生、どうして私を生き返らせたのですか？

13

　シャルロッテンブルク女王ドロテア、三十七歳でやもめ暮らし、不穏な王国の支配者、旧姓シュレースヴィヒ＝ホルシュタイン王女、グルネヴァルト公妃、フエルダフィングならびにダルムシュタット方伯夫人、ムリエト公爵夫人が、月光に浸された宮殿の続き部屋（アンフィラーダ）を素っ裸で追いかけてくる。

　女王様の寝室から転がり出た俺は、寄せ木床のワックスや暖炉や麻や朽ちた家具のにおいがする夜の空気を切り裂く。化粧室、謁見の間、緑色の書斎がちらつく。書斎には低いソファーベッドが置いてあって、俺たちはそのレモン色のシルクの上でテペル＝タペル＊1をするのが大好きなんだ……。

「止まりなさい（ブライブ・シュテーエン）、この（ドゥ）、糞玉（シャイスクーゲル）！」

　もう糞玉（シャイスクーゲル）呼ばわりとは……。ほんの三十分前までは、私の乙女のオモチャさん（マイネ・デヴィーチャ・イグルーシェチカ）だったのに。バーン！

　女王様が虫捕り網を力任せに叩きつける。ハズレ！

　俺はジグザグに逃げる。虫捕り網が背後で榴散弾のように炸裂する。女王様の手は重い。ドーン！　ドーン！　ドーン！　これはもはや絨毯爆撃だ。積極的な防御策が求められる。左に急カーブ、花瓶、トルコ風ソファー、円柱、チェンバロ。分厚い足の裏が重く、ゾウ、ゾウ、と床を踏み、熱い息が、ヒョウ、ヒョウ、と吐き出される。ゴロン！　花瓶だ。転げ落ちた——が、割れず。ズドーン！　月光を浴びたチェンバロの屋根。ポロン、ポロン、ヒエッ、ヒエッ、ヒエッハ、

＊1　［原註］馬跳びを思わせる肉竿農奴の活発な遊び。

ヘッハ。バッハ？　バッハ？　バッハ？　ヘンデル‼ 最後の力を振り絞って加速する。あの狂乱の夜の後でまだ力が残っているとは！　奇跡だ、奇跡。

バーン、バーン！

ドア枠が見える。

喘ぎつつ回り込む。

いざ飛び込む

楕円形の

間へ。

広大。窓。月。床を突いて飛び起き、慣れた足取りでチェス盤模様の大理石の上を転がるように進む。ち(ママ)くしょう(イン・ゴット)、この二年間、俺たちはここで何度もナマのゲームをした！　俺はいつだって黒のナイトで、B8に立っていた。俺がルイ・ロペスでマーシャル・カウンター（ともにチェスの序盤の定跡）を仕掛けることを承知しないでいると、ならず者のノッポ2号はよくこう言ったものさ——弱虫ナイト、と……。

背後で女王様が大理石の床をズオウっている。

「お待ち(ハルト)！　お待ちったら(ハルト)、このうんこ野郎(ミストシュテユックヒエン)！」

滑走する。ゴブラン織りの間に滑り込む。このどれかに包まり、あの鬼女から離れたところで寝転んで、ぐっすりおねんねといきたいものだ。だが、そうは問屋が卸さないようだぞ、ロシアの歪人(わいじん)よ……。

そして、すべての歪人と同じく、俺の体は決まってカーブしちまう。ゴツン！　こりゃまた——テーブルの金メッキした脚に頭をぶつけちまった。火花、火の粉、火の粉っこ。メッキの剝がれたあんよ、あんよ。見事なあんよ。貴女が歩いた後にはぺんぺん草も生えんよ……。

呻きながら、脚の間で急カーブ。

「ほら(ヌーン)、来なさい(コム・ショーン)、このおばか(ドゥラチョーク)！」

女王様が地団駄を踏む。花瓶が恐れをなして震える。女王様のおつゆが寄せ木の床に滴る。これぞまさしく、飽くなき膣(ヴァギナ・アヴィダ)だ。

「もう(アツハ)、このちっこい豚(ドゥ・クライネ・ザウ)！」

女王様はすっかりおかんむり。

赤の間へ逃げ込む。背後で、女王様が虫捕り網のガーゼの留め具をつかみ、棒高跳びでもするように重々しく助走を始める音が聞こえる。

「お待ちぃいいいいいい(ハァァァァァルト)‼」

ドロテア様の深い声が夜の宮殿に響きわたる。バス、バス。ワオン、ワオン。反響で中国の花瓶がブーンと音を立てる。腟（ちつ）から出る大音声だ。と、そのとき、遠くから、俺が出てきた寝室から――哀れな、弱々しい声。

「ドロテア、愛しの君（ファインスリープヒエン）、どこにいるんだい？（ヴォー・ビスト・ドウ・デン）」

つまらん男だ。意気地なし、タマなななななし（ヴェズムドドドドドヴォエ）、心なし、それに……ああ、マズい、戦後の南京虫みたいに絨毯の下にはまっちまった！　いまいましいトルコ絨毯め！　毛羽だらけの安物め！　ペルシャ絨毯と中国絨毯の方はとっくの昔に宮廷のならず者どもに掠め取られた。

陶器の間の敷居で追いつかれる。風を切る柄、衝撃。暖炉に飛び込む。燃えかす。灰は灰に（アッシエズ・トウ・アッシエズ）、ってか？

「はっくしょん！」これは俺。

暖炉口から飛び出してぎょっとした。巨大な女王様が胸をケトルベルみたいにゆっさと揺らし、ばかでかい尻を持ち上げ、虫捕り網をゴルフクラブのように振りかぶっている。ちなみに、女王様のゴルフの腕前は抜群だ。豊満な肩が汗で光り、月が乱れ髪の中で輝いている。

「シィイイイイット！」

ハズレ。

花瓶の間を逃げ回る。

「シィイイイイット！」

バーン！

花瓶は粉々。

陶器のドラゴンに飛び乗る――さらにもっと高く、オウムに、バシリスクに、布袋（ほてい）さんに、そして……バーン！

グルネヴァルトの春のヤマシギのように打ち落とされる。暗闇の中、宙返りしながら下に向かって飛んでいく。真っすぐ、女王様の汗ばんだ手のひらへ。

ドロテア女王様の火照（ほて）った顔が俺の上に傾（かし）ぐ。

「いいかい（パス・アウフ・ドウ）、小さなロシアの悪党（クライナー・ルースキー・スヴォーラチ）、これはあんたの自業自得だよ（ダス・ハスト・ドウ・ディーア・ゼルプスト・アインゲブロクト）！」

これにて幕。

最後の最後。

最後の最後。

最後の最後。

遅かれ早かれ、万事はここに帰す。嗚呼。今は亡き宦官（かんがん）ハルランピーがよく言っていた。苦しみを受けるのは、そなたらの中のもっとも長く太い者ではなく、もっとも賢く曲がりくねった者であろう、と。じいさんは正しかったわけだ……。そう、俺は賢い。それはチビ3号ですら認めているほどだ。俺は筋張って曲がりくねっている。俺は活発でダイナミック。俺は汁気たっぷりのサンバやつるっとしたランバダを踊る、俺は性俺の托鉢僧(ダルヴィーシュ)となって回転する、俺は膣リングを五本ともすべて使ってフラフープを回す。俺は弾む。五ヴェルショーク（一ヴェルショーク＝四・四四五センチ）の俺の体を弓にして弦(つる)を張れば、矢は女王様の寝室の窓から出て、バラ園をひゅっと飛び越え、宮殿の庭の緑の迷路に落っこちる。そして、仲間のノッポどもはカタツムリみたいな羨望の眼差しでそれを見送るのだ。俺の体を引っ張ってから放てば、女王様のどの愛人だろうと、なけなしの脳味噌を叩き出してやれる。たとえば、今の愛人だ。クロイツベルクのコンラート！　実におっかない響きだ……。そして、この仰々しい名に包まれた男のちっぽけさよ。〈ノイケルンを野蛮なサラフィー主義者どもから解放した者ぞ！〉そして、感謝に満ちたトルコ人たちは解放者の手に口づけましたとさ……。凡人に栄冠が授けられるのが最新の歴史の常。宮廷画家による濃艶な油絵を考えた。題して、『シャルロッテンブルクのドロテア女王、吾輩(わがはい)を用いてクロイツベルクのコンラートとソドミーに耽るの図』。あのつまらん男は枕に向かってお行儀よく呻く。ノイケルンを解放したのが中国の航空大隊だってことは、ノッポ8号ですら知っている。クロイツベルクのコンラート殿は、臆病者に相応しく、度胸づけのために自分の脳天にテルルの釘を打ち込み、クロイツベルクの略奪兵部隊とともに二階建て級のビチューグ馬（現在は絶滅したロシア産の巨大な駄馬）でそこへ乗り込んだものの、時すでに遅し、サラフィー主義者どもの屍はおろか、瓦礫まで片づけられた後だった。やつはカール・マルクス通りを行き、トルコの女たちはやつのベオウルフの蹄(あし)もとにバラの花を投げた。英雄ってわけだ！　もっとも、俺はプロセスから脱落して逃げ出したのだが、これは断じて道義的理由からなどではない。女王様のハーレムの全性員と同じく、あのお方が誰とソドミーに耽ろうが——臆病者だろうが英雄だろうが、殺人鬼だろうが廉潔の士だろうが——俺にはどうだっていい。仕事だ。ただ……限度ってものがある。限度ってものが。ひょっとしたら、疲れただけかもな。肉体的にじゃない、肉体的にじゃ……。鬱病か？　あり得る。心の不安？　かもな。性格が複雑？　そうとも！　長いこと寵愛を受けることは危険だ。たくさんの本を読むことはさらに危険だ。俺はれっきとした人間。この一言に尽きる。自分にすら曰く言いがたい物自体があるのだ。とりわけ、夜に懲罰籠に吊るされるときには……。

　ハーレムは眠っている。あるいは、ハーレムは悲しみを知らずに眠っている、と言った方がいいだろう……。

　籠からは御料チンの共同体がよく見渡せる。三十二本の肉竿用に三十二台のベッド。そのうちの五つは空だ。俺、ノッポ7号、ノッポ4号、デブ2号、それから……ええと、誰だっけ……そう、チビ4号だ。女王様はそうやって俺の抗議行動（デマルシュ）を埋め合わせているんだ。だが、俺の代わりを務めさせるのは難しいだろう。

　ハーレムは眠っている。デブどもはいびきをかき、チビどもは鼻息を立て、ノッポどもは口笛のような音を出し、我らがドリル兄貴だけが静かに眠りの神（モルペウス）に身を委ねている。俺たち、体の歪んだ連中は六人。言っておくが、全員ともまったく立派な個体で、各自が己の性癖を持っている。歪人1号は体に長々と石鹸（せっけん）を塗りたくるのが好きだが、洗い流すことは滅多にない。歪人2号はココナッツオイルが我慢ならない。歪人5号はディープ・スロートを、歪人4号は宮廷ネズミを、パニクるほど恐れている。一方、俺には……怖いものがたくさんある。恐怖、恐怖。それが真のインテリを作る。そんなわけで、〈弱虫ナイト〉にもそれなりの道理（レゾン）があるわけだ。そして俺はマーシャル・カウンターが、大、嫌い、だ。うんざりするカロ・カン・ディフェンス、あるいは腐ったピルツ・ディフェンスの方がまだマシだ、盤上のあの黒い憂鬱よりはな。そもそも、歪人がチェスのナイトやタツノオトシゴに似てるってのは自明の理（フェアダムト・ノッホ・マル）だ。だが恐怖……それを持たないやつがいるか、くそったれ？

　デブ3号が眠りながらげらげら笑っている。おめでたいやつだ……。だいたいが、ここのデブどもは揃いも揃っていずれ劣らぬ大の熱血快楽主義者だ。俺たちやノッポどもと違って、体を切り詰められていないからかもな。フランシスコ会の修道士みたいに頭巾を引っかぶっておねんねしていやがる。あいつらが頻繁に用いられることはない。腹いっぱい飲み食いさせてもらっている。新鮮な空気での肥育、ダイナミックな遊戯、水浴び……。そりゃあ、眠りながら笑いだすわけだ。それに引き替え、たとえば、ノッポ1号は眠りながらよく泣いている。やつだけじゃない。俺自身にしてからが、最初の数ヵ月はよく泣き濡れて目覚めたものだ。なぜかよく夢に見たのは、シェレメチェフ宮殿の温室、椰子(やし)の木、多肉植物、それに、早々と共通の言語を見つけることができた蝶や甲虫たち。キアゲハたちは進んで俺の藤色の頭に止まり、羽で扇いでくれた。俺は昆虫たちの言葉で話せるだけじゃなく、歌うことだってできる。実際には、ハーレムの全員がこの歌を分かち合ってくれているわけじゃないんだが。こう言って脅されたこともある——歪人6号よ、もしブンブン唸るのをやめねえなら、俺たちがお前を蚊みたいに叩き殺してやるからな。集団生活というのはそもそもが地獄なのだ。かといって孤独も楽園ではない、それは確かだ。自分がどこぞのトルコ人やもめの宝石箱の中やベッドの下で、あるいは、夜ごと自分の濫書症(グラフォマニア)じみた懺悔を書き殴りながら世界を放浪している色白の男やもめのスーツケースの中で眠る様を想像してみればいい……呆然とするだろう。

誰かが屁を放(こ)きやがった。もう一発。おまけにもう一発。ううむ……今は、たぶん、深夜の二時くらいか。明日のお目玉の前に充分眠っておければいいのだが、なぜか眠りが頭に入ってこない。白状すれば、ここでの眠りはだいたいがあまり穏やかなものではない。問題は夜の悪夢にはない、あるイギリス人精神科医が有名な論文〈遺伝子組み換えの男根状身体におけるメガ去勢コンプレックス〉で記述した、俺たちにとって古典的な悪夢にはない。いや、ありがたいことに、黒い歯の生えた膣(ヴァギナ・ス・ズバーミ)は俺の夢には現れないんだ。しかし不眠症、ハーレム、ぴんと張った体……。異常な早起きは、もう半年も俺を苦しめつづけている災厄だ。

夜、この上から見下ろすと、俺たちの寝室はきわめて穏やかな様子をしている。肉竿たちは藤色の頭を枕に乗せて眠っている。夜の口論や、喧嘩や、打擲(ちょうちゃく)などなかったみたいに。誰かを〈フクロ〉にしたことなど、眠っているやつにおまるの小便を浴びせたことなど、ベッドの中にスズメバチやオケラを忍ばせたことなど、ただの一度もなかったみたいに……。

夏はだいたいかなり平和に過ぎた。デブどもはおとなしかったし、チビどもは消灯前に『きよしこの夜』を歌わなくなったし、ノッポ3号はバルコニーから飛び降りるのに飽き、歪人4号は歪人1号を殴るのに飽きた。ことさら誰かを妬んだり非難したりする者もいない。それは部分的に、我らが女王様が関係の多様性を好み、歓迎しているからだ。今日は俺でクロイツベルクのコンラートとソドミーに耽り、明日はニュルンベルク伯爵夫人の双子姉妹が女王様を二股フォークに座らせ、明後日にはもはや誰も、女王様がノッポ二名、歪人二名、チビ二名の助けを借りて伯爵夫人たちを六つ股フォークに乗せることを、あるいは単に大規模なセックスパーティーを催し、鬼ごっこやお尻叩きをやったり、粉砂糖の中で〈アビシニアの近衛兵〉をやったり、シャンパンを飲んだりすることを禁ずることはできない。仕事は全員に行きわたるのだ——デブ2号にさえも。

　時計が二時半をささやいた。

　だがそれにしても、俺はなぜこんなところにいるのだろう？　なんだって急に反抗したりしたんだ？　ばかなのか？　それとも、歳のせいか？　俺は四歳。これは肉竿にとってだけでなく、大半の小人にとって中年に当たる。つまり、ありきたりな中年の危機ってわけだ。

　微睡（まどろ）もうとするが、あまりうまくいかない。

　時計が三時をささやいた。そしてそれが合図だったかのように——寝室から後宮へ、ズタボロ四人組のご帰還だ。うな垂れながらとぼとぼ歩いている。その様子から察するに、女王様、俺がいないもんだからやりすぎたらしい。いまわしいチビ4号が俺に近づいてくる。

「喜べ、歪人！　飽くなき膣（ヴァギナ・アヴィダ）さまはお前と残りのロシア人を種研（ザートグート）＊2に提供する決定を下されたぞ」

　おっと、こいつはもう笑い事じゃない。やもめオークションや売春宿よりなお悪い。待っているのは最悪のチン生。実験室暮らし。何の芸もない地獄の労働。試験管＋チン肥。搾り出される精液の奔流。それが死ぬまで続くんだ。

　しかし悪いのは自分だ、ばかめ。宮殿暮らしで肥え太り、ぜいたく癖がついちまった、チン仏も恐れぬ阿呆さ。

　チビはベッドにばたんきゅうし、ノッポ4号はがぶがぶ水を飲んでいる。やつに頼んでロシア人の誰かを揺り起こしてもらう。

＊2　［原註］ベルリン東部の精液収集研究所寮。

ほどなくして、三人の同胞が寝ぼけ眼を擦りながら下に並ぶ。こいつらに向かって宣告する。

「俺たちは種研（ザートグート）送りだ！」

この籠から、三本のロシアの肉竿が絵のように固まるのが見下ろせる。こりゃまったくサルヴァドール・ダリが造ったカレーの市民だな……。

短い討議は全会一致の決定に終わる。すなわち、脱走。

どこへ？

わからん……。

シェレメチェフ伯爵のところはだめだな……。四年前、伯爵はドロテア女王様に立派な贈り物をした。パレフ（細密画を施した漆塗りの小箱で有名なロシア中西部の都市）の匠たちが彩色した赤い漆塗りの箱に入った四本のロシアの肉竿だ。あの高慢ちきが故郷の孵卵器への俺たちの非合法的な帰還を喜ぶとは思えない。

ペーチャという名のチビ12号が言うには、明日、三階建て級のビチューグ馬に繋がれた列車が〈オクトーバーフェスト〉のためにバイエルンへ向けて出発するらしい。巨人（ギガント）の耳に潜り込んで一緒にバイエルンまで行くというアイディアが浮かんだ。無論、代金は支払わなくてはならない。俺たちの長持には数年の重労働で、竿仕事で蓄えた金がいくらかある。バイエルンまでたどり着けるのはいいとして、その先はどうする？ 俺たちの兄弟がもっとも安らかに暮らせる場所はどこだ？ やはりテルリアか……。笑止！ 涙が出そうだ。もう凋れ果てちまったがな……。

まあ、何てことはない。俺たちの行く手に待ち受けるのが栄冠だろうが終焉だろうが、チン仏も恐れぬ勇士に相応しくないものなどないのだから。

14

「尾行はなかったか?」ホロドフはマーシャ・アブラモヴィチが玄関にばっと飛び込んできた際に訊ねた。

「なし!」彼女はいつもの凄まじくひたむきな調子で答えた。そして――さっと外される綿毛のスカーフ、どっと流れ出す蛇のような髪の毛、ぱっと漂う本人と同じく強烈な香水。

マーシャの目の輝きは普段より強く、まるで頑固な無煙炭のよう。ホロドフは大きな手で胎生毛皮の白いコートをキャッチし、服の山の上に放り投げた。フックはすべて使用中――つまりは全員集合。定員数に達した! それを理解して貪欲な目がきらりと光った。かび臭い玄関の薄闇に浮かぶマーシャのほっそりした容姿。黒い曲線、新たな空間と願望の狂乱。ホロドフはその痛ましい曲線に触れることをなんとか思いとどまった。

「全員いるのね!」彼女は古ぼけた鏡の中で小さな頭を肯定的にぴくっと震わせた。

「ああ」陰気な強姦者のように背後から見つめる彼。

その体からするりと逃れると、廊下を飛ぶように駆け抜け、客間の扉をぐいと引っ張った。

「こんにちは、同志の皆さん!」

その後からホロドフがむっつりと中へ。

暖かい客間、枝つき燭台、灯明、薄闇の中の光。今日は水曜、停電だ。

「こんにちは、同志ナデージダ!」四方八方から声が飛んだ。

出席者の姿がマーシャの目に吸い込まれ、包み込まれる。ネデーリン、ロトマンスカヤ、コルーン、ヴェクシャ、ボルシェヴォ町の小人同志三名、工場のイワンにアブドゥラ、黒ひげのチムール、規格外のヴァジール、リータ・ゴルスカヤ、ゾーヤ・リー、樺皮職人モーム、ホルムスキー、ボビョール、そして……。

「ナータ！」飛びつき、つかまえ、平らな胸に押しつける。

白のナータ、またの名を〈ミツバチ〉、ナータは自由の身、ナータはここにいる！

細くたくましい腕を枝のように絡めながら抱き合う。

「同志諸君、ご着席願います」ネデーリンは鼻眼鏡と肩に掛けた背広の上着を直した。

マーシャは坊主頭のナータの足もとの絨毯に座り、かさぶたと卍に覆われた彼女の手を握った。

「姉妹ナデージダは大事なときにはいつも間に合う」ボルシェヴォ町の小人の一人が静かな笑みを浮かべる。

「宇宙のご加護よ！」マーシャは胸に手を置いてお辞儀する。

皆が微笑んだ。

ネデーリンの氷の目がほんの少し溶けた。

「では続けよう。主な議題はゾランとゴランの一件だ」

客間が具合悪そうにざわめいた。質問が待たれる。

「昨日、ナックルダスターが新たに一ロット鋳造された。現時点の総計は……」

モームが膝の上に広げた電脳樺皮をさっとひと撫でした。

「六千二百三十五」

「六千二百三十五」ネデーリンは樺皮の声に続けて繰り返した。「同志諸君、これは何を意味するか？ 社会革命党（エスエル）のプロパガンダに酔わされた六千二百三十五人の狂人が外に出てきて、我々の綿密な仕事をすべて一挙に破壊するのである」

客間に沈黙が漂った。

「同志ミハイル、その六千人の中に誠実な労働者がいるとは考えられないかね？」バネのように全身を縮こまらせていたホルムスキーが体を前に屈める。

「大部分は誠実な労働者だ」とネデーリンは冷静にかわし、腰を浮かせながら即座に攻勢に転じた。「まさにその誠実さこそが、偉大な理念を失墜させるのに役立つのだ。まさにその誠実さこそが、彼らを弾丸へ、我々全員を逮捕へと導くのだ。まさにその誠実さのおかげで、彼らは山師のゾランとゴランを信じたのだ！　まさにその誠実さこそが彼らを我々から引き離したのだ！　私から、諸君から、大会の決定から、二十五のアピールから！」

「それは誠実さなのか?!」ヴァジールが大音声を上げた。

「そのとおりだ、同志ヴァジール！　それは誠実さなのだろうか？」ネデーリンは声を高める。「あるいは、ここでは別の定義が求められるのではなかろうか？」

「信じやすさ！」ナータはマーシャの手を握りしめた。

「狭量さ！」ロトマンスカヤは細い眉を吊り上げた。

「革命への覚悟！」コルーンは面倒な言葉を発した。

「制御不能性」ゾーヤ・リーは長いシガレットホルダーから吸い殻を振り落とした。

「それは近いぞ！」ネデーリンは美しいゾーヤに目をやりながら指を立てた。「制御不能性。教えてくれ、同志諸君、誰が労働大衆を制御すべきか？」

「私たちよ！」マーシャはほとんど叫びださんばかりだった。

「労働大衆の信じやすさを利用する能力のなさが現にありますけど！」ロトマンスカヤはサソリに刺された蛇のように肘掛け椅子の中で身をくねらせている。

「それは罪だ！　大罪だ！」ヴァジールが声を轟かせた。

「罪ではなく、扇動だ！」浅黒い顔をした金髪のアブドゥラが叫んだ。

「いいや、罪だ！　罪！」ヴァジールは急にどっしりした両手を上げた。「イカレポンプめ、俺たちは自分から罪に堕ちたが、労働者を引き込むことはできなかった！　俺たちの信じやすさプラス彼らの信じやすさに〈理念〉を掛け合わせ、二つの泉のように混ざり合うべきだった！　そして切り立った崖の間を流れる潤滑油（グリース）となって沸き立つべきだった！　そして跳ねてこぼれるべきだった！　そして包み込むべきだった！　大いなる抱擁によってな、イカレポンプめ！」

「逮捕で私たちを脅そうなんて陳腐よ、同志ネデーリン」リータ・ゴルスカヤがにやりとする。

「ありがたいことに、私たちは爆弾テロリストじゃないわ」ゾーヤ・リーは扇子を開いた。

「そして、共産主義者でもない」ボビョールは薄笑いを浮かべた。

「残念ながらね……」紙巻き煙草を揉みながら、コルーンはふむと言った。

「皆さん、信じやすさは宗教的な罪ではなく、法的な罪です」尖った顎ひげを生やした細面のホルムスキーが口を開いた。「人民の中へ（ヴ・ナロード）向かう未来派が民の天賦の性（さが）を利用できないとすれば、それは犯罪です。この場合、同志ネデーリン、これはあなたの誤算です。そして、大会全体の誤算なのです」

「その綱領を作ったのはあなたでしょ！」マーシャは憤激の血が頬にどっと上るのを心地よく感じながら叫んだ。「敗北主義者の綱領を！　ぐずの綱領を！　待ちましょう、未来派同志の皆さん、もう少し待ちましょう、なんて言って！」

「そしてまんまと待ちぼうけを食わされたわけだ！」ヴェクシャは切り詰められた片腕を振った。「ゾランとゴランは待たなかった、やつらはナックルダスターを鋳造し、労働者たちに穴を開けた！」

「鋳造して穴を開けた、イカレポンプめ！」ヴァジールが声を轟かせる。

「そして、カーブで俺たちを追い抜いた」まるでマーシャのほろ苦い賛同を求めるように、ホロドフは彼女を見つめながら陰気にうなずいた。

「私たちは敗北したのです、同志の皆さん」ゾーヤ・リーが嘲笑するように扇子で自分を扇いだ。

「エスエル党のくずどもにはもう一ラウンド残ってるわ！」静まる様子のないマーシャは頬を火照らせる。

「これは敗北だ」陰気なモームがうなずく。

「私はそうは思わない」ネデーリンは椅子の上で背筋を伸ばしたが、その表情があまりにも穏やかだったので、一同は黙り込んだ。「我々にはまだ少し余裕がある」と彼は言い、視線の弾丸を右に飛ばした。「同志チムール」

　優雅な装いの美男子チムールは、戴冠式に臨むかのように腰を浮かした。彼はいつもマーシャにざわざわとむず痒い興味を催させるのだった。この美男子の本質を理解してはいなかったものの、なぜかお近づきになる踏ん切りはつかなかった。それは職業的な用心ではなく、実存的な警戒心だった。地下プロパガンディストとしての仕事をチムールは、非難の余地なく、穏やかに、磨き上げられたプロフェッショナリズムをもって行っていた。地下組織は騎士の鎧となって迅速に彼に同化し、未来派党は彼の手中で光り輝く剣となった。彼はアーリア人としての退路を断った。チムールは果敢に行動した。フェンシングで戦い、打ち、攻撃を仕掛けては、点検ずみの位置まで退いた。あくまでも落ち着いて、パトスもパラノイアもヒステリーも抜きで。

　美しく刈り込まれた黒ひげを蓄えた彼の頭は、王座を思わせる純白のハイカラーに支えられていた。その美しい頭を真っすぐに立てたまま、チムールは青い三つ揃いスーツがフィットしたすらりとした体に沿って痩せた長い両腕を伸ばし、そして話しだした。

「同志諸君！　十三世紀にモンゴル人はロシアを征服してヨーロッパに進出しました。半ば荒野のような農民たちのロシアに比べれば、ヨーロッパは経済的には比較にならぬほど美味な一切れです。ヨーロッパの騎士たちは自らの軍勢をかき集め、そしてブダペスト近郊でヨーロッパ人と遊牧民の画期的な会戦が行われました。遊牧民はヨーロッパ人を完膚なきまでに粉砕しました。ヨーロッパは目の前に倒れていたのです。しかし彼らは、ブダペストにすら入らなかった。しばし街壁の下にたたずんでから、彼らは踵（きびす）を返し、ロシアの大草原（ステップ）へと戻っていった。いかなる理由で抜都汗（バトウ・ハン）の軍はヨーロッパに向かわず、征服もしなかったのか？　モンゴル人はそれを次のように説明します。曰く、〈ヨーロッパの街は我々の馬には窮屈だろうから〉。無窮のステップで生を受けた彼らには、街路というものが覚束なく感じられたわけです。街の空間は理解不能だった。つまり、己の理解できないものを征服したり支配しようとしたりすることはできない。ヨーロッパ人によるロシア・ステップ征服の試みは、閉所恐怖症とは正反対のシンドローム、すなわち広場恐怖症をありありと示しています。ナポレオンとヒトラーの軍は東進の最中にまさしくそれを体験しました。無窮の空間がヨーロッパ人を恐怖させたのです。どうすればこのステップを支配できるのか、どうすれば文明や文化をもたらせるのかがわからなかった。だから彼らは敗北を喫したのです」

　チムールは長くたくましい指で自分の腰に触れ、わずかに体を揺らしながら口を噤んだ。そして続けた。

「私はつい先ほど十九回目のテルルを試金（ため）しました。そして、暗きとばりを克服しました」

　出席者たちがざわめいた。

当のチムールはいきなり両手を上げて自分の髪をが

っしりつかんだ。かつらが剃った頭から滑り落ちる。
左耳の上に、癒えかけの小さな傷があった。
彼はまぶたを伏せ、小さく澄んだ声で歌いだした。

野や森や低き山脈の間に
水晶宮は巌（いわお）の如く聳える
巨大で、美しく澄みわたる
十万の切子面（ファセット）に天の光は砕け散る
水晶の円柱は高く伸び
妙（たえ）なる円天井（ドーム）をしかと支える
透明な床は揺るぎない砦となりて
いにしえの山脈の御影石に根を下ろす
太陽光のみが地平に閃き
善き日の出の時をしるしづける
見事な宮殿は蘇って目覚め
声たちの唸りに満たされる
そして数千人が巣箱のミツバチのように
困難だが素晴らしい一日を始める
宮殿の住人は皆美しく
特別で高尚な美をまとう
彼らの顔が放っているのは高潔さ
愛と信仰、誠実さと情熱
彼らの体は完全で素晴らしく
活発さと力に満ち満ちている
彼らの血は不純な異物から自由で
心臓で厳かに脈打っている
心臓は貪（むさぼ）るように鼓動し
生の情熱によって幸福に燃えなんとする
彼らは聡く、まったき魂を有し
やり取りに言葉は不要
完全でたくましい彼らの体は
人間の衣服を知らず
裸で生まれ、裸で生きる
喜びのため、幸福のため、愛のため
彼らのもとで一日は祈りより始まる
燦々（さんさん）と日の降り注ぐ昼に
草木に、山や谷に
禽獣に、魚や蚯蚓（みみず）に祈る
彼らは静かに自然に祈りを捧げる
祈りは個々の原子の中で歌い
山脈の御影石や木々の茂みを貫き
蒼穹（そうきゅう）めがけて昇ってゆく

彼らの素晴らしい体は深々と折れる
思考は感謝の念を歌い上げ
賛美歌（コラール）となって鳴り響く
今日がこの世の最初の日、そして最後の日のように

彼らは新たな一日一日を迎える
集団の祈りはうねりとなり
輝きを放ちながら分子の中で歌い
宮殿はあたかも水晶の百合の如く
一日の力を迎えるように開く
そして数千の神々しい被造物（にんげん）が
天恵豊かな自然の中へと降（くだ）る
自然を自らの労働で満たすために
彼らの手が発するのは力と強さ
それは火を生み出すエネルギーとなる
自然とともにあれば疎外などない
破壊的な懸隔も反目もない
嗚呼、周囲の世界に暴力を振るわせ
人間に汚名を着せるものなどありはしない
彼らは生活の幸福と歓喜のために
自然と一つに融け合った

自然は暴力抜きで与えられる
創造と価値ある生活のために
彼らは必要なものだけを取る
そして数々の大事業を成す
公式も、科学の世界も
理性や空想の世界も知らずに
彼らには複雑なメカニズムも
猛然と轟きわたる機械も
溶鉱炉も、工場も必要ない
手の接触によって創造する
そして物質の構造を作り替える
この世で必要なあらゆるものに
素材は粘土のように彫刻家に従う
彼らは自らの世界を創り出す
自分たちの無数の可能性の中で
絶妙で、完全な、無限の世界を

チムールは口を噤み、目を開けた。出席者たちは息を殺して聴いていた。蠟燭や枝つき燭台の炎さえ人工物と化したかのようだった。

　チムールは前を向きながら、周囲の世界を視線で貫

き、自分が歌っているものを見ていた。彼はそれを大事業の同志たちに示していた。唇がわなわなと震え、力強さはないが澄んだ声が再度蘇った。

彼らはその手で己をも創る
不治の病も、身体の衰えも
この世の誰もが知る侮辱も知らずに
恐怖も知らない、そして痛みや嘆きは
とうの昔に彼らの不朽の心臓を去った
己の性（さが）を完全なものとし
彼らはとこしえに死に打ち克った
時間は完全に彼らに伏した
彼らにとっては未来も過去もない
ただ現在のみがその偉大さを十全に示し
黄金聖堂の如く彼らを取り巻いている
そこでは荘厳なミサが執り行われている
死に打ち克った偉大な人々のために

チムールは黙った。そして再びまぶたを伏せた。皆は座ったままじっとしていた。突然、女の声が客間の静寂を切り裂いた。

「彼はそこにいたのよ！」

そう叫んだのは姉妹ナデージダだった。

まるでそれが合図だったかのように、皆が我に返って動きだした。そして、一人高々と聳えるチムールのもとへ近づいていった。

その夜、マーシャとナータは姉妹同士の無邪気な愛撫の後でベッドに横になりながら、小さな声でささやくように話していた。天井には星空が浮かんでいた。

「チムールはとばりの向こうに入り込んだ」マーシャは星を見上げながら繰り返した。

「実現した世界に入り込んだ」ナータはマーシャの髪をいじっている。

「大いなる世界に！」

「リアルな世界に！」

「それは私たちに与えてくれる」

「たくさんのものを。ただの希望より大きなものを」

「チムールはとばりを開いて宮殿を見た。宮殿！ ナータ、水晶宮よ！」

「完全なる者たちの宮殿！」

「永遠なる者たちの宮殿！」

「無垢なる者たちの宮殿！」

　マーシャは目を細めた。ナータは身を寄せて抱きしめた。

「未来（フトウールム）」

「受肉した未来（フトウールム）！」

「不朽の未来（フトウールム）」

　二人は長いこと凍りついたように抱き合っていた。

「ナータ」マーシャは大きな秘密でも打ち明けるようにささやいた。「私、チムールと兄弟になりたい。だけど、怖いの」

「彼は一匹狼よ」ナータはため息をついた。「兄弟も姉妹も要らない。必要なのはただ一つ」

「未来（フトウールム）？」マーシャは歓喜と無念の入り交じった声で言った。

「未来（フトウールム）」ナータは歓喜と希望を込めて大きく息を吐いた。

　そして、姉妹たちは暗闇の中で微笑んだ。

15

アリエルは扉の白い四角に手を置いた。

「どうぞ、アリエル・アランダ」声が響いた。

「僕は持っています」アリエルは言った。

「持っているなら、入りなさい」声が答えた。

扉が脇へスライドした。アリエルは暗い玄関に足を踏み入れた。背後で扉が閉まるやいなや、照明が点灯し、二匹のシェパードが唸りながら彼に駆け寄ってきた。

「伏せ（スエロ）！」と声がして、犬たちは唸るのをやめて腹ばいになった。

「怖がらずに前へ進みたまえ」声が命じた。

アリエルはシェパードたちに伴われて廊下を進んだ。廊下は流れるようにアーチに変わり、暗赤色の床に日本の低い家具を置いたホールが開けた。ホールはひんやりしていて、白檀（びゃくだん）の香りが漂っていた。アリエルはホールを通り抜け、そして、古いけれどもピカピカになるまで磨き上げられた彼の軍靴が、幅が広くて柔らかい、ワインレッドとスミレ色と黒の色合いの絨毯を踏んだ。絨毯はさらに、パステルグリーンの色合いのシルクの壁紙が張られた比較的小さな部屋へと続いていた。ローテーブルが現れ、そこに向かって風采の上がらない薄毛の大工が無愛想な表情を浮かべながら座っていた。シェパードたちが書斎に駆け込んできて、テーブルのそばで寝そべった。

「十四という君の歳の数が実に印象的だったので、私は君に〈入りなさい〉と言ったのだ」大工は今はもう物静かで自然な声で話していた。「私はこれまで二百四十五本の釘を打ったが、君のような年齢の依頼人は初めて見る」

「大工さま、どうか例外をお認めください」アリエルは前もって用意しておいた文句を口にした。

「懇願するがいい。そうするしかないのだからな」大工は煎り米の煮出し汁を杯から啜りながらにやりとした。

「僕はアルメリアから来ました」

「そちらはまだ爆撃はあるか？」

「たまには」

「食料事情は？」

「あまりよくありません」

「バルセロナへは食べ物を求めて来たのか？」

「僕がやって来たのは、大工さまに例外を認めていただくためです」

「君はオウムか？」

「いいえ、大工さま」

「左様、君はオウムには似とらん。むしろ、子ガラスだな。爆撃機のタービンに吸い込まれ、その後でぺっと吐き出された子ガラスに似とる」

「どうかお願いします。ほら、これが僕の釘と、僕のお金です」アリエルはそれらを両手の中に見せた。

「君は手品師か？」

「僕は戦士です」

「下顎に傷が見えるな。弾丸か？　どこでそんな傷を？」

「榴散弾です。カディスで」

「出征してどのくらいになる？」

「一年半です」

「英雄だな。だが、戦争はもうだいたい終わっておる」

「僕はもうこれ以上戦いません」

「それはよかったな」

間が生じた。アリエルは右手にテルルの釘を、左手に十万ペセタ札を握りしめて立っていた。

「戦士よ、大工法典は知っておるか？」大工は煮出し汁をひと啜りしてから訊ねた。

「十七歳の掟は知っています」

「それなら、なぜ来たのだ？」

「僕はもっと年上だからです」

「君は自分の手を当てた。ほれ」大工はアリエルの手のホログラムを呼び出した。それと一緒に現れた彼の全個人史には、経歴と幼少期の病気が二つ、傷が二つ、賞が一つ含まれていた。「君は十四歳だ」

「大工さま、もっと年上なのです」

「十四歳だ」

「僕は二十一歳です」

「どうしてまたそんなことを?」

「僕は大人です」

「二度負傷したからか?」

「いいえ。なぜなら、僕はワッハーブ派の戦士九人を殺し、四人に重傷を、十八人に軽傷を負わせたからです」

「して、そのおかげで君の脳が七年分成長したと?」

「僕は二十一歳です、大工さま」

「十四歳だ、戦士よ」

「大工さま、どうかお願いです」

「打ってくれと?」

「はい」

「これは十七禁映画の類いなのだ」

「そこをなんとか」

「君の場合、死亡率は五十二パーセント。そのことは知っておるか?」

「はい」

「これは子ども向きではないのだ」

「僕は大人です、大工さま、僕の脳は耐えられます。信じてください、僕を信じてください！ 耐えられるんです、多くのことに耐えられるんです。大人なので。僕自身より大人なので」

「うまいこと言ったものだ」

再び間が生じた。大工は煮出し汁を啜った。

「だが、君、法典は法典だ」

「大工さま……」

「いいや。君や君の屍が問題ではないのだよ。屍の扱い方は心得ておる。君たち戦士と同じく、我ら大工も屍を恐れん。そうではなく、我々の法典が問題なのだ」

「ですが、大工さま……」

「三年後に来なさい。そしたら打ってあげよう。老人の依頼人のように、割引つきで」

「ぜひとも今すぐ必要なのです」

「三年後だ」

「大工さま……」

「戦士よ、もうこれ以上引き留めはせん」

シェパードたちはその言葉を耳にしてさっと起き上がり、軽く唸ってから、訪問者を見据えた。

アリエルは外に出て、あてどもなくとぼとぼ歩きだした。スペイン語、英語、中国語の罵詈雑言(ばりぞうごん)を思い出せる限りつぶやいてみた。けれどもそれはあまり役に立たず、じきにしみったれた涙が浅黒い頬を伝った。彼は舌先を下顎の傷痕のところまで伸ばして涙を舐め取り、ぶつくさ言いながら歩いた。十字路まで来て足を止め、いまだに右手に釘を、左手に金を握っていることに気がついた。それらを別々のポケットにしまい、電脳を取り出して広げた。

「全部聞いてたか？」

「全部聞いていました、司令」電脳の虎の目がアリエルに向けられている。

「どうすればいい？」

「二つの選択肢がございます、司令。

1　三年待つ

2　リベット工のサービスを利用する

お薦めは一番目の選択肢です、司令」

「そんなお薦めはてめえの賢いケツの穴にでも引っ込めろよ」

「かしこまりました、司令」虎の目が瞬いた。

アリエルは電脳をポケットにしまい、決然と通りを歩きだした。

リベット工はひび割れた骨製の持ち手がついた古びたシェービングブラシの助けを借りながら、アリエルの頭を石鹸で洗った。泡は温かかったが、リベット工が居住してもう三ヵ月目になる屋根裏部屋には熱湯などなかった。それに、そもそもここは薄暗く、汚く、じめじめしていて、鳩の糞が臭った。リベット工はオイルランプの炎で水の入ったジョッキを熱したのである。

「お前さんの場合、大工のとこだとリスクは五十二パーセント、俺のとこだと六十八パーセントだ」リベット工はアリエルを石鹸で洗いながら、静かで冷静な声で話しだした。

「知っています」アリエルは答えた。

「俺のとこに来た子どもはたったの四人だ」

「それで、どうでした？」

「くたばったのは一人だけだ。こいつはすごくいい成績だぜ」

アリエルは何とも答えなかった。リベット工は煉瓦の山の上にシェービングブラシを置き、西洋カミソリをつかんでアリエルの頭を剃りにかかった。剃り終えると、濡れナプキンで頭を拭き、アルコールで消毒し、ナビゲーターを広げて頭に貼りつけ、一点を定め、マーキングした。頭からナビゲーターを外し、消毒スプレーを自分の両手に噴きつけ、擦り合わせる。

「打ち込みの後で若い連中の脚が激しく動くのは知ってるか？」

「知っています」

「扉を閉めとくから、最初の二時間くらいはそこで歩き回ってな。ただし、扉は壊さないでくれよ。その後は好きなとこへ行けばいい」

「わかりました」

「抜き方は知ってるか？」

「スプレーで消毒し、ゆっくりと抜き出し、スプレーで消毒し、穴を絆創膏で塞ぎ、氷を当てる」

「えらいぞ、何から何まで知ってるんだな」

「誰でも知っていることです」

手の消毒剤が蒸発すると、リベット工は再びアリエルの頭をアルコールで拭き、点に向かってスプレーを噴きつけた。

「横になった方が？」アリエルは訊ねた。

「座ったままでいい」

リベット工は細長い金属製の箱を開けた。そこにはアリエルが持ってきたテルルの釘が消毒液に浸っており、リベット工は釘を取り出して点にぴたりと当て、とっくに準備していたハンマーをつかむと、一撃で頭に釘を打ち込んだ。


そしてアリエルは戦場の街にいた。街では人々が殺し合っていた。大勢が死んで倒れたが、生き残りも大勢いた。そして生者の心には憤怒が満ちていた。彼らは己の信仰に敵対する者を殺した。アリエルは己の武器を持ち、武器とともに死の種をまきながら街路を歩いた。そして敵を殺した。敵は彼を殺そうとしたが、敵を恐れぬ彼は敵より素早かった。大勢がアリエルの手にかかって斃れた。そして彼は燃える家が立つ通りへとたどり着いた。彼は燃える家の方へ向かった。家に向かう途中には敵がいた。彼らはアリエルを殺そうとした。しかし彼は敵より素早かったので彼らを殺した。そして燃える家に近づいた。燃える家に入った。家の中には二人の敵がおり、アリエルを殺そうと身を潜めていた。しかし彼は敵より巧妙だったので彼らを殺した。家の中には一匹の動物がおり、火を恐れて泣き叫んでいたが、家から出ることはできなかった。アリエルは動物をつかみ、抱きかかえて燃える家から運び出した。そして動物を放した。動物は自分の居場所へと帰っていった。

アリエルに跨がった娼婦は、小さな黄色い指で彼の肩にしがみつきながら早々と達した。

「オーレ、あんたったら(ミ・ニニョ)、あたしをすっかりへとへと(メ・アス・デジャオ)にさせちゃって(プランチャ)!」彼女は滑稽なアンダルシア方言で叫ぶように言い、仰向けに寝ている未成年の体からすぐさま巧みに這い下りると、タオルで自分の体を拭き、籐椅子に両足を乗せて座り、パックから細長い煙草を抜き出して火をつけた。彼女はアンダルシア生まれのベトナム人だった。

アリエルは回転している古風な天井扇に微笑みを向けながら横たわっていた。

「大の男とでもあんたほどは疲れないわ!」彼女は息を切らしながら笑い、また煙草を深く吸い込んだ。

アリエルは黙っていた。

「ビール欲しい?」娼婦が訊ねた。

「ああ」

彼女は二本目の瓶を開けてグラスになみなみと注ぎ、立ち上がってベッドに腰掛け、アリエルの胸の上にグラスを置いた。彼はグラスをつかんで頭を少し持ち上げ、一気に飲み干し、頭を下ろして胸の上にグラスを置いた。

娼婦は座ったまま煙草を吹かし、ビールを飲み、アリエルを観察していた。

「あたしたちは似た者同士ね」彼女は薄笑いを浮かべて言った。「男のカップルみたい。カレシがいたことはある?」

「ない」

「あたしにはいたわ」彼女はわざと真面目くさって答え、声を立てて笑いだした。

アリエルは黙って微笑んでいた。

「今日は最後までイくつもり？」彼女は勃起したペニスを握って訊ねた。

「そのつもりだ」

「それなら晩も働かなきゃね」

アリエルは黙っていた。

彼女は煙草を吸い終え、吸い殻を灰皿に突っ込むと、指でテルルの釘の頭部に触れた。

「これのせいでそんなに勃(た)ってるわけ？」

「さあね」

「さあねって何よ？　だいたい、テルルは媚薬(びやく)じゃないでしょ」

「さあね」

「あたしは知ってる。まだ試したことはないけど。この釘にどんだけ金がかかるかと思うと、ぞっとしちゃう……。だいたい、テルルをやってセックスする人なんて滅多にいないのよ。なぜだか知ってる？」

「さあね」

「またそれ！　べつにセックスしなくても気持ちいいからよ。あんたは今どこにいるの？」

「あっちだ」

「あっちはいいところ？」

「熱い……」彼は薄笑いを浮かべて目を閉じた。

「大海原は？　砂原は？　宮殿は？　召使いは？」

「ない。家がいくつも燃えてる」

「火事なのね？」

「火事だ」

「あんたは放火魔なの？」

「何それ？」

「家に火をつけるのが好きなの？」

「そんなに」

「なるほど。いいわ、お兄さん(チャヴァル)、火事で暖まりなさいよ、その後でイかせてあげる。それから帰るわ」

「待ってくれ」彼は急に彼女の手をぎゅっと握りしめた。「待ってくれ、待って……」

「何かあったの？」

「今すぐ、今すぐ……」

アリエルは目を閉じたまま全身を強張らせ、両脚を引き寄せた。

「あなたってすごく男前だわ」娼婦は身を屈めて彼の腹にキスした。「明らかに火事場で誰かとセックスしてるのね。ひょっとして、大統領の娘とか？　それとも奥さん？　彼女はまだ全然イケるわ！　巨乳だもの！」

彼はほっと吐息を漏らして目を開け、力を抜き、シーツの上でもぞもぞしながら息をしはじめた。

「終わった。放してやった」

「誰を？」

「水色の仔猫を」

娼婦は黙ってアリエルを見ていた。

「左の家が燃えてた。その中に一匹の仔猫がいたんだ。ベッドの下に。怖くて隠れた。そして泣いてた。本当はあのときこうしたかったんだけど、あの家にはまだワッハーブ派の戦士が二人いた。だからあの家には入らなかった。でも、仔猫は泣いてた。聞こえたんだ。ひどい泣き声が。だけどあのとき、僕は立ち去った」

「今度は？」娼婦が訊ねた。

「今度はあそこに入ってやつらを殺し、仔猫を放してやった」

アリエルは嬉しげに微笑んだ。

「でも知らなかった、あの仔猫が水色だったなんて！」

「それで何か変わるの？」

「そんなことないけど……」

「だけど、興味深いトリップをしたじゃない、お兄さん(チャヴァル)！」娼婦はふむと言い、自分の体をぽりぽり掻いた。

「水色だったなんて……」アリエルは繰り返した。

嬉しげに息を吸い込み、目を閉じ、胸からグラスを下ろして床に置いた。大きなため息をつき、目を開け、立ち上がってシャワールームに入った。娼婦は、がに股気味の痩せた脚を大きく動かしながら、いかにも子どもっぽい歩き方で彼の後についていった。トイレでアリエルは洗面台の中に小便しようと無駄な努力をしていた。彼のペニスは勃起していた。娼婦は彼を背後から抱きしめた。

「イかせてほしい？」

彼女はアリエルより数センチ背が高かった。

「頼む」まるで初めてのように鏡の中の自分の姿を見ながら、彼は言った。


バルセロナ発カルタヘナ行きのすし詰めの夜行列車で、アリエルは乗降口(デッキ)近くの通路の床に座っていた。隣では他の乗客たちが自分の荷物を抱えて座り、微睡んでいた。アリエルはちっとも眠たくなかった。テルルをやった後でとてもいい気持ちだった。彼は善きものに満たされていた。まるで新鮮な空気のようなもの、もっぱら素晴らしい未来の分子のみから成るオゾンのようなものが詰め込まれたみたいだった。自分の体の動きの一つ一つが、思考の一つ一つが、アリエルに快感を与えた。新しいオゾンが血の中で歌い、血は静脈を駆け巡り、筋肉で鈍く唸り、骨で高く鳴り、脳で歌った。そして、それは未来についての歌だった。アリエルの体内に過去のための場所は残っていなかった。彼はこの先どう生きるべきかを知っていた。

　ポケットに入っている電脳が柔らかく振動する。アリエルはそれを取り出し、膝の上で広げた。虎の目が彼を見据えた。

「司令、リマインドがございます」

「何だ？」

　電脳の上に水色の仔猫のホログラムが飼い主のアドレスとともに浮かび上がった。

「あれはもっと明るかった」アリエルは言った。

　別の仔猫が現れた。

「これじゃただの青だ」

　他にも水色や青やスミレ色の仔猫が現れたが、アリエルは「違う」とつぶやくばかりだった。

　虎の目が瞬いた。

「司令、お求めの色はアルメリアにも、マラガにも、グラナダにもございません」

「つまり、この品種はカディスにしかいないんだな？　見せてくれ」

　複数の仔猫のホログラムが現れた。だが、求めている淡い水色は見当たらなかった。

「どうしてカディスにああいう色の仔猫がいないんだ？」

「考えられる要因は四つございます、司令。

　1　仔猫は独占的(エクスクルーシブ)なプレゼントだった

　2　仔猫の飼い主が死亡した、もしくは難民となった

　3　仔猫の母親が死亡した、もしくは難猫となった

　4　仔猫の飼い主はもう仔猫を売っていない」

「で、どうすればいい？」

「あの仔猫の発見を試みることは可能です」

「一年の間に大人の猫になったんだぞ」アリエルは薄笑いを浮かべた。「いつもながら、お前はばかだな」

「それをお選びになったのはあなたです、司令」虎の

目が瞬いた。

「水色の仔猫のクローニングにはいくらかかる？」

「三万から八万ペセタです、司令。アルメリアには二つのラボがございます。マーケティングを行いますか？」

「頼む」

「かしこまりました、司令」

隣で兵隊の背嚢（はいのう）を脚の間に置いて座っている無精ひげの男がぶるっと震え、ぶつぶつ寝言をつぶやきだした。

「それからもう一つ」アリエルは坊主頭から野球帽を脱ぎ、絆創膏の周りの皮膚を気持ちよさそうに掻いた。

「はい、司令？」

「お前の目を猫のに替えてくれ」

「このようにですか、司令？」

虎に代わって水色の仔猫が瞬いた。

「僕が言ったのは、仔猫じゃなくて、猫の目だ」

暗い車内の人臭い空気の中で、猫の目がゆっくりと瞬いた。

16

正教鋳造工場三級旋盤工
S・I・イワノフより
正鋳工場長
同志B・I・ウサチョフへ

申請書

十六日に逝った亡き兄ニコライに会うため、テルルの釘購入に百二十ルーブル、アルタイの大工による私の頭への釘打ちサービスに五十ルーブルの割り当てをお願い申し上げます。兄は私どもの作業場から大十字架の二次加工に用いる液体カッター一式を盗み出し、それを売って酒浸りの生活を続けようとしましたが、逝ってしまいました。私どもの作業場は兄ニコライのせいですでに一週間以上停止しておりますが、カッターの所在はとんと知れませんで、と申しますのも、兄は自分のことを殴って酒を飲ませようとしなかった妻からそれを隠していたからでありまして、カッターの値段は二千五百六十ルーブルでございますが、この四半期で旋盤作業場のために新しく一式買い揃えるだけの金は工場にはございません。とはいえ、兄がカッターを売却できなかったのは私どもの町では周知の事実でございまして、兄はそれをどこかに隠したのです。私は親族や警官と一緒になってカッターを探しましたが、アル中で気が動転していた兄が誰にもわからないような場所に突っ込んだのか、見つかりませんでした。ですが、釘を打ってもらって私が兄に会って直接訊けば、どこに隠したのかを突き止めることができます。あちらでは兄も酔っておらんでしょうから、カッターをどこに置いたか残らず話してくれるでしょう。私は同志P・A・バルイビンを代表に立てて党委員会と話をし、委員会は私にこの件に関する許可を与えてくれましたが、それは私どもの作業場と工場全体を助けることになるからであります。と申しますのも、私どもの工場は損害をこうむり、党の面目をつぶしているからでして、一ルーブル一ルーブルが貴重なのでございます。私どもの工場教会の主任司祭ミハイル神父とも話しまして、祝福はしないが邪魔もしないとおっしゃいましたので、この後私はひと月の間痛悔のカノンを読み、徒歩でオプチナ修道院へ参り、そこで罪を告白し機密にあずかる所存でございます。亡き兄との面会は私どもの作業場と工場双方にとって大いに助けとなりますし、私どもの家族が亡き兄ニコライの名声を挽回する役にも立ちましょう。

S・I・イワノフ

17

十月一日

あらかじめ決めていたとおり翌朝に出発したかったけれど、またも思いどおりにいかなくなった。今の私の生活にこの上まだ何が？　すべて私の知らぬ間に、私の意志などおかまいなしに進んでいく。すべて外から強制されて、すべて雪玉のように転がっていく。ガヴリーラには夜が明けたらすぐ車を用意するよう言いつけた。お昼から支度をして、お別れの手紙を認め、履歴や栞を消去して電脳を洗浄し、長持を下に運ぶよう命じ、明け方には起きられるように、ワシリーサには編み物や演奏をしないよう、エロープカには服を着ずにミトンの中で寝ないよう戒めた。お祈りをし、永遠なるものに気持ちを集中させ、少し早めに横になった。眠りに落ちる間もなく――ベルの音。マチルダ・ヤーコヴレヴナだ。アフメチエフ家に捜索が入ったという。

またまたひどいニュース。昨今はどの方向から毒矢が飛んでくるか、知れたものではない。亡きダリヤ・エフセーエヴナはアフメチエフにこう言った。ニキータ・マルコヴィチ、侍従官との親交は魔除けにはなりませんよ、と。そして、それはぴたりと的中した。起床して、服を着て、報知泡をつける。彼も、ナターリヤ・キリーロヴナも、二人の娘も、婿も、逮捕された。〈モスクワ国の隠れた敵〉――あいつがアフメチエフ家に着手したとすると、新たな赤の波の訪れはそう遠くないはずだ。明日の夜にはソロネーヴィチ、ワシーリー、ゲルハルトが捕まるだろう。その後はもう市委員会の番だ。そして私は拷問に掛けられる羽目になる。ユーロチカのためなら喜んで苦しんであげたいけれど、そうすると私の計画は完全に頓挫してしまう。〈モスクワ国の隠れた敵……〉あのできそこないは府主教に、新たな粛清はないと神かけて誓った。あの豚は、決して糞を食らわないと約束した。けれども、こと私に関する限り、あいつのいかなる約束も今では信ずるに値しない。あの二本足の怪物の言うことなど信じてはならなかったのに、軽々に信じたせいで何度ばかを見たことか。私だけじゃない、未亡人界全体が騙された。〈敵の未亡人には手を出さない〉——よくもぬけぬけと！　〈ひとたび人の血をたらふく飲んだ狼は、また同じことを繰り返す〉この一年間、あいつは自分の臣民の血だけ吸って生きている、吸血鬼だ。昔も今もこれからも、墓の中へ消えるまで、私たちの血を飲みつづける。そういうこと。これっきりというつもりはなかった。いつか戻れるんだという希望で心を温めたかった。けれども、今となっては退路を断つしかない、断固たる手段をとるしかない、一目散に逃げるしかない。だから、ひと思いに断ってやった——ガヴリーラ、車を用意して！　温めるのに小半時、支度に五分。まさに逃亡らしい逃亡ね。電脳をくるくる巻いて、便器に流した。後で私の履歴でも探すがいいわ、親衛隊士（オプリーチニク）ども。携えていくのは電脳樺皮だけ。日記用にはこれで充分でしょう。開け放たれる門、泣き喚く召使いたち。まるで笞刑（ちけい）の列を通っていくみたい。せめてお別れのときくらい優しい言葉を掛けてちょうだい。零時を回ってからは月明かりを頼りに走った。車は煙を上げながら愛しのザモスクヴォレーチエを走り、ワシリーサは涙を浮かべ、エロープカは懐でぴぃぴぃ泣いているけれど、私は一滴の涙も見せずただ石のように座っている。ネオケサリアのグリゴリー教会のそばを通り過ぎても、身じろぎ一つしなかった。ユーロチカ、ここであなたは、口づけで私を、あなたの妻を祝福してくれたわね。さようなら、教会。タタールの囚われより出でしワシーリー盲目公は、この場所から白亜のクレムリンを目にし、歓喜のあまり落涙したという。ここからは恐ろしいクレムリンは見えないので、私は涙を流さない。さようなら、愛しのザモスクヴォレーチエ。さようなら、残酷なモスクワ。さようなら、希望も人情もないモスコヴィア。さようなら、お友達のみんな。さようなら、クレムリンの吸血鬼。

何もかも永久にさようなら！

十月二日

車は急に吠え声のような音を立て、何度かプスプスいい、それから静かになって惰性で走った。黒い毛皮の長外套をまとい、幅広の赤い長帯を腰に巻いた大柄のガヴリーラは、車が停止するのを待ってのんびりと降り、通行人たちの警笛や悪罵は完全に無視して、彼特有のよろよろ歩きで車列の端へと向かった。

深夜帯にもかかわらず、リャザン街道は活気づいていた。左側の赤い車線ではガソリンや軽油で走る政府車両がガタガタ音を立て、一番目と二番目の車線では個人所有の車が走り、三番目では騎馬が行き、端にある四番目の広い車線では、貨物列車を引く二、三階建て級の長距離用ビチューグ馬がゆっくりと進んでいる。

十月の頭はどんよりしてじめじめした天気になった。冷たい北風が吹きつけ、早い冬の訪れを約束していた。

ガヴリーラは三台あるトレーラーのいちばん後ろに近づいて筵を外し、ジャガイモの袋を引っ張り出しにかかった。背後で木製のブレーキが軋る音がしたかと思うと、誰かが怒ったように喉を鳴らし、その後からつぶれた声が聞こえた。

「やい、このおんぼろ狼、人なみに端に寄せることもできねえのか?! 斜めに立ち塞がりやがって、俺たちによけて通れってのか?!」

「何を大げさな、よけて通ればいいだろ」ガヴリーラは低い声で答えると、袋を軽々と肩に担ぎ、筵に留め金を掛けた。

「悪魔に引き裂かれちまえ、このろくでなし！」怒鳴り声が響く。

「さっさとどっか行けよ、おっさん」ガヴリーラは左手でしっしっと追い払いながら、落ち着き払って袋を運んだ。

「てめえこそ中国の豚んとこへ行っちまえ！」

「おっさん、その汚い口を閉じて真っすぐ進みな」ガヴリーラはそう答えて車に近づき、広い肩から袋をこれ見よがしに軽々と投げ下ろした。

不機嫌な男は卑猥な言葉で運転手を罵りながら、立ち往生している車をよけて走りだした。けれども、ガヴリーラはすでに注意を払っていなかった。縄をくくりつけた鍵を帯から抜き出し、狭い取り入れ口の錠を外して鉄の蓋を開け、袋をほどき、袋から取り入れ口へジャガイモを巧みに空けていく。いつものように何個かは入らなかった。ガヴリーラは慣れた手つきで御者台の下から大きな編み籠を取り出し、そこへジャガイモを放り込んでから籠をもとに戻した。それから取り入れ口を閉め、鍵を帯に差し込み、車に背を向けて身を屈め、道路に向かって両方の鼻の穴から騒々しく洟をかんだ。

　傍らを藪睨（やぶにら）みの眠たげな御者が乗った車が通り過ぎた。フードが開いていて、中では最近蹄鉄を打たれたばかりの小馬たちがベルトの上で元気よく走っており、一頭はか細い声でしつこくいないないていた。

　ガヴリーラは大きな手で鼻を拭いてからその手を外套の裾（すそ）に擦りつけ、御者台に乗り込むと、おもむろに手巻き煙草を巻きはじめた。まるでどこに行く気もないかのように、濃い黒眉の下から辺りを見回している。街道はいつものように、馬糞と、鼻を突くディーゼルの排気と、ほんのり甘いジャガイモの香りがした。巻き終えると、ガヴリーラは煙草の真ん中を押しつぶし、火打ちを取り出して火をともした。揺らめく青いガスがライスペーパーを焼く。ガヴリーラは深々と煙を吸い込み、火打ちをしまって点火装置の鍵を回した。独立機関がバリバリいいながらジャガイモを切り刻んでパルプに変えていき、主機関がバタンといって大きな音で唸りだした。ガヴリーラは両方の鼻の穴から煙を出しながらしばし待ち、それから蓋を半開きにした。エンジンの唸りがいつものブロロロロという音に変わった。ガヴリーラはハンドブレーキを外し、ギアを切り替え、クラッチを踏み、手袋をはめ、胎生絶縁テープをぐるぐる巻きつけた操舵輪をつかみ、クラッチのペダルを滑らかに緩めていった。車が滑らかに動きだした。

「ぐいぐい引っ張れ！」手巻き煙草の煙を吐き出してから、彼はまだ御者時代から出立の際に必ず口にしていた古い文句をつぶやき、そしてゆっくりと速度を上げていった。

十月三日

夜通しリャザンカをのろのろ走った。私は車内に閉じこもっていた。長らく外の世界を見ておらず、モスクワからどこにも出かけなくなってもう七ヵ月以上になっていたので、リャザン街道の様子など想像だにしなかった。一刻も早くモスクワの中心から離れるため、夜中は飛ばしていくものとばかり思っていた。とんでもない！　深夜だというのに、この四車線道路の混乱具合には驚かされる。猫も杓子も走っている。おびただしい交通量！　それというのも、夜間の方が安上がりだからで、道路税が日中の半分ですむのだ。最初のうちは決められたとおり、おのがじし自分の車線を走っている。けれどもその秩序は、環状道路を過ぎた途端に終わってしまう。三階建て級のビチューグ馬も、騎馬も、車も、何もかもバビロンの如く混ざり合った！　原因は昔からいつも同じ――長距離用ビチューグ馬が放(ひ)り出(だ)した糞。問題(プロブレマ)ね。山が、それもまったく新鮮ではない山がいくつもできている。太古の醜悪さだわ……。それらを迂回しないといけないせいで、この混乱具合。だけど、どこかにぶつけたり、怖い思いをしたりせずに、こんな糞の山を全速力でよけられるものかしら？　下手をすると、ひっくり返るかもしれない。恥であり不名誉だわ。政府車両だけが我関せず、私たちには見向きもしないで、左側の赤い車線を好き勝手に走り回っている。貴族はもう三年この方モスクワ国の二級市民だ。ワシリーサは十字を切り、悪態をついている。エロープカは襟(えり)から這い出し、私のイヤリングを引っ張って楽しませようとする。だけど、私は楽しむどころじゃない。この気が滅入る光景……。

吸血鬼は二度道路局を粛清し、大勢を投獄し、免職させ、カポートニャの重油沼に送り込み、局長には公衆の面前での笞刑を命じた。ボロトナヤ広場で笞打たれ、散々喚き散らした後、笞の痕が残るケツで再びもとの座に就いた。で――それだけ。モスコヴィアの道路を清められなかったように、やっぱり清められないのだ。首都の街道は掃除できても、残りの街道は不潔きわまるアウゲイアス王の牛舎同然だ。〈かつての放蕩には希望があったが、当節は希望なき放蕩だ〉――亡きユーロチカはよくそう言っていた。そして、この国にはすべてを掃除してくれるヘラクレスはいない。どうやら、もう現れることもなさそう。勝手にすればいい。

モスコヴィアの国境には朝方にたどり着いた。壁や門や鷲が目に入った途端、心臓がどきどきしだした。もし出してくれなかったら？　あいつがすでに親衛隊(オプリーチニナ)の犬どもに命令を下していたとしたら？　犬の方が楽しんで逃げた兎を狩るでしょうからね……。

近づいてみると、吸血鬼の国から出ようとする一般の列が約一露里（一露里＝一・〇六七キロメートル）にわたって延びていた。自由の身になろうとしているのは私だけではないのだ。今はまだ車に輝いている公爵家の紋章のおかげで、特別な列に入れてもらえた。遮断機に近づく。百人隊長が六人の銃兵を従えて立っている。彼に指先を見せる。いかなる用向きで、私、セミゾロワ公爵夫人、党員は、モスクワ国を離れるのか、と訊ねられる。前もって決めておいたように、中国へ療養にと答える。出国にかかる新しい金額を伝えられる。現在、モスコヴィアからの出国には一千金ルーブルもかかる。不在六ヵ月までは全額がそのまま持ち主に返還される。六ヵ月を超えると、一日ごとに一金ルーブルずつ減らされていく。今はそういう規定なのだ。

金貨の入った巾着を渡し、領収書を受け取る。私に関するいかなる命令も下されていないとわかり、心からほっとした。すべて昔どおりだ。外見(そとみ)には落ち着いて振る舞った。検査を受けなくてすむよう、百人隊長に銀貨で一ルーブル与えた。禁止物について訊かれる。ガソリンは、記憶装置(メモリー)は、楔は？　テルルの楔はザモスクヴォレーチエの雪の上にばらまかれている。私が窓から投げ捨てたのだ。自発的に。さもなくば、いつものように女陰(ほと)の中に隠して運んだだろう。もうたくさん、幽霊と眠るのはもうたくさん……。百人隊長は私たちがトレーラーに大量のジャガイモを積んでいることに驚き、リャザンでの方が安いですよと言う。私は、リャザンにたどり着くにはまだかかるからと反論した。愚か者は頭を振ってうなずき、遮断機を上げた。

こうして、神の助けもあり、私たちは吸血鬼の国から出たのである。

十月四日

道化のエロープカは公爵夫人の懐で振動を感じて目

覚めた。車は長いことリャザン帝国の入国関所の前にできた行列の中にいた。唸りながら、道化は夫人のカーディガンの骨製のボタンを這い上がり、シェアードミンクの軽い毛皮外套(シューバ)の下でぴぃぴぃ歌いだした。

「ティリボム、ティリボム、売られているよ猫の家!」

深い肘掛け椅子で微睡んでいた夫人は伸びをした。

「エロープシカ……」

車内は蒸し蒸ししていて、三枚の小窓はどれも、夫人と、その向かいの肘掛け椅子で眠っている女中のワシリーサの息で曇っていた。夫人がシューバの襟のボタンを外すやいなや、そこからエロープカの長くていつも赤い鼻がにゅっと突き出した。

「ほら出たぞ!」

「どうして眠れないの、エロープシカ?」夫人はさらにシューバのボタンを外していった。

「お母さまの懐で汗かいちゃった、蒸し風呂(バーニャ)に行かなくてもいいくらい!」エロープカは白く短い指で毛皮の肩の部分につかまり、満足げに喉を鳴らすと、体を持ち上げて夫人の顔と同じ高さに座った。

これは小さな人間で、ジャガイモの塊茎に似た大きな頭と、五歳児なみの大きくてふっくらした白い腕を持っていた。法外に長い鼻、横に長い歯抜けの口、スリットのような細い目がついたその顔は、いつも笑っていた。亜麻色の髪はきれいに丸く切り揃えられ、大きな耳が左右にぴょんと突き出ていた。大きな水玉模様の白いコソヴォロトカ(立襟で左寄りに襟開きのついた男性用のルバシカ)を着て、糸を通した珊瑚(さんご)のビーズを腰に巻き、綿ネルのゆったりしたズボンを穿き、ズボンの裾は銀製のつま先を反り返らせた粋なショートブーツにたくし込まれていた。エロープカの右手の人差し指には、セミゾロフ公爵家のモノグラムが刻まれたずっしりした金の指輪がはまっていたが、それは夫人の亡き夫からの贈り物だった。

主人の肩に座ったエロープカは、いつものように彼女のイヤリングをそっと引っ張り、甲高い声で言った。

「いやな夢を見たよ、ワルワーラ・エロフェーエヴナ」

「何を見たっていうの、おばかさん?」道化と話しながら、夫人はその青白く美しい疲れた顔を動かすことはなかった。唇は薄く、緑がかった褐色の目は深く落ち窪んでいた。

「起きたばかりだから一息つかせてよ、そしたら話すから」

夫人はツゲ製の細長いシガレットケースを取り出し、

紙巻き煙草を抜き出して薄い唇に咥えた。エロープカはすぐさまふっくらした手をポケットに突っ込み、超小型のライターをさっと取り出し、カチッと弾いて近づけた。細長い青色の炎が煙草の端を焼く。夫人は煙草を深々と吸うと、すぐさま細長い煙を吐き出した。

「お母さま、近頃煙草を吸いすぎじゃありませんこと……」ワシリーサは座って目を閉じたままつぶやいた。目の下に小さな痣(あざ)がある頬骨の出た男っぽいその顔は微動だにしなかった。

エロープカはハンカチを取り出し、その中に自分の鼻を突っ込むと、面白おかしく頭を振りながら騒々しく洟をかんだ。その後、ハンカチで自分のひどく汗ばんだ額を拭った。

「アルタイの大工が僕の脳天に釘を打ち込んで、体が大きくなる夢を見たんだ」

夫人はぐったりとした薄い笑みを浮かべた。

「よくもまあそんなに同じ夢を見られるものね……」

「嘘ですわ」ワシリーサが目を閉じたまま言った。

「夜が明けたらポケットイコンの前で誓うよ！」と厳かに言いながら、エロープカは丸めたハンカチでワシリーサを脅しつけた。

「その夢の何が怖いの？」煙草を吹かしながら、夫人は自分の側の曇った窓を手で拭き、道路に向かって目を細めた。そこでは、多種多様な交通機関やありとあらゆるサイズの馬たちが陰鬱に幾重にも重なっていた。

「お母さま、怖いことにね、僕の体が大きくなりだすと、着ていた服が一気に裂けて破れちゃうんだ。それで、その瞬間に僕は他のどこでもない、神さまの教会に立ってるんだ」

「あらあら……」とワシリーサはつぶやき、口をいっぱいに開けて大あくびをした。

「だけど、お母さまたちのじゃなくて、僕たちの教会。僕たちがまだ小さかった頃に洗礼をしてもらった場所。そして周りには、あの頃の僕の兄弟たちが勢揃いしてたんだ。全部で六十五人の小人たちが。そして、パイーシー神父がお説教するんだ。慎みについて、小さなこと、大きなことについて、小人にも大きなことを成せるということについて。僕は立って聴いてるんだけど、急に体が大きくなりだすんだ。みんながこっちを見るんだけど、僕はどうしていいかわからない。それからいやがらせみたいに、ワルワーラ・エロフェーエヴナ、僕の肉竿がおっ勃つんだ」

　ワシリーサはくすくす笑って目を開けた。

「それからどんどん大きくなって、それも真っすぐパイーシー神父めがけて伸びていって、まるで破城槌みたいで、ほんとだよ、それで、今にも神父さまをノックアウトしそうになるんだ！　僕は生きた心地もせずただ立ち尽くしていて、すると……バーン！――それから目が覚めたんだ」

　ワシリーサは声を立てて笑いだした。

「とんだホラ吹きね！」

　夫人は口をへの字に曲げ、美しい頭を動かすことなく、いつものようにエロープカに向かってふうっと煙を吹きかけた。彼は喉を鳴らし、いつものように夫人の耳を後ろから抱え込んで首の方へと移動した。

「関所を越えたら、ガヴリーラにきちんとした居酒屋の前で止まるよう命じてちょうだい」夫人はエロープカの移動は気にも留めずワシリーサに言った。

　ワシリーサの頬骨の高い顔が険しくなった。

「お母さま、いけませんわ」

「必ず命じてちょうだい」夫人は扉に取りつけた灰皿の中で吸いさしを揉み消し、まぶたを伏せた。

十月五日

　リャザンの国は私たちを清潔な道路と美味しいピロシキで迎えてくれた。いろんな心配事のせいで私は空き腹で、最初の適当な旅籠屋で止まるようガヴリーラに命じた。そして、リャザンの旅籠屋は長くは待たせなかった。関所を越えた後、光る棒を持った大柄な兵士たちの前を通り過ぎた後、すぐに朝靄の中から浮かび上がった。給仕が出てきて一礼し、私を貴族の間へ、ワシリーサとガヴリーラを下民の間へと招じ入れた。ハチミツ入りの緑茶をたらふく飲み、ワトルーシカ（カッテージチーズやジャムを載せて焼いた小型のパイ）を半分、チョウザメの背筋入りのピロシキをいくつか食べた。我慢できずに、ナナカマド酒をグラスで一杯注文した。ありがたいことに、ワシリーサの目はない。たったの一杯だけ。いろんな心配事があった後だから許されるわ。ふざけてエロープカにウォッカを飲ませてみたら、ひどく酔っ払って、私に仔猫のお歌を歌った。旅籠屋の映写泡は若い女軽騎兵に関する古いソ連映画を流している。リャザンの方がお国柄が穏やかだ、比べものにならない。六年前、中国の援助を受けてワッハーブ派の傀儡ソボレフスキーを打倒して以来、彼らの国は万事順風満帆だ。道路だって清掃されていて、モスコヴィアとはわけが違う……。旅籠屋からマリンカ・ソロネーヴィチに電話したくなったけれど、考え直した。リャザンを通過した後、親戚国のタルタリアであいつの手が私に届いたらどうする？　二杯目のグラスのおかげで思いとどまった。それから、三杯目が春のツバメとなって飛び去った。

　そして、とってもいい気分になった。

　ワシリーサとガヴリーラがプリャーニク（スパイス入りの糖蜜菓子）やキイチゴのジャムと一緒に四杯目の紅茶を飲んでいると、貴族の間から下民の間へひょろっとした給仕が案じ顔で入ってきた。

「向こうであんたらの奥さまが暴れておいでだ」

「まあ」ワシリーサは太息をついた。

　ガヴリーラはかじったプリャーニクをさっとポケットに突っ込み、すぐさま立ち上がると、壁に飾られたイコンに向かって冷静に十字を切った。

「私のせいだわ」とワシリーサは怒気を含んだ声でつぶやき、さっと立ち上がると、給仕の後から貴族の間へと急いだ。

　広間ではセミゾロワ公爵夫人が食卓の上に立ち、自分の両肘をつかみながら体を揺らしていた。目は閉じていて、頬は不健康に赤らんでいた。ブーツの踵（かかと）の下では皿がガシャンガシャンと割れていた。三人の客が呆気に取られて夫人を見ていた。酔ったエロープカは両手でグラスを抱えながらクッションに泰然と鎮座していた。

「お母さま……」ワシリーサは長い腕を垂れながら哀憎入り交じったため息をついた。

「私に～はせ～かい～に、アナタし～かい～ない～の」夫人は目を閉じたまま甲高い声で歌った。

18

汗ばむロビンはしばし待つことになった。たとえコンタクトがなくとも、パーキングでの〈ハロー！〉がなくとも、井戸の中の様子は聞こえる。電脳が聞き取る内容はばかでも理解できる。位置！　今やどんなばかでも電脳を持っている。ユダヤ人がキッパー（ユダヤ教徒男性用の頭蓋を覆う帽子）をかぶるみたいにそいつを脳天に貼りつけたら、後は汗を流せ！　汗は涙ではない。棺は愚かな釘抜き用のサナトリウムではない。歴史！　したがって、電脳を頭脳に替えるのは釘を失うことにしかならない。だからロビンは早くも駅で貼りつけた。経験！　トラムに乗って、脇目も振らず汗を流した。システム！　今日よそ見すれば、明日は噎(む)せる。噎せた者は病院送りになる。金具を扱うには健康な若者が必要だ。

イスラムのストックホルムはプロテスタントのブカレストとは違う。ここでは長くよそ見させてはもらえない。稲妻(ブリクスネドスラグ)！　何のために撃つ？　血は拭き取られることを求める。スウェーデン人には単純な掟がある。曰く、赤は青にしかず。よそから来た避雷針はここでは大事にされる。電気は戦後もあり余っていた。皆に行きわたるほど。アバターどもは後でゆっくり処理される。今やスウェーデン人はまったく急ぐ必要はない。青いオリジナルは誰の邪魔もしない。汚れないし、命の粥を頼んでくることもない。温かくならず、青いまま。原則！　ロビンの頭にあるのはまた別の原則だ。というわけで、青は汗にしかず。ロビンはスウェーデン人たちと新しいパーキングで会う約束をした。その方がいい。深くて良質、余計なフィールドはなく、目は塗りつぶされている。他の選択肢はない。誰が新しいパーキングなんかで腐った保証を与える？　間抜け？　ファミリー？　牙を剥くやつ？　ストックホルムの連中は口を塞がれているし、ばかはいない。というわけで、汗を流して考えろ。ただし頭を使って汗を流すこと。帽子はいじらず、安全装置には触れておくべし。信頼！　電脳に委ねたものを頭脳から取り上げた。ルーティン！　出張の宝石仕事。戦前からロビンは鼻の中に蝿を入れていなかったのだから、今はなおさら。六分経って、電脳が警告した。来た。白いオフロードカーが二台。まるで婚礼だ。フィールドは清浄。アバターは明瞭。出ていくことはせず、ボールを投げた——おい、俺は一人で、ファミリーはいない。彼らは了解し、拾った。今日日、釘は非独占(エクスクルーシブ)的な商品だ。混乱の後は誰もが幸福な人生を欲する。復興！　金具屋は骨董屋ではない。したがって、価格は鉄ではなく氷。氷は鉄とは違い溶かすことが可能。だが、溶かすには温もりが要る。温もりがあるなら、溶かして滴らせろ。なければ、取る物を取り、指に息を吹きかけ、とっととずらかるべし。ロビンにとって温もりはまったく問題ない。逆に、熱い棘を投げつけてやる。スウェーデン人たちは顔色を変えない——突き刺してみろよ、俺たちの皮膚は分厚いんだぜ、とでも言うように。二十四パーセントも吹っ掛けた。彼らは顔を顰(しか)めすらしない。これは地元の連中だ。ここで仮面舞踏会(マスカレード)はしない。そういう血筋ではないのだ。長広舌も彼らの習わしではない。ロビンは言い、彼らは行う。それでおしまい。北国！　ロビンは穴から這い出し、フィールドを送り、廊下を照らした。スウェーデン人たちは穏やかそのもの。ジープに近づき、覗き込む。装甲された三つの箱それぞれに釘が千本ずつ。武器庫！　ブカレストの大工たちが言うには、家にもムクドリの巣箱にも使える。試しに酸で検査した。最高純度のテルル。スウェーデン人たちが可能性に触れられるよう、電脳を外す。背を向ける。そして彼らが指を当てた途端——そこにイブラヒムが、アラブ系ノルウェー人のお仲間を引き連れて壁から現れた。想定外！　第三勢力。ロビンもスウェーデン人たちもこんなことは予期していなかった。ノルウェー人たちはまず二つのトロンボーンからどでかい一撃を食らわせ、お次は鉛の豆を扇状にお見舞いした。ジープがボールみたいに破裂する。

スウェーデン人たちの肉片が天井に飛び散る。ヴァルハラ！　実際、予想していなかった。どうして予想できる？　痕跡は一つもなかった。まったくなかった。ロビンは三度も調べた。スウェーデン人たちも。手品？　否、テクノロジー！　イブラヒムは無能ではない。実は、建てたのはやつらだったのだ。ヤミの建設作業班に平らな廊下を注文した。一ヵ月間の労働、二万新クローナ。労働！　骨折り損のくたびれもうけではなかった。箱三つでざっと百五十万！　イブラヒムは知っていた。だがロビンは、そいつが知っていることを知らなかった。要するに、ロビンは生きてはいたものの、片脚をなくし、両手ではらわたを抱える始末だった。彼はここで、イブラヒム以外のものなら何でも予想していた。そして、考えようと考えなかった。考えはしたのだが。衝撃！　イブラヒムは彼にとどめを刺そうとはせず、事務的に体を跨ぎ、仲間たちと三つの箱を持ち出し、マーキングし、しるしを貼りつける。ロビンは倒れている。まだ意識はある。イブラヒムは無言。何を言えばいい？　契約を破ったならば、沈黙せよ。沈黙は金であり、テルルではない。愚かなロビンは自分のはらわたを押さえている。金で助かろうと考えている。はらわたを押し込んでもらい、新しい脚を縫いつけてもらう。その他に何を考える？　ブカレストでの彼らの出会いのことはいい。あのとき彼らは、お茶を飲み、仔羊肉のピラフとロクム（トルコの菓子）を食べ、イブラヒムは善き托鉢僧と白い牝馬についての寓話を物語った。あのとき彼らは、お宅らの部屋が静かすぎると言って警察を呼ぼうとした下の部屋の住人のことをあざけった。そして、イブラヒムが彼に示し、与え、押し、その後で彼らがともにアラーに祈りを捧げさえした、ということもいい。自分のはらわたを押さえているとき、そんなことは思い出さない方がいい。倒れたまま見ていろ。ノルウェー人たちが箱の金額を帳簿に記入し終えると、イブラヒムは言った。一つ開けてみろ。開けた。彼は釘を一本取り出し、ロビンに近づいた。曰く、正しいアプローチに礼を言うぜ、青年。トラムでよそ見しなかったのは偉かった。これからボーナスをやらなくちゃな。そして、ロビンの額にピストルのグリップで釘を叩き込んだ。ロビンはそのまま床に倒れていた。もはや新しい脚も昔の輝きも得られない。復讐！　やつらは箱をつかみ、ぶち抜かれた穴を通って這い出し、フックにぶら下がって上に戻り、警備隊を始末し、自分たちのラクダに乗った——そして、〈疲れたキャラバンは遠くへとぼとぼ歩いていく〉。

19

早番の日、バスはいつも六時頃に私をホテルに送り届ける。今日も遅れずに到着した。時間が早くて夜が明けきっていなくて、今もまだ薄暗い。従業員室に入って着替えとお化粧をすませてから、お茶を一口飲む時間も、他の客室係たちと少し言葉を交わす時間もある。正直に打ち明けると、ここで本当のお友達はオクサーナとタチヤーナのたった二人だけ。幸いにも私たちは一緒に早番に出ることが多いんだけど、今日はどちらもいない。オクサーナのところは幼い子どもが病気になって、タチヤーナのところは旦那が出張から帰ってきたの。六時半に勤務に入る。そして私の一日が始まる。私たちの〈スラヴャンカ〉は大きくはないけれど快適なホテルで、肝心な点は、モスクワのたいていのホテルみたくべらぼうに高くないってこと。安いのはどれもザモスクヴォレーチエで探さなきゃだめで、モスクワじゃ五十ルーブル以下の部屋は見つかりっこない。うちはシングルが四十ルーブル。これはとても良心的とさえ言える価格よ。だって、オーナーは賢くて信心深い人で、我利我利(がりがり)亡者(もうじゃ)や吸血鬼じゃないから。宿泊客が好きで、お客さんの力になろうとする。面接のときも真っ先にこう訊ねられた——アヴドーチヤ・ワシーリエヴナ、あなたは人に奉仕することは好きですか？　こんな質問は予想外だったから、私ったらちっとも用意がなくて、素直に即答したの。好きです！　って。だけど、それは本当よ。無理して働く人もいるけれど、私は自分を殺さなくたって、いつだって人にいいことをしてあげられるもの。いい加減にしないで、いつもきれいに掃除しているわ。私には自分の家庭はないし、これから先できるとも思えない。だって、私の顔はあんまりきれいじゃないから。すっごく不細工って言った方が正しいわね。それにスタイルだって悪いし、太ってるし、短足だし、骨太だし。このまま二十年くらい経って五十歳になったら、私はどうなっているのかしら？　中国人の女占い師に占ってもらったことがあるわ。はや中年に差しかかる頃、そなたの人生にとある年上男性が現れ、ともに暮らすようになり、万事円満になろう、ですって。神様、どうかそんなことが起こりますように。今のところはママとポドモスクワで暮らしているわ。ソンツェヴォに2DKのアパートを借りているの。小さいけど明るいお部屋よ。ママは私を産んだのがちょっと遅かったからもう七十近くだけど、すべては神様の思し召しよね。パパは警察に勤めていたんだけど、戦争が始まった頃に死んじゃって、ママがパパの代わりに年金を受け取っている。ママの年金が二十六ルーブルで、私の給料が六十。家賃は五十。生活には充分だし、ママはちょっぴり貯金までしている。通勤にはまずモノレールで大学駅まで行って、それからバスに乗り換えるのが楽ちん。今は朝勤が多いけれど、以前は十一時半からの夜勤を願い出ていた。だけど、長くはできなかった。寝られないせいじゃなくて、まったく別の原因。私には一つだけ生きる喜びがあるの。それは、他人（ひと）さまの恋愛。自分の恋愛に恵まれない人は、他人さまの恋愛を糧にするのよ。あるいは、神様の愛をね。だけど、修道院に行こうとは思わなかったわ。修道院生活の覚悟がないし、人間らしい暮らしが好きだから。死ぬほど、気が変になるほど、心臓が冷たくなるほど、人間らしい恋愛が好き。だからホテルで働いているの。この世でいちばん大好きなことは、人々が愛し合う様子を聴くこと。今、夜勤に出る回数を減らしているのは、自分の心臓を破裂から守るため。夜勤の間はずっとある一つの考えが頭から離れないの。どうすれば他人さまの恋愛を盗み聞きできるか。考えるのはそれだけ。意識はそれだけに向けられ、知識や技術が一つのことのために、恋人たちの居所を突き止めて疲れきるまで聴きまくることのために総動員される。夜に廊下を歩いていると手足が震えてきて、心臓が期待でどきどきする。カップルがディナーの後でレストランから部屋へ抱き合いながら上がっていくのが見えたりしたら、最高にしびれちゃう。たちまち動悸が起こって、私は夢遊病者みたいに二人の後をつけるの。足はがくがく震え、口の中はからからに乾き、後から自分も上がってどの部屋に入ったかを見届けると、すぐさま隣の部屋に侵入するために骨を折る。ただし、そこに宿泊客がいなければの話ね。これが隠密盗聴の大事な条件。そして、ほぼいつも運がいいの。まるで誰かが助けてくれているみたい――私の愛する、熱い翼を持つ秘密の恋の天使が。そして私は隣の部屋でブラジャーから自分の小型盗聴器を取り出し、壁に当て、聴いて聴いて聴きまくる。壁が煉瓦だろうがコンクリートだろうが、この盗聴器にかかれば、どんな音も筒抜け。声どころか、シーツの衣擦れの音すらも拾う。この世でこの瞬間以外は何も要らない。神酒(ネクタル)でも飲むみたいに微動だにせず聴いている。すべての始まりは子どもの頃。ある夏、代母の別荘(ダーチャ)で過ごしていて、そこに愛人がやって来たの。代母の旦那は林業に従事していて、アルハンゲリスクに行っていた。愛人は夜中にやって来た。そして私は壁越しに二人が乳繰り合うのを耳にしたの。盗み聞きがすっかり気に入った私は、この愛人が再びやって来るのを今か今かと待ちわびて、くたくたになるほどだった。数日後にまたやって来た。一晩中代母の体を愛撫していたわ。私は壁にぴたりと張りついて、もっとよく聞こえるようにとコップをつかんで壁に当て、二人のよがり声を聴いたの。代母はもう気持ちよさのあまり泣いていて、ずっと懇願していた。サーシェニカ、いったい何してるの?って。私の方は全身これ石のような感じで、周りが何一つ見えも聞こえもしなくなるくらい気持ちよくて、たとえ世界のすべてが消え失せようと、私の魂はすべてそこに、あの甘いよがり声の中にあった。そして、人生でそれより強烈なものはなかった。結局、一度も恋愛することはなかったけれど、私みたいな不細工が誰に必要だっていうの? 二度、酔った勢いで寝たことがある。一度目は若い男の人と、二度目はアフリカ人の警備員と。だけど、全然よくなかった。ポルノもたくさん観たけれど、それも気に入らなかった――あんなふしだらがこのささやき声と比べものになるとでも? 壁越しに聞こえる恋人たちのよがり声よりしびれるものなんてありっこない。すっかりこれが染みついちゃって、ホテルから家に帰る頃にはもうどうしようもない状態で、ママからは、ドゥーネチカ、どうしたんだい、病気にでもなったのかい？なんて訊かれる始末。そして本当に病みついちゃって、当直の後はかろうじて足を引きずって歩いたわ。帰宅するなりベッドに倒れ込むんだけど、寝つくことはできなくて、恋人たちのささやき声がみんな頭の中で歌っているの。ときどき心臓がチクチクするようになって、お薬を飲んで、鍼(はり)を打ってもらって、それから決心した――これからは自分を大切にしよう、こんな風に心臓を痛めちゃだめだ、って。上司に相談して、夜勤に出るのは週一回だけにしてもらった。まさに、毎日甘い物を食べすぎるのは禁物っていうことよね。一週間の間ずっとあの夜を心待ちにしている。四日間早番で働き、金曜日に夜勤に出る。金曜日はカップル客がいちばん多い日だから、盗聴し放題。大勢の人が情事のためにうちにやって来るんだけど、べつに〈スラヴャンカ〉は逢い引き宿じゃないのよ。一時は逢い引き宿で雇ってもらおうとも思ったけれど、手遅れになる前に思いとどまった。あんなところで盗聴していたら、心臓破裂で死んじゃうわ。ここには、あり余るほどじゃない、私にぴったりの喜びがある。だけど一週間ずっと聞き耳を立てているから、結局はくたくたになっちゃう。早番で好きなのは、朝みんなが朝食に行くときに昨夜愛の営みが行われた部屋に立ち寄り、ベッドの前にひざまずいて、まだ温かさの残るベッドに顔を埋めてしばらくそうしていること。ベッドはまだあったかくて、よがり声を残らず覚えている。そして今日、二階の廊下を歩いていて見かけたのは、二〇六号室から出てきた二人――堂々たる風采の白髪の外国紳士に、シルクのコソヴォロトカを着たすらりとした我が国の男の子。男の子はまさに天使(ヘルヴイム)ちゃん。二人は朝食に向かった。これは親子じゃなくて、愛人関係だと一目でわかった。きっと、あのよそから来た紳士が男の子を一晩買ったんだわ。私は部屋に入った。空のシャンパンボトルがバケツに一本、グラスが二個、そのうち一個には空っぽのテルルの釘、キャンディーの金色の包み紙。ベッドはどこもかしこも揉みくちゃ。枕の一つは床に落ちていて、もう一つは真ん中に置いてある。きっと、愛撫しやすいように外国紳士が天使(ヘルヴイム)ちゃんの下に枕を置いたんだわ。私はひざまずき、その枕に顔を埋めた。そして、そのままそうしていた。

20

「ロボットどもだ!!!」機関士ケーリャは三号車にまで聞こえるほどの大声で叫びだした。

どくんと心臓が突き上げられた。人海戦術だ！

長らく待っていた攻撃だったが、それでも叫び声は全運び屋仲間の神経を逆撫でした。

一気に身構える。

「ロボットォォォ！」

「ラバッタアアア!!」

「アナスフェル!!!」

バッバッ。ドタンバタン。

二号車の〈タンボフ〉は跳び上がり、一号車の〈オリョール〉では唸り声が上がった。もっとも危険な三号車の〈ヴォロネジ〉は脅かすまでもなかった。ベロゴルスクの連中はそれでなくともあらゆる事態に備えていたのだ。

各々、自分の鉄（ぶき）に飛びつく。

マルティンは機関銃に張りつき、マカールはライフルに挿弾子を込める。

「守備につけぇぇぇ!!」

各車両に声が轟きわたる。車両はもう、艀船（はしけぶね）みたいにぐうらぐら。

バタバタ、ドタドタ。

「そらそらそら！」

ガタガタ。

ぐいぐい。

手当たり次第に物をつかんで窓に張りつく。

窓の外は大草原（ステップ）。靄（もや）。まるで誰かが鋼鉄のフェンスを持ち上げたみたいに、地平線がキラリ——鎖。

　ロボットどもだ。

　広がって歩いている。取り囲むように。網を打つように。そんなことができるのは数が多いからで、節約する気などさらさらない。

　運び屋仲間が吐く息で窓ガラスが曇る。

「アナスフェル！」

「第六モデルだな、血反吐（へど）を吐かせてやらあ……」

「テレ、コル、ム、だぁぁぁ!!!」

「キノコ頭を出してきやがったか、ケルチのオタクめ！」

「お待ちかねの人海戦術だ！」

　そして、ざわめきをかき消すボグダンのよく通る威圧的な声。

「窓ガラスを上げろっ！」

　掛け金がカチッと鳴る。銃身を窓の外へ。守備！

「列車、徐行しろ！」

　言わずもがな、蒸気機関車は徐行していた。ナリチクからすでに高速で走るための石炭はなかったのだ。列車は限界まで積んでいた。バターオイルに、ヒマワリ油に、脂身（サーロ）に、小麦に、塩に、ケルチ産のニシンに、ヒマワリの種に、ヴォーブラ（干物や燻製にされるコイ科の魚）。大量の商品だ！　ところが、機関車の方はせむしの小馬ときた。少しずつでもどうにか完走してくれれば……。運び屋の一味は馬力のある列車を借りる金をケチった。シンフェロポリのギャングどもが価格を四倍にもつり上げたからだが、どうやらそれも計算のうちだった。

　のろのろ走ることを見越しての人海戦術ってわけだ。それに、ロボットどもは全員丸腰。商品を無傷で奪わなけりゃいけないってのに、穴を開けちゃマズいだろ？

「命令なしに撃つな！」とボグダン。

　だが、運び屋たちの神経は参っている。

　バダン！　バダン！　バダン！

　三号車の〈ヴォロネジ〉が堪えきれずに発砲した。

　銀色のロボットを一ダースほど倒した。だが効き目は？　鎖が閉じる。ロボットの環がたくさん繋がった鎖だ。

　そして、〈タンボフ〉のバター運びたちも我慢の限界に達する。

「おい、もうだめだ！」

「気をつけろ（ポルンドラ）！」

「おしまいだ（アンベーッ）！」

だが、ボグダンはパニックに陥った者たちを落ち着かせる。導火線についた火を消すように。ある者には顔面に拳骨を食らわせ、またある者には口にモーゼル銃を突っ込み――

「位置につけ、モガティーリ、[*1] お前のせいで全員が破滅する！」

その他の者たちには尻に膝蹴りを食らわせ――

「銃眼の方へ行け、凄垂れども（シマカダヴィ）！」

側面のパニックは鎮められた。

一方、ロボットたちはもう目の前。照りつける日差しの下、耐えがたいほど輝いている。

ボグダンはモーゼルを銃床に取りつけ――

「撃ち方！」

ロボットどもは狙いを定める。脂ぎったクジラを網で包み込むように列車を包囲する。

「撃て!!」

バダン！　バダン！　バダン！

タッ・タッ・タッ・タッ！

ジュッ・ジュッ・ジュッ・ジュッ！

全体の三分の一を丸ごとなぎ倒した。三分の二は列車に。接舷戦だ！

ロボット〈テレコルム２０４９〉あるいは〈アナスフェル６０００＋〉は同じようにプログラムされている。列車に潜り込み、商品を窓の外へ投げ捨てる。その他の目的は存在しない。このロボットどもが生きた戦力に向かっていくことはない。それがやつらの恐ろしいところで、運び屋などには目もくれず、貪欲に運ばれる商品の方へと向かっていくのだ。

そして再び――

バダン・バダン！

タッ・タッ・タッ！

だが、もう目の前。

フックの手を持つ銀色の無個性なロボットどもが窓から這い込んでくる。やつらに白兵戦を仕掛けるのは無駄だし、列車内で至近距離から発砲するのは危険だ。呆気なく自滅する。ロボットを破壊するにはスレッジハンマーを脳天にお見舞いするしかない。

「スレッジハンマー!!」ボグダンの声が轟きわたる。

とっておきを引っつかむ。そして光る脳天に――！

だが、ロボットどもは自分たちの鉄の掟をわきまえている。列車を強奪し、運び屋は完全無視せよ。そもそも運び屋などまったく存在しないかのようだ。食料品の袋が窓から飛んでいく。窓の下には別のロボットどもがいて、袋をつかんではステップへ引きずっていく。袋を抱きかかえて窓からジャンプするロボットもいる。

光り輝く蟻(あり)どもが、バターを、サーロを、香ばしいヒマワリの種が入った袋を運び去っていく……。

機関士ケーリャは卑猥な言葉で罵り、機関車はシュッポッポッと最後の力を振り絞って懸命に走る。

ロボットどもは良心のかけらもなく無言で列車を引っかき回す。

光る頭を叩き割られなかったやつは戦利品を抱えて窓から次々にジャンプする。

運び屋たちは悪罵と涙でやつらを見送る。

ボグダンただ一人が冷静に列車内を歩き回り、禿げ頭をめぐらせ、テルルの釘の頭部を輝かせている。

「オメエら、損害を計算しろっ!」

計算することは計算するが、誰が埋め合わせるんだ？　できることと言えば、オデッサ産のヴォーブラが入った愛(いと)しの袋を無力な眼差しで見送ることだけ……。

とまあ、これが運び屋の過酷な運命だったのさ。

＊1　［訳註］ロシアの英雄叙事詩の「英雄」を意味する「ボガティーリ」をもじった未来派の超意味言語(ザーウミ)。

21

急ぎ足のマグヌスの一つきりの目には広大な空間が見え隠れしていた。それはもはや、タリバンに焼き払われたローザンヌのクリスマスのメリーゴーラウンドのような、灰まみれのプラスチックが剝がれた空間ではなかった。シャイフ・マンスールの飛行中隊に爆撃されたジュネーヴの都心のような、煉瓦や御影石の破片が転がる空間でもなかった。さりとて、スイス・アルプスの支脈でもなかった。ここはかつての南仏、季節は夏の盛りで、空間は四つの県を統合して新たに誕生したラングドック共和国の国旗のように三つの色——植物、石、空——で彩られていた。ここは焦げ臭くなかった。スイス国境からずっと跳躍を続けているマグヌスの鼻の穴に吹き込んでくるのは別のにおいだった——ラベンダー、廏肥、そして、日差しで温もった居心地いい町のにおい。中断を挟みたくなかったので、大都市は迂回することにした。マグヌスは急いでいた。日差しがじりじり照りつけていた。紫色のラベンダー畑が目に痛かった。石だらけの道に埃が舞っていた。だがそれは、壊滅させられたスイスの町々の煉瓦埃ではなかった。ラングドックの埃を吸い込むのは心地よかった。〈三民族の戦い〉直後のザルツブルクにて金貨百三十七枚で手に入れた飛脚ブーツに運ばれて、マグヌスは目的の地ラ・クヴェルトワラードを目指していた。

すべての道が城に通じていた。プロヴァンスの、ラングドックの、そして南ピレネー山脈のすべての農民の指が南西を差していた。マグヌスは埃っぽい道の石を蹴って風景の上に跳躍した。戦火の及んでいない町や村は感動的だった。停止した時間。それは戦前のヨーロッパの香りがした。幼年期のにおいだった。マグヌスは跳躍して丘陵地の草原の上でホバリングした。放牧されている羊や牛や馬、瓦葺(かわらぶ)きの家屋や畜舎、燻製所やチーズ製造所の屋根、地対空ミサイルシステム、ソーラーパネル、鷹かドローンだとでもいうように手をかざして彼のことを窺う農民たち。マグヌスは跳躍しては長々とホバリングしながら燃料を浪費していたが、それはあたかも、この琥珀(こはく)のような時間の中にはまり込み、そこに永久に留まろうとするかのようだった。しかし、重い飛脚ブーツはいつも地面に触れた。

ラ・クヴェルトワラード。

急ぎ足のマグヌスはもう一ヵ月以上もそこを目指して急いでいた。間に合わねばならなかった。翌朝までに。なんとしても！

遅れることはあり得ない。

とはいえ、あとほんの少しだった。幾度もの跳躍のうちに暑い午後が過ぎていった。肌をぴったり覆っているつなぎが熱を冷まし、いつものように汗を吸い、ビタミンを補給してくれた。疲労は感じなかった。マグヌスは痩せ型で背も高くなかったが、それにもかかわらずタフで忍耐強かった。それに、ここでの跳躍はオーストリアやスイスよりも楽だった。眠りのうちにあるようなリエ村にて、焼きたてのパンや温かいキュウリ、煮込んだヤギ肉、羊乳チーズで腹ごしらえをした後、泉の水を心ゆくまで飲み、小型のガス供給器でブーツにガスを補給し、西へ向かって跳躍を開始した。起伏ある青緑色の地平線の向こうに、野蛮なサラフィー主義者たちを食い止めた新たな共和国の焼けつくような太陽が没しつつあった。この太陽が気に入ったマグヌスは、暗いガラスの向こうにある自分の唯一の目をそこから逸らさなかった。

急ぎ足のマグヌスの瞳が太陽の光に満たされた。

この光は出会いを約束していた。

そして、その約束は長く待たせなかった。むっとする宵闇がピレネー山脈の麓を覆った頃、もはやラベンダーではなく、スイカズラやアカシアやフジの香りが漂い、そしてセミが鳴きだした頃、宵の空に巨大なホログラムがきらりと光った。新テンプル騎士団の八端十字架である。

ついに！

「ラ・クヴェルトワラード……」マグヌスは跳躍しながら空中で吐息を漏らし、疲れた笑みを浮かべた。

十字架は城の塔の頭上に浮かび、軸を中心にしてわずかに回転していた。

跳躍が高すぎて周りのアマツバメたちが騒然と鳴きだしたほどだったが、その鳴き声はマグヌスの昼間飛行を締めくくることとなった。暖かい宵の空気が汚れた髪の中を最後にひゅうと吹き抜ける。彼は城へと通じる広い舗道の新しい敷石の上に降り立ち、ブーツのスイッチを切り、どっしりした足を重そうに移動させながら歩きだした。

城が近づき、十字架はその上で光り回転していたが、それはまるで、要塞の英雄的な住人たちの精神力で支えられているかのようだった。

ひと月半にわたる旅の間ずっとマグヌスを満たしていた平安に興奮が取って代わり、それは一歩ごとに高まっていった。創られつつある新ヨーロッパの伝説が、ヨーロッパの全キリスト教徒の希望が、精神的偉業と肉体的ヒロイズムの砦が、彼の眼前に聳え立っていた。


心を落ち着かせるため、マグヌスは声に出して祈りはじめた。

道は堀で途切れていた。堀の向こうには城をぐるりと囲む円形の小高い土塁が築かれていた。道の真向かいには跳ね橋が上がっているのが見える。

マグヌスは道が終わっているところで足を止めた。するとすぐさま見張り塔にスキャン光線が煌めき、増幅された声が問いを発した。

「そなたは何者だ、旅の者よ、そして何がそなたをここへ導いた？」

マグヌスはいつもより多めに肺に息をため、この跳躍続きのひと月半の間ずっと携えてきた文句を大声で述べた。

「我は急ぎ足のマグヌス、大工である。総長の招きにより参上した」

長い一分が経過した。

橋が静かに下がりはじめた。

「ようこそラ・クヴェルトワラードへ、急ぎ足のマグヌス」

マグヌスは表面にリブ加工が施された黒い橋に足を踏み入れ、飛脚ブーツをこつこつ鳴らしながら歩いた。

〈間に合った……〉待ちに待った信じられないほど快い安堵感に笑みがこぼれる。

門扉が開き、光が煌めいた。マグヌスは城に入った。彼を出迎えたのは三人の戦士で、軽い鎧に身を包み、武器用のベルトを腰に巻いていた。各自のベルトには、短銃身の自動小銃が一丁、ピストルが一丁、短剣が一本、手榴弾が三個、液体斧が一丁吊り下がっていた。戦士たちの顔つきは冷厳だった。最年長の戦士が手の中で光り輝く電脳を広げ、黙ってマグヌスに差し出した。

彼もまた黙ったまま光り輝く面に自分の右の手のひらを当てた。ひやりとする空気の中にマグヌスの個人情報のホログラムが浮かび上がる。しばしそれを検討した後、戦士はうなずいて電脳を畳んだ。別の戦士がレバーを回す。水力学を応用した装置が作動して格子が上がり、第二の門がゆっくりと開きだした。その棘で覆われた鉄枠張りの高く分厚い門の向こうには、さらに二人の戦士が待ち構えていた。

「ついてきたまえ」二人のうちの一人が言った。

まるで肉親につき従うように、マグヌスは微笑み靴音を響かせながらついていった。周囲に沿って優に百両もの車が並んでいる城の中庭を横切り、さらにもう一つ門を潜り、人工松明の緑がかった炎で照らされた石造りの通路を通って地下へ下りる。円形の小広間で待ち構えていたのは灰色の麻服を着た男で、その胸にはテンプル騎士団の赤十字が縫いつけられていた。

「歓迎しよう、急ぎ足のマグヌス」男は軽く頭を下げた。「私は城の管財僧レオナール」

マグヌスはお辞儀を返した。

「これから君を大工たちのもとへ連れていく。そこで食事を摂り、明日まで休息する機会が与えられる」

レオナールは彼を連れて廊下を歩いた。ブーツをがちゃつかせているマグヌスと違って、彼はほとんど音を立てずに歩いた。とある扉に近づき、管財僧が白い正方形に片手を当てると、扉が開いた。マグヌスは中に入り、管財僧は外に残った。円天井の間は先ほどとまったく同じ緑がかった人工の火で照らされていた。真ん中にはワインと質素なつまみが載った長い食卓が置いてある。食卓に向かって五人の男が座っており、入ってきた男を見つけると、席を立って近づいてきた。これは南欧の大工たちで、有名人だった。そのうちの三名——フィレンツェのシルヴェストル、毛むくのニコラ、油手のフーゴ――はマグヌスの個人的な知り合いで、あとの二名――コンスタンツのテオドール、ぶち抜きのアーリス――は間接的に知っているだけだった。

「おやおや！　誰かと思えば！　急ぎ足のマグヌスではないか！」金色の顎ひげを蓄えた太ったフーゴはモルモロンの蛇を何匹も編み込んだ長いドレッドヘアを激しく振って叫んだ。「急いだわりにはえらく時間がかかったな！」

「マグヌス！」目もとまで黒灰色の毛に覆われた厳めしいニコラが彼の胸を拳で叩いた。

「遅れるという噂が流れていた」痩せて知的な顔つきのシルヴェストルが頭を振る。

「だが、我々が揉み消した！」フーゴは指輪や腕輪でびっしり覆われた両手でマグヌスを抱擁しながら呵々大笑した。

「この上なく残酷なやり方でな！」ニコラはシルヴェストルにタトゥーを彫った拳を示した。

「総長の期待に背くわけにはいかなかった」と言いながら、マグヌスはフーゴの抱擁から抜け出し、肩から遠征用のリュックサックを下ろした。

到着した仲間に大工たちのがっしりした手が伸びる。

「歓迎しよう、急ぎ足のマグヌス」金髪で明るい色の顎ひげを生やしたアーリスは力を込めてマグヌスの手を握った。「ローマは君のチタンハンマーの音を記憶している」

「健やかに幸いなれ、ぶち抜きのアーリス」マグヌスは大工の手を握り返した。「あなたの名声はあなたを追い越している。プラハからウィーンに至るまで、あなたは広くテルルの道を敷いた」

「急ぎ足のマグヌスに心からの歓迎と高い敬意を」ずんぐりしたスキンヘッドのテオドールが筋張った手を差し出しながら近づいてきた。「君の腕前は年々向上している」

「あなたに追いつくためだ、コンスタンツのテオドール。あなたに打たれた釘の頭部が私の目を眩ませるのだ」

「ほほう、さすが雄弁のマグヌスとも呼ばれるだけのことはある！」フーゴが哄笑する。

南欧の大工たちはフランス語とスペイン語とバイエルン語が混ざったユーロ語で会話していた。スイス巡業の後マグヌスは、彼の人生の多くと結びついたこの言語を恋しく思っていたところだった。

「諸君、旅を終えた客人に靴を脱いでいただこう！」

フーゴの声が轟く。

　大工たちはマグヌスの前に椅子を置いた。彼は腰を下ろして飛脚ブーツの留め金を外し、気持ちよさそうに疲れた足を引き抜いた。ブーツは直ちに片づけられ、マグヌスの前に水の入った盥（たらい）が置かれる。アーリスとテオドールは膝を突き、マグヌスの柔らかいハイカットブーツの紐を解いて脱がせ、汗で湿った靴下も脱がせると、マグヌスの両足を水に浸してラベンダーの香りがする石鹸でおもむろに洗いだした。

「その足の様子だと、スイスから真っすぐ跳んできたんだな」タオルを準備して待っているフーゴが彼にウインクした。

「ああ。おかげで巡業を中断しなくてはならなかった」マグヌスは儀式を乱すことを恐れるかのように小声で答えた。足を洗われるのは実にいい気持ちだった。この長い一日と全旅程を終えた今はとくに。

「向こうで何か変わったことは？　ルツェルンの組合（アルテリ）に釘を曲げられなかったか？」

「いや。もっとも、研いでもくれなかったが。巡業に対してきっちり払わされ、それから跡を消された」

　大工たちは理解の眼差しを交わした。

「スイスの連中は決して巡業者に敬意を払わんからな」毛むくのニコラは憎々しげに言った。「戦前もそうだったし、戦中も、今だってそうだ。守銭奴どもめ！」

「スイスの大工たちは戦争から何も学ばなかったようだ」アーリスはマグヌスの足から石鹸の泡を洗い落としながらうなずいた。「生粋のヨーロッパ人の跡を消すとは……ううむ……」

「学ぶ気などない」マグヌスは快感と疲労からただ一つのまぶたを伏せながら指摘した。「彼らにとっては儲けることだけが大事なのだ」

「スイスの連中は直接納入にこだわっている」シルヴェストルは痩せた肩をすくめた。「それは火を見るより明らかだ。だから法典には関心を示さん。直接納入のことしか頭にない」

「直接だと？　ペルシャ人どもが相変わらず仲介をしているだろう！　バーゼルを爆撃した張本人どもが！」

ニコラはたてがみを激しく振った。

「カザフ人の方が多く運んでいる」テオドールは儀式

を行う手を休めずに反論した。「テルリアから直接、間接照明つきの廊下を通ってな」

「ペルシャ人もだ！」ニコラは静まらない。「ハラトバリ将軍のペルシャ人ども。ハンガリー人を殺し、アーカイブを塗り替え、モーリスじいさんを斬首したのはまさしくやつらだぞ」

「問題はテルルではない」マグヌスは言った。「大工たちだ」

「とんだくそ野郎どもだからな！」と怒鳴りながら、ニコラは激しく頭を振っては四本のモルモロンの首輪をガチャガチャ鳴らした。「昔からくそだったが、今もそうだ！　総長が火と剣をもって訪れるべきはあそこだった。あれでキリスト教徒とはちゃんちゃらおかしい！　同じ信仰を持つ者の跡を消すとは！　半年も経たないうちにもう堕落した」

「ニコラ、総長は連中の罪をご存じだ」フーゴはずっしりした手のひらを毛むくのニコラの肩に置いた。「時が来れば、傲慢や収賄のツケを払うことになる」

「兄弟フーゴよ、これは背教であって収賄ではない！」ニコラが怒鳴る。

　フーゴは陰気にうなずいて同意を示した。

「これは恩寵喪失と紙一重の貪欲だ」アーリスが言った。

「もし意のままになるなら、ルツェルンのアルテリの守銭奴どもを残らず縛り首にして、その前にやつらの黄金のハンマーを一人一人のケツの穴に打ち込んでやりたい！」峻厳なニコラは腹の虫が治まらない。

　この脅し文句が大工たちを動かした。シルヴェストルは食卓に近づいて水差しからワインを各グラスに注ぎ、アーリスとテオドールはきれいになったマグヌスの足を盥から抜き出し、太ったフーゴは重々しく膝を突いて足をタオルで丁寧に拭きにかかった。

　その後、マグヌスは質素だが快適に設えられた庵室に連れていかれた。埃まみれの分厚いつなぎを脱ぎ、リュックから衣服を取り出す。キッド革のベージュのスキニーパンツ、ヒールに銅のプレートが打ちつけられた赤いブーツ、刺繍のあるシルクの襟なしシャツ。気持ちよく着替えをすませる。ホワイトゴールドと真珠とモルモロンのずっしりしたネックレスを首に掛け、右手の薬指にダイヤの十字架がついた指輪をはめると、威勢よく踵を鳴らしながら庵室を出た。

　大工たちは食卓に着いて待っていた。

「兄弟マグヌス、君抜きで食事をすませたことを許してくれ」フーゴがよく響く低い声で言った。「だが、君の健康と君の手が丈夫なことを祈願して喜んでワインを飲み干そう」

「諸君とともに乾杯できて光栄だ」

マグヌスはそう答えてさっと神に祈り、銀杯の中に両手を入れると、シルヴェストルに渡されたタオルを受け取って手を拭き、満杯のグラスをつかんだ。

「急ぎ足のマグヌスよ、健やかなれ！」グラスを持った手を差し伸べながら、大工たちは声を揃えて言った。

「友たちよ、健やかなれ！」マグヌスは彼らとグラスを触れ合わせた。

「そしてそなたの手が丈夫たらんことを！」

「そしてそなたらの手が丈夫たらんことを！」

地ワインである昨年のマルシヤックがマグヌスの気分を爽快にし、そして彼は喜んでグラスを底まで干した。ニコラがスープ皿のカバーを外し、アーリスが空の皿を差し出し、フーゴが農家のスープを皿の縁までなみなみと気前よくよそう。スープにはインゲン豆や燻製の胸肉が入っており、ハーブやニンニクで味つけされていた。これは古きよきガルビュール（ベアルヌ地方の代表的なスープ）で、農民のみならず旅人の飢えをも見事に満たした。スープはすでに少々冷めていたが、それでもマグヌスには信じられないほど美味に感じられ、呑み込むごとに力が戻ってきた。

大工たちは二言三言雑談しながらワインを飲み干し、それから黙り込んだ。あたかも虚脱感が舞い降りたかのように、食卓に手を置き目を伏せたまま、じっと座っている。聞こえるのはただマグヌスがスープを啜る音のみ。そして、ついにそれにも終わりが来た。

ナプキンで口を拭い、空になった皿を脇へ寄せ、沈黙している仲間たちを見る。彼らもマグヌスを見返した。彼は質問しようとしたが、何かにそうすることを妨げられた。広間の石の円天井の下には静寂が立ち込めていた。その静寂は圧迫するようではなく、むしろ逆に、至福をもたらすような、食卓に着いている全員がそれに向けて準備をしてきた偉大かつ重大なものへの期待に満ち満ちたものだった。とてもそのような静寂を乱す気にはならない。結果、シルヴェストルがその役目を引き受けることになった。

「打ち込みの前に充分睡眠を取っておかなくては」彼は静かにはっきりと述べた。

大工の誰一人として返事をしなかった。

最初に立ち上がったのはフーゴだった。一言も発さず背を向けると、ドレッドヘアを揺すりながら自分の庵室に向かって重々しく足を引きずっていく。皆が席を立ち、同じように黙って各自の庵室に散っていった。マグヌスも立ち上がって自分の庵室に入った。キリストの磔像の前でひざまずくと、いつものように、屋根と食事と旅の無事に対してきわめて短い感謝を捧げた。それから服を脱いで細長いベッドに倒れ込み、すぐさま眠りに落ちた。


そして新たな日が訪れた。

村の雄鶏たちが時をつくり、朝日が地平線に輝いて間もなく、総長を頭（かしら）とする総勢三百十二名の騎士が城の教会堂に参集した。雪白の長衣（スータン）を着用し、その上からサラフィー主義者の弾痕が残るファイバー装甲の胴鎧を身につけたアルヴェリウス司祭がミサを始めた。よく通る張り上げ声が教会堂にひざまずくテンプル騎士たちの頭上に響きわたる。

「主が汝らとともにあらんことを（ドミヌス・ウォービースクム）！」

「また汝の魂とともにあらんことを（エト・クム・スピーリトゥー・トゥオー）！」応答が大海原の寄せ波の如く鳴り響く。

典礼が始まった。六人の大工もその場にいて、手を組みこうべを垂れて自分たちの列に立っていた。マグヌスは言葉と音に呑み込まれたかのように朦朧（もうろう）としていた。それはもう長らく待ち望んでいたことだった。オルガンが鳴りわたり、三聖唱（サンクトゥス）（三度の〈聖なるかな〉で始まる賛美歌）が始まる。大工のマグヌスも皆とともに歌いだした。彼の中で時間が停止した。

我に返ったとき、司祭は信徒たちに向かって短い説教を行っていた。アルヴェリウスは語った——キリストのための献身的行いについて、信仰と信者の保持について、終わりの時について、仔羊の柔和さと獅子の狂暴さを併せ持つキリスト戦士の心について。続いて聖体拝領が行われる。最初に総長が司祭に歩み寄った。聖体を拝領し、低いアーチ門を潜って出ていく。それぞれの騎士が司祭の手から聖体を拝領して同じ門を潜り、廊下を通って大食堂に出ていく。そこには木製の長卓が五台、腰掛けとともに並んでいた。特別な形に並べられた長卓は、上下に線を引かれたローマ数字のⅢを想起させた。食事の間、司祭は必ず上線の中央に、総長は下線の中央に座ることになっていた。最後の騎士が自分の席に着くなり扉が閉められた。

そして、六人の大工をしてラ・クヴェルトワラードへと急がせたまさにそのことが始まった。召使いたちが彼らに大工のゴムエプロンを着せ、水の入った銅の盥と手洗い用の石鹸を持っていく。完全な静寂の中で、六つの盥に水が注がれる音が、大工たちがあせらず入念に手を洗う音が、着席者全員の耳に入った。水差しの水が尽き、タオルで手が拭かれ、それからアルコールで消毒される。その後、ビロードのクッションに載った細長いケースを持った一人の召使いが各大工に近づいた。ケースはどれも形状・素材ともに様々だった。フーゴのケースは鉄製でざらざらしており、シルヴェストルのは漆塗りの黒檀、テオドールのは日本の松、アーリスのは銅、ニコラのは軽いアルミニウムでできていた。マグヌスのケースはイトスギ製だった。召使いたちがケースを開ける。中には大工道具のハンマーが入っていた。ハンマーもまた六人の匠の性格と同じく様々だった。大工のハンマーの柄はカナダ産のトネリコで作られるのが世界共通の決まりだが、頭部用の金属の方は各大工が自分用に選ぶ。太ったフーゴはもうずっと前から純金と決めており、賢明なシルヴェストルはどんな金属よりもプラチナを、狂暴なニコラは焼き入れされていない柔らかい鉄を好み、テオドールはフーゴと同じく金の、アーリスは銅のハンマーで仕事をしていた。マグヌスのハンマーはチタン製だった。

大工たちはハンマーを手にすると、プロイセンの元帥があいさつするときに元帥杖を掲げるように軽く持ち上げ、そしてぴたりと動きを止めた。召使いたちは空のケースを持って引き下がった。今度は司祭が大工たちに近づいた。匠たちの顔をじっと見つめながら、列に沿ってゆっくり歩く。六つの傷痕が残る司祭の痩せて浅黒い顔は信仰を、そして、この出来事が宿命だったという自覚を放っていた。彼は立っている者たちと順番に目を合わせながら歩いた。それは大工たちに別れを告げるかのようだったが、実際には選定を行っているのだった。そして選び終え、マグヌスの正面で足を止めた。

大工は息を呑んだ。

ナパーム弾に焼かれた司祭の手が彼の肩に置かれた。

「急ぎ足のマグヌス、我らが主イエス・キリストの名において、偉業が成されんことを祈って汝を祝福する！」司祭は高く大きな声で言った。
〈主よ、間に合いました！〉マグヌスの心は歓喜に震えた。

司祭に頭を下げると、彼はハンマーを掲げ持ちながら壁伝いに歩きだした。プラスチック容器を手にした二人の召使いが後に続く。マグヌスは正面の壁まで行って左に曲がり、食卓に向かってどっかと腰を据えている騎士たちの背後を歩いた。真ん中まで来て立ち止まる。目の前に座っているのは、テンプル騎士団総長ジョフロワ・ド・パイヤン。ざらざらした木の食卓に両の握り拳を置いてじっとしている。黄金やモルモロンをあしらった胴鎧は豪華絢爛だった。弾丸の凹みやサラフィー主義者にサーベルや斧でつけられた跡が鎧の豪華さを際立たせている。貴金属で鋳造されたかのような完璧に剃り上げられた頭の美しさは見る者を驚かせた。

マグヌスの前に座っているのは偉大な人物だった。まさに彼とその騎士たちがヨーロッパの砦となり、サラフィー主義者のハンマーを打ち砕いた。トゥールーズやマルセイユで敵を粉砕し、ニースやペルピニャンを解放し、イエール諸島近海でサラフィー主義者の船を沈めた。まさにこのジョフロワ・ド・パイヤンこそが、新たな首都の塔の上に誇り高きラングドックの旗を掲げ、血まみれのヨーロッパに希望を吹き込み、ヨーロッパの全キリスト教徒の力を一つにし、大陸のキリスト教文明を守り通したのだ。

マグヌスは静かに息を吐きながらまぶたを伏せ、気持ちを整えた。彼はその術を見事に習得していた。軽くパチッと音を立てて召使いたちが容器を開ける。中には消毒液に浸かったテルルの釘、筒状に丸められた電脳、そして数枚の止血タンポンが入っていた。マグヌスが召使いの一人に合図を出す。召使いは電脳をつかんで広げ、総長の頭に貼りつけた。電脳がピーッといって輝きだし、その中で緑の点が光り、頭の上を動いて停止した。マグヌスがうなずきかける。召使いは電脳を総長の頭から外した。頭には必要な場所にかろうじてそれとわかるしるしが残っていた。付近にはかつて打ち込まれた十二本の釘の痕が密集している。マグヌスは釘をつかんで点に近づけ、ぴたりと動きを止めた。

広間の視線が彼に集まる。

マグヌスの一つきりの目に広間は映っていなかった。

大工は心の中で主に力を乞うていたのである。

だが、それも長くは続かなかった。さっとハンマーを振り上げ――トン。釘は総長の頭の中に根元まで入った。体がびくっと反応し、鎧がカタッと鳴り、両の拳が開いた。

総長が深く安堵の吐息を漏らした。それと同時に、広間に安堵の吐息が漏れた。壁際に立つ五人の大工はマグヌスに控えめな笑みを向けた。彼はというと、役目を終えたハンマーをケースに置き、タンポンをつかんで釘の頭部の下からわずかに染み出した血のしずくを吸い取っていた。背後にいるので総長の顔は見えないが、それでもテルルが作用しだした後の眼差しの力は感じられた。その眼差しはこの広間にいる騎士たちの三百対の目に映じており、それがマグヌスをおののかせた。騎士たちの眼差しは組み合わさって単一のパズルと化した。

「ラングドック……」大工の口が思わずささやいた。

広間が活気を帯び、人々が動きだした。大工たちは各食卓に散らばり、数十人の召使いが準備した容器を携えて彼らの後に続いた。そして、五人の匠をして新テンプル騎士団の要塞へとかくも急がせたまさにそのことが始まった。パチッと音を立ててケースが開き、テルルの釘がきらりと光り、ハンマーの最初の打撃音が鳴りわたる。そして、つるつるの頭に神々しいテルルを入れた騎士たちの最初の歓呼の声が上がった。

大工仕事が始まった。マグヌスはというと、相変わらず総長の背後に立っていた。なぜかと問うに、彼はこの気高く偉大な頭をテルルで満たすためだけにここへ馳せ参じたのである。それが彼の使命だった。直立不動の姿勢で同僚たちの働きぶりを見守る。そして、ハンマーの一打一打がマグヌスの魂をプロの歓喜で満たした。

なんと巧みな仕事ぶり！　これぞ大工のあるべき姿だ！

太ってのっそりした油手のフーゴは大きな顔にすごんだ表情を浮かべながら仕事をこなしていた。釘を頭に近づけハンマーで叩くその姿は、偉大な時代の生きた記念像(モニュメント)を手ずから制作するいにしえの彫刻家のようだった。

フィレンツェのシルヴェストルは優雅なほど精密に動き、外科医のようにほっそりした指は敏捷かつ簡潔な動作で見る者を魅了した。

毛むくのニコラは、幸福で公正な新世界を求めて強敵と戦う戦士の計算された怒りでもって打ち込みを行った。

コンスタンツのテオドールの働きぶりはまことに単純素朴で月なみなもので、それはとうの昔に皆の習慣となった作業を淡々とこなすかのようであり、致命的な失敗をつゆほども含んではいなかった。

ぶち抜きのアーリスは騎士たちの坊主頭の上に覆いかぶさっていた。それはさながら中世の錬金術師が、人類が長らく待ち望んでいた奇跡の霊薬が煮られている蒸留器の列の上に身を屈めるかの如くであった。

マグヌスは彼らを見ていた。羨ましいのだろうか？　否！　彼は十二分に満ち足りていた。その手は仕事中の大工たちの手と違ってじっとしていたが、すでに為すべきことは為したのだ。テルルの原子が総長の頭の中の神経細胞膜を爆撃している。それは騎士団の三百十二名の騎士にとってのみならず、全ラングドックにとっても、全ヨーロッパにとってもきわめて重要なことなのだ。

ハンマーの音が響きわたる。

銀色の金属が頭の中に入る。

騎士たちは身を震わせて叫び、呻きを漏らし、思わず大声を発した。それには果てがないように思えた。しかし、一時間余りが経過したところでついに最後の釘が騎士の頭の中に入った。そして為すべきことを為した大工たちは退き、召使いたちにハンマーを渡して壁際に立った。すべてが終わった。そしてこのたびもまた、過去十二回と同じく、騎士の誰一人として怪我をしたり、痛みに身もだえしながら倒れたり、白目を剥いて床をのたうち回ったりするようなことはなかった。普通は運の悪い者がテルルで死ぬものだが、死人は一人も出なかった。

またもや皆に幸運が訪れた。

ラ・クヴェルトワラードの人々はすでにこの奇跡に慣れっこになっていた。

束の間、皆はじっと着席していた。そして総長が席から腰を上げ、大きく居丈高な声で話しだした。

「キリスト教徒たちよ！　騎士団の騎士たちよ！　キリスト教世界の敵は静まらない。やつらはマルセイユで我々に粉砕され、己の黒い血を浴びて退却したが、キリスト教ヨーロッパへの憎悪は尽きなかった。囚われの身を脱したガージー・イブン・アブドゥッラーは我々を攻撃するために再度軍勢を募っている。相も変わらず、敵はヨーロッパを奴隷化し、我々の教会を破壊し、聖地を蹂躙し、火と剣をもって己の信仰を強要し、過酷な体制を打ち立て、ヨーロッパ人を従順な奴隷の群れに変えようと無駄なあがきを続けているのだ。今日この日まで、我々はただやつらの攻撃を撃退するだけだった。だが、キリスト戦士に敗れるたびにやつらは勢力を盛り返し、我々に戦いを仕掛けてきた。さて、キリスト信仰の守り手たる我々は、敵の新たな襲撃をただ座して待つべきなのだろうか？」

総長は間を置いて騎士たちを眺め回した。彼らは長らく心に秘めてきた言葉に備えて息を呑んだ。席から腰を浮かそうとしている者もいた。

「否、守勢に立つべきではない！」と総長はほとんど叫ぶように言い、広間に爆発的などよめきが起こった。

騎士たちが席を立つ。総長が片手を上げて静粛を求め、たちまち静けさが訪れた。

「攻撃は最大の防御なり！」

そしてまたも広間がわっとどよめいた。

「ユーグ・ド・パイヤン（テンプル騎士団の初代騎士総長）を、レイモン・ド・サン＝ジルを、コンラート三世を、ゴドフロワ・ド・ブイヨンを、フリードリヒ赤髭王（いずれも過去の十字軍参加者）を思い出すのだ！　彼らはムスリムの攻撃を待たずして東進した。キリスト教の聖地を守るために、野蛮人や冒瀆者を打ち砕くために、キリスト教文明の境界を確定するために。我々もその例に倣おうではないか！」

賛同の声が広間を満たし、円天井に鈍く響いた。

「今日、我々はサラフィー主義者どもの根城であるイスタンブールに打撃を与える！　真理の剣で野蛮人どもを粉砕する！　敵に我々の全力を浴びせる！　異教徒どもにキリスト軍の勇敢さを余すところなく示すのだ！」

広間の石壁や天井に鈍い音が響いた。そして再び総長が手を上げた。静寂が訪れてから先を続けた。

「我、テンプル騎士団総長ジョフロワ・ド・パイヤンは、第十三回十字軍をここに宣言する！　我々とともに飛び立つのは、ベルギー、オランダ、シャルロッテンブルク、バイエルン、シレジア、トランシルヴァニア、ワラキア、ガリツィア、ベロモリエの戦士たちだ。勇心のルイスが自身の航空部隊〈リオハのハヤブサ〉を引き連れて一緒に飛んでくれる！　占領されているイスタンブールの第五列も一緒だ！　我々はともに敵を叩く！　神がそれを望まれる！」

「神がそれを望まれる！」広間に声が轟く。

「神がそれを望まれる……」マグヌスは歓喜で意識が朦朧となりながらささやいた。

そしてすぐさま、城の教会堂の大鐘が警鐘を鳴り響かせた。

総長はぱっと振り返ると、出口へ向かって歩きだした。マグヌスはこの人物の横顔を見た。大きなとんがり鼻、深く窪んだ目、こけた頬、薄い唇、強固な意志を感じさせる小さな顎。総長がアーチ門を潜り、司祭と側近の騎士たちが後に続く。鎧と釘の頭部を輝かせながら、軍勢は食堂を後にした。マグヌスはそばを歩いていくこれらの人々に魅了されながらたたずんでいたが、それを群衆などと呼ぶのは畏れ多いことだった。

騎士たちが出ていった。

広間には警鐘に遮られながらも静寂が降りていた。日の光が狭い窓から差し込んで人気の絶えた食卓に落ち、まばらな血のしずくに当たって輝いていた。

虚脱状態を脱したマグヌスは仲間たちに近づいた。理解の眼差しが長々と交わされる。その場に言葉はそぐわなかった。

食堂を出た騎士たちは城の教会堂の地下部へ下りた。がらんとした石の空間には、二枚の防弾ガラスに挟まれ、浮遊半導体でできた重い枠に入れられた布が浮かんでいた。救世主の聖骸布にして聖顔布（マンディリオン）たるこの大聖遺物は、騎士団がトリノの激戦で異教徒から奪還したものだった。騎士たちは列を作ってひざまずき、聖物に接吻し、低いアーチ門を潜って階段を上り、城の中庭に出た。すでにそこには、かの有名なテンプル騎士団のカタパルトが四十メートルもの腕を左右にぴんと伸ばしながら聳えていた。それは多連装ロケット砲を思わせる複雑な金属製の建造物だった。その隣には高さ三メートルのロボットたちが厳格な鋼鉄の列を作って犇（ひし）めいており、いずれも機関砲やミサイル、火炎放射器で武装していた。各ロボットの胸にはテンプル騎士団の赤い八端十字架が光っていた。最初に自分のロボットに乗り込んだのは総長だった。操縦席に座って体を固定し、操縦桿を握る。ロボットの気密ヘルメットが閉まり、その丸い頭の、弾丸でも砲弾でも傷つかない分厚いガラス越しに、意志強固な総長の顔が照らし出された。戦闘司祭と六人の側近騎士が総長の後に続いた。騎士たちは素早く自分たちのロボットに乗り込んでいき、ロックやヘルメットがカチカチ鳴る。鋼鉄の足で古来の石畳をずしんずしんと踏みしめながら、ロボットたちは広い昇降機の方へと向かった。昇降機がウィーンと音を立てながらロボットたちをカタパルトに運んでいく。上に出たロボットたちは射出台に並んで横たわった。最初の五十体が横になると、固体ロケットブースターが脚に繋がれた。

どでかいカタパルトが南東へ回転しはじめた。鐘が鳴っている。合図の音が響き、導火線に火がつき、そしてまっしぐらに、次から次へと、五十本の尾を引く炎が凄まじい咆吼(ほうこう)を上げながら鋼鉄のキリスト戦士たちをラングドックの青空に運び去った。彗星さながら、騎士たちは黒海沿岸の遠い目的地へと飛んでいった。まさにこの瞬間、数百もの同じような彗星がリエージュやブレダ近郊の発射台から、シェヴィエシュの森から、南カルパティア山脈の頂から、シュタルンベルク湖の岸から、ソロヴェツキー諸島から飛び立った。

第十三回十字軍は壊滅的打撃を与えるための力を蓄えていたのである。

城壁の向こうで群衆の歓声が上がる。数千のラングドック人が今朝、自らの英雄たちを聖戦へ送り出すべくここにやって来ていた。騎士たちのロボットの鋼鉄のバックパックにあるのは弾薬用の場所だけではなかった。そこには地元民が丹誠込めて作った食事や近隣の地から持ってこられた食べ物も入っていた。チーズ、温かい自家製パン、羊乳バター、焼きトマト、アーティチョークのオイル漬け、ハム、タラの塩漬け、イチジクやアンズの実、そしてもちろん、いつも変わらぬ農家のアリゴ――チーズや炒めた豚肉ソーセージを入れたジャガイモのピューレ。騎士たちは民のために大いなる偉業を成し遂げに行くのだが、無慈悲な鉄巨人たちによって運ばれる、人の温もりや家庭の居心地よさを示すこうした懐かしく感動的なしるしは、最初の露営で必ずや戦闘後の疲労した騎士たちを力づけ、ヨーロッパの素朴なキリスト教徒たちを偲ばせることだろう……。

新たな一斉発射の音がラ・クヴェルトワラードに響いた。地面が震える。さらに五十個の彗星が空に舞い上がり、南東に向かって飛んでいく。食堂の細長い窓の前にたたずみながら、マグヌスは信仰と希望に満ちた目で十字軍戦士たちを見送った。

「ラ・クヴェルトワラード……」と彼は言い、幸せそうに微笑んだ。

22

晩秋。曇ってじめじめした朝。タルタリアとバシキリア帝国の国境にある白樺の疎林。犬の頭を持つ二人の旅人、ロマンとフォーマは焚き火のそばに座り、キャンプ用の三脚に吊り下げた小鍋の水を熱している。ロマンは肩幅が広くてずんぐりしており、滑らかな灰色の毛に覆われ、顔にはいくつも古傷が見える。身につけているのは、年季の入った防水生地のジャケット、綿入れズボン、それに編み上げのロングブーツ。フォーマの方はのっぽで猫背、肩幅が狭く、滑らかな黒い毛に覆われ、裏に綿を入れた裾長のラシャコートを着用。足には胎生ゴム製のゆったりしたオーバーシューズを履いている。

フォーマ　何やら燃え方が悪いな。もっと薪を足さねば。

ロマン　（焚き火に白樺の枝を足しながら）みんな湿ってる。

フォーマ　（空を見上げる）ううむ……まるで我々の頭に向かって天の底が抜けたかのような大雨だった。

ロマン　夜になってやんでくれたのはよかったが。

フォーマ　じきに雪が降るだろう。

ロマン　（いやみたらしく）フォーマ・セヴェリヤヌイチ、気分を盛り上げるのがお上手で。

フォーマ　いつでも何なりと言ってくれたまえ、ロマン・ステパーヌイチ。

突風が起こり、焚き火の煙がフォーマに向かって流れる。

フォーマ　（不満げに顔を背け、目を擦る）不潔な……。母なる自然よ、我に逆らうのか？
ロマン　（燃え方の悪い枝を鍋の方へかき寄せる）まだよそっちゃだめかい？
フォーマ　料理の順序を乱してはならん。まずは湯を沸かす。
ロマン　（もどかしそうにあくびをする）死ぬほどがっつきてえ。
フォーマ　友よ、ぞんざいな口の利き方はやめたまえ。空腹だ、と言えばよかろう。
ロマン　（不満げに）空腹だ。
フォーマ　正直に言うと、私もだ。

間。旅人たちは黙って座っている。

フォーマ　そんな憎らしげに睨まなくてもよかろう。
ロマン　（いらいらしながら）お前さんのおかげでばかげた儀式をさせられているんだからな。
フォーマ　これは儀式ではなく、手順だ。
ロマン　狂気だよ。お前さんのな。
フォーマ　深く尊敬すべきロマン・ステパーノヴィチ、そうは言っても化学反応は存在する。
ロマン　デマさ！　つまらんことで自己肯定しやがって。
フォーマ　世界は物の秩序の上に成り立っている。
ロマン　お前さんのレトリックじゃこのいまいましい水は沸騰させられないぜ。
フォーマ　その代わり、忍耐心くらいは思い出させてくれよう。
ロマン　（決然とリュックに手を伸ばす）忍耐心なら充分あるさ、こんちくしょう！　とどのつまり、象徴的なたわ言につき合わされるのはもうまっぴらなんだ……。
フォーマ　（警告するように手を上げる。滑らかな黒い毛に覆われたその手は四本指で、三本目の指には宝石入りの銀の指輪がはまっている）協定は維持されなければならない（パクタ・スント・セルウァンダ）、詩人殿。取り返しのつかぬことをせぬよう切に願う。私のスープ作りのレシピを拒むなら、君は滋養に富む料理を失うだけでなく、私を深く傷つけることにもなる。
ロマン　（いらいらしながらリュックをつかみ、フォーマの足もとに放り投げる）だったら好きなようにするがいい……（蔑むように）哲学者め！

フォーマ　（リュックをそばに引き寄せる）ぜひそうするとも。君は私に感謝してもいいんだぞ、いつものように、強弱格（ホレイ）のデカダン詩でな。

ロマン　（濃い灰色の毛に覆われた腕を広げる）なぜだ、なぜお前さんのおかげで屍肉を断念することになったんだ?!

フォーマ　まことに親愛なるロマン・ステパーノヴィチ、君はすでにその問いを発した。

ロマン　屍肉はどんな肉より美味くて柔らかい。煮る必要だってない！

フォーマ　（リュックの口を解く）同意する。

ロマン　そして、あそこには屍肉がわんさとあった！

フォーマ　それにも同意しないわけにはいかないな。

ロマン　あそこには若者の肉も老人の肉もあった、どんな味も選び放題だ！　臓器もより取り見取り。腐った臓物より美味くて体にいいものなどあるだろうか？　肝臓？　心臓？　ああ、なんと大量の体！　好きなものを選び放題だった……。

フォーマ　然り、然り……。腐りかけの体どもを月明かりがほのかに照らしていた。

ロマン　とっくに満腹になっていたのに！

フォーマ　（うなずく）そうだな、腐った人間の臓物を腹に詰めれば、腹が膨れ、満ち足り、友好的でいられたことだろう。そしてしばらくは、地上の生が至福に思えたことだろう。

　ロマンは憎々しげにフォーマを睨みつける。

フォーマ　友よ、君の眼差しにはまったくもって限度を超えた憎悪と苛立ちの集中が見られる。詩人殿はこの哀れな放浪哲学者の喉もとにつかみかかる気ではないか？

ロマン　昨日のあの野原での悪ふざけを俺は絶対に許さないぞ。

フォーマ　悪ふざけなど一切なかった。我々はただ高潔に戦場を通り過ぎたのだ。

ロマン　まったく救いようのない阿呆だ……。

フォーマ　（リュックの中をかき回すのをやめずに）かけがえなき我が友にして道連れ、愛するロマン・ステパーヌイチよ、君の将来への気遣いに対して私を罵るのだね。私はまたもや君が四つ足になる機会を、すなわち地下世界の獣の底辺に転落する機会を奪ったわけだが、その代わり、いわば上へ、苦難(ペル・アスペラ・アド・)を経て栄光(アストラ)へ、身体と精神の完成へ向かえるようにした。君は高尚なロマン主義の詩を書き、天上の音楽や天使の歌を聞く。そして、それと同時に熱心に屍肉を貪る。それは本質においてあまりに矛盾していて、身の毛がよだつほどだ。思考する動物として、私はそれを容認できない。君の倫理が口を閉ざしているのなら、せめて美学が立ち上がり、声を大にして叫ぶべきなのだ――〈もうたくさんだ(バスタ)!〉と。

ロマン　空腹よりお前さんのデマの方がムカつくぜ。くそったれ、食の問題のどこに美学があるってんだ?! がっつきてえ!

フォーマ　それは新しい詩のタイトルかな?

ロマン　俺たちは相反する本性を備えた生き物なんだから、その二重性を断つのではなく、保たなくてはならない。

フォーマ　もし我々が別の職業に就いていて、たとえば、大陸間ドライバーなんかだったとしたら、喜んで屍肉を糧としたことだろう。だが、円熟したポストシニシストとして、私は徹底した獣性化の反対者なのだ。仮に私が単なる時代遅れのシニシストか、あるいはポスト犬儒派(キニク)だったとしてさえ、喜んで四つ足になり、ワッハーブ派の戦死者の腐った臓物を引き抜いたことだろう。

ロマン　屍肉を食らうのは俺の職業には反していない。

フォーマ　然り――君の実存の内ではな。だが、君の心身以外にもまだ文化的コンテクストが存在している。伝統、遺産、詩人像。いいかね、詩人が〈春の黄昏時(たそがれどき)の神秘的な子房〉と綴りながら、同時に人間の腐った臓物を食すことは、二本足の読者に苦い感情を呼び起こすのだよ。プーシキンがそのような詩人を歓迎したとは思えない。

ロマン　だがボードレールなら喜んで歓迎しただろうよ。

フォーマ　聞きたまえ、我々は外部の影響下に創り出された動物だ。狼では何の成果も得られなかったが、犬の方は遺伝子工学にとって申し分ない人類由来材料だった。残念なことに。

ロマン　幸いなことに。

フォーマ　もし我々が人類由来動物で、あるいは、ロバの頭を持つ君の友人が言ったみたいに、人類忠誠動物で、我々が高尚な目的のために創り出されたとして、では、さあそれに合わせて生きましょうとでもいうのか、まっぴら御免だ！

ロマン　お前さんと違って、俺は自分の本性にすっかり満足しているのさ。だから、自分の内面を何一つ改善する気にならない。俺の夢は自分の本性ではなく、人間の本性と結びついているんだ。

フォーマ　それは承知の上だ、友よ。だが、いいかね、我々は完全な権利を有する人類技術の犠牲者として……。

ロマン　（遮る）お前さんのいまいましい湯が沸き立ったぜ。

フォーマ　ああ、そうだな……。（リュックの中から兜（かぶと）をかぶった男性の頭を取り出し、兜を外して頭を小鍋に放り込む）ほら、こうやって……。煮えるがいい、己が祖国をワッハーブ派の野蛮人どもから守った勇敢なタルタリア戦士の頭よ。

ロマン　（鍋の中を見る）で、これで全部か？

フォーマ　不足か？

ロマン　不足だね！

フォーマはリュックから人間の手を取り出し、鍋に放り込む。

ロマン　もう一本は？

フォーマ　片手でまったく充分ではないか、友よ。この先には長い道のりが控えているが、戦場はすべて背後に置き去りにした。行く手にはただ丘ばかり、とグミリョフの息子[*1]なら言っただろう。戦争はすぐそばまで迫っている。だからこそ、先へ進むために人間のたんぱく質を節約せねばならんのだ。（両手で兜を回し、銃弾の穴を見つけ、穴の中に爪を突っ込む）ほら（ヴォワラ）、君（モン・シェール）！　弾丸が英雄に当たったのだ。（爪の上で兜を回す）どうしてこんな……曰く、私は我が家を後にし出征した、己の土地を……[*2]。

ロマン　サラフィー主義者に返すため。凡庸なソヴィエト詩人を引用しないでくれ。

フォーマ　これはソヴィエトの詩なのか？　知らなか

*1　［訳註］ともに詩人であるアンナ・アフマートワとニコライ・グミリョフの息子、レフ・グミリョフ（一九一二〜一九九二）。ソ連の歴史家、地理・民族学者。

*2　［訳註］ソ連の詩人ミハイル・スヴェトロフの詩「グレナダ」（一九二六）の不正確な引用。

った。

ロマン　知らなくていい。

フォーマ　（鍋の下の薪を整えながら）てっきり、バラビンのジャンヌ・ダルク記念パルチザン部隊か何かの歌かと。やつらの陣地にだけは足を踏み入れたくないものだ。

ロマン　（じれったそうに鍋の中を覗き込みながら）どのくらい煮込むつもりなんだ？

フォーマ　長くはかからん、友よ。白樺の朽ち木エキスに短時間の熱処理を加えることで、人肉にほのかなエントロピーの風味を添えるのだ。

ロマン　（においを嗅ぐ）ヨモギのにおいしかしないけどな。

フォーマ　空腹による幻嗅だ。スープにヨモギを入れることは絶対にない。我々の放浪生活はヨモギなどなくても苦いのだから。

ロマン　まったくそのとおり。

フォーマはリュックから金属製の深皿を二枚取り出し、一枚をロマンに差し出す。ロマンは受け取り、皿を膝の上に置く。

ロマン　俺はブグリマからずっとこの頭をリュックに入れて運んできた。よく考えたら、これは純粋な狂気のにおいがするぜ！

フォーマ　（スプーンで鍋の中をかき混ぜながら）我が友にして人類技術の不幸をともにする同志、深く深く尊敬すべきロマン・ステパーノヴィチよ、よくご存じのとおり、私の脊柱はかつて野球バットによる恐ろしく残酷な打撃を幾度もこうむった結果、このリュックの荷を背負うために曲がる状態にはないのだ。喜んでこの悲しみの荷をすべて背負い、ポスト犬儒派の忍従でもって運んでいきたいところだが、肉体的にそんなことをできる状態にはない。二歩も進まないうちに悲鳴を上げ、椎骨がポキッと折れてひっくり返ってしまうだろう。そして致命傷を負った白鳥は、もう二度と、ローエングリンの素晴らしいボートだけでなく、自分自身の儚(はかな)い体すら引っ張ることができなくなる。

ロマン　（フォーマの話は聞かずに）ブグリマからずっと！　夢遊病者のように俺たちは、〈運命〉が俺たちのために供してくれた戦場を、美味しくて、柔らかくて、馥郁（ふくいく）たる香りを放つ死人たちの戦場を抜け、そして袋に入れて先へと進んだ——このちっぽけで、無意味で、ばかげた、新、鮮、な、頭を！

フォーマ　戦死した英雄たちを貶めるのはやめたまえ。五分もすれば、君はこの頭に牙を突き刺しているだろう。それより私の理知的な問いに答えてくれ。乾杯するかね？

ロマン　食べるんなら、喜んで乾杯しよう。

フォーマはリュックからスキットルを取り出し、蓋を外してロマンに差し出す。

ロマン　（からかうように）お前さんの脊柱に。（頭を反らせ、スキットルから口へ注ぐ）

フォーマ　どうもありがとう、愛すべき誠実な友よ。

ロマン　（歯を剥き出しながら顔を引きつらせ、吠える）おぉーん！

フォーマ　酒はいつだってうってつけだ、そうだろう？　本物の犬にとっては毒だが。アルコール抜きの人生は想像しがたい。まあ、実際のところはみじめな犬生なんだが。きっと、だから犬はみんな悲しげな目をしているのだろうなあ。（ロマンからスキットルを取り上げる）

ロマン　俺は犬がアル中になった例を知ってるぜ。稀だがな……。

フォーマ　それは犬が飼い主につき合って飲んだに違いない。第二の動乱時代のロシア映画にとらえられているくらいだからな。記憶だと、どこぞのアル中将軍がグレートデーンにコニャックを飲ませる。犬はそれを飲んでよろめく。それはもうかなり陰鬱な映画だった……。乾杯（ブローズイト）！（酒を自分の口に注ぐ）

ロマン　（自分の腹を叩いて）今なら戦士一人丸ごと食える。

フォーマ　（飲んだ後で甲高く鳴き、落ち着きなくあくびをする）美しい！　おぉーん！（唸る）止まれ、瞬間（とき）よ！

ロマン　（じれったそうに）ほら、その頭を引っ張り出してくれよ！

フォーマ　わかった、わかった……。（鍋から頭をつかみ出し、自分の皿にべちゃっと載せる）ほれ、メインディッシュの完成だ。（爪で頭をがっしりつかみ、半分に引き裂く）

ロマン　どうして、どうして、けっこうな怪力じゃないか。

フォーマ　人間に損なわれた脊柱の力が腕に流れたのだ。（ロマンに頭を半分差し出す）どうぞ召し上がれ、友よ。

ロマン　ああ……。（つかみ取り、がつがつとかじりはじめる）

フォーマ　聖クリストフォロス（正教会で犬頭の人物として描かれることがある聖人）に祈るのを忘れているぞ。

ロマン　（自分の肉にむしゃぶりつき、かじる）もぐもぐ……また今度な……。

二人ともしばらく黙々と食べる。

ロマン　もぐもぐ……食事と愛は死ぬほど人を生き返らせる。

フォーマ　それは引用ではなかろうな？

ロマン　もぐもぐ……美味い……聖クリストフォロスの加護で、煮すぎずにすんだみたいだな……。

フォーマ　そんな必要はないからな……もぐもぐ……素晴らしい……。

黙々と食べる。

ロマン　脳味噌は甘い……なんてにおいだ……頭がくらくらする……。

フォーマ　脳味噌はデザートに取っておく派だ……しかし、この耳はなんとも素晴らしいな……。

ロマン　デザートにねえ……もぐもぐ……同意できないな……いちばん美味しい物は真っ先に食わなきゃ……ここで今！

フォーマ　君は本物の詩人だよ……。

ロマン　現在(プレゼント)ってのは本物の詩人への贈り物(プレゼント)だからな……その後は……もぐもぐ……たとえ爪痕が……もぐもぐ……脳味噌が……神々しい脳味噌が……あそこにどんだけ残ってた……戦場や脳味噌どもが恥さらし……もぐもぐ……。

フォーマ　あれは……もぐもぐ……腐った脳味噌だった。劣っていた。忘れたまえ。我々は……もぐもぐ……より完全になり、抜け出さねばならない……もぐもぐ……地下の世界から……上昇するのだ……もぐもぐ……上へ……。

ロマン　お前さんは……もぐもぐ……扇動家だな……お前さんは……もぐもぐ……危険な新ヘーゲル主義者だ……お前さんは……ふう、なんて美味いんだ……うわっ！　（急に叫んで食べるのをやめる）

フォーマ　どうした？

ロマンは指を自分の口に入れて銃弾を取り出す。

ロマン　ちくしょうめ！

フォーマ　おお、こいつはまた……詰め物入りの脳味噌だったか。

ロマン　歯が折れちまうところだった。

フォーマ　（笑う）友よ、手に入れたのは空っぽの頭ではなかったというわけだ！

ロマン　（指で弾を回しながらじっくり見る）

　ちっぽけな鉛の塊が
　思考の歩みを乱暴に遮った
　そして湿った夜の闇に紛れ
　兵(つわもの)は一撃のもとに斃れた

フォーマ　そうとも、友よ、素早い物質の塊が、あのタルタリアの民主主義の守り手の〈生命の書〉にピリオドを打ったのだ。

ロマン　（弾を枯れ草の中に投げ捨てる）それにしても驚かされる……。

フォーマ　（食べつづけながら）どうした？

ロマン　いちばん気持ちのいい瞬間に決まって何かが、その実存的残酷さを余すところなく発揮して、〈永遠〉のことを思い出させるんだ。必ずそうなる。

フォーマ　死に近い(モルティ・プロキシムス)からさ、もちろん……。他の誰でもない、詩人である君にはその覚悟があるはずだ。

ロマン　（脳味噌の残りを食べながら）もぐもぐ……いつだって覚悟はしている……だが……驚くべきは、この……。

フォーマ　経験論か？

ロマン　ああ……もぐもぐ……愛する人を……もぐもぐ……抱きしめながら愛に身を震わせている最中でさえ……。

フォーマ　射精に身を震わせるんじゃないのか？

ロマン　愛にだよ、愛に！　で、ふとこう考えている自分に気づくんだ……もぐもぐ……ひょっとして俺たちは大鎌を持った死に神のばあさんを……。

フォーマ　精液で満たすのかって？

ロマン　お前さんは不快なほど……もぐもぐ……思弁的だ……。

ロマン　（骨をぼりぼり噛み砕く）もぐもぐ……思うに……人間の頭蓋骨はますます……。

フォーマ　それが私の職業でね。

フォーマ　脆くなっている？

ロマン　うむ……人間はずっと砕けやすくなっている……。

フォーマ　己の本性を失っているからだ。

ロマン　失ったのはむしろ、形象だ。

黙々と食べる。

フォーマ　それでは今から脳味噌にかかるとしよう。（脳味噌を食べはじめる）わっ!!

ロマンは食べるのをやめてフォーマを見る。フォーマは口からぺろっと舌を出し、手で触る。舌に血の玉が浮かんでいる。

ロマン　もう骨の扱い方を忘れちまったのかい、哲学者殿？　それがお前さんの上昇運動なんだろ！

フォーマ　舌を刺した。

ロマン　それは象徴的だな。

フォーマ　骨じゃない。（頭の半分をほじくり、中からテルルの釘を抜き出す）くそったれ、これはまったく骨じゃない！

ロマン　テルルだ！　テルルだ！　おお、悲哀の暗きハルピュイアたちよ！

フォーマ　頭の中に釘があった！　そして、それが私の舌を刺した！　実に微妙な暗示ではないか！

ロマン　天意はなんと残酷に我々をもてあそぶのか！　おお神々よ！

フォーマは手の中にテルルの釘を握っている。二人は魅せられたようにそれを見ている。

フォーマ　ひどい空腹に注意を奪われたのだ。釘に気づかなかった！　その上、君が容赦なく急かすものだから……。

ロマン　ワッハーブ派の連中と戦っている最中、この戦士はいったいどんな世界にいたんだろうな？

フォーマ　友よ、何人たりともその問いに答えを出すことはできない。この空っぽの釘も含めてな。

ロマン　（フォーマの手から釘をひったくり、目の前でくるくる回す）おお神々よ！　汝らはなんと残酷に我をもてあそぶのか！

フォーマ　嫉妬心でも湧いたか？

ロマン　そうだ！　それを隠すつもりはない。詩においては嫉妬の対象は自分自身だけだが、人生においては……おお落命せし戦士よ！　力と不屈さを授け、勇猛果敢さと聖戦の高貴な憤怒で心を満たす貴金属をお前は頭に打ち込み、いざ敵との戦いに臨んだ！　テルルはお前をイリヤ・ムーロメツ（ロシアの英雄叙事詩に登場する勇士）に、アーサー王に、アッティラに、フリードリヒ赤髭王に、あるいはそれ以上の、翼を持つ天の総司令官（アルヒストラチーグ）（大天使ミカエル）にした。お前は陶酔の中でよそ者たちと戦った、祖国タルタリアの自由のために、民衆のために、愛する支配者のために、家庭のために、麗しの妻のために、子どもや長老たちのために……。

フォーマ　（続けて）卑金属の塊がお前の高貴な高揚を止めるまで。

ロマンは憎々しげにフォーマを睨みつける。

フォーマ　（悲しげに、詫びるように）友よ、いいかね、これはいささかのポストシニシズムも抜きで言ったのだ。（ため息をつく）そう！　この戦士の頭の中で二つの金属が、貴金属と卑金属が出会った。そして頭はその衝突に耐えられなかった。二つの要素の錬金術的婚姻は失敗に終わった。これは悲劇だ。しかも、高尚な悲劇だ。主戦場はブグリマではなく、この知られざる英雄の頭の中だったのだ。

ロマン　（不満げに）彼は最後まで戦った！　戦ったんだ！　ワッハーブ派の野蛮人どもと戦った！　憑かれた連中と！

フォーマ　そうとも。憑かれた連中と。そして悲しむべき逆説は、この野蛮人どもは頭に何ら金属など打ち込まなくとも英雄になれたということだ。なぜなら、彼らの頭には子どもの頃から英雄的な理念が叩き込まれているのだからな。抵抗する側は釘がなくてはならなかった。だから敗北したのだ。

ロマン　（異議を唱えるように唸り、頭の半分を杯のように掲げる）彼は勝利した！　彼は騎士だ！　彼はニーベルングだ！　彼は勝利した!!

フォーマ　無論だとも。君のよく知る飲み物を一口飲んで彼の冥福を祈ることを提案する。

フォーマはリュックからスキットルを取り出し、ロマンに差し出す。短い静止の後、ロマンはスキットルを受け取り、一口飲む。

ロマン　（顔を引きつらせ、吠える）おぉーん！

フォーマはスキットルを取り上げ、口へ注いで飲み込み、金切り声を上げる。

ロマン　正直言って、食欲が失せた。

フォーマ　私も心を動かされた。この頭は我々の危険な旅の最終目的を思い出させてくれた。

ロマン　いいや！　それ以上だ。俺たちが何者で、どこから来て、どこへ行くのかってことも。

フォーマ　人類魔術の使い手たちの犠牲者たる我々は、ユスポワ伯爵夫人の農奴劇場から逃亡し、テルリアに向かっている。

ロマン　テルリア……。遠つ国！　待望の国！　ああ！　俺たちはあとどれだけ苦しまねばならない？　幾夜歩かねばならない？　幾昼窪地や茂みに身を潜めねばならない？　生よ！　お前はいったい何者なのだ?!　まことに――果てなき世界に涙があふれる！

フォーマ　そうがっかりするな、友よ。（自分の体の前で釘を握る）この釘は天意の愚弄でも嘲笑でもない。これはコンパスだ。我々の旅路の方角を指している。南東！　詩人よ！　顔を上げたまえ！　我々は正しい道を歩んでいる！　もう少し行けばウラル山脈、それを越えればイシム草原（ステップ）、バラビン森林、サライル高地、その後はもうテルリアだ！

ロマン　やっぱり夢を信じる気持ちは失いたくないものだな。

フォーマ　夢は常に我々とともにある。それは我々のアルタイルなのだ！

ロマン　この釘は持っていくのか？

フォーマ　否！（釘を草むらに捨てる）どうせ空っぽだ。もう戦士に夢を贈って、やるべきことをやったのだからな。必要なのは新しい光り輝く釘だ。我々の疲れきった脳はその釘を渇望している！

ロマン　歓喜と力をもたらす光り輝く釘。

フォーマ　歓喜！

ロマン　力！

待望の大きくて遠い何かを壊してしまうのを恐れるようにじっと座っている。

フォーマ　（虚脱感を振り払い）友よ、眠りが我々をこの茂みの下に倒す前に、どうか歌ってくれないか。

ロマン　歌う？

フォーマ　然り、然り！　歌ってくれ。意気を高揚させてくれるような古典的な歌を。

ロマンは頭を反り返らせて歌いはじめる。フォーマは曇り空を見上げながら、無言で伴奏するように吠える。

ロマン

王の都の首都モスクワを
三匹の野良犬が水を求めて歩いていた
そんなある日の真昼時
一匹目は白い犬
二匹目は黒い犬
三匹目は赤い犬
モスクワ川にやって来て、静かな場所を見つけた
そんなある日の真昼時

白い犬が飲みはじめると、水は白くなった
黒い犬が飲みはじめると、水は黒くなった
赤い犬が飲みはじめると、水は赤くなった
大地は震え、太陽は隠れ
処刑台（ロブノエ・メスト）は崩れ
崩れて砕け
紅の血に染まった
すると天から雷声が届いた
「昨日の刑吏が今日の贄（にえ）となる！
大いなる報いの時が到来する！」

二人ともしばらくじっと座っているが、それから落ち着き、たいして食欲もなさそうに食事に戻る。急にフォーマがくすくす笑いだす。ロマンは食べながら彼にちらちら目を向

ける。

フォーマ　思い出してな……なぜか……もぐもぐ……理由はわからんが……なあに、昔のばか話だ……。

ロマン　（警戒しながら）何だ？

フォーマ　気を悪くしないでくれ……ふと、『プラチーノの冒険』（ロシア版ピノキオ）で君が演じたプードル犬のアルテモンを思い出したのだ。（片手を振る）悪かった、友よ、謝る……。

ロマン　（フォーマを睨む）俺はお前さんが演じた『青い鳥』の犬を思い出したぜ。おはよーう、おはよーう、坊ちゃん！　わん！　わん！　わん！

フォーマ　（笑いながら歯を剝き出し、ヒステリックに吠える）おぉーん！　ああ、友よ……そうだな……そんなこともあった……涙が涸れそうだ……。

ロマン　（食べ残した頭ごと皿を投げ捨て）あのおばかな伯爵夫人がしたことは何でも許してやるつもりだ——ただ一つのことを除いて！

フォーマ　（うなずく）どうして君に狼男を演じさせなかったのだろうな？　そうとも！　我々は子ども向けのおそまつな朝の興行でしか使われなかった。

ロマン　打擲も、鎖も、侮辱も、ドッグフードも許してやってもいい。たった一つの役さえやらせてくれれば。たった一つの役さえ！　だが、あの脳味噌チキン女は高尚な芸術を火のように恐れていた。ばか女め！

フォーマ　（ため息とともに）ばか女、ばか女……。私は『ファウスト』に出てくる端役のプードル犬すら演じなかった。『犬の心臓』や『白い牙』は言わずもがな……。

ロマン　『犬の心臓』に関しては寝る前に議論しただけだな……。（ヒステリックに吠えて笑う）映画か演劇か？　どちらがより本質をとらえているかな?!

フォーマ　本だよ本、友よ。文学的コンテクストは必ずしも映画や演劇には収まりきらないものだ。『ロリータ』を思い出したまえ。

ロマン　俺ならシャリコフを天才的に演じられた。

フォーマ　それは疑問の余地がない。だが、御者のサーシカがよく言っていたように、映画だとうまくいかなかっただろう。

ロマン　うまくいったさ！　俺の演技でみんなをぐいぐい引っ張ってやった、旗振り役（フラッグマン）みたいにな！

フォーマ　教えてくれ、友よ、フラッグマンというのはユダヤ人の姓かね？

ロマンはフォーマを睨む。脅すように歯を剝き出す。フォーマは両手を上げてまあまあと宥める。

フォーマ　友よ、年老いた病身の放浪者に向かって唸らないでくれたまえ。私と君は〈恥ずべき過去からの逃走〉という名の同じボートに乗っているのだよ。演劇！　我々にとって演劇が何だ？　映画がどうした？　俳優という職業以上に無意味で不道徳なものがあるだろうか？　板の上に出ていって、わざとらしい所作をし、他人の涙で泣き、他人の笑いで笑う。我々の兄弟が墓地の柵の外に葬られたのは故なきことではなかった。ただでさえ農奴俳優という運命があるのに、その上また犬の外見ときたら、これぞまさに……。

ロマン　（憎し恨めしと歯を剝き出し）ホラーだ！

フォーマ　まさしく。ホラー。あるいは、あそこに残った不幸で優柔不断なセルゲイ・エフレーモヴィチなら言ったであろうように、〈これぞまさに『黒い耳の白いビム』（普通とは異なる毛色で生まれてきた犬が主人公のソ連映画）〉だな。

ロマン　ああ。何かぞっとすることが起こると、あいつはなぜかいつもそんなことを言っていたな。（笑う）白いビム！　（嘆息する）セルゲイ……哀れなセルゲイ……。何だって残りやがったんだ？　今頃三人旅だったのに。

フォーマ　グレートデーンの華麗な体の内にあったのは蚤の心臓だった。臆病者はどうしようもない。

ロマン　ウィペットはグレートデーンより勇敢だったわけだ。

フォーマ　犬に……ええい、失礼、神に栄えあれ！　（酔っ払い気味に体を掻く）だいたいがだ、映画はもうなしだ、テルリアにたどり着くまではな……。そしたら……君の頭に光り輝くテルルの塊を打ち込んでもらって、そして一分後には、君はおそまつな劇場の板の上ではなく、荒れ狂う海に聳える断崖の上に出ていく。君は大洋に向かって自分の偉大な詩を朗読するのだ！

ロマン　（朗読口調で）吠えろ、我が大洋よ、自由な獣となりて吠えろ！

フォーマ　そして、君の詩に揺さぶられたいにしえの大洋は、静まり、君の足もとに臥せ、君の足をうやうやしく舐めるだろう。

ロマン　我はこれより汝を治めんがために来た！

フォーマ　それなら私は新しいニーチェに、ニーチェ2になり、登山杖（アルペンストック）を持って山に入り、高く高く高く登っていく――新たな千年紀の、真理の千年紀の太陽に出会うため！　そしてこの太陽に向かって言うのだ、〈我らのために輝け、新たな生の意味の天体よ！〉と。それから高山の小屋に入り、書き物机に向かって鉄ペンの万年筆を取り、それを己の左手に浸し、己の血でもって新たな獣人形態のツァラトゥストラを、精神の衰退した人類が長らく待ち望んでいるツァラトゥストラを描くのだ。

間。

ロマン　（ため息とともに、疲れた様子で）我はこれより汝を治めんがために来た……。

フォーマ　疲れたのだろう、友よ。夢は創作意欲をかき立てるだけでなく、ひどく疲れさせもする。

ロマン　ああ……。とくに、夢の実現がもうそれほど遠くないときには……そうだろ？　もうすぐだろ？　なあ？　そうなんだろ？

フォーマ　あとほんの少しだ。だが、非友好的な空間を克服するためのエネルギーをとっておかなくては。夜間の移動には力が必要だ。夢を見るのはもう充分だ。眠ろうではないか。

ロマンはぐったりとうなずき、大口を開けて吠え声交じりにあくびをする。飲み食いして眠気を催したようだ。フォーマは雨で濡れた草で深皿と小鍋を拭き、それらを大事にリュックにしまう。三脚を折り畳む。旅人たちは白樺の木の下に抱き合って横たわる。眠りに落ちる。霧雨が降りはじめる。消えた焚き火の炭が弱々しくしゅうといって燻（くすぶ）る。

23

テルリア共和国大統領ジャン＝フランソワ・トロカルは、七月の朝遅く、アルタイ山脈の頂を飾るカディン＝バジイ山[*1]の南斜面に聳え立つ自身の宮殿〈黒いエーデルワイス〉で目を覚ました。この山中でトロカルは決まって朝寝坊したが、それはおそらく、雪に覆われた東の頂の向こうから抜け出した夏の朝日が十一時にならないと宮殿の窓に届かないせいである。あるいは、山中の眠りがまるで〈白き山〉の氷河のように常に深く穏やかで、これらの氷河から五筋の渓流が流れ出ようとしないように、なかなか眠りから脱する気にならない、ということもその理由かもしれない。

まぶたを閉じたまま、トロカルは薄手のキャメル毛布を撥ね除け、両手を頭の後ろに回し、一本のアルタイ杉から削り出されたベッドの低い頭板を探り当て、それを握りしめ、頭を後ろに、アルタイの山草が詰め込まれた平たい小ぶりの枕に向かって強く仰け反らせながら、全身で伸びをした。弓形に体を曲げ、頸椎がポキッと鳴るまで伸ばす。すでに三十年間変わることなく続けられているこの習慣は、イストルの航空学校の兵舎に入ったときから始まったものだった。当時十八歳だった彼は、生徒用寝台のプラスチックの頭板をがっしりつかみ、生を、飛行を、そして冒険を渇望する若くたくましい全身を伸ばしに伸ばした。

現在の彼の体は、五十二歳というその年齢にもかかわらず、相も変わらず丈夫で活発だった。トロカルは

＊1　［原註］アルタイ山脈の最高点（四千五百九メートル）。

体型の維持に努めていた。

寝るときはいつも裸だった。高さのある広々としたベッドに身を起こし、立ち上がって寝室の温かい大理石の床を歩き、バスルームに入る。バスルームは巨大で、山脈が眺望できた。陽光に浸された山脈は落ち着いた威厳をもって大統領にあいさつした。抜群の天気だった。

トロカルは三十分ほどバスルームで過ごした。氷河の水を張った氷の塊が浮かぶ小さなプールでひと泳ぎし、コントラストシャワー（温水と冷水を交互に浴びて血液の循環をよくする水治療法）を浴び、ひげを剃り、特別な健康クリームを顔に塗る。美しく雄々しい顔が鏡から大統領を、穏やかに、そして自信たっぷりに見返していた。広い額、丸まった大きな鼻、威圧的なふっくらした唇、重いまぶた、斜めの傷痕が残る頑固そうな顎、やや白髪交じりのもみあげ。顔と体はきれいにむらなく日焼けしていた。

黒いシルクのガウンをまとったトロカルは、裸足でバスルームを出て小さな食堂に入った。ここの窓もまた山脈に面していた。彼が何もない円卓に着くやいなや、狭い扉の向こうからグレーのパンツスーツを着たアルタイ人女性が静かに出てきて、彼に近づき、大統領の首と肩のマッサージに取りかかった。大統領は重いまぶたを伏せた。細目で頬骨の出た娘の顔は微笑むことなく静かな喜びを放っていた。細くたくましい指は仕事の流儀をわきまえていた。娘の手のエネルギーが大統領の体に流れ込む。十分後、彼女が先ほどと同じく音もなく立ち去ると、すぐさま広い扉が開いて軽いジャズ音楽が流れだし、そして白い手袋をはめた優雅な装いの若いアルタイ人女性が二人、朝食を載せた配膳台を運び入れた。トロカルの朝食はいつもフランス料理だけで、食材には在りし日の故郷ノルマンディーのものが用いられていたが、それらは直行便で定期的にテルリアに配達されているのだった。

草原の花々が刺繍された亜麻のテーブルクロスの上に現れたのは、チーズとともにブドウとアカスグリが盛りつけられた大理石の盆、バイヨンヌ産のハム、オレンジジュース入りの水差し、コーヒー、クリーム、クロワッサン、バリッと歯ごたえのあるバゲット、有塩バター、取れたてのイチゴを添えたフロマージュ・ブラン、そしてラングドックはナルボンヌ産の浄化作用のある白いローズマリー蜂蜜。この蜂蜜はテンプル騎士団総長からテルリア大統領へのプレゼントだった。

大統領に向かって「たんと召し上がれ」と流暢なフランス語で言ってから、召使いたちは引き下がった。

テルリアには、アルタイ語、カザフ語、フランス語と、三つの公用語があった。フランス語を用いるのは基本的にエリートや役人である。学校や高等教育機関の授業は三つの言語で行われていた。大統領はアルタイ語はほとんど話せなかったが、その代わり二十二年かけてカザフ語はしっかりと習得した。大統領教書や国民へのメッセージはカザフ語で読み上げた。部下やエリートとのやり取りはもっぱらフランス語で行われた。

悠々と朝食をすませた大統領は衣装部屋に引っ込み、そこで二人の若い女の召使いに手伝ってもらってリラックスした外出着を着用した。土曜で、政務の予定は一切なかった。このような日、大統領は日曜と同じく報告や請願や申し出に対して門戸を閉ざしていた。

ライトブルーのスーツ、胸ポケットには黄色いチーフ、細かい黄色のドットが配された青シャツという装いで、ジャン＝フランソワ・トロカルはエレベーターに乗ってフロア全体を彼の巨大な執務室が占めている二階へと上がった。半円形の壁一面に広がる巨大な窓には、〈白き山〉の双頂、カディン連峰の一部、二つの氷河、一筋の川、そして、農家の家々がごく小さな箱のように立ち並ぶエメラルドブルーの谷が収まっていた。この眺望には想像力を揺さぶる力があった。しかし大統領は、まるで旧知に対するように山々にちらっと目を向けただけで、自分のどっしりした仕事机に近づいた。その机はサイズ・形状ともに、かつてまだ山地ではなかった頃にこの付近を闊歩していたサイの化石を思わせた。はなはだ快適なレザーチェアに腰を下ろすなり、目の前に土曜の朝の世界の時事ニュースを伝えるホログラムが浮かび上がった。重いまぶたの下から視線がホログラムの上を滑る。そして、どのニュースにも止まることはなかった。大統領はホログラムを消し、御影石の灰皿からすでにオランダの煙草が詰めてあるアルタイの細い象牙のパイプをつかんで火をつけ、煙の筋を吐き出すと、執務室の空間を習慣的に見回した。仕事机のほか、ここにはまだ背の低い長卓に革張りのフラットソファー、ルーアンにあるトロカル家の実家から持ってきた年代物の床置き時計、中国の花瓶、人間の背丈ほどもあるヴェルサイユ宮殿のクリスタル製枝つき燭台、ルイ十四世時代のゴブラン織りが二枚、象牙をはめ込んだ宮殿の箪笥（たんす）、マグリットやクリムトやマティスの絵画、アルノ・ブレーカーやロダンの彫刻、フランスの古武器が飾られた棚、航空部隊大佐の軍服に身を包んだトロカルの大きな写真などがあった。写真の中のトロカルは同じ部隊の仲間に囲まれていたが、それはウララ占領[*2]直後のことで、写真のそばではヤマワシなみの大きさをしたホログラフィーの青いスズメバチが永遠に舞っていた。窓辺にはこの上なく詳細な地球儀が聳え、打ち込まれた数十本のテルルの釘を深海のハリセンボンの如く逆立てていた。

　執務室でも大統領の視線はどこにも止まらなかった。パイプを咥えて指で何かに触れるような仕草をすると、目の前に二人の女のホログラムが出現した。一人の頭はヤマネコで、もう一人の頭はダマジカだった。

「おはようございます（ボンジュール）、大統領閣下（ムシュー・ル・プレジダン）！」ヤマネコ女は目を細め、歌うように言葉を引き伸ばしながら言った。

「おはようございます（ボンジュール）、大統領閣下（ムシュー・ル・プレジダン）！」ダマジカ女はわずかに頭を傾けた。

「おはよう、獣ちゃんたち」大統領は穏やかで自信に満ちた表情を変えることなく話しだした。「デートは今日に変更だ。八時過ぎに待っている」

　ヤマネコ女とダマジカ女が感謝の意を表そうと口を開いたが、大統領は二人のホログラムを消した。机に向かってしばし紫煙をくゆらせた後、パイプを灰皿に置いて立ち上がり、執務室を出て三階に上がった。手のひらをロックに当て、図書館を思わせる大部屋に入る。むらのない天井の照明が点灯した。これは、テルリア大統領の貨幣コレクションの保管室だった。ここに窓はなく、四壁に沿って同形の棚が並んでいるだけだった。中央には古風な緑のランプが載った小さな机がある。机の上には新しく入荷した三つの木箱が置いてあった。大統領は机に向かって腰を下ろし、大昔の軋むボタンを押してランプをつけた。そして早速三つの箱を全部開けた。一つ目の箱には古代オルビアの銀貨が二枚、二つ目には中国梁代の鉄銭が一枚、三つ目には……三つ目には、待ちに待った古代ノヴゴロドの石貨が入っていた。真ん中に穴の開いた輪形の石貨が六枚丸ごと、ノヴゴロド共和国からの発送である。

「実に美しい（トレ・ボー）……」トロカルはつぶやき、机の引き出しからルーペとナプキンを取り出してカタログのホログラムを呼び出すと、今から十世紀前にバラ色の頁岩（けつがん）

から作られたこれら六種の平らな古代ルーシの貨幣を検めにかかった。作業を中断することなく机の横側のボタンを押す。天井から旧式のスクリーンが下りてきて、照明が消え、卓上ランプの明かりだけになった。音楽が流れだし、スクリーンにフランスのとある白黒映画のタイトルが現れた。それはまだ第二次世界大戦前に撮られたコメディー映画だった。

貨幣を検めながら、大統領はスクリーンにはろくに目もくれなかった。これはもはや伝統だった。彼のフィルムライブラリーには白黒の平面映画しかない。映画を観るのは自分のコレクションの吟味を行うときだけだった。その土台を築いたのは砲兵少佐だった彼の曾祖父である。

ジャン＝フランソワはノルマンディーの古い軍人一家の出だった。一八七〇年の普仏戦争に始まり、先祖たちは二つの世界大戦に積極的に参加したのみならず、バルカン半島やアルジェリア、ハイチ、ギアナでも戦った。もっとも、ジャン＝フランソワとは違い、先祖たちは皆地面を移動した。彼が初めて空に挑み、パイロットとなり、その後、航空部隊〈青いスズメバチ〉を率いたのである。当時からすでに部隊は名を馳せていたが、世界的な名声をもたらしたのはまさしく彼だった。

一時間以上が経過した。大統領は目の端でスクリーンをちらちら見ながら新しい貨幣を検めていた。その間にスクリーンでは別のコメディー映画が始まっていた。突然、〈緊急国家重大通知〉のシグナルが鳴りわたり、机の上に三本の赤い感嘆符が浮かび上がった。大統領が指でそれに触ると、記号が展開して大統領第一補佐官兼報道官のロベール・ルルーの顔のホログラムになった。

「大統領閣下、ご休養の最中まことに恐れ入りますが、緊急国家重大通知入電により、かような一歩を踏み出さざるを得ぬ仕儀に立ち至りました」と、ルルーは古風かつ大仰な話し方で始めた。

「聴こうではないか、ルルーよ」片手で映画の音を消し、もう片手に銀貨を握ったままトロカルは言った。豊穣の女神デメテルとイルカの背に乗る鷲が描かれたその銀貨は、紀元前五世紀にオルビアで鋳造されたものだった。

＊2 ［原註］テルリア共和国の首都、旧オイロト＝トゥーラ、トゥウル＝アルタイ、ゴルノ＝アルタイスク。

「バイカル共和国が公式に我が国を承認いたしました」

大統領は硬貨を机に置いた。

「いつだ？」

「たった今でございます、大統領閣下」

ルルーはバイ共政府の政令文書を展開した。トロカルは表情を変えずに注意深く目を通し、そしておもむろに口を開いた。

「これはよきニュースだな、ルルーよ」

「素晴らしいニュースでございます、大統領閣下」

トロカルは椅子から立ち上がり、しばし歩き、そして頸椎が鳴るほど強く伸びをした。

「これは……これは実に……途轍（とてつ）もなくよきニュースではないか、ルルーよ」

「途轍もなくよきニュースでございます、大統領閣下！　昨夜、コナシェヴィチが政令に署名いたしました。そして今朝、議会にて緊急投票が行われ、政令はほぼ全会一致で可決されました」

「つまり、バイカルの共産党員たちが勝利したのだな」

「左様でございます、大統領閣下！　ソコロフとファンが本懐を遂げたのでございます。我が国の三年間の支援がその役目を果たしたわけです。もはやバイカルのリベラルどもが横槍を入れることはございません」

「横槍を……テルル列車の車輪に」と大統領は言い添え、その朝初めて相好を崩した。

「シベリア鉄道を東へ向かって走るテルル列車の車輪に！」ルルーが引き取った。

「そうそう……」大統領は両手をポケットに入れ、スーツと同じ色合いの青い靴のつま先を立てて体をぐらりと揺らした。

「もしよろしければ、私の方で国民へのメッセージの文章をご用意させていただきますが」

「もちろんだ、ロベールよ。そして私からはよきニュースを祝して一席設けよう」

「かようなニュースをお伝えすることができ、えも言われぬ幸福に存じます、大統領閣下！」ルルーは顔を輝かせた。

「今すぐ……いや、晩に、内閣緊急会議を開く」

「かしこまりました、大統領閣下」

「では、後ほど」トロカルは彼に向かって軽くうなずきかけた。

補佐官のホログラムが消え失せた。

大統領は大きな寄せ木の床を歩いて保管室を出ようとしたが、いきなり振り返ると、腕組みをして動かなくなった。視線がスクリーンに止まる。そこではとある兵士が馬のような微笑みを浮かべながら娘にキスしようとしているところだった。

「実によい（トレ・ビアン）」と大統領は言った。

それから、急に鋭い喉声を発したかと思うと、ぴょんと跳ね上がり、両脚を左右に大きく広げて手のひらでピシャリと叩き、そして、腰を落として腕を広げる恰好で着地した。そのポーズのまま彼は微動だにせず、押し殺した唸り声に似た音を発した。

スクリーンの娘は兵士を突き放した。

大統領は背筋を伸ばして息を吐き、スーツの乱れを直すと、速くはないがエネルギッシュな足取りで保管室を出て、執務室へ下りていった。この一時間で執務室はすっかり陽光に浸されていた。大統領はサイ机の引き出しを開けてテルルの釘が入った小箱と小型のハンマーを取り出し、箱から釘を一本つかみ取り、地球儀に近づいてそれを太陽に向けて回し、即座にバイカル共和国の首都イルクーツクを見つけ出すと、そこに釘をぴたりと当て、軽くトンと打ち込んだ。日差しにまた一つテルルの頭部が照り映える。ハンマーを大理石の窓敷居に置き、大統領は地球儀に近づいてそれを手で揺らした。地球儀はいくつもの釘の頭部を輝かせながら回りだした。

「東への道……」トロカルは動く地球儀を一心に見つめながらつぶやいた。

今やその道は自由だった。それが意味するのは、テルルの輸出が、それ恋しさに身の細る思いをしている極東共和国のみならず、日本にも、韓国にも、ベトナムにも可能になるということだ。そしてもはや、曲がりくねった空中回廊や、迂回路や、危険な山道を行く必要はなくなる。もうこそこそしなくていいのだ。シベリア鉄道！ 列車が走る、釘を積み込んだテルリアの紋章つきの装甲列車が。そして誰もそれを止められない。誰も！

素晴らしい一日の始まりだった。七月十五日土曜日を記憶すべし。素晴らしい日だ！ こんな日は、執務室にこもったり、貨幣を検めたり、ばかげた会話をしたりする気にはさらさらなれない。閣僚たちとの会合は晩だ。今は飛翔の気分だった。飛翔！ 大統領は机に戻り、執事長のホログラムを呼び出した。

「ルネ、今すぐ行く。すべて準備してくれ」

「かしこまりました、大統領閣下」

大統領は出口の方へ歩きだした。しかし、よき知らせの使者に対する義務を思い出した。そして再び執事長の丸い顔を呼び出した。

「ルネ、ルルー氏に私の地下室から一九八二年物のシャトー・ラフィット・ロートシルトを送ってくれ。今すぐにだ」

「仰せのままに、大統領閣下」

十五分後、トロカルを乗せたヘリコプターが大統領宮殿の離着陸場から飛び立った。大統領は黒いフライトスーツを着て凝った作りのリュックサックを背負い、頭には酸素マスクつきのヘルメットを、足には山岳スキー用のブーツを装着していた。ヘリコプターが上昇を開始する。周囲にはカディン＝バジイの斜面が広がり、それはどんどん白くなっていった。日差しに尾根が照り映えていた。鮮やかな青空には雲一つなかった。

大統領宮殿は高さ二千メートルに位置していたが、ヘリコプターはさらに高く高く上昇していき、二つある山頂のうち西側の頂の上でホバリングした。扉が開き、大統領は頂へ助け下ろされ、スキー板とストックを手渡された。彼がヘリコプターに別れの身振りをすると、側面に青いスズメバチが描かれた鉄のトンボは飛び去った。トロカルはスキー板を装着し、粘着性の胎生ゴムでできたストックの快適なグリップをつかみ、そして両方のストックを固い雪に突き刺して動きを止めた。彼は頂に立っていた。強い北風が背中に吹きつけ、手首に巻いた温度計はマイナス十二℃を示していた。だが、大統領は温度計など見ていなかった。その眼差しは周囲に広がる壮大な光景に満たされていた。尾根は雪に煌めきながら幾重にも重なり、ぽっかり口を開けた灰青色の断崖には霧が立ち込め、広がる奈落には四匹の白い氷河の蛇が這い、草木やターコイズブルーの湖が誘う谷間へと入っていくのだった。彼は左に目を向けた。そちらにはカディン＝バジイの東の頂が尖塔のようにそそり立っていた。小さな雲が盾を求めるようにそこに寄り掛かっている。彼は右に目を向けた。そちらには、東西百五十キロにわたって延びるカディン連峰が聳えていた。南東から目を射る陽光のあまりの強さに、雄大な連峰が日差しで煙って見えるほどだった。

大統領は頂に立っていた。この数瞬はあらゆる比較を絶していた。彼は一人だった。世界は足下にあった。そして、その世界は素晴らしかった。近くの、風に押し固められた雪の上にストックとブーツの跡が見えた。それは彼が二週間前につけたものだった。

突風が背中を押す。それが合図となった。大統領はストックで地面を激しく突き、もう一度突き、さらに突き――そして待望の奈落へと滑りだした。ヘルメットの中で風がゴォゴォ、ブォンブォン、ビュウビュウと唸り、新雪がスキー板の下でサラサラ音を立て、堅雪がギュギュッと軋み、氷がキィーンと甲高く鳴り――スキーヤーの黒い影が複雑なジグザグで下りてくる。

山岳スキーやスノーボードを、ジャン＝フランソワ・トロカル大佐は自分の〈スズメバチ〉で飛ぶのと同じくらい見事にこなした。ことによると、こちらの方がうまいくらいだった。十六で習得したエクストリーム滑降への情熱が彼を放さなかった。それは彼自身よりも強力だった。

彼はルートを知っており、脅威の空間をプロの熱意で征服した。断崖の頭上を走り抜け、氷の割れ目に沿って滑り、剥き出しになった御影石の塊を飛び越え、雪に覆われた平らな面で急ターンしながら、スキー板の刃で奈落を切り裂いた。平安を乱された雪は憤慨して崩れ落ち、ゴォォと煌めく雪煙の波を立てながら飛び、彼を追いかけ、威嚇しては唸った。だが、彼の方が速かった。

黒ずんだ氷の窪みが二箇所ちらついたかと思うと、滑らかな丘がさらさらと静かに過ぎ去り、尾根が上がっては下がり、そして――ほぼ垂直に切り立った一キロの壁が細かく砕けながら広がり、はるか下方には、御影石から削り出された黒い花のように、大統領宮殿が輝いた。この上から見下ろすと、それはエーデルワイスくらいの大きさだった。居心地よさを、権力のしるしを、そして人間的な温もりの喜びを授ける、奈落に咲いた黒いエーデルワイス……。

ここからが最難関だった。氷の壁は下に向かって威嚇するように切り立っていた。それは不可能なことを要求していた。だが彼は、不可能なことには実によく通じていたのである！　氷がスキー板の下で怒りの金切り声を上げ、ストックの先端が突き刺され、黒い体が壁にへばりついたように見えた。スキー板は剥き出しになった御影石の上で軋り、石を切り裂き、考えられないようなジグザグを描いた。壁は氷を煌めかせ、衝撃的な力を見せつけながら、下から波のように盛り上がってきた。彼は落下しつつも、まるで落下地点を選別するかのようにジグザグに滑っていった。壁には果てがないようだったが、急におとなしく撓みだし、征服され、波頭のように細かく砕け、うな垂れ、そして彼は宮殿から三百メートルのところを疾走し、ジャンプし、空を舞い、着地し、深くて脆い雪に覆われた長く広い鞍部を滑りだした。彼はマスクを外した。冷たい山の空気が肺にどっと吹き込んでくる。鞍部はくねくね波打ち、ぐらぐら揺さ振った。彼はストックを投げ捨て、手首のボタンを押した。リュックの中でパチッと音がし、そして黒い色をした細い翼が滑らかに迫り出してきて開き、二つの固体燃料エンジンがボンッと鳴って作動した。彼は翼の固定具を両手でつかんだ。引き上げる力に運ばれ、スキー板を捨て雪を蹴って舞い上がる。そしてタイミングよく鞍部が途切れた。飛び立って前進し、もはや雪がないところへと下りていくと、そこには緑の草原が広がり、トウヒやシベリアマツが黒ずみ、湖が碧（あお）かった。氷の沈黙の世界は背後に置いてきた。前方には人間の世界がある。そして、それは彼を待っていた。エンジンに運ばれ、彼は一秒ごとに暖かくなっていく空気を切り裂いた。二つの氷河の間を抜け、谷間へとばく進する。一筋の渓流が氷河の下から這い出し、眼下でくねりながら力を蓄えていた。谷間には幾棟もの農家と、そして煙、煙、立ち上る煙が見えたが、それが意味するところは一つだった――お待ちしておりました、私たちはあなたを愛しています。彼は待たれていた。そして愛されていた。数百の焚き火から立ち上る数百の煙。これには高い値打ちがある。この煙たちは何ものにもたとえがたい――大喝采にも、世界のエリートたちの敬礼にも、儀仗兵にも、富や権力にも。そして、彼はいつも嬉しそうににっこりと微笑みながら谷間に入っていくのだった。

　農民たちが待っていた。彼が飛ぶのはもっぱら休日、それも好天の日に限られていた。山のそばに住む人々はそれを承知していた。さらに、大統領が飛行の後、焚き火で煮た〈キョチョ〉と呼ばれるアルタイの羊肉スープをお碗（ピアラ）一杯嗜（たしな）むということも知っていた。だから、数百人の牧畜農民が朝っぱらから手をかざし、今日は晴れるだろうかと空を見上げていた。もし晴れれば、薪を割り、火を熾（おこ）し、焚き火の上に澄んだ山水を張った大釜（カザン）を吊るし、羊小屋に行き、いっとう美しく若い仔羊を選び出し、屠って皮と内臓を取り除き、キョチョを煮る。そして、自分たちの大統領を待つのである。いつも黒いフライトスーツと黒い翼を身につけていたので、彼は〈黒いコウノトリ〉と呼ばれていた。黒いコウノトリは〈白き山〉から飛んできて、いずれかの家庭に半時ほどお邪魔しては幸福をもたらすのである。

彼は飛んで谷間に入った。川は白みがかった水を湛えた湖に流れ込んでいた。二つ目の湖はターコイズブルーだった。三つ目は黒かった。草原が流れていき、トウヒやカラマツの古木の梢がちらつきだした。緑が色合いを深め、ますます鮮やかさを増していく。近づく煙はまるで目に見えぬ〈民の愛〉神殿の柱のよう。燃料が尽きて空になったエンジンは切り離され、下に飛んでいった。あとは惰力で滑空する。今度は選ぶ番だった。毎回、彼は初めての家庭のもとに降り立つことにしていた。右手に見えるターコイズブルーの水を湛えた湖の方へと身を傾け、湖を飛び越えて下降を始めた。家々の立ち並ぶ緑の丘が眼下を流れ、近づいてくる。焚き火のにおいが鼻に触れる。そして、それと同時に子どもたちの叫び声が届いた。

「黒いコウノトリだ！　黒いコウノトリだ！」

彼はさらに右へ滑空し、一つの森と二つの丘を飛び越え、そして前方のトウヒの並木の向こうにぽつねんと立ち上る煙を見つけた。ここには一度も来たことがなかった。トウヒの頭上を滑空し、妙なる草原に木造家屋や羊小屋が立つ丘の上に出た。家のそばでは焚き火が燃え、人影が見えた。大統領に気がつくと、人々は叫んで手を振りだした。彼はくるっと円を描いて降下し、焚き火の近くの草原に優雅に着地した。

人々が駆け寄ってきた。彼は急がず翼を外し、ヘルメットと手袋を脱いで草の上に放り出し、フライトスーツのファスナーを下ろした。地上への帰還の感覚は格別だったが、プロのパイロットたる彼はとっくに慣れっこになっていた。それでもやはり、すべてを終えた後でこの瑞々しい高原に立っているのは実に心地よかった。

彼の前にはアルタイの家族がいた。老夫婦に若夫婦、十代半ばの少年、二人の男の子。彼らは声もなく感激しながら彼を見ていた——まるで奇跡でも目にしているように。彼こそその奇跡だった。世界にテルルをプレゼントした共和国の大統領、黒いエーデルワイスに住まい、今し方アルタイの最高峰からこの焚き火のもとへ舞い降りた黒いコウノトリ。

「あなた方の家に平和を」大統領はアルタイ語で言った。

　すると家族は活気づき、お辞儀をしながらもごもごと喜びのあいさつを口にしはじめた。パタパタパタとヘリコプターの音がして、二機の銀色の機械が丘のそばに降下し、中から護衛隊が飛び出してきた。

　大統領は家族全員と握手した。子どもたちだけでなく老夫婦も感激を抑えることができず、何やらぶつぶつ言ったり唸ったりしながら頭を振って微笑んでいた。大統領は彼らと握手し、彼らは自分たちの名を名乗った。若い妻の番が来ると、彼女は自分の名を名乗り、拙いフランス語で大統領にあいさつした。トロカルはそれに答え、彼女の子どもたちはフランス語を話せるのか訊ねた。話せるとのことだった。それも、母親よりずっと上手に。年上の子どもが言うには、学校でマドモワゼル・パランシェというフランス人女性が教えてくれるのだ。実に素晴らしい、実に素晴らしい！　大統領はテルリア人の若い世代の前途に新たな可能性が開けていることを喜ぶ。学校は遠い？　ああいえ、大統領閣下、とても近いです！　自転車でたったの三十分です！　素晴らしい！　昨今の複雑な世界において勉強はかつてないほど重要だ。子どもたちは親の手伝いをしているか？　はい、もちろんです、大統領閣下。えらい！　両親は子どもたちの成績に満足しているか？　とても、とても満足しています！　素晴らしい！　老夫婦はわけもわからずただ嬉しそうにうなずいている。彼らに向かって大統領はカザフ語で語りかけた。どのアルタイ人でもこの言語なら理解できたからである。

「家畜は元気ですか？」

「家畜は元気です！　家畜は元気です！」彼らはいっそう強くうなずいた。

「家畜が元気なのは何よりです。元気な家畜は皆さんの子や孫たちの健康に繋がりますからね。テルリアの清浄な空気、地下資源、自然環境は、我々皆の健康を保証するものです。とはいえ、そろそろ皆でスープを味見してはどうですか？　あなた方の大統領は山の中で少々腹を空かせたのでね」

家族は喜び勇んで奔走し、大統領は早くもすでにアルタイの家族とともに草原に運び出された食卓を囲み、キョチョというスープを食べ、サワーミルクを混ぜて捏ねた焼きたてのレピョーシカ（円盤状のパン）を噛んでいた。ラム肉とヒラマメを焚き火で煮込んだこのスープの味は、ジャン＝フランソワ・トロカルにとってもうずっと前から〈白き山〉からの滑降や谷の上の飛行と同じくらい大事なことになっていた。それは伝統であって、一方から他方を切り離すことは不可能だった。農家の人々と一緒に草原で木の食卓を囲み、焚き火の煙ごと清浄な空気を吸い込みながら素朴な食事をともにし、エコロジーについて、穀物の価格について、新しい山のトンネルについて語り合う——目の眩むような滑降の後で、それ以上によきことなどあり得るだろうか？ないとも——彼がまたもや征服したばかりの偉大な山、あの〈白き巨人〉は、万年雪を輝かせながら請け合った。

食事を終えた大統領は、ポケットからミニサイズの砂時計を取り出して家長にプレゼントした。砂時計の内側にはテルルの砂が入っており、外側にはテルリアの紋章のホログラムが刻印されている。彼はお邪魔したどの家庭でもこのプレゼントをすることにしていた。砂時計はきっかり一分を測ることができた。

家族と温かい別れを交わした大統領はヘリコプターに乗り込み、自分の山の宮殿に戻った。ひとつ風呂浴びて鎮静作用のある茶を飲んだ後、寝室に入ってベッドに寝転がり、六時まで眠った。滑降後の睡眠の深さと長さはいつも格別だった。

目覚めたトロカルはシャワーを浴びて夜会服を着用し、あまり濃くないコーヒーを一杯飲み、エジプトの煙草を一本吸い、自分の執務室に入った。はや太陽は西の尾根の向こうに隠れ、照明が室内をむらなく心地よく照らしていた。山々はところどころ霧に覆われ、灰色にくすんで遠ざかった。地球儀が輝きだし、執務室の片隅を心地よい青緑色の光で照らした。大統領が片手を動かすと、室内にテルリアの全十二名の閣僚のホログラムが浮かび上がった。彼らはすでにその日の一大ニュースを聞き及んでおり、慇懃な笑みを湛えながら自分たちの大統領を見ていた。

「おめでとう、諸君」大統領は言った。「東への道は自由だ」

お返しに祝いの言葉や歓声が響いた。そして始まった内閣緊急会議は長引き、三時間余りにも及んだ。会議の終わり方も異例だった。大統領はシャンパンを持ってくるよう頼み、グラスを手に立ち上がった。閣僚たちの手にもシャンパンのグラスがあった。大統領は一つ一つのホログラムに近づき、各閣僚とグラスを触れ合わせた。テルリアの統治者たちは自らの国に乾杯した。

ホログラムが消えると、大統領は執務室を後にし、地階へと下りていった。そこのモロッコ様式の広大な客間では、もう長らく二人の魅惑的な容姿の女がイブニングドレスに身を包んで待っていた。一人の頭はヤマネコで、もう一人の頭はダマジカだった。ダマジカ女は細い煙草を長いシガレットホルダーにはめて吸い、ヤマネコ女は鏡のテーブルの上でコカインを線状に切り分けていた。大統領に気がつくと、女たちは立ち上がって彼の方へと歩いてきた。

「ジャン＝フランソワ！」ダマジカ女は彼を抱きしめその右頬にキスしながら鳴くように言った。

「ジャン＝フランソワ！」ヤマネコ女は左頬に毛を押しつけながら喉を鳴らすように言った。

「やあ、いい子たち」彼はわずかに顔を綻ばせた。

「待ちくたびれたかい？」

「とぉぉぉっても！」

「と、て、も！」

三人は抱き合ったままローソファーに近づき、腰を下ろしてカラフルなクッションにもたれた。ダマジカ女は大統領にシャンパンのグラスを差し出し、ヤマネコ女は彼の鼻にコカインを盛った陶器のスプーンを近づけた。大統領は粉末を吸い込み、すぐさまもう片方の鼻の穴で二つ目の分を吸った。これは大統領の夜のノルマだったが、麻薬を乱用しているわけではなかった。ダマジカ女は全世界に知れわたっているその風格ある鼻を極薄のバチストのハンカチで拭った。

「実によい（トレ・ボン）……」と大統領はつぶやき、グラスを傾けた。

「これからは東への道は自由だとか？」ヤマネコ女が喉を鳴らす。

「もうこれ以上障害はないのですね？」ダマジカ女が横目で見る。

「ない」彼は女たちの方は見ずに答えた。

「私どもの国はもっと裕福になりますか？」

「そして、もっと強大に？」

「ああ」

「今日、そのお祝いをしますか？」

「ああ」

「お祝いの晩餐が待っていますか？」

「ああ」

コカインが効いている最中でさえ、トロカルの口数が増えることはなかった。彫り模様のあるシガレットケースに視線が触れた。ヤマネコ女は煙草を取り出し、彼の口に咥えさせた。ダマジカ女が火を近づける。大統領はシャンパンをちびちび飲みながら煙草を吸いはじめた。三人は黙って座っていた。煙草が短くなると、ヤマネコ女は大統領の口からそれを抜き取り、灰皿で揉み消した。

大統領はシャンパンを飲み干し、グラスを置いた。女たちを見る。そして、彼女たちの膝をぴしゃりと叩いた。

「そろそろ我々のサバンナへ行こうか、獣ちゃんたち」

女たちは細やかに笑いだし、彼を助け起こした。三人は抱き合ったまま客間を抜け、扉に近づいた。大統領がロックに片手を当て、扉が開いた。彼らは円形の薄暗い部屋に入った。背後で扉が閉まる。部屋の真ん中には、バラ色がかった光を放つ正方形の低い台座があった。台座の四隅には魅惑的な十代半ばの少年少女が四人、ターバンと腰布を巻いて身じろぎもせず立っていた。彼らはシュロの葉の扇を握り、流れるように台座を扇いでいた。室内は暑く、セミが歌い、南国の香りがした。大統領は台座に近づき、その上に仰向けに身を投げ出した。台座は柔らかかった。大統領は手足をX字に広げて寝ていた。その目はバラ色の天井に向けられていた。雄々しい顔には自信と高揚が表れていた。ヤマネコ女とダマジカ女は軽々と素早く自分たちのドレスを脱いだ。ダマジカ女はすらりとしており、胸は小ぶりで、腹にこの上なく細密な植物のタトゥーを彫り、陰毛は剃っていた。ヤマネコ女は小太りで、大きな白い胸と白い体を持ち、そして陰阜(いんぷ)には赤みがかった毛が生えていた。彼女の細長い男根は勃起していた。女たちは大統領の両隣に腰を下ろし、彼の靴紐をゆっくりと解きにかかった。

「ジャン＝フランソワはサファリの準備はいいかしらぁぁぁ？」ダマジカ女が鳴く。

「ジャン＝フランソワはご自分の銃に弾を込んんんめた?」ヤマネコ女が喉を鳴らす。

「ああ‼」大統領はバラ色の天井に向かって叫び、大きく手を打ち合わせた。

24

げに素晴らしきはコニコヴォの馬市！ 世界各地から馬商人が、生きた商品を携えこの地へと馳せ参ずる。

ポドモスクワや栄えあるヤロスラヴリ、サラトフの人工孵化施設、ヴォロネジやバシキリアのビチューグ馬工場だけでなく、遠く離れた国からも、ザモスクヴォレーチエへ馬の群れが流れ来る。かのイスパニアはコルドバからもトラックがやって来て、ご婦人向けの青い馬でモスクワの別嬪(べっぴん)さんたちを喜ばせるのだから、中国産の頑健な小馬(シアオマー)についてはもはや言うまでもない——五頭一組で並び、ぼさぼさの頭を振っては飼い主を待っている。パヴロダル産に、チェルケス産に、モンゴル産に、タタール産に、イワノヴォ産に、プロヴァンス産に、バイエルン産。かような馬どもがコニコヴォにはごまんとござる！　市場面積はたぶん六平方露里もあるだろうが、それでも商人たちは不満を漏らす。〈どうもせせこましくなった、馬を立派に歩かせる場所もありゃしない、これじゃ馬の美しさやたくましさを見せられねえよ！〉——という次第。

ワーニャは鹿毛のロシャーリク[*1]を携え、暗くならないうちに市にやって来た。地下鉄の駅を出て、ロシャーリクが入った籠を背負い、さあ歩きだす。歩いて、

＊1 〔訳註〕ソ連の児童向け人形アニメ『ロシャーリク』（一九七一）に登場するジャグリングのボールでできた小馬。「ロシャーリク」は、馬を意味する「ローシャジ」と小さな球を意味する「シャーリク」を組み合わせた造語。

見て、楽しくなる。辺りは目移りするほど馬だらけ！　あらゆる毛色の普通の馬をはじめ、ポニーもいればビチューグ馬もいて、中古の下馬もいれば滑稽なよろよろ馬もいて、早馬もいれば静馬もいる。小屋の中には、ありとあらゆるサイズの小型馬の群れ。群がってヒヒーンと笑う姿に、思わずこちらまで笑いそうになる。

　ワーニャは小さなまだら馬の群れを見てぷっと噴き出した。こいつはひどくへんてこだ！　白と黒のまだらだなんて、まるで誰かさんがペンキでも撥ね掛けたみたいだ。四十頭ばかりが小屋の中に犇めき、ヒヒーンと笑い、お目々はクロスグリの実みたいで、ちっちゃな歯を飼い主に向かって剝き出している。当の飼い主はというと、これがまたがっちりと太った男で、まるでこいつらは自分の馬じゃないとでもいうように、腕組みして煙草を吸いながら尊大に構えている。

「とっつぁん、こいつらいくらで売ってんだい？」とワーニャ。

「百五十」馬商人はこちらを見向きもしない。

「なんと！」ワーニャはちぇっと舌打ちした。

　ちっこいまだら馬の群れがそんなにするなんて、とんでもねえ話だ。ワーニャはさらに歩いた。まだ早い時間だというのに、市はがやがやと騒がしい。値切ったり、賭け事をしたり、テッペンを逆立てたり。周りには大量の馬！　小さい馬の後には大きい馬が見えてきた。ビチューグ馬たちだ！　高々と聳え、大きさは馬によって違う。ある馬は人間二人分の高さで、別の馬はそれよりさらにちょっと高い。周りでは彼らを売ろうと人間たちが忙しなく動き回っているというのに、馬耳東風とはまさにこのこと、落ち着き払ってたたずんでいる。ビチューグ馬には人間のことなどどうでもいいのだ！　〈売るがいい、どうせあんたらのことは見えやせんから〉と、まるで他人事のよう。

　ワーニャはさらにその先に目を向けて呆然とした。市でいっとう大きな馬を見たのである。淡い黄色の毛をした三階建て級のビチューグ馬。建物さながら、微動だにせず立っている。たてがみは赤茶けていて、馬自身はまるで真昼の黒雲、脚はふさふさ、蹄の上の関節は二抱えもあるときた。鳩やカラスたちが馬の背中を屋根のようにして羽を休めている。ワーニャはあんぐり口を開けたまま近づき、頭をもたげ、帽子が頭から脱げ落ちた。

　するとこのビチューグ馬、耳に止まっていたスズメの群れが飛び立つほどの大きな鼻息を立てた。ばかでかい胸で深く息をし、大砲さながらの屁をぶちかまし、手押し車五台でもいっぺんに運びきれぬほどの大きな糞をどさりと放り出した。

ワーニャは帽子を拾い上げ、ビチューグ馬に向かって深々と敬礼した。

「豪傑馬万歳！」

とそこで、籠の中でロシャーリクが、〈僕のことを忘れないで！〉とでも言うようにいななきはじめた。それももっともな話で、まずは仕事が第一である。ワーニャは場所を探して歩きだし、すぐにロシャーリクが商われている場所を見つけた。見張りのキルギス人に二十コペイカ玉を渡し、売り場に立って籠を開け、心の中で祈った――〈聖フロールと聖ラヴル（馬の庇護者とされる兄弟聖人）よ、速やかに買い手を寄越したまえ〉。

そしてワーニャは運がよかった。小半時もせずにやり手の仲買人が近づいてきたのである。黄金や絹の錦で全身を覆い、電脳を三つも持ち、脳天からはテルルの釘が突き出ている。籠込み十ルーブルで折り合った。ワーニャは十字を切り、十ルーブルを帽子の中にしまい込んだ。すぐにでも妻に胎生スカーフを、子どもたちには甘いお菓子を、おっかあにはパスチラ（果物をつぶして砂糖・卵白と一緒に煮て作る菓子）を買ってやろうと考え、踵を返していざアプレレフカの我が家へ。市を抜けて地下鉄の駅に向かおうとしたが、まさにその途上、一軒の飲み屋に遭遇した。きれいで、新しくて、豪華な飲み屋。入り口の階段の上には巨大な動く絵が掛かっている。赤ら顔の給仕がテーブルを手で示し、ウィンクしながら、〈仕事がすんだら、ぱーっと遊べ！〉と呼び込んでいる。テーブルの上には……思わず垂涎。薄く切ったハム、きつね色に焼けたピローグ、青々としたキュウリ、水差しの中できんと冷えたクワス、水滴がついたウォッカのデカンタ、そして真ん中には――もくもく湯気を立てるガチョウの丸焼き！

そしてワーニャは、何だかよくわからないうちに飲み屋にいた。足がひとりでに入ったのである。テーブルに着き、スミルノフカを半シトーフ（一シトーフ＝一・二三リットル）と、つまみにピロシキを注文する。ショットグラスを二杯干したばかりのところで、大テーブルから手が振られた――こっちへ来なよ、同胞！　よくよく見ると、平民の馬商人たちだ。彼らのテーブルに加わって乾杯し、語り合う。最初は彼らがワーニャに奢り、お次はワーニャが彼らに奢った。そこに歌い手たちが近づいてきて、ワーニャの好きな『叱らないで愛しい人』を歌いだした。そしてワーニャは飲めや歌えのどんちゃん騒ぎを繰り広げ、タタール人警備員にどかされ、市の門の外につまみ出され、正気に戻った頃にはすっかり夜もふけていた。街灯の下に座り込むワーニャ、頭痛がして、何一つ記憶がない。立ち上がり、給水栓までたどり着き、がぶがぶ水を飲んだ。市にやって来て、ロシャーリクを十ルーブルで売ったことを思い出した。ポケットを裏返すも――すっからかん。彼は思った。どうやって手ぶらで家に帰れる？　金は新しい風呂小屋を建てるために使うつもりだった。そのためにこそ一年かけてロシャーリクを育て、世話を焼き、カラスムギやクローバーを与えたのである。かわいそうな妻はロシャーリクのために白樺の籠を編み、娘たちは馬のたてがみに色とりどりのリボンを編み込み、おっかあは蹄を銀色に塗ってくれた。ところがその結果は、籠もなし、ロシャーリクもなし、十ルーブルもなし……。

そして、我らがワーニャは苦い涙を流したのだった。

25

親愛なるお嬢さん（シェール・フィエット）

私の愛するあなたは私の弱点だけでなく、私の罪もよくご存じね。アリと結びつくすべてが私の重い罪。恥じているかって？　もちろん。起きてしまったことを悔いているかって？　いいえ、私が悔いているのは、自分があなたに与えてしまった痛み。起きたことがまったく痛みの原因にならないこともあり得た。あれはただ私一人のせいで、純朴で私たち二人に対してどこまでも優しいアリは関係ないの。彼は私たちを苦しめるもつれを断とうとしてくれた。私やあなたと違って彼は純粋で勇敢な人だから、強い感情に丸ごと身を委ねるだけでなく、自分の背後の橋を燃やして退路を断つことだってできる。そんなわけだから、愛しのあなた、私の罪は、アリがすべてを知って私への想いの橋に火をつけたとき、私が涙と号泣でその火を消そうとしたことに、ロック鳥さながらにその上を舞い、官能的な翼を羽ばたかせて結局は消してしまったことにあって、この二ヵ月というもの橋はずっと燻り、煙り、深淵の上でぐらぐらしている。この焦げて煙を上げている橋が、私とアリを結ぶ想いの橋が、あなたの心に苦痛をもたらした。とてもつらかった。橋が崩れ落ちた今は、橋をすぐに落とさせなかったあの時間を取り戻せないせいで、つらさも倍増しだわ。だから、私はその罪を贖うつもりよ。明日、遠い山脈の奥深くで生まれる銀色の金属を一本買うわ。それは私とあなたが失ったものを見いだす助けとなるはず。あなたが幼少期を過ごした町で私が誰と会うか、あなたのために何を頼むかはわかるでしょう。もし私が死ぬ運命なら、昔も今もこれからも永久にあなたは私にとって地球上でいちばん好きな人だってことをわかってね。あなたより大切な人なんていないんだから。

愛しています
永遠にあなたの
ファティマ

追伸　たとえ私の身に何が起ころうとも、お願いだからアリに悪い感情を抱かないで。精神や感情の高い性質に加えて、彼は私たちの故郷フローニンゲンを十字軍から解放してくれた。彼の若くて素晴らしい体は野蛮なキリスト教徒の銃弾で傷だらけになり、左肩はナパーム弾で焼かれた。平穏無事な生活に対して私たちは他の誰よりも彼に恩がある。そのことを忘れないで。

26

正教徒諸君！
同志諸君！
市民諸君！

故郷ポドリスクの権力を奪い取った簒奪者（さんだつしゃ）は諸君の血を飲んでいる。我らがスタニスラフ・ボリソヴィチ公が時期尚早に離れなさった王座に、やつはモロクの如く鎮座している。簒奪者の足は勤労大衆の背中を踏みつけ、その手は公の王座を意地でも放すまじとがっしりつかんでいる。簒奪者を取り巻いているのは、秘密クーデターの結果やつを権力の座につかせた血なまぐさい親衛隊士（オプリーチニク）どもである。この人間の屑どもが簒奪者に道を切り開くためにどれだけ正教徒の血を流したかは、神のみぞ知るところである。この二本足の獣どもの手は肘まで血にまみれている。信じやすいソフローニー府主教を騙くらかし、やもめのソフィヤ公夫人を誘惑し、お世継ぎのセルゲイさまを悪魔的なペテンにかけ、州委員会をテルルの釘で買収し、党市委員会機構で恥ずべき粛清を行った上で、簒奪者と手下のオプリーチニクどもは十二月二日、市議会にて秘密投票を組織、結果として故郷ポドリスクの権力はやつらの手に渡った。我々の教会の高位聖職者も、党の活動分子も、貴族も、市議会も、簒奪者とその一味の悪魔的猛攻に抵抗することはかなわなかった。まことにサタン自らが十字架と党員証で身を覆ったあの人非人を助けたのである。スタニスラフ・ボリソヴィチ公逝去の直後、簒奪者とやつに忠実なオプリーチニクどもはポドリスクで権力奪取の悪魔的活動を開始した。濡れ衣で逮捕されたのは、特別市長補佐のステパーノフ、フリードマン、ボイコフ、張墨文（チャン・モーウェン）、コズロフスキー、ベルクトーヴィチ、保安中佐スミルノフ、議会書記のヴォルコフに朴（パク）。投獄されたのは、企業家のラヒーモフ、スワン・ウェイ、ラビンデル、フロポーニン夫妻、商人のザレスキー、ポポーフ、アリハーノフ、イワノフ兄弟。市議会で権力奪取に積極的に抵抗していた貴族Ｉ・Ｉ・アフメチエフは猟の最中に怪死。党市委員会にて簒奪者と手下のオプリーチニクどもによって行われた〈粛清〉の結果、同志モークルイ、同志ヴォロブーエフ、同志フリゾプラジスといった共産党功労党員が除名処分。党市委員会・州委員会幹部からは十九名の党員が追放。党市委員会の恥ずべき〈粛清〉会議の場で自らの手首を切り、己の血を新しい市委員会書記クヴィトコフスキー伯爵の顔に塗りつけたヴォロトニュク党員に対しては刑事訴訟が起こされた。民の庇護者ニコライ・アブドゥロエフ神父は簒奪者とその一味に対する勇気ある正直な暴露を理由に自身の教区を取り上げられ、修道院に幽閉された。悪党一味は相手を焼き尽くす暴露説教の炎に耐えることができなかったのである。ニコライ神父の妻ズリフィヤ・ラヒーモヴナは夫を思って悲嘆に暮れるあまり熱病になって床に臥せ、赤ん坊を死産した。ポドリスクでの権力を奪い取った簒奪者とその手先どもは我々の地下資源と産業資源を手中に収めつつある。九月には、ポドリスクの民の敵である元市議会議長Ｄ・Ａ・アレクセーエフとの親交で汚点がついたマトヴェイ・ノルシテットの会社に対して、ポドリスクプロムの株式六十二パーセントの売却をでっち上げた。そもそもはポドリスク市民の家畜商Ｎ・Ａ・モクシェフが所有していた陶土産地は、議会書記ヴォロディンの悪魔的策謀の結果、モスゴムサルク商会の手に落ちた。なぜモクシェフ氏はビーバー湾の所有地を急ぎ売却し、本年八月にポドリスクを去ったのか？　そして、モクシェフ氏は今どこにいるのか？　簒奪者とその一味が我々の故郷の地で行った横暴や違法行為の規模に誠実な市民は誰もが総毛立つ。ポドモスクワの大地は呻き、人非人どもの靴の下で血を流している。我々ポドリスクの民は、簒奪者の嘲笑をいつまで耐え忍ばねばならないのか？　勤労大衆は、ファシストさながらにポドリスクのクレムリンを占拠しているオプリーチニクどもにいつまでぺこぺこせねばならないのか？　正教徒は、血に飢えた一味の放蕩や麻薬乱用や堕罪をいつまで見せられねばならないのか？　妖術や悪魔的なペテンをいつまで甘受せねばならないのか？　誠実な共産党員は、簒奪者一味によってテルル化され粉砕された党市委員会でいつまで〈賛成〉の挙手をせねばならないのか？

兄弟姉妹よ！　時は来た

故郷の地の無法状態に終止符を打つべし！

簒奪者とその一味を打倒すべし！

皆、十二月十五日の集会へ！

十四時に大聖堂前に集合のこと

27

テルル（*Tellurium*）……周期表第五周期十六族、原子番号五十二の半金属系化学元素。脆い銀白色の金属。希土類金属に属し、天然テルルの産地は極めて珍しく、世界にたった四箇所しかない。一七八二年トランシルヴァニアの金鉱石中に初めて発見された。約百二十のテルル鉱物が知られており、もっとも有名なのは、鉛、銅、亜鉛、金、銀のテルル化物である。テルル及びその合金は、電気工学や無線工学、耐熱ゴムやカルコゲン化物ガラスの製造のほか、半導体物質や超伝導体物質の製造に際しても使用される。天然テルルの特性が明らかになったのは比較的最近である。二〇二二年アルタイ山脈トゥロチャク村付近にて中国の考古学者らによる調査が行われ、紀元前四世紀に天然テルルの産地に設立されたゾロアスター教徒の古代神殿が発見された。神殿は洞窟になっており、外界からしっかりと隠されていた。後にマクトゥル（誉れ高い）と名づけられたこの洞窟には、岩に刻まれた銘文や、純テルルを並べて作った太陽の像などが飾られていた。すべてがゾロアスター教徒によるこの像の崇拝を示唆していた。マクトゥル洞窟内では、胸の上で腕を組む同一のポーズで横たわる四十八体の骸骨が発見された。全頭蓋骨の同じ場所に小さな（四十二ミリ）天然テルルから作られた楔が刺さっていた。太陽の像の下にある祭壇の壁龕（へきがん）には、複数の青銅ハンマーならびに半円形に配置された複数のテルルの楔が見つかった。これらのハンマーによって、発見された四十八体の頭に楔が打ち込まれたのである。神殿洞窟の入り口は内側から塞がれていた。その後、北京脳科学大学の学者らはスタンフォード大学の仲間と共同でボランティアを使って一連の調査を行い、稀有な成果を得た。ゾロアスター教徒が頭の特定の場所に打ち込んだテルルの楔が、人間に安定した多幸状態と時間喪失感覚を引き起こすことが判明したのである。しかしながら、死亡事例も珍しくなかった。二〇二六年テルルの楔を使用した実験が国連条約で禁止され、天然テルルから作られた楔は重い麻薬と認定され、その製造及び頒布は刑事罰の対象となった。バラビンのアルタイ州でノルマンディーの航空部隊〈青いスズメバチ〉(Les Frelons bleus)によって組織された軍事クーデターが発生した後、同州にて住民投票が行われ、住民の大多数がバラビン共和国から州を分離することに賛成した。このようにして、二〇二八年一月十七日アルタイ州に代わって新国家テルリア民主主義共和国(DRT)の樹立が宣言された。DRT初代大統領には〈青いスズメバチ〉部隊指揮官ジャン゠フランソワ・トロカル大佐が選出された。テルリアは国際社会の二十四の国から承認されている。テルル及びその他の希土類金属の輸出のほか、畜産業やテルリア国民の主要な収入源となっているのは、いわゆるテルリア・ヒーリング、すなわち、古代ゾロアスター教徒の手法に則り、脳癌・統合失調症・自閉症・多発性硬化症・アルツハイマー病など様々な病気の治療に際して天然テルルを用いて行う穿頭術である。テルリアはテルルの楔が麻薬と認定されていない世界唯一の国である。そのことでDRT政府に国際的制裁を加える試みは今のところうまくいっていない。一連の国(オーストラリア、グレートブリテン、イラン、カリフォルニア、プロシア、バイエルン、ノルマンディー、アルバニア、セルビア、ワラキア、ガリツィア、モスコヴィア、ベロモリエ、ウラル共和国、リャザン、タルタリア、バラビン、バイカル共和国)は現在に至るまでテルリアと国交を樹立していない。これらの国の国民はDRT領内への進入を禁じられている。

28

「なあ、そろそろ、いうなれば、いくらか接岸してもいいんじゃないか？」ミキトークは気だるげな声を長く引き伸ばすように訊ね、手入れの行き届いた白い手を揉みほぐした。その指は二本の指輪で飾られていた――漢字の〈福〉が刻印されたブラックサファイアをはめ込んだプラチナの指輪と、〈M〉というダイヤのモノグラムがついた金の指輪。

　バラ色がかったマーブル模様の革を張った深い座席で微睡(まどろ)んでいた組はのろのろと動きだした。前回の接岸は正午、バブルイスク近郊で、自然とランチタイムに重なった。組のコック杜 伝(ドウ・ジュアン)が作った盛りだくさんの料理は七皿もあって、最後はデザート、コニャック、水煙管(みずぎせる)、そして、食後の春の森の散策で締めとなった。現在、サロンの古風な時計は五時四十五分を指していた。

「夕食には早いが」動くタトゥーとモルモロンの鱗にほぼ全身を覆われた痩せぎすのラエルトが伸びをした。

「茶の一杯でも飲まんと」アルノリド・コンスタンチーノヴィチは窪んだ両頬を激しく叩きだした。

「実は私が言っているのはそのことなんだ、善良なる諸君」ミキトークは物憂げに両手を胸に当て、顎ひげを上品に刈り込んだ美しい巻き毛の頭を反らせ、小さく呻き声を発した。「おぉおおおおう……我が死の苦しみよぉおおおお……」

「棟梁を起こそうか？」鉤鼻で細面のラティフが古書風の形にした電脳を畳んだ。

「頼むよ」華奢で目が細く、頬骨が張り出したセルジはうなずき、シートベルトを外しながらスチュワード呼び出しボタンを押した。

　ラティフはコーカサス人的な丁重さで、黒い毛にうっすら覆われた美しい両手を隣の座席で微睡んでいる棟梁の肘に置いた。ヴィッテの高潔で知的な横幅の広い顔には常に——眠っているときでさえ——事務的で揺るぎない平安の表情が浮かんでおり、今もまたその表情は保たれていた。まぶたは伏せられていた。

「要望でもあるのか？」目は開けずに、棟梁はしっかりとした気持ちのいい声で訊ねた。

　そのしっかりとした声は、いびきをかきながら眠っているイワン・イリイチを除く全員の体の向きを変えさせ、彼らのシートベルトをカチッといわせた。

「あります、棟梁」ヴィッテの肘を軽く握りながら、ラティフは息子同然の笑みを浮かべて言った。

「そして、その要望が大海獣（レヴィアタン）の如く我々をむさぼり食らうのです」ミキトークは電脳の鏡を呼び出し、それを見ながら曲がった桃色の蝶ネクタイを直した。「手足が痺れた！」

「体をほぐすべきだ！」アルノリド・コンスタンチーノヴィチが持ち前の命令口調で全員に伝えた。

　セルジは窓の外に目をやった。

「この場所なら大丈夫だ」

　窓外にはもう二時間以上も同じ景色が続いていた——右手には春の色が兆した混合林、左手には廃墟と化したロシアの大壁。

　あらゆる意味で洗練されたスチュワード、アントニーが、飲み物と濡れたナプキンを手に入ってきた。

「接岸する」と棟梁は述べ、褐色を帯びた緑色の目を開けた。

　サロンがかすかに揺れたかと思うと、列車は速度を落としはじめ、そして停止した。

「素晴らしい！」アルノリド・コンスタンチーノヴィチが素早く立ち上がった。これは小柄で、筋肉質で、いつも変わらず快活な男で、鼻眼鏡を掛けると、事務的にせかせか動きだし、小戸棚からセーム革のジャケットを取り出してさっさと羽織りにかかった。

　ミキトークは温かく湿ったナプキンを自分の顔にかぶせ、広い両の手のひらで気持ちよさそうに締めつけた。

「死よ、我が死よぉぉぉ！」

「青空喫茶だ」ヴィッテはそうスチュワードに命じながら、ライム風味の水を一口飲んだ。

「かしこまりました」アントニーは茶目っ気のある魅力的な半笑いを浮かべてうなずいた。

　サロンにイージーリスニングの交響曲が流れだした。皆がピクニックの支度を始める。イワン・イリイチただ一人が、背もたれを目いっぱい倒した座席にでっぷりした体を沈めながら、心地よいいびきを立てていた。

「幸せ者だな！」羨ましげな半笑いを浮かべながら、ミキトークは彼の横を通ってトイレへと向かった。

「イワン・イリイチ、起きてください」セルジは眠っている男のふっくらした肩を叩いた。

　反応はなかった。

「眠らせておけ、獅子を起こすなかれだ」ラエルトがサロンの楕円形の扉に近づき取っ手を回すと、扉が脇にスライドし、鳥たちが大声で鳴き交わす五月の森の眺望が開けた。階段が下へと迫り出していく。

「起こすんだ、必ず起こすんだ！」アルノリド・コンスタンチーノヴィチは毅然と頭を振りだした。「目覚めたら、怒ってなじりだすぞ」

「で、俺たちはばか（ボーッ）みたいに弁明を始めるってわけだ」ラエルトは銀色に輝く眉の上の部分をナプキンで拭きながらにやりとした。

　セルジは眠っている男に近づき身を屈め、肉厚な耳たぶがついた、大きくて子どものように赤く染まった耳に向かって言った。

「イワン・イリイチ、起きてください、お茶を飲みに出かけますよ」

　しかし、ひどく紅潮したイワン・イリイチの大きく丸い顔は、深い幸福と弛緩の表情を浮かべており、ふっくらした頬はぷるぷる震え、肉づきのいい唇はのんきで気ままな寝息を立てていたので、セルジは坊主頭を振って彼から離れ、出口へと向かった。

　ラティフはヴィッテに微笑みかけた。彼はアントニーに手伝ってもらってシュヴァルツヴァルトで仕立てた芥子色のウールのジャケットを着ているところで、黒っぽい折り返しにはカシワの葉とドングリが留めてあった。

「棟梁、ここは断固として断固たる態度が求められます」

　棟梁は寛大な笑みを浮かべて眠っている男に近づき、さっと屈み込んで彼の頬にぶちゅっとキスをした。驚くべきことに、これがイワン・イリイチを目覚めさせたのだった。唇をぴちゃぴちゃさせはじめたかと思うと、彼は深い鼻音を発し、腫れぼったいものの活発ではしこくもある小さな目を開け、状況をよく呑み込めずにサロンを見回した。

「何だ……もう？」彼はよく響く、深い眠りの後ですら瑞々しい声で言った。

「まだだ」と棟梁。

「お茶を飲みに行くんですよ、イワン・イリイチ」ラティフは微笑みを浮かべている。

「そして茶わぁぁぁんをこわぁぁぁす！」ミキトークはクリーム色のコートを羽織りながらテノールで歌った。

広くふっくらした胸が盛り上がるほどイワン・イリイチは強く息を吸ったが、それはあたかも、エアコンを通ったサロンの空気だけでなく、外から楕円形の扉の中に威勢よく吹き込んでくる春の新鮮な空気をも吸い込もうと欲しているかのようだった。

「それは実に……素晴らしい！」

どっと笑いが起こった。皆が出口へと移動し、順番にサロンを出て、手摺をつかみながら狭い階段を下りていく。階段はわずかにぐらぐら揺れ、まるで乗客たちは地上にではなく、船が係留された埠頭に下りていくかのようだった。まずはセルジが、色褪せた、何年も刈り取りがされていない、下から芽吹いた若葉が眩しい草地に足を踏み入れ、一足先にロープで下りていた四人の護衛を見つけ、ハナウドの乾いた茎を折り取り、それで背の高い雑草をぺしぺし叩きながら、廃墟と化した壁の方へと歩きだした。ミキトーク、アルノリド・コンスタンチーノヴィチ、ラエルトが雑草の茂みに飛び下りた。

階段が春風に酔うが如くまたもやぐらっと揺れ、棟梁、イワン・イリイチ、ラティフは手摺にしがみつかなければならなかった。上の方から、重くて荒々しい、引き伸ばすような怒鳴り声が響いた。

「おい止まれ、毛むくじゃぁぁぁらのくそったれぇぇぇ！」

階段を下りていた三人が振り返る。背峰までの高さが八メートル半もあり、短く切り揃えられたたてがみ、根元まで切り詰められた尻尾、頑丈でふさふさした脚を持ち、先ほどからその場で足踏みしていた巨大な栗毛馬のドナウが、鼻息を立て、七人乗り乗用車サイズの頭を激しく振った。組が乗り込んでいたサロンは馬の背に固定されており、移動キッチン、手荷物ブース、護衛キャビンとともにその広大な背中全体を占めていた。一方、胴体の隆々たる首のつけ根の部分には開閉式の幌がついた御者台がへばりついており、そこにはドゥベツ（ヤロスラヴリ州を流れる川の名前）というあだ名の巨人がどっかと腰を据えていた。大きな手に手綱を握っている。馬に比べれば、身の丈三メートルのドゥベツも小人に見えた。

「春だから、栗毛のやつもそわそわしているのさ」シガレットケースを取り出しながら、アルノリド・コンスタンチーノヴィチは馬に向かってうなずきかけた。

「そして再び胸が高鳴ぁぁぁる！」ミキトークがテノールで歌う。

「高鳴ろうが高鳴るまいが、ここで牝馬は見つかりっこねえがな……」ラエルトは辺りを見回しながら草の上に唾を吐いた。

　言っていることを理解したかのように、馬が蹄で地面を蹴った。茂みから一羽のクロライチョウが飛び立ち、ばさばさ羽ばたきながら森の中に飛んでいった。馬は頭を振って威嚇するように馬勒（ばろく）の鋼鉄の環を鳴り響かせ、黄色い歯を剥き出して雷鳴のようにいななきだした。

「どうどう!!」とドゥベツは低く叫び、脅かすように吠えながら、御者台のケースに差してあるばかでかい鞭の柄をつかんだ。

　ドナウは鼻から騒々しく息を吐き出し、小人の先頭馬騎手（フォレイトル）をあざ笑うかのように静かに歯を剥き出した。

　揺れが収まった階段を通って残りの組員たちが下り、続いてアントニーとコックの杜伝（ドゥ・ジュアン）が箱を運び下ろした。

「草地をきれいにしろ」棟梁が静かに命じた。

　護衛の一人が駆け寄り、さっとビームカッターを抜き出して片膝を突くと、機敏に三回転して雑草をバリバリ刈り取り、露営に必要なだけの場所を作った。ヴィッテ組の護衛は一人残らずクローンであり、どれも完全にそっくりだった。長身で、肩幅が広く、スキンヘッドで、カメレオンスーツを着用し、敵の発見・識別・殲滅を行う完全無欠の武器がパッキングされている。

　護衛は自ら切り落とした草を両手でかき集めようとしかけたが、イワン・イリイチが軽い蹴りを入れてそれをやめさせた。

「違う、違う、君、そのままでいい。干し草の上で、干し草の上でごろごろするに限る！」

　護衛は抱えた草を捨て、自分の場所に引き下がった。

　アントニーとコックは切り落とされた草の上に数枚の薄いカラフルな絨毯を敷き、その上にクッションをいくつか放り出して膝立ちになると、箱の中から、キャンディー、ジャム、東洋のスイーツなどを含む、茶会に必要不可欠なものをすべて取り出しにかかった。

「ああ、すこぶるいい気分だ！」太ったイワン・イリイチはクッションの上に倒れ、広く美しい額と震えるバラ色の頬を備えた大きく丸い頭を片手で支えながら横臥した。「素晴らしいアイディアですな、棟梁！　あの揺れ、振動、支点の喪失……。ああ！　聴いてくれたまえ、諸君！　今し方私がどんな夢を見たか！」

「きっと、アルメニアの若いチビどもの夢だな」絨毯の上にさっとあぐらをかいて座りながら、ラエルトはモルモロンのまぶたでウィンクした。

「違う、違う！」イワン・イリイチは否定するように手を振った。「飛行機で飛んでいる夢を見たのだ！」

　皆がげらげら笑いだした。

「素晴らしい夢だな、イワン・イリイチ」ヴィッテは絨毯の上に腰を下ろした。「それで、どこへ向かったのかね？」

「エレバン」ラエルトが大げさにウィンクしながら耳打ちする。

「何がエレバンだ、くそったれ……違う、私が向かっていたのはだな、ほらあの……アルゼンチンで、しかも、旅行鞄に詰め込んでいたのは……何だと思う？」

「釘か？」

「それはしょっちゅう夢に出てくるが、今日は違う。違うのだ！　鞄にはたくさんの電脳が入っていた、しかも乾燥した状態で！　少しでも場所を取らないように特別に乾燥させたのだが、到着後はすぐ特別な電脳漬け汁に入れなければならない。いうなれば、膨らませ、普通のサイズに戻すために」

「アルメニアの羊乳チーズ（ブリンザ）みたいだな……」ラエルトはにやりとした。

　イワン・イリイチはずっしりした手で鱗に覆われた彼の膝を力任せに叩いた。

「おい！　アミーゴ！　よほどそのアルメニアが気にかかるようだな！　そうとも、私はあそこで曲がった釘を二本も打った。だが、それは私を見下していい理由にはならないぞ、まったく！」

「ラエルト、君のジョークは千篇一律だ」紙巻き煙草を歯に咥えてクッションに腰を下ろしたアルノリド・コンスタンチーノヴィチがコメントする。

「ただのおふざけですよ、皆さん！」ラエルトは彩り豊かな腕を広げた。

「悪ふざけです」ラティフが指摘する。「私たちの職業はデリケートでなくては」

「それで、電脳は漬け汁に入れたのかね？」コートの前を開けて立ち、気持ちよさげに春の空気を吸い込んでいるミキトークが訊ねた。

「その前に目が覚めたんだよ、あいにくね！」イワン・イリイチは仰向けに寝転び、あくびをした。「ふぁぁぁあ……春の倦怠だな。アントーシ、元気が湧いてくるような茶をいれてくれ、さもないと、ハタリスみたいに道中寝通しになるからな」

「異存がなければ、鉄観音茶をご用意できますが」アントニーが答える。

「全員異存なしだ」と棟梁。

セルジが錆びついた左官ごてを手に近づいてきて、黙ってそれを示した。

「ファッキン・ボデガベイ……」ラエルトは眉毛をパリパリ鳴らした。

「左官ごてか！」イワン・イリイチは鼻眼鏡をつかんだ。

「なんと素晴らしい！」ミキトークは近づきながら驚いたようにぽんと手を打ち合わせた。

「生産用具ですよ」セルジは丸い頭を縦に振った。

「あちらには他の物も転がっています。複滑車の車輪とか、足場とか……」

「未完の大人工建造物だ」棟梁はセルジから左官ごてを取り上げ、一瞥してから背後に投げ捨てた。「ここでは囚人が働いていた。今は亡き私の祖父の言葉によれば、壁のヨーロッパ部のもっとも絶望的な区域だそうだ」

「なんたること！　昼夜を分かたず働き、苦しみ、睡眠不足で、栄、養、不足！」ミキトークは巻き毛の頭を振った。「して、何のために？」

「偉大なロシアのためさ」アルノリド・コンスタンチーノヴィチはゆっくり煙草を吹かしている。「帝国の最後の幻想だな」

「これはあの時代……何て言いましたっけ……オプリーチニク？」セルジが訊ねた。

「おい若造、そんな言葉も知らんのか！」

「当然だ。セルジはモスコヴィア出身じゃないからな」ラエルトはあくびをした。「こいつのバイカル共和国は民主主義だぞ」

「どうもすみません！」セルジはにこにこしながら絨毯の上に腰を下ろした。

「ふうむ、結局、ロシアの大壁は完成しなかった」イワン・イリイチは仰向けに寝転びながら空を見上げていた。「しかし、理念はあった」

「まったく実現不可能な理念がな」アルノリド・コンスタンチーノヴィチは空に向かって目を細めながらつぶやいた。

「どうして完成しなかったのです？」セルジが訊ねた。

「煉瓦が足りなかったとか？」

「煉瓦はごっそり盗まれた」アルノリド・コンスタンチーノヴィチが説明する。

「それにしてもやはり、これはなんと痛ましいことか、なんとばかげたことか！」ミキトークは壁を見ながら腕を広げた。「崇高で素晴らしいものを形にするために、何百万もの人々が働き、勤しんだ、身を粉にして……」

「ロシア帝国復興という大構想は煉瓦にぶち当たって脆くも砕け散ったわけだ」伸びをしながら、イワン・イリイチはさも満足げに述べた。「おおい、君たち、いつになったら茶は出てくるのだね？」

「もうできます」アントニーが報告する。

組のコック杜伝（ドウ・ジュアン）は、漆塗りの茶盤の上で陶器の茶杯を器用に満たしてからひっくり返した。

じっと立っていた馬のドナウが急に放屁した。それは、老朽化したもののかつては強力だったジェットエンジンの試験始動にも等しい威力だった。組は、西欧への旅も二週目に入り、すでに自分たちの馬にも、その一斉射撃にも慣れっこになっていた。これは〈タガンログの航空パレード〉と名づけられていた。御者台に座って口をもぐもぐさせていたドゥベツは、馬の風砲発射の後で身じろぎし、縄ばしごを広げ、口の中の物を噛み終えながら素早く地面に下りてきた。ゆっさゆっさと体を揺らし、組に近づき、ハンチング帽を脱いで、それで振りながら、御者らしい長い手を地面すれすれで振りながら、深々とお辞儀した。

「どうした、モガティーリ？」ヴィッテが訊ねる。

「旦那、馬に餌をやらねえと」ドゥベツが大声で言った。

「我々が茶を飲んでいる間にやればいい」

「小一時間ほどかかりやすが、旦那」

「小一時間くらい。急ぎはせん」

「かたじけねえ、旦那」

巨人はぺこりと頭を下げ、馬の方へ歩いていった。軽々と上によじ登り、胎生干し草の丸い束を投げ下ろし、それから自分も下りて束にスプレーを噴きつけた。束がむくむく膨らみだし、あっという間に干し草の山になった。ドナウは耳をぴんと立て、山に向かって顔を伸ばした。ドゥベツはぴょんと跳び上がってドナウの馬勒をつかみ、ぐぁっと喉を鳴らすと、見るからにふんばる様子で、歯を剥き出したビチューグ馬の口からずっしり重い轡（くつわ）を抜き取った。馬が激しく頭を振ったので、ドゥベツは撥ね飛ばされて雑草の茂みに倒れた。馬は馬丁のことなど知らんぷりで、たっぷりひと抱えほどもある干し草を口でつかみ、大昔の石臼の音を立てながら食（は）みだした。微塵も気分を害した様子もなく起き上がったドゥベツは、パンパンと体を払い、馬の唇をぴしゃりと叩いてから森の中へと入り、ズボンを下ろしてカシワの若木の間にしゃがみ込んだ。

「なぜか彼はいつも干し草ばかり与えますね」大きな音を立てて咀嚼（そしゃく）している馬に向かってラティフは目を細めた。

「カラスムギは高いからな」アルノリド・コンスタンチーノヴィチが説明する。「白ルーシではとくに。二年続けて不作だ」

「やつらのところは何でも高い。ヨーロッパ人なのさ、くそが」そう言ってラエルトが手のひらを伸ばすと、杜伝（ドウ・ジュアン）がそこに茶の入った茶杯を置いた。

「どうもありがとう（メルシー・ビアン）」ラエルトはぼそっと言った。

イワン・イリイチが寝転んだまま片手を伸ばした。コックが手のひらに茶杯を置く。

「謝謝你（シエシエニー）」とイワン・イリイチは礼を述べ、彼に向かって中国語で話しだした。「杜伝（ドウ・ジュアン）、お前の名前が有名な女たらしのドン・ジュアンを思い出させることは知っているか？」

「存じております、旦那さま」各人の茶杯に茶をなみなみと注ぎ、それらを手渡しながら、杜伝（ドウ・ジュアン）は落ち着き払って答えた。「その話をされたのは一度ではございません」

「女性関係はどうだ?」

「若い頃は男性の方が好きでした」

「ボーイフレンドがいたのか?」

「いいえ、旦那さま」

「なぜだ?」

「中国にこういう諺（ことわざ）がございます。客人は一日の労、情夫は一生の労」

「それは中国に限ったことじゃないぜ!」ラエルトがげらげら笑いだした。

「つまり、今はもう男性には興味がないと?」

「今は自分の料理を食べてくれる人だけです」

「お前は意志の強い人間だな、杜伝（ドウ・ジュアン）」イワン・イリイチは大きな音を立てて茶を啜った。

「それは意志ではなく、純粋な打算だ」アルノリド・コンスタンチーノヴィチが拙い中国語で話しだした。

「金は快楽より重要か?」

杜伝（ドウ・ジュアン）は返事をしなかった。

「金と快楽は同義語だ」彼に代わって棟梁が鮮やかな南方方言で答えた。「職業と快楽もまた」

「同意できませんね」アルノリド・コンスタンチーノヴィチは首を横に振った。

「私たちの職業は金でもあり快楽でもある」ラティフが古風な官話（かつて中国の官界・上流社会で用いられた標準的言語）で言った。

「そして、すげえ責任でもある」とセルジが北京語の若者言葉でつけ加えた。

「だが、責任というのは快楽の最たるものではないか」イワン・イリイチは飲み干した茶杯をコックに差し出した。「いい茶だった」

「見事、実に見事だ!」ミキトークは茶を味わいながら唸った。「野外で飲む茶、おお、これはなんと素晴らしいのか、胃にもいいし、心にもいい……」

「心ということで、ついでだが」棟梁は時計に目をやった。「ドナウの腹が膨れるまで、時間をつぶさなければならん」

「散歩は中止だ」ラエルトは枝をばりばり折りながら森から戻っていくドゥベツを陰鬱な目で見送っていた。

「どこもかしこも草ぼうぼうで、とても通れん」

「野天で眠り、そよ風に身を任せ、素敵な夢を見るだけでもいいぞ」ミキトークは物憂げに半ば目を閉じた。

「鉄観音茶を飲んだ後で眠れるかは疑問だな」アルノリド・コンスタンチーノヴィチが応じた。

「トルカで遊んでもいいですけど」セルジが提案した。

「時間が足りない」ヴィッテが反対する。

「それなら、目隠しドゥラークは？」

「退屈だ」

「諸君、それなら釘抜きはどうかね？」アルノリド・コンスタンチーノヴィチが思い出して言った。「前回やったときは誰かの話を終わりまで聞かなかっただろ」

「ああ、釘抜きか」イワン・イリイチは思い出してげらげら笑いだした。「ラエルト、君は前回我々を楽しませてくれたじゃないか……はっはっは……僕からママを抜き出して、だったか？」

「僕からママを抜き出して！」セルジも思い出した。

「おい、頼む、僕からママを抜き出して！」ラティフは縄を撚るように指をねじるコーカサス人特有の身振りをした。

「ケッサクだ」アルノリド・コンスタンチーノヴィチは頭を激しく振った。「あのようなたわ言は信じがたい」

「俺は何も考え出しちゃいない」ラエルトは茶をちびちび啜っている。

「最後は誰でしたか？」とラティフ。

「私だ」アルノリド・コンスタンチーノヴィチが答えた。「私の話はまったく冴えないものだったから、きっともう忘れただろう」

「サラトフのか？　犬の肉を持っていた青年？　ああ、ああ」イワン・イリイチはしぶしぶ思い出した。「最後に話したのがあなたなら、お次はミキトークだな。それから私、その後は棟梁」

「ああ、釘抜きか……」もったいぶるように額に皺を寄せながら、ミキトークはクッションの上で体を揺らしだした。「あれは実に敏感で、実に痛ましい……」

「酷斃了（クービーラ）（めちゃクール）！」ぽんと手を打ち鳴らしながら、セルジはもっと楽な姿勢に座り直した。「バイト前に釘抜き話を聴けるなんて愉快だ」

「バイト前とはどういう意味だ？」アルノリド・コンスタンチーノヴィチはよく聞こえなかったかのように訊ねた。

「だって、僕たち組合（アルテリ）は、ヨーロッパに、いわばアルバイトに行くわけでしょう」セルジはにこにこしている。

皆が顔を見合わせた。

「私が……アルバイトに行くだって？」胸に片方の手のひらを押しつけ、ミキトークはぎょっとして訊ねた。

アルノリド・コンスタンチーノヴィチは、一瞬のうちに真面目でどこかやつれたようになった顔から鼻眼鏡を外した。

「お若いの、言葉は選んでいただきたいものだな」

ラティフは彼らしくもなくふむと言い、苛立たしげな笑みを浮かべ、眉を吊り上げながら頭を振った。

「アル、バイ、ト！　私たちはアルバイトか？　なら、棟梁は？」

ヴィッテは穏やかに茶を啜りながら沈黙していた。

「私はアルバイトだ、親愛なる諸君！　私はヨーロッパにアルバイトに、アルバイトに、アルバイトに行くんだ！」ミキトークは右手で釘を打つ真似を始めた。

「イワン・イリイチ！　あなたはアルバイトに応募したのか？」

イワン・イリイチはセルジを冷淡になじるように一瞥して、杜伝（ドウ・ジュアン）になみなみと注いでもらった茶杯の方へ顔を背けた。

「違うんです、皆さん、僕は冗談を言ったまでで……ただ単に……これは冗談で……」

「それは冗談にならねえ」ラエルトは鱗をカチカチ脅かすように鳴らして言った。「第二次戦争中はそういう冗談のせいで裁きを受けたもんだ」

「まったく……アルバイト……アル、バイト！」ラティフは頭を振る。

「言っておくが、お若いの、私はアルバイトなどではないぞ！」アルノリド・コンスタンチーノヴィチは鼻眼鏡を掛け、セルジをぎろりと睨（ね）めつけたが、頬骨が高いその顔からは笑みが消えていた。

重苦しい間が生じた。ドナウが干し草を食んでいるおどろおどろしい音はそれを際立たせるだけだった。

棟梁は空になった茶杯を茶盤に置き、シガレットケースを取り出して紙巻き煙草を抜き取り、おもむろに火をつけた。

「いいかね、セルジ」彼は口を開いた。「我々はプロだ。経験と歴史と権威を備えた人間だ。だが、それでまだすべてではない。世界にプロはたくさんいる。ひょっとすると、すべての戦争が終結したこの今、その数はアマチュアより多いかもしれん……」

彼は口を噤み、煙を吐き出し、そして続けた。

「我々は誠実な大工だ。そして、その点で我々は他の多くのプロと異なる。我々がともに行動する理由は、部分的には、我々の権威、経験、そしてプロフェッショナリズムだ。しかしその理由の大部分は、我々が誠実だということに、誠実なアルテリだということにある。そしてセルジ、君がこの組に入ったのは、君が三百本もまっすぐな釘を打ち、曲がった釘はたった十二本しか打たなかったからだけではないのだ。より多く、より巧みに打つ大工はいる。君が我々に同行しているのは、君が誠実だからだ。君は責任感があって、相応しい倫理観の持ち主だ。さもなくば、君はここにいなかったはずだ」

棟梁は黙り込んだ。セルジはカルムイク人らしい目を伏せて沈黙していた。組は沈黙していた。

「我々は大工のアルテリだ。我々はヨーロッパに向かっている」ヴィッテは続けた。「ヨーロッパ、文明の揺籃。老女。彼女は憂き目に遭った。ワッハーブ派のハンマーで殴られたのだ。容赦なく、こっぴどく殴られた。だが、ヨーロッパはその打撃に耐え、背骨は折れなかった。とはいえ、多くの骨にひびが入った。ヨーロッパは打ち砕かれ、押しつぶされた。だが、それでも生きている。傷を癒やし、包帯を巻かれ、横になっている。よき看護、よき食事、そしてよき眠りが不可欠だ。我がシュヴァルツヴァルトの先祖たちが言ったように——眠りは最良の薬である（シュラーフエン・イスト・ディー・ベステ・メディツィーン）。彼らは正しい。健康な人間でさえ、正しくよき眠りを必要とする。いわんや怪我人においてをや？　というわけで、親愛なるセルジ、ヨーロッパという老女が我々東方の大工を招いたのは、よき眠りを保証してもらうためなのだ。我々の手で。我々のハンマーで。我々の誠実さで」

そして、棟梁が言ったことを具体的に説明するように、ミキトークは燕尾服の内ポケットからテルリアの紋章が刻印された優美な金のハンマーを抜き出し、ふっくらした拳の中で握りしめ、その手を前に伸ばした。日差しが黄金の面に当たってきらりと光った。

「我々はアルバイトをするためではなく、己の仕事を誠実に果たすためにあそこへ向かう」棟梁は長広舌を締めくくった。「であるからして、我々は自分たちの倫理観を疑わせるような冗談は許容しない。わかったか、セルジ？」

「わかりました」とセルジは緊張の面持ちで述べた。

「いいや、友よ、わかってないな。君は今、形だけ

〈わかりました〉と言った、そう感じるのだ。君がアルバイト感覚で我々の共同の仕事に臨んだことは一度もなかった。君はもうとっくの昔に我々の倫理原則を自覚し、その意義を把握していた。それを分かち合っているからこそ、君は誠実な大工なのだ。君がわかっていないのは別のこと——すなわち、なぜ我々がこの冗談をかくも真剣に扱うのか、ということだ。そうだね？」

「そうです、棟梁」セルジはうなずいた。

「私は民族的にはドイツ人だが、いつも余計に学問っぽくなってしまうのが悪い癖だ」棟梁はアントニーが近づけた孔雀石の灰皿の中で吸い殻を揉み消した。「誰か、これをセルジに説明してくれる者はいないか？」

皆はしぶしぶ顔を見合わせた。志願者がいないのは明らかだった。

「誰もいないのか？」棟梁は彼らを見回した。

組は沈黙していた。

「私が説明しましょう」急にラティフが言った。

彼はジッパーを下ろしてレザージャケットを脱ぎ、スチールグリーンの細身シャツ姿になった。ゆっくりとボタンを外してそのシャツも脱ぎ、白いメッシュシャツ姿になった。メッシュシャツも脱ぎ去り、セルジに背中を向けた。その浅黒い筋骨隆々の背中には、大きな、ほとんど背中一面を覆う烙印があった。三年前、オムスク監獄で取調官に押されたテルリアの紋章である。傷痕の様子から、烙印は段階的に押され、その手続きは数日にわたる訊問と同時に行われたことが見て取れた。セルジは背中をじっと見つめた。様々な太さの火傷痕から作られたこの紋章を、彼は他のどんなものよりもよく知っていた。朝日の昇る山脈、二つの手のひらに包まれたマクトゥル洞窟、エーデルワイスに止まるスズメバチ、そして、アルタイ語で書かれた**〈団結は平和と力なり〉**の文字。公式の紋章ではスズメバチは青かった。山の花に止まるこの青い昆虫は常にセルジの大のお気に入りであり、そこには強大で広大な来るべき何かが予感されるのだった。ミキトークがずっと支え持ったままの金のハンマーに日差しが反射し、セルジの目に入った。彼は思いがけず、黄金に彫り込まれたこの国の今一つの小さな紋章に視線を移した——彼に職業だけでなく人生の意味をも与えてくれた国の紋章に。

ラティフ以外の全員の目がセルジに向けられていた。それまで青ざめていた彼の頬に赤みが差し、唇が開いて、無力な、ほとんど子どもじみた笑みに似たものが浮かんだ。

「僕は……すべてを理解しました」彼は大きなため息をついた。

ラティフが振り向き、彼の目を見た。

「理解しました」そう繰り返すセルジの口調はすでに揺るぎないものだった。

「それは素晴らしい」棟梁はうなずき、手を伸ばしてセルジの細い手首を握りしめた。

ラティフが服を着る。ミキトークはハンマーをしまった。

「では、お次は釘抜きに移るとしよう」棟梁が大声で言った。

組はほっとして身じろぎを始めた。

「ミキトーク、君の番だ」

ミキトークは手入れの行き届いた手を食前のように擦り、がっちりと組み、関節を鳴らした。

「そう、釘抜き……。善良なる諸君、あれを思い起こすのは痛快だとは言えないが、まあそれがゲームのルールなのだからごく自然なことだ、そうだな？　そろそろ十年間の実践にも慣れ、心を落ち着け、あれをごくありふれたことと受け取らねばならないようだ、そうだな？　たとえるなら、春の氷の上ですっころぶようなもの！　一人の男が歩いていて――実に上品で、知的で、魅力的で、男前で、服のセンスもいい、いうなればダンディーな男が歩いていて、突然――水たまり、薄氷、つるっと滑って――バシャン！　水たまりに尻餅。それからどうした？　涙？　呪詛？　どうして、どうして！　悪態をついて起き上がり、からからと笑い飛ばし、ぱんぱんと服をはたいた。そして先へと歩きだした。しかし我々のもとでは……つまり私のもとでは、そうはいかない。まったく違う。曲がった釘に気楽さなどない。気楽さ！　起き上がり、服をはたき、歩きだす――そううまくはいかない。いかないのだ。そして、どうしようもない！　準備を整え、気分を高め、瞑想し、祈り、そして、曲がって入ったときは、心の中で何かしら楽天的なオペラのアリアでも歌いだせばよい、と自分自身を説得し、自分自身と約束してみる。あるいはもっと簡単に、オペレッタでもいい。ヴァラァァァジュディンに行こう、そこで私はすべぇぇぇての豚の主、豚飼いみたぁぁぁいに、あなたのお世話をいたします！　とまあ、こんな風に……。だが、うまくいかない。オペラもオペレッタも助けにはならない。釘抜き！　それは、各大工の実践における超敏感な瞬間だ、オロ[*1]だ、紛糾だ、悪夢だ、丸ごと消え去れ、くそったれ！　我々はロボットではないのだ、ロープのような図太い神経を持った間抜けではないのだ、冷笑的な麻薬ディーラーではないのだ、それは火を見るより明らかだろう、善良なる諸君！　大工仕事に求められるのは超鋭敏性や精度だけではない。倫理観も必要だ。しかし、それとて保証ではない！　そして、誰にも決して保険はかけられない。この上なく誠実な大工だろうが、黄金の手の持ち主だろうが、どのみち、遅かれ早かれどのみち、曲がって入ってしまうのだ、いまいましい。宿命だ！　そうとも！　まあ、前文はこれくらいにしておこう。さて、半年前、私は釘を二本打つべくとある農場に招かれた。言っておくが、遠い道のりだった。うんと！　わかるかね、遠方からの依頼は珍しくない、無論だ。私は決して、決して、遠方からの依頼を軽視しない。原則的にだよ、諸君、原則的に！　位高ければ徳高かるべし（ノブレス・オブリージュ）。農場は豊かで、価格も相当なものになるのだからなおさらだ。したがって、私は馬車を用意し、道具を集め、荷物を積み込み、アンドリューシカを蹴った。出発だ、というわけだ。八時間ほど走った。途中で止まったり、休憩を入れたり、サモワールで湯を沸かしたりしながら……。道中は素晴らしかった。ブリャンスク地方、もちろん戦火は及んでいない、清潔、慇懃、新型のロボット、健全な獣人たち。夕刻には現地に着いた。絵に描いたような花壇、満開の蕎麦畑（そばばたけ）、ミツバチがぶんぶん――この豊かさがおわかりいただけるだろうか――雲、夕焼け、晴天、気紛れな風。農場の管理人が出迎える。実に上品で文化的な紳士だ。警備を従え、英語で話し、屋敷に案内する。到着してみて驚いた！　実に見事な木造屋敷、といっても昔のルーシ風ではなく、まさにバンガロー風、離れ、廏舎、庭、菜園、射撃場、小飛行場、プールが三つに、滝。主人たちのもとに案内される。父親と息子。おまけに、父親はアメリカ人で、息子はカリフォルニア人。春と夏はブリャンスク共和国で過ごす。そうしない手はないだろう？　見るからにアツアツで、感情を隠そうともしない。だがど

＊1　［原註］穴、アルタイ語。

うして、どうして隠さなければならないのだ?!　息子は絵に描いたような美男子で、まさしくカリフォルニアのアポロン、長身で、目はグレー、巻き毛、いい体格。父親も醜男というわけではなく、感じがよく、純朴で、にこやかな御仁。『旅の後で小腹を満たしてはいかがかな？（ウドウンチユー・ライク・ア・バイト・トゥ・イート・アフター・ユア・トリップ）』『喜んで（ウィズ・プレジャー）、旦那さま（サー）！』私を食卓に着かせ、ベジタリアンステーキとトウモロコシの穂軸を馳走し、自分たちはキュウリ水を飲みながら準備する。初めてなのだ。だから、わざわざ遠方から経験豊富な大工を呼び寄せたわけだ。よろしい！　私は食事をすませ、諸々の条件を確かめ、いざ仕事に取りかかった。彼らは部屋に入って着替え、それから抱き合い、互いの手にキスをする。まるで雪崩のような愛撫、涙、あいさつ、別れ——素晴らしい、素晴らしい光景だ。当たり前だが、動揺している。私は落ち着かせ、準備をさせ、横にならせた。父親にはバターに入るようにすんなり入った。万事きれいに、シロにいった、歓喜、フィールドも素晴らしい、新世界、言葉、ボソロゴス[*2]、雪崩。お次は息子。そして、曲がって入った。それもひどく、トルナド[*3]、フィールドが急激に暗くなる、この上なくおいやらしい形で！　父親は隣で横たわっている。歓喜、浸透、祝福。一方、息子は深淵に真っ逆さま。私はアンドリューシカに言う、釘抜きだ、早く！　やつが運び入れ、二人がかりで開け、つかみ、アポロンを釘抜きに突っ込んだ。当時、私の釘抜きはまだゆったりとしたものではなく、古臭い上海の手製品だった。なんとか押し込んだものの、体が大きいので、素足がはみ出している始末。一方、父親の方は——電子軌道、ハイゼンベルクの不確定性原理——彼は物理学者だったのだ——そして自由粒子に、光子になり、軌道を抜けて飛んでいき、エネルギー融合のために息子との出会いを今か今かと待っている。実は親子はもつれた光子のペアで、いわば一つの量子家族だった。父君が妬ましいほど気取ってのたまうには、二人は一つの量子家族で、同じ源から出てきたのであり、時間を克服しさえすればいいのだ……。しかし善良なる諸君、私には核物理にかまっている暇などない。息子がエステン・タヌ[*4]なのだ。釘を抜きにかかったものの、進み具合は最悪で、フィールドが暗くなり、カメラがビービー、吸引、脈。どうにかこうにか引き抜いていくが、突然——断末魔の苦しみ、脚の痙攣（けいれん）。ジュレクティン・トクタウイ[*5]。さあ、テベネ[*6]、心臓にトップADR、当然だ。圧力を下げ、アルガダ[*7]を行い、インダクターをオンにした。細かいことはさておき、諸君、要するに私は釘を引き抜いたまさにその瞬間に、彼の心臓を動かしたのだ。アポロンを釘抜きから外し、焼灼を行い、ショックを与えた。意識が戻った。父親の方はしばらく横たわっていた後、起き上がり、嬉しげに言う。『光子の流れの中で待っている（アイム・ウエイティング・フォー・ユー・イン・ザ・フォトン・ストリーム）、息子よ（マイ・サン）』そして大工部屋から出ていった。親愛なる諸君、これが私の釘抜き話だ」

「そんなに早くジュレクティン・トクタウィに？」ラエルトが訊ねた。「助かったのは運がよかったな」

「私は二度、そういう経験がある」アルノリド・コンスタンチーノヴィチは伸びをして立ち上がった。「フィールドが暗くなってすぐにジュレクティン……。大惨事だ」

「エステン・タヌがジュレクティン・トクタウィを意味するわけではまったくない」ヴィッテが反論する。「フィールドがすぐに暗くなったとすれば、それはまだチリク・ジャラン[*8]ではない」

「同感です、棟梁、まったく同感です、ですが、天然のアルスィズ[*9]もいるのです」アルノリド・コンスタンチーノヴィチは森の方へ向かいながらお手上げだという仕草をした。「トクタウィかトクタウィでないかはともかく、失語は簡単に起こる。簡単に！　先天的な弱点は、あなたが言ったようにその彼がアポロンだとしても、どうしようもない」

「アポロン、美男子、ニーベルング！」ミキトークも両手を胸に押し当てながら立ち上がった。「親愛なるアルノリド・コンスタンチーノヴィチ、どうやら、おしっこのようだね？」

「おしっこではない、余分なものを外に出すのだ……」彼は歩きながら振り返らずにつぶやいた。

「私も一緒に、一緒に行く！」ミキトークが急ぐ。

「ふうむ、今あなたは新しい釘抜きをお持ちですね、

＊2　［原註］テルルの釘が首尾よく依頼人の脳に入ったことを意味する大工用語。
＊3　［原註］テルルの釘の脳への入り方がまずかったこと。
＊4　［原註］意識不明、カザフ語。
＊5　［原註］心停止、カザフ語。
＊6　［原註］心臓に直接注射する際に用いられる長い針、アルタイ語。
＊7　［原註］救出された者の頭をヘルメットを思わせる特別な装置に収めることを意味する大工用語。
＊8　［原註］腐ったフィールド、アルタイ語。
＊9　［原註］虚弱者、カザフ語。

デンマーク製の」ラティフは後ろからうなずきかけた。

「あれなら足ははみ出さねえな」ラエルトは眉をパチンと鳴らしてにやりとした。

「良質で大きいが、トランクの場所を食っている！」ミキトークは干し草を食んでいるドナウに向かって手を振った。

　ビチューグ馬は口を動かしたまま両耳をぴんと立てた。襞が多くて黒光りする巨大なペニスがぶるっと震え、そこから、たっぷり丸太一本ほどの厚みがある太くて力強い尿がどばっと地面に叩きつけるように流れ出した。

「他人のお手本は伝染するというわけだな！」アルノリド・コンスタンチーノヴィチは森の中に入りながら叫んだ。

　組は森の木霊を耳にした。

「私のインダクターはもうとっくに修理が必要だ」イワン・イリイチが思い出したように言った。「もし今度曲がって入ったら、なんとか考えなくては……」

「インダクターなしでもいけますよ」セルジが口を開く。「圧力、プラス、フィールドで」

「そのとおりだな」イワン・イリイチは伸びをして、あくびをしながら歌いだした。「希望はすべてフィールドに、フィールドに、フィールドにぃぃ！」

「フィールドだけでタルティク・カドゥ[*10]は伸ばせんだろ」ラエルトは立ち上がり、鱗をカチカチいわせながら伸びをした。

「いつもアク・ソルグィ[*11]が助けてくれます」セルジが反論する。

「ああ、助けてくれるとも！」ラエルトは悲しげに皮肉っぽくうなずいた。「だが、ポンプを止めるのはチャクルィ[*12]だ！　そしたらもう、必要なのは釘抜きじゃなく、棺桶だ」

「アク・ソルグィは大工のフィールドの強さに依存する」棟梁はカンゾウキャンディーをしゃぶりながら茶を啜っている。

「フィールドが強力ならインダクターは不要です」ラティフがあくまでも慇懃にうなずいた。

「皆が皆、強力に生まれてくるわけじゃねえ」ラエルトは獣たちの踊りからいくつか滑らかな所作をした。

　ミキトークとアルノリド・コンスタンチーノヴィチが戻ると、棟梁はイワン・イリイチに合図を送った。

「君の番だ、同僚」

「私の番か」イワン・イリイチは空の茶杯を茶盤の上に置き、苦労してあぐらをかいて座ると、丸い形をした太い膝に両手を置いた。「この話もさほど昔のことではない」

　彼は集中して黙り込んだ。横幅が広くて貴族的なその顔――ふっくらと子どもっぽく赤らんだ頬、小ぶりで肉感的にむっちりした、頑固で自信満々の唇、生き生きした知的ですばしこい目――はにわかに強張って大理石像と化したようになり、そしてたちまち、政府高官や司令官の顔にしばしば見られるような、重苦しく、感情的にびくともしない、無愛想で峻厳な何かが、ありったけの揺るぎなさとともに顔ににじみ出た。

〈我に委ねられた人間の世界ははなはだ不完全である〉――その顔はそう語っているかのようだった。〈それは、混沌、エントロピー、さもしい情熱、エゴイスティックな衝動の世界である。この世界を善へと向かわせ、文明や文化を発展させ、世界を人類にとって意味ある有益なものにし、世界文明史にとって意識的に礼儀にかなったものにするためには、この均質な大衆をあしらい、従わせることができなくてはならない。そのためには、この大衆の中に個々の人格を見分けたいという願望に打ち克ち、大衆を単一の人格とのみ見るよう努め、人間とはこれすなわち大衆なりという真理を理解し受け入れねばならない〉

　しかし、イワン・イリイチの顔に慣れ親しんでいたヴィッテ組の組員たちは、彼の顔に、そうした考えとは全然異なる、まったく別のことを読み取った。それは、困難で危険なこの職業に自らを縛りつけた者なら誰でもよく知っていることだった。すなわち――大工たる者、努々(ゆめゆめ)テルルを試金(ため)すことなかれ。

　イワン・イリイチの強張った顔にはあたかもこの格言が綴られているかのようだった。

「我々は皆、自分たちがこの世で何を欲しているかを正確に知っていると信じて疑わない」イワン・イリイチが語りだすと、その顔はまたもにわかに大理石のような揺るぎなさを失い、普通の人間の顔に戻った。「いずれにせよ、我々はそれを自分たちに納得させることを覚えた。我々は幸福を欲する。そして、それを達成するために独自の道を、しばしば信じられないほ

＊10 〔原註〕曲がった釘、カザフ語。
＊11 〔原註〕白いポンプ、カザフ語。
＊12 〔原註〕罠、アルタイ語。

ど曲がりくねった道を選ぶ。同じ人間は二人と存在しないし存在し得ない。幸福へと至る同じ道は二つと存在しないし存在し得ない。誰もが己の道を行く。そして、誰もがその人なりに幸福である。さて、ご婦人の話だ。若くはないが、それでも十二分に美人で魅力的な独身女性が、経験豊かで値が張る大工を注文した。私は出向いた。ウファ郊外の質素なアパート、やむを得ず一人暮らしをしている気配。未亡人なのだ。亡き夫のホログラムと、故人の遺品が飾られた祭壇らしきもの。繊細で、趣がある。古書、民族神秘主義（エスノミスティシズム）の要素を持つ絵画、神道にまつわる品々……。とはいえ、やりすぎな感じはしない。教養のある人ではあるが、夫の強い個性に導かれ、魅了され、征服されている。無論、私はすぐ仕事に取りかかった。三つ大事な質問をして、彼女にとってこれはもう三度目のテルルだということが判明する。地元の大工に打ってもらったのだ。ふと疑問が湧く——どうしてまた、かくも遠く離れた国からばか高い大工を？　実は、五年前に打ってもらったときには、夫はまだ存命だった。一緒に試金（ため）したのだ。しかし彼女が言うには、夫と打ってもらったときは、今とはまったく違っていた。まったく別のテルルのようで、目的も違っていた。今、彼女には特別な目的が、とても重要な目的があり、だからこそウプ[*13]が必要なのだ。はい、マダム、私がそのウプでございます。遠距離出張の標準的な価格を告げる。彼女は値切りもしなかった。苦労して工面した金なのだと感じる。だが、アルタイで言われるように、他人のトルソク[*14]は気にならないものだ。余計な質問はせず、準備に取りかかる。だが、彼女に止められた。お待ちください、大工さま、自分のことをお話ししたいのです。マダム、依頼人の経歴に関知せぬことが私どもの職業倫理の条件なのです。それでも彼女は固執する。私はきっぱりと言う——自分のフィールドに過度の負荷をかけることはできないし、したくないのです。彼女は泣きだす。いいえ、無理です、法典ですから。彼女はひざまずく。号泣、ほとんどヒステリー。どうだ諸君、予告どおりご婦人の話だろう！」

「お馴染みのことですね……」ラティフが悲しげな笑みを浮かべてうなずいた。

「ああ、うんざりするほどな！」アルノリド・コンスタンチーノヴィチは鼻眼鏡を直しながら叫んだ。

「そうそう、お馴染みのことだ！　魅力的なご婦人が号泣しながら私の膝に抱きつく。胸が張り裂けるような光景だろう、諸君。だが、うわべは弱腰に見えても、私は仕事には厳格なのだ。膝から手をどける。虚偽依頼に対する罰金額と全アルテリからの制裁を伝え、旅行鞄をつかみ、釘抜きを出口へ運んでいく。すると彼女は、ホログラムの浮かんでいる祭壇に飛びつき、机の下から何やら黒いビロードの箱をつかみ出し、そしてまたも私の膝に抱きついてきた。その小箱を開ける。中に入っていたのは自然金。それもけっこうな大きさで、こう、少し引き伸ばされたような形で、重さは一フント半くらい。ははあ、自然金ときたか！　知ってのとおり、私は金には関心がない。マダム、その自然金で私の職業原則を揺るがすことはできませんよ。お願いだから、お願いだから、お願いだから聞いてちょうだい。これはちっとも自然金なんかじゃないの。この金は、私たちの暴君の命で夫の喉に流し込まれたものなの。これは夫の形見なの」

　イワン・イリイチは口を噤んだ。聞き手たちと目を合わせることなく、その知的で生き生きとした視線を、廃墟と化した壁のそばの森から離れてぽつねんと生えている松の若木に注いだ。

組は沈黙していた。

「インゴット」彼は再び話しだした。「喉で作ったインゴット。レプリカと言うよりも正確な響きがある。そう……要するに。要するに、同僚諸君、私は彼女を拒めなかった。咎めないでくれ、しかしできなかった。人間的、あまりに人間的！　できなかった。実のところ、その報いを受けたのだ……。全体として悪くない話だ。彼女の亡き夫は、いわゆるアキン（中央アジアの吟唱詩人）だった。三弦の楽器を弾きながら、自作の物語詩を歌っていた。国内での人気は非常に高く、〈黄金の喉〉と呼ばれていた。しかし歌は、神秘的・哲学的な意味を有していただけでなく、エリートの慣習を糾弾するものでもあった。そして、腐敗した専制国家が諷刺のネタを豊富に提供してくれるものだから、次第に後者のテーマが優勢になっていった。国民はアキンを抱き込んだ。転義的な意味でだけではない。つきまとい、花束や抱擁やプレゼントを浴びせる。だがその結末たるや、悲惨なものだった。ある夜、彼は国家保安庁に拉致され、数日後、妻はインゴットが入ったこのビロ

＊13　［原註］名人、アルタイ語。

＊14　［原註］肉刺、アルタイ語。

ードの箱を受け取った。アキンの体は密かに焼かれ、灰は風に散った。冷笑的で情け容赦ない権力の意志によって、アキンは最終的に国民につけられた己の名を得たわけだ。喉の形をした黄金となって。この胸が張り裂けそうな話を終わりまで聴いてから、私は未亡人に至極もっともな質問をした。どうしてあなたは私にそんなことを包み隠さず話したのです？　実は、彼女が釘を打ちたいのは、自分の夫に会うためだったのだ。もしこの邂逅（かいこう）が首尾よくいけば、次の釘を買うために金を貯め、新たな逢瀬に望みをかけながら生きる。もしたまたま死ぬようなことがあれば、私は、彼女が永遠の愛との邂逅を探し求めて歿（ぼっ）したと証言しなければならない。そうでもなければ、彼女の魂は安まらない。これが美貌の未亡人の論理というわけだ。私は同意した。そのとき同行していたのは御者だけで、助手はいなかった。準備をさせ、横にならせ、打ち込んだ。曲がった。エステン・タヌ。トルナド。チリク・ジャラン。釘抜きは効果なし。二十四分後、彼女は絶命した」

　イワン・イリイチはジャケットのポケットから桜の葉巻が入った細長いケースを取り出し、芳しい煙を吐きながら葉巻を吸いはじめた。

「もちろん、アパートは焼いた。釘抜きは捨てるほかなかった。乗り換えをしながらかなり遠回りをしてハバロフスクに帰った。証拠隠滅はひどく高くついた。とまあ、こういう釘抜き話だ、諸君」

　彼はふうとため息をついた。

「だが、火のついたアパートを出るときにはさすがに振り返ったよ。私はべつに感傷的な人間ではないが、煙越しに見えたホログラフィーのアキンの眼差しは今でも覚えている。どうやら、未亡人は彼に会えたらしい」

　イワン・イリイチは葉巻を吹かしながら黙り込んだ。

「法典を破らないことがいかに大事かということですね」セルジは確信を込めて言った。

「死因は何だった？　ジュレク、それともメエ？[*15]」ラエルトが訊ねる。

「メエだ」とイワン・イリイチ。

「女の場合はジュレクよりメエに問題が起こることが多いからな」ラティフがうなずく。

「男は心臓の方が弱いのは明白だ」アルノリド・コンスタンチーノヴィチは紙巻き煙草に手を伸ばした。

「うむ、イワン・イリイチ、素晴らしい話だった。過酷な、いわば大工的な日常だ」

「釘抜きは燃えたのか？」大きな音を立てて体を伸ばしながらラエルトが訊ねる。

「釘抜きは燃えた」イワン・イリイチはうなずいた。

「もちろん、インゴットは持ち出さなかったんだろうな」ラエルトがふむとうなずく。

　イワン・イリイチは恨みがましい目つきで彼を睨みつけた。ラエルトは鱗で覆われた両手を上げた。

「すまん（パルドン）、ばかな冗談だった」

「そういうのは阿呆が言う冗談ですよ」ラティフが無愛想にコメントした。

「そうだな……」ラエルトは獣たちの踊りからいくつか滑らかで美しい所作をした。

「諸君、身の毛もよだつ不気味な話ではないか！」ミキトークがぽんと手を打った。「想像できる――アパート、火の手が上がり、煙が広がり、そしていいかね、美貌の婦人は息絶えて、すでに息絶えていて、そしてその姿、彼女が愛した人の姿、煙越しの眼差し、その無言の非難……ぞっとする！　こんなことに慣れることはできっこない、できっこないとも……。いいかね、諸君、私はこれまでいろんなことを経験し、実践し、血を見たり呻き声を聞いたりしてきたが、それでも自分のハンマーで誰かが死ぬたびに、自分が殺人者に思えるのだ。そして、この感情はどうすることもできない！　愚かだとは、ばかげた感傷だとはわかっているのだが、それでもやはり感じる！　頭では理解できても、これは……」

　彼は自分のふっくらした胸を指で突き、そして美しい頭を揺らしながら黙り込んだ。

「親愛なるミキトーク、あの日は私も自分が殺人者に思えたものだ」イワン・イリイチは桜の花の香りがする煙を吐き出しながら、一本松に向かって目を細めた。ふっくらした頬に赤みが差し、彼があの出来事を体験し直していることがわかった。

「同僚、もしその婦人に〈はい〉と言ったのなら、自分が殺人者に思えて当然だ」棟梁が言った。

　セルジ、ラエルト、アルノリド・コンスタンチーノヴィチは黙ってうなずいた。イワン・イリイチは何も答えず紫煙をくゆらせていた。

「それで、約束は果たしたのですか？」とラティフ。

＊15　［原註］脳、アルタイ語。

「無論だ」イワン・イリイチは葉巻を投げ捨て、胸ポケットから折り畳んだ電脳を取り出し、広げてアクティブ化した。

　電脳の上にホログラムが浮かび上がった。美人のバシキリア人アナウンサーが自国の言葉で死亡者の事件を伝えている。話の中で、テルルの釘やアキン、〈黄金の喉〉、燃えるアパート、神道の神々などの映像が浮かび上がる。

「今、彼女の夫の才能の崇拝者たちは皆、未亡人の最後の意志が愛する人と異世界で結ばれることだったと知っている」とイワン・イリイチが通訳して説明したが、セルジ、ヴィッテ、アルノリド・コンスタンチーノヴィチはバシキール語に精通していたし、〈彼はバシキール語で完璧に会話もすれば手紙も書いた[*16]〉というかの有名な大工の詩の一節でからかい合いをするほどだった。ラエルトとミキトークも多少その言語を解した。

「イワン・イリイチの話は、我々皆にとってのきつい教訓だ」アルノリド・コンスタンチーノヴィチが述べた。「ヨーロッパに入ろうとしている今、その自覚はことのほか重要になる。いかなる状況においてもプロに徹し、大工法典を忘れてはならない。いかがお考えですか、棟梁？」

　ヴィッテは胸の前で腕を組んだ。

「まったく君の言うとおりだ、アルノリド・コンスタンチーノヴィチ。だが、ヨーロッパはここで何の関係もない。法典は法典だ。我々にとってはどこだろうと同じ。バシキリアだろうと、バイエルンだろうと」

「大工はどこにいても大工であらねばなりません」ラティフはうなずいた。「私は十二回も依頼人に求愛されたことがあります。どれも粒揃いの、実に上品で、美しく、尊敬すべき男女でした……。しかし、私はいつだって厳しく拒絶しました。腹を立てたり、中には涙を流す者さえいて、あるグルジア人男性などは私の膝にキスするほどでしたが、それでも私は言葉を見つけました。言葉が役に立たないときは、力の論拠に訴えました。それで彼らは理解してくれました」

「求愛はいささか違う話題だな」イワン・イリイチは仰向けに寝転び、組んだ手を頭の下に当てて話しだした。「ああいう状況よりは、求愛への対処の方が容易だ。ずっとな」

「そこにいかなる道徳的命法も必要ない」棟梁は立ち

上がり、腕組みをしたまま絨毯の上を歩きだした。

「機能的論理だ――尊敬すべきお客さま、そのような申し出は実行いたしかねます、それは第一にお客さまに害を与えることになりますので」

「もし自分がロボットだったら、彼女にもそのように答えたでしょうな」

「これはロボットになることが求められる職業なんですよ」セルジが言葉を挟んだ。

「誰もがそうなれるわけではない」

「大工がロボットになってはならない」

「時にはならなくてはならないんです！」

「同意しかねる。ロボットに自由意志はない。アク・ソルグィは完全な自由意志を前提とする」

「ロボットにならねばというのは法典の問題だろう。アク・ソルグィを作るのは人間だ」

「ロボットと人間の区別は心（シン）に悪影響を及ぼす」

「ロボットが気に入らないのなら、別の思考形式を用いればどうだ。外科医とか」

「時にはそれも役に立つ。時には、だが」

「外科医は病人に情をかけてはならない」

「我々は外科医ではないし、我々の依頼人は病人ではない」

「我々は外科医ではない、これはそのとおりだ」棟梁は寝転んでいるイワン・イリイチの正面で足を止めた。「我々は人々を治療するのではなく、人々に幸福をもたらすのだ。そしてそれは、乞食のホームレスから慢性腫瘍を剔出（てきしゅつ）する腔内手術よりはるかに強力だ。なぜなら、腫瘍からの解放が幸福を前提とするわけではないのだから。解放はただの安堵だ。幸福ではない。幸福は薬ではない。そして麻薬でもない。幸福とは精神の状態だ。まさにそれを与えるのが、テルルなのだ」

「そう、頭に打ち込んだ釘はホームレスを幸福にする」イワン・イリイチは次第に雲が晴れていく空を見上げながらつぶやいた。「したがって、彼の慢性腫瘍に注意を向ける必要はない」

「そのとおり（ゲナウ）！」ヴィッテがイワン・イリイチの上に覆いかぶさる。

　しかし、イワン・イリイチの視線は棟梁を外れ、早くも夕暮れの最初の兆しがかなりはっきりと現れている澄んだ春の空へ向けられていた。

「我々は他人の業（カルマ）を背負い込むべきではない、たと

*16 ［訳註］プーシキン『オネーギン』の一節のパロディ。

え、それが些細なことであったとしても」棟梁は続けた。「とくに今、戦後の一新した世界においては。このユーロアジア大陸を見るがいい。イデオロギー的・地政学的・テクノロジー的ユートピアの破綻後、大陸はついに恵まれ啓蒙された中世となった。世界は人間のサイズとなった。民族が自己を見いだした。人間はテクノロジーの総和ではなくなった。大量生産は晩年を送っている。我々が人類の頭に打ち込む釘に、一つとして同じものはない。人々は再び事物の感覚を見いだし、健康的な糧を口にするようになり、馬に乗り換えた。遺伝子工学のおかげで、人間は自分の真のサイズを感じることができる。人間は超越論的なものへの信仰を取り戻した。時間の感覚を取り戻した。我々はもうどこにも急がない。重要なのは、我々が地上にテクノロジーの楽園などあり得ないと悟ったことだ。そもそも、楽園自体があり得ないのだ。地球は克服の島として我々に与えられた。各人が、克服すべき対象を、克服する方法を選ぶ。自分自身の手で！」

「そう。我々は人間から選択を奪うべきではない」アルノリド・コンスタンチーノヴィチが言った。

「それは罪です」ラティフが述べた。

「偽りの同情も同罪だ」と棟梁は総括して黙り込んだ。

干し草の山を平らげたドナウは、まぶたを伏せ静かに呼吸しながら、穏やかにたたずんでいた。沈みゆく夕日に暗い赤茶色の背中や一本松の幹が照り映えている。御者が御者台で微睡んでいる。

「そう、私には克服せねばならないものがあるな」絨毯の上で身を起こしながら、イワン・イリイチはため息交じりに言った。「それはそうと、お次は棟梁の番のように思われますが？」

「そうだな」まるでその問いをずっと待っていたとばかりに、ヴィッテは驚きの色をいささかも見せずに答えた。

「拝聴いたします」

「まったく単純な話だ。モンテネグロ。初老の男。さほど裕福ではない、ごく普通の年金生活者。釘のために金を貯め、私を呼んだ。私は打ち込んだ。曲がった。釘抜きを作動させた。効果はあった。釘を抜いた。老人は意識を回復した。そして、セルビア語で私に二つの単語を告げた。〈神はいない(ニエマ・ボーガ)〉と。これで話は終わりだ」

棟梁は威勢よく咳き込み、一本松の方へと歩きだした。

　アルテリの面々はやや不満げな短い眼差しでその姿を見送った。

「簡潔さは才能の妹、か……」アルノリド・コンスタンチーノヴィチは薄笑いを浮かべ、軽く身をすくめた。

「それにしても冷え込んできたな」

「廃墟の方から吹いてきやがるんだ」ラエルトは乾いた草の茎を一本拾い上げ、不満げに口に入れて噛みはじめた。

「おねんねしに行くとしますか」ミキトークは苦労して絨毯から腰を上げ、ドナウの方へと歩きだした。

　イワン・イリイチは唸りながらさらに大いに苦労して立ち上がり、彼の後に続いた。

　棟梁は一本松にたどり着き、幹に向かって放尿しだした。壁の廃墟の上をカラスが飛んでいった。最初は三羽。それからもう二羽。

　ラティフは軽やかに立ち上がり、前宙を行った。彼のポケットの中で電脳がピーッといった。

「だけど、詳細はどこにあるのかな？」セルジは放尿している棟梁を見ながら小声で訊ねた。

「どこにあるかって？」ラエルトは眉の上をパチンと鳴らした。「釘の中さ」

29

大工のユレクおじさんに朝から釘を打ち込んでもらった俺はちょっとだけ横になり薬草茶を少し飲みピラートを目覚めさせ装備をチェックし小窓に飛び込んだ地下鉄で現場にたどり着き電車を降りた空からカジミシが包囲したと報告する俺は七号棟に身を潜めたナビゲーターで悪党の位置を割り出しそこへジャンプしすかさず考えるやつは下の階にある暖房システムを通るだろうがこちらはすでにグロモトロンを用意したしかしやつは俺とピラートに感づくやいなや廃墟の上の階をセメントの粉塵が舞うほど素早く動いた俺はグロモトロンを肩に担ぎショットガンをケースから引き抜きピラートを放つさあピラートにおいを嗅いで悪党が上を逃げないようにしろもちろん行き先はわかっているやつは自動車販売店めがけて突進しているあそこには穴があってそこを通って公園に出られるのだがそうしたらもう誰も追いつけなくなるだが俺たちはやつの進路を遮断し悪党の逃げ道を断つやつはぐるぐる動き回るその頭上からはカジミシそして背後には包囲者どこにも逃げ場はないピラートが吠え動きだしたあの畜生は上を突き進もうとして建物全体がみしみし軋む俺は下を疾走しピラートは声でやつをとらえ俺の前を疾走するやつは右へ身を投げ上から四階のクリーニング屋からじかに下の焼けたスーパーマーケットに押し入り燃えさしが四散する俺はやつの進路に向かって二連銃で撃つバン！バン！しかし狙いは外れた当たりっこないそしてやつの姿を垣間見た一トン半はあろうかとい

う巨漢どでかい爪がちらっと見えて糞をちびりそうになった俺とピラートは窓からスーパーに入り俺はすぐさま六発の弾を全方位に向けて扇状に放つがやつは遠い端の缶詰が積んであるところにいて壁を段ボールのように引き裂き俺たちからどんどん離れていくピラートが後を追う俺は叫ぶ戻れ単独で追跡するなそして悪党はちらっと姿を見せたきり地下に潜ったさてどうするあの畜生はまたすぐ穴を嗅ぎつけるぞ頭を働かせ穴に爆弾を撃ち込んだバン！そして自分は外にジャンプし右から迂回する爆弾が爆発した俺とピラートは右から回り込む俺はグロモトロンをさっと引き抜き亀裂に沿ってバン！バン！バン！そして地面の下の咆吼を耳にするつまり届いたってわけだそして煙草の売店の後ろのアスファルトがめりめり盛り上がるのが見えるそら今に悪党が這い上がってくるぞ俺はショットガンを引き抜き挿弾子をはめ込みピラートに待ての指示をするがそれでも前に飛び出そうとする俺はピラートをカラビナに繋いだお座りだピラートやつが這い出してきてから動くんだするとそこでアスファルトが四方八方に動きだし悪党が大通りの真ん中までジャンプしたどこにそんな力があったんだ俺は先制してバン！バン！バン！そして一発が命中やつは建物のガラスがガタガタ鳴るほど大声で吠えた放たれたピラートは角の向こうに駆けていき俺はその後を追うジャンプするやつがまたもや上の階のバルコニーを歩きだしたのが見える俺はバン！バン！バン！そしてまたも当たったがやつはアパートの部屋に押し入り鳴りを潜めた俺は音響爆弾を準備したピラートが声でやつをとらえる俺は建物の側面から六階に駆け込みランチャーからやつに向かって手土産をぶっ放した爆発音がしやつが飛び出してきた聞こえるまたバルコニーだピラートが噎せる俺が角の向こうにジャンプした途端やつが並木道を通ってボイラー室へ立ち並ぶ商店へマクドナルドへ突き進むのが見えるだがもうさすがにスピードは落ちているこんなでっっっかい野郎に出くわしたのは初めてだどこでそんなに屍肉をたっぷり食って太りやがったまさか爆撃された映画館じゃなかろうな俺はすかさず攻撃を始めたが煙で木々はすべて乳白色に溶けピラートが追いつくやいなややつはブティックの窓に飛び込んだ俺はピラートが中に入らないようお座りの指示をして駆け寄った窓敷居に血が見えるこれはかなりのダメージだぞピラートが吠える俺は左から回り込み窓に向けて

ランチャーから花火をお見舞いするバン！すかさず二発目をバン！そして後ろにジャンプしたやつが入った窓から出てきたので俺はやつの後を追いに追ったやつの姿が垣間見えるスピードはかなり落ちているつまりあのろくでなしもボロボロなんだそしてやつは建物の中庭を歩きだした俺はジャンプして迂回し建物の入り口と中庭を繋ぐ通路からやつのところへ出ようとするピラートは隣にいるナビゲーターでやつが俺たちの方へ突き進んでくるのが見えるこのままだと通路の中で鉢合わせだピラートが前に飛び出そうとするが俺はその口を押さえつけた黙れ行くなここだとお前はいちころだそして俺は撃ちやすいよう片膝を突いたやつはこちらに向かってくる俺はやつをもう少し近づかせてから胸を狙って撃ったバン！ダムダム弾ですら倒せないとはどこまでタフなんだ吠えながら前に突き進んでくるまだ近づかせる通路の半ばでやつの面（つら）が現れる全身が毛に覆われている俺は目の間を狙って撃ったバン！失敗バン！バン！失敗やつとの距離は三メートル俺はピストルに手を伸ばすしかしやつはもうどでかい両手を振り上げている爪は五十センチはある俺はピストルをホルスターから抜こうとして躓（つまず）き仰向けに倒れたフランティシェクよこれで一巻の終わりだすぐにくたばると考えるだがそこでピラートがジャンプしやつの手に噛みついた汚らわしい屍肉食らいはピラートに襲いかかる俺はさっと起き上がって駆け寄り至近距離からやつのどたまにピストルの全弾をバン！バン！バン！バン！バン！バン！バン！バン！バン！バン！バン！衝撃で脳味噌が俺の顔面に飛び散るやつは倒れその下敷きになったピラートが金切り声を上げる俺は悪党のどたまをつかんでどかそうとしたがこんなばかでかいものはずらせもしないしゃがれ声でピラートに呼び掛ける耐えてくれピラート辺りを見回すとパイプが転がっていたのでそいつをつかんで拾い上げそいつで悪党を支えて転がしたが危うく体が壊れるところだったピラートは倒れ悲しげに鳴いている腹から腸がはみ出しているのが見える腹を裂く時間はあったようだな悪党め俺はピラートピラートと呼び掛け自分のプロテクトスーツを開き肌着を引き裂きピラートの腸をはめ込み肌着で包帯をしピラートを抱きかかえた肋骨が折れているのを感じる踏みつぶす時間もあったんだな悪党め俺はカジミシに救援信号を打ち上げピラートを抱え大通りでぴょんぴょんジャンプするカジミシがこちらに

大急ぎで飛んでくる音が聞こえるピラートはくーんと鳴いている病院へ搬送して縫合してもらい治療を受けさせようと考える早くカジミシの背中に乗せてもらわなければジャンプするもっと速く飛んでくれ南東だあそこにドイツのマルティン・ルター病院があるんだと叫ぶそしてカジミシが通路に飛び込んできて目にした光景に驚き喉を鳴らすどうやってこんな大物を仕留めたんだよグジェスと叫ぶ俺は言うミハーシにもらった一瓶と一本半分の釘のおかげださあカジミシこれから全速力で病院へひとっ飛びしてくれピラートを縫合してやらないと俺たちは上昇し飛んでいくピラートは息をしており街を見下ろしているたどり着き素早く着陸する俺はピラートを抱えて飛び降りたがもうジャンプはせず疲れさせないよう静かに病院へと運んだしかし俺のピラートは一つあくびをしてうな垂れたかと思うともう息をしておらずそれっきりでもはや俺のピラートはいない。

30

「ねえ、いったいどうして君があの時代を覚えていられるのかね、生まれたときにはもうすべてが起こった後だというのに?! まだ子どもの頃だったが、私は首都のモスクワもガソリン車も覚えている。ああ、それはもうものすごい数の車でね、乗り物ではおろか、歩いてモスクワを通ることすらできなかった。群れだよ、車の群れ、いいかね、それにどの車もなぜかいつも汚れていて、そうそう、なぜかいつも汚れているんだ!」

「なぜですか?」

「それこそ謎だ、理解不能さ! あれはよく覚えているよ、当時私たちはレニンスキー大通りに住んでいてね、毎朝私はスパニエル犬のボニカを連れて散歩に出て、あの汚れた車の間を縫ってモスクワ百貨店の横を通り、〈若きピオネール宮殿〉の裏の公園に歩いていったものだ」

「美しい名前ですね。それで、宮殿にはその若きピオネールたちが住んでいたんですか?」

「いいかね、そこに誰が住んでいたかは全然知らんが、あの芝生や、コンクリートの石碑や、愛犬家たちのことは覚えている。商店も覚えているが、そこには余計な物がたくさん色鮮やかに並んでいたものだ。棒つきのキャンディーなんてのもあって、〈チュッパチャプス〉というおかしな名前だった。いいかね、私はロシア最後の統治者たちのことだって覚えている。彼らはなんだか小柄で、まるで学校の生徒みたいな奇妙な話し方をして、元気で、若々しくて、一人はエレキマンドリンみたいなものを弾き、別の一人はスポーツに熱中していたんだが、当時はそういうものが流行りで、一度など鶴と一緒に空を飛んだくらいだ」

「鶴と？」

「そうそう、鶴と、まさしく鶴とだよ、驚きだろう！」

「すでにその頃からプロウィングを持っていたのですか？」

「ないよ、とんでもない、当時はプロウィングなんてまだ誰も持っていなかった、何かの装置を使って飛んで、それで確か体のどこか……足か腕かを折ったんだ、覚えてないがね」

「それは奇妙ですね」

「当時は奇妙なことがたくさんあった。テレビと呼ばれる受像器があって、そこにはなぜか殺人とか笑えるものとかが映るんだ。覚えているが、とある太っちょがいてね、ポエート・ポエートヴィチ・グラジダニノフという名前で、ひょうきんな芸人なんだが、そいつはいつも縞々の女性用水着に蝶ネクタイ姿で舞台に出てきて、自作の滑稽な詩を歌うように朗読し、それから飛び跳ね、アントルシャ（バレエで跳躍している間に踵を打ち合わせる動作）をやって、脂ぎった太腿をそこら中に響きわたるようにぴしゃりと叩くんだ。そして、このぴしゃりという音がなぜだか〈反対〉と呼ばれていた。相方には脚がなく、こう、やつれて重苦しい顔をした男なんだが、その間は手押し車に乗って舞台を動き回っていて、ウォッカをラッパ飲みしてはありとあらゆるものに罵声を浴びせかけるんだ」

「それはまあ、率直に言って、少し奇妙ですね……」

「他にも覚えているがね、あの頃は様々な、それもまた奇妙な祝日がたくさんあった。極地探検隊員の日とかね、たとえば。あるいはヒグマの日なんてのもあって、必ず祝わなければならなかった。客を呼んで、オリヴィエ・サラダを作って、ウォッカを飲んで、熊の仮装をして、大声で歌うんだ。〈僕は穴蔵住まいでぇぇぇ、僕の脚はもっさもさぁぁぁ……〉祝日、祝日、頻繁にやって来る奇妙な祝日……。おぉぉぉきなプラカードを覚えているよ。〈ヒトラー・ペストに対するスターリン・コレラの大勝利万歳！〉」

「知ってますよ、当時の人々はお辞儀し合うこともなく、上司に相応しい態度を取ることもなかったって」

「そうそう！　夏に帽子をかぶることもなかった！」

「お辞儀せずにすむように特別にそうしていたと言われていますよね。ばかげている、でしょう？　女性たちは乱れた服装をして、剝き出しの臍を見せびらかし、しばしば穴まで開けていた。そういうきれいな女の子たちを覚えていますか？」

「臍ピアスの？　それのどこが奇妙だというのだね？　ベロモリエでも夏になると半裸の連中が歩いているよ。ここは君たちのモスコヴィアとは違う……ねえ君、立ち上がるのを手伝ってくれないか……よっこらしょ……ありがとう、ありがとう……こうやってしばらく立っている方が楽なんだ……息がしやすい……」

「で、結局のところモスクワはどんなでしたか？」

「いいかね、モスクワは巨大で、うるさくて、少し粗暴で、落ち着きのない感じだった。私のおばは郊外のとある場所に住んでいて、私は両親と乗り物でそこに通ったものだが、それは非常に長い旅でね、周りは汚れた車の海だった。海だよ、わかるかね、海が流れていくんだ。ほぼ丸一日乗り物に乗りっぱなしで……」

「ところで、馬はいましたか？」

「一頭もいなかった！」

「あり得ない！」

「断言するがね、君、一頭もいなかった！　当時はガソリンだけで走っていたんだ。今じゃ君たちのモスクワは馬糞のにおいがするが、あの頃はガソリンのにおいがしたものだ」

「皆がガソリンで走っていたのですか？」

「そう、皆が」

「なんたる放縦……。それで、モスクワはどうなんです？」

「ああ、モスクワね……モスクワ……そうだな、人口密度が高かった、それもきわめて」

「壁はなかったのですか？」

「壁などありゃせんよ、一つも」

「それぞれが好きな場所に住んでいたのですか？」

「住める場所に住んでいた。それぞれがその者の収入が許す場所に住まいを買うことができた。階級はなかった。金持ちと貧乏人がいるだけだった」

「モスクワの大飢饉はご記憶ですか？」

「幸い、動乱が始まった直後に私たちはハリコフの祖母のもとへ発ったんだ。もし父がその決断を下していなければ、今頃君に大飢饉について話していただろう！　すべて包み隠さず！　もっとも、当の語り手がいなくなっていたかもしれんがね！」

「で、その後あなたがお戻りになった場所は、モスクワではなかった」

「第一次戦争が終結し、ベロモリエが民主主義共和国になるとすぐ、私たちはハリコフからそちらへ向かったのだ」

「モスクワでなかったのはなぜですか？」

「あの頃、君たちの王様が即位しただろう」

「立憲君主制を恐れていたのですか？」

「いや、君主制というよりは……そもそも両親はなんとなくモスクワを警戒していたんだ。恐れていた。何にせよ、あの頃あそこでは多くのことが起こり、噂が流れた。カニバリズムだよ、わかるかね、皆がその恐怖の光景を目撃したのだ……」

「ですが、すべて終わったことです、陛下は完全な秩序をもたらされました。食人や略奪を行った者は広場で縛り首にされました」

「そう、もちろん万事うまくいったのだが……いいかね、それでもやはり両親はなぜか戻りたがらなかったのだよ。親衛隊士（オプリーチニク）どもの蛮行や、箒がついたやつらの赤い車に関する話……」

「それは真実というよりも噂に近いものです。特段の蛮行はありませんでした」

「あの公開処刑、笞打ち……」

「それは不可欠なことでした。でなくてどうやって秩序をもたらすのですか？」

「さあてね……だが、ベロモリエはオプリーチニクがいなくてもやっていけとるよ」

「あなた方にはドイツ人やフィンランド人の助けがありましたが、モスコヴィアは自力で立ち直ったのです」

「そう、助けてもらったとも、もちろん……ノイベルト＝マリネン・プラン。いうなれば、あれが解決に、救済になった……そしてムルマンスクは灰より蘇り、アルハンゲリスクからイスラム原理主義者たちが追い払われた……」

「おばさまは？　モスクワに残られたのですか？」

「おばは……どうしたことか行方をくらましてね……そのことは記憶にない……子どもの頃以来会ったことは一度もない。母が言うには、おばはモスクワから二、三度電話を掛けてきたが、その後ぱったり連絡が途絶えた。永久に」

「それ以来、一度もモスコヴィアには行かなかったのですか？」

「ああ、一度たりとも！　仮に今モスクワに行っても、区別できんだろう……」

「ザモスクヴォレーチエとポドモスクワをですか？」

「そうそう！　何一つ区別できんし、見分けもつかんだろう……ねえ君……また手伝ってくれないか……ここに座るのを……」

「どうぞ」

「どうもありがとう。すごく楽になった……。だが、率直に言って、君たちの今の王様には満足している。彼がベロモリエを訪問した際に演説を聴いた。真面目で、そう……。それに、利口な人物に見えた」

「陛下は賢明な統治者です。とても愛されています。想像できないでしょう——陛下の御代にモスクワが、そして全モスコヴィアがどれほど美しくなったか、ポドモスクワがどうなったか、すべてのものがどんなに人々の目を楽しませているか」

「聞いたところでは、もう街の配給に問題はないとか」

「大昔の話です！　市場は活気に満ち、定期市ときたらそれはもう。そういったものはベロモリエにはないでしょう」

「その代わり、この国には魚がある。私たちのニシンをモスクワっ子は食らいなさっているだろう！」

「でもタダではありませんよね？」

「そりゃあね！　それと、いいかね、そちらでは小人が迫害されていると聞くが？」

「ばかげたことを！　誹謗中傷です」

「だが、皆がいちどきにモスクワやザモスクヴォレーチエからポドモスクワに移住させられた。数千人が、深夜に、だね？　特別な網で捕まえた、小人のホームレスたちに対して網を張ったのだろう？」

「何にでも秩序が必要ですからね。街に疫病や不衛生を蔓延（はびこ）らせてはならない。あの小人たちの中に通風窓泥棒がどれだけいたと？　ぞっとしますよ！　陛下は皆に等しく快適や権利を保障なされる。ですが、法は法です」

「そうそう……。悪法（ドゥラ・レクス）もまた……。しかし、見てわかったんだが、君たちの王様は本当に何か理由があって小人を嫌っているんじゃないか。何かコンプレックスがあると言われているが……奥方と結びついた何らかの……」

「嘘です。ヨーロッパ人やウクライナ人、そしてあなた方ベロモリエ人たちが陛下に関する見え透いた嘘を広めているのです。陛下のお慈悲には限りがありません」

「さらに、頭から釘を抜くことがないとも言われているが」

「それはもうコメントすることさえちゃんちゃらおかしい！」

「つまり、噂にすぎないと？」

「考えてもみてください、頭に釘が刺さったままでどうして国を統治できますか？」

「だが、当節は大勢の者がそうやって暮らしているじゃないか……いうなれば、テルルの時代だからな……」

「ヤク中です、病的な人間ですよ。連中に何を期待しているんです？　どうして連中と陛下を同列に扱えるんですか？　陛下の頭の中にあるのは釘ではなくて、国や臣民に対する気遣いです。いいですか、僕の妻はかなり皮肉屋でプラグマティックな人間ですが、よく率直にこう口にするんですよ――ねえあなた、それでもやっぱりこの国に陛下がおられるのはなんて幸せなことでしょう、ってね」

「私なら逆に言うね――この国に陛下がおられなくてなんと幸せなことだろう！」

31

「まずは飲ませてけれ、ぢぎしょう、したらばやることやりにゆぐからよ」モリバトというあだ名の巨人は、地面から引っこ抜かれたカシワの根に似た大きな手で自分の体を掻いた。

「だがら飲ませたる、飲ませたるっちゅうとろうが！」三度目でソフロンは我慢の限界に達し、ひさしのある帽子を胸に押しつけた。

「ぢぎしょう、どごで飲ませてけれんだ？」今にもわっと泣きだしそうになりながら、巨人は声を高めた。

「今転がしてんだ、もうじき来るべ！」ソフロンは穀物小屋の開け放たれた門に向かって帽子を振り、自分も声を高めた。

　小屋の片隅に座っているモリバトは門の外に目を凝らした——まるでそこに、赤毛のソフロンが叫んだ後、埃っぽい七月の空気が貼り合わさって何かの形を取ったかのように。しかし門の外に見えたのは、相も変わらず実りつつある楔形のライ麦や灌木の茂みで、その向こうにはジャガイモ畑が広がり、畑の向こうでは帯のように延びる森に夕日が沈むところだった。巨人の腫れぼったい目は憎し恨めしと夕暮れの景色に向かって見開かれた。

「どごで、どごで飲ませてけれんだ?!」

　すると、まるで魔法でも使ったかのように、門の外に一本の樽を転がす三人の若衆が現れた。若衆の一人は空の桶を手にしていた。

　巨人は黙り込んだが、ハイパージャガイモの塊茎を思わせるその顔は相変わらず憎し恨めしの表情を浮かべていた。

「ほらよ、くそったれ！」憎らしげな安堵とともに、ソフロンは洒落た履き皺がついたブーツのすねの部分を帽子で叩いた。

　若衆たちが小屋のざらざらした床に樽を転がし入れる。巨人は片隅で騒々しく身じろぎし、身長四メートルもの巨体をいっぱいに伸ばして立ち上がった。モリバトは紐で編んだ長いコソヴォロトカと毛糸のズボンを身につけ、素足に革製の作業靴を履いていた。帯にぶら下がっているのは、鍵のついたプラスチック製の巾着と熊手を思わせる木製の櫛。樽を見て取ると、巨人はたちまち善良で真面目になった。

「さては、信じとらんかったべな」ソフロンはブーツのつま先で樽をコツンと叩いた。

「おめえら、これ……」モリバトはどでかい指で樽を差した。

「今開けるだ」若衆の一人が理解してナイフを取り出し、箍（たが）を外しはじめた。

　他の若衆たちもナイフを抜いて手伝いにかかる。ソフロンはほっと一安心してチューブ髪の頭に帽子を目深にかぶり、紙巻き煙草を取り出して火をつけた。

「これ、みんなか、ぢぎしょう」長髪の頭を小屋のおんぼろ屋根の垂木にぶつけながら、モリバトは威嚇するように樽の方へ動いた。

「みんな、みんなおめえのだ、何を今さら」ソフロンは煙草をくゆらせながらうなずいた。

　若衆たちは樽の箍を外し、蓋を叩き壊した。樽は自家製酒（サマゴン）でいっぱいだった。

「ほれ、セールイ、汲んでやるだ」ソフロンが命じる。

　一人の若衆が慎重に桶を樽の中に下ろし、なみなみと汲んで引き上げた。すかさずモリバトの大きな手が伸び、桶をコップのようにつかんだ。

「どうぞ飲みくされ！」ソフロンは赤いチューブ髪を激しく振った。

　モリバトは桶を慎重に口に近づけた。その唇はごつごつしていて、まるで引き千切られたかのように桃色に皮が剝けていた。頭を仰け反（のぞ）らせ、後頭部で屋根の木舞（こまい）を容赦なく叩き折りながら、彼は軽々と飲み干した。その頭は、何やら高尚なことでも思索するかのように、しばし仰け反ったままになっていた。それからふーっと息を吐き出し、満足そうに喉を鳴らして、空になった桶を若衆たちに渡した。若衆たちは再び桶を満たしにかかった。

桶三杯を干してようやっと落ち着いたモリバトは、唇をラッパの形にして騒々しく息を吐き出し、そのせいで一番酒のやや甘ったるい香りが若衆たちの頭上に漂った。

「んであれは、ちょっとの？」

そう訊ねるモリバトの頬は充血していた。

「つまみだ」ソフロンが若衆たちに通訳する。

若衆たちは上着のポケットから袋入りの大きなパンのかけらと脂身（サーロ）を取り出しはじめた。モリバトは桶を小屋の隅に放り出し、指を広げた両手を彼らに向かって伸ばした。若衆たちはその手をパンとサーロでいっぱいにしてやった。モリバトは両手を口に持っていき、つまみをがつがつ食べはじめた。ぺろりと平らげてしまうと、薄桃色の巨大な舌で手のひらを舐め、ズボンで手を拭き、そして大きくげっぷをしたが、あまりの衝撃に樽の中の酒の表面にさざ波が立つほどだった。

遠くで一台のガルモニ（ロシアのボタン式アコーディオン）の音色がした。それからまた一台、また一台と増えていく。

「ほれ！」ソフロンは指を立てた。「聞こえるだか？」

モリバトは酔眼朦朧としながらうなずいた。

「期待を裏切るでねえぞ、モリバト」ソフロンは樽から酒を手のひらですくって飲み、帽子を脱いでうなじで手を拭いた。

「おら、これ……」モリバトは励ますようにうなずいた。

「ぜってえだぞ！」ソフロンはにこにこしながら指を立てて脅かした。

モリバトはウィンクした。

「行くぞ、おめえら」ソフロンはチューブ髪を揺らし、門の向こうへと消えた。

若衆たちが続いて出ていった。

モリバトは夕日を見た。大きな唇が綻んだ。帯から櫛を外し、亜麻色の長髪をとかしはじめる。

その晩、大ソロウーフ村の新しい集会所では、ペレプリャースの夕べが三日目を迎えていた。最終日は二つの村の踊り手たちによるコンテストが行われる。大ソロウーフ村と小ソロウーフ村。村から村へは三露里余りで、間にはヨーロピアンパーチやタイリクスナモグリが泳ぐジュルナという小川が流れる。家の数は大ソロウーフ村が百五戸、小ソロウーフ村が六十二戸。大村には大工がいて、小村には指物師がいる。大村には酒飲みが多く、小村には少ない。大村には金持ちの富農（クラーク）が住んでいて、名はニキータ・ヴォロホフ、ピョートル・サムソヌイチ・グボートゥイという。小村は村のほぼ半数が裕福な暮らしを送っている。大村では一台の古びた車を村全体で使っているが、小村には七台もある！　小ソロウーフ村の村人は農繁期に大ソロウーフ村の村人を雇い、草刈りや干し草積み、ライ麦の収穫や脱穀をさせ、秋には芋掘りをさせる。村娘も小ソロウーフ村の方が美しく、華やかで、すらりと育つ。ところがことペレプリャースに関しては、アガーフィヤばあさんの言うことはまだどっちつかずだ。毎年、林檎の救世主祭（八月十九（旧暦六）日）にペレプリャースのコンテストが催されるが、勝敗の行方はわからない。大ソロウーフ村の踊り手たちが三年連続で優勝したかと思えば、小ソロウーフ村の若衆たちがブーツでものすごい火花を打ち出し、ヤロスラフ公国の悪魔が一人残らず地面の下で具合を悪くしたこともあった。賞品のサモワールは村と村を行ったり来たり。最後の三日目の晩には、サモワールが澄みきった自家製の一番酒で満たされる。そして勝者がそれを持ち去る。ところが小ソロウーフ村の村人たち、真っ正直に踊るのがいやになり、去年の夏、すり替えを行うことにした。ウラジーミルの定期市で踊りの名人を雇い、その顔に生きた仮面をぺたりと貼りつけると、そいつを小ソロウーフ村でいっとう有名な踊り手、ホフラチョフ兄弟の末弟に仕立て上げた。その〈セーレニカ・ホフラチョフ〉がやって来て、三晩とも踊り、サマゴン入りのサモワールをかっさらい、あっという間に姿をくらました。審判を務めるモークルイ村の老爺たちは眉一つ動かさない。小ソロウーフ村の村人たちはお祝いに自分たちの村の居酒屋で三日続けて飲めや歌えの大騒ぎを繰り広げた。しかし錐は袋に隠せぬもの——駅のビヤホールでサーシカというびっこの水運び屋がうっかり口を滑らし、大ソロウーフ村の若衆たちは一杯食わされたと悟った。そして、復讐を誓ったのだった。

　ガルモニ奏者たちが演奏を終える際、汗まみれのチューブ髪と空っぽのテルルのイヤリングをひどく激しく振ったので、満員の集会所のむっとする空気に汗のしずくが扇状に飛び散った。大ソロウーフ村の最終演者ニキータ・スラムノイは、締めくくりの所作として指を頬に突っ込み、ポンッと瓶を開けるような音を出し、腕を広げた。これにて踊りは終了。そしてよろめき、シルクのシャツをずぶ濡れにしながら、口笛と拍手に送られて仲間の若衆たちの方へ歩きだした。

村娘たちは急いで踊り手にクワスを運ぶ。

イコンの下に座っているモークルイ村の六人の老爺は相談しながら賛同するようにうなずきはじめる。ほんの少し時が経ち、そして最長老が白いハンカチを振った。いよいよ小ソロウーフ村の最後の踊りと相成った。

ガルモニ奏者たちが蛇腹を広げ、大きな音が鳴りだした。小ソロウーフ村の村人たちが道を空ける。そして、集会所の真ん中にセーレニカ・ホフラチョフが飛び出してきた。威勢よく口笛を吹き、軽やかな脚をハサミのように振り上げ、その下で二度手を叩き、しゃがみ、軽く飛び跳ね、再びしゃがみ、脚をコンパスのように広げて飛び起き、背中で手を組み、痩せた尻を後ろに突き出すと、雌鶏を追い回す雄鶏のように円を描いて歩きだし、大ソロウーフ村の村人たちの目の前で細かいステップを見せつけた。にたにた笑い、ウィンクしながら、姿全体でわからせるように——もらっていくぞ、じきにサマゴン入りのサモワールをもらっていくぞ、と。

しかし二周もしないうちに、彼の足の下で、幅広のトウヒの板でできた新しいピカピカの床がぐらっと揺れた。踊り手はまごつき、ステップを乱した。

そしてまた床がぐらっと揺れた。窓がガタガタ鳴り、イコンが次々に落ちる。

キャーキャー叫ぶ村娘たち。

そしてまたぞろ、ぐうらぐら！

集会所の骨組みがみしみし軋み、ぐらつき、傾いていく。

モークルイ村の老爺たちは椅子に座ったまま氷の上を滑るように床の上をつるつる滑る。

泣き喚く人の群れ。

呆気に取られた踊り手は、傾いた床をもう一方の壁の方へ、大ソロウーフ村の若衆たちの方へと真っすぐ運ばれていった。そこで彼をチューブ髪のソフロンが取り押さえる。そして無言で彼の顔面をぶん殴った。

ソフロンの手には生きた仮面が残った。そして仮面の下からは、ウラジーミルの踊り手の面（つら）が現れた。

ちょうどそこで、まるで何事もなかったかのように床の揺れは収まった。

「ほれ、これが三日目に皆の前で踊っとったセーレニカの正体だべ！」ソフロンは踊り手の襟首をつかんで揺さぶり、老爺たちに示した。

もう片方の手には仮面が握られている。

皆があっと叫んだ。老爺たちは目を丸くした。一方、小ソロウーフ村の村人たちは呆気に取られながらも迅速にその場を乗りきった。やい逃げろ扉へ、扉へ、扉へ……。

大ソロウーフ村は村人総出で小ソロウーフ村の連中を川まで騒々しく送った。ある者は棍棒で、ある者は拳骨で、またある者は車のキングピンで送り出した。その夜は長いこと人声や平手打ちの音が響いた。

一方、酔いどれのモリバトはというと、偉業を成した後で樽の残り半分をいただき、古びた小屋の裏手にある窪地にごろんと横になると、豪傑いびきでイラクサを震わせ、夜の鳥獣を怯えさせながら、死んだようにぐっすりと眠ったのだった。

32

「オリジナルを！　直ちにオリジナルを、こんちくしょう(ツム・トイフエル)！」と叫びながら、シュタインはビールジョッキで脅すように机をガンガン叩き、ビールを巨人(ティタン)の精液のように撥ね散らした。「堕落したヴォロホフ！　ヴォロホフ、秘められた闇と世界を貫く者！　ヴォロホフ、諸々の徳を粉々に砕く者！　オリジナルを！　直ちにオリジナルをここに出すんだ、さもなくば、吾輩はあんたを魚みたいに引き千切る！」

　楽しいときでさえ陰気なヴォロホフは両手を振り回しはじめた。その様はまるで、野蛮人どもに皮を剝がれ、蒸し暑いジャングルに帰らされたオランウータンさながらであった。

「オリジナルは君の記憶の中にあるのだ、シュタイン、その薬漬けの脳味噌の中をくまなく探してみてくれ！」

　シュタインは咆吼とともに彼にビールを撥ねかけた。

「オリジナァァアル!!」

　ナースチェニカは身ごもったデルポイの巫女ピュティアの如く金切り声を上げ、ぽんと手を打ち合わせた。

「ヴォロホフ、ファック・ユア・ペンマザー！　ヒエラルキーを乱さないでよ！」

　そして彼女はぷっと噴き出したが、その様はまるで、くすくす笑う大理石像と化してこのヴォロホフの工房に留まることだけを渇望しているかのようだった。この一ヵ月というもの彼女は、地獄的な金切り声を上げながら凝った悪口を言うことに夢中だった。

「アンドレイ、みんなオリジナルを渇望しているのよ」プリシラは真面目に述べた。彼女が座っているのは、むくんだ顔に汗を浮かべながら沈黙しているアプテーカリの膝の上で、彼の頭からはテルルの楔が突き出ていた。「記憶は信用ならない。とくに今の時代にはね」

トイレから出てきたコネーチヌイは、人差し指と中指の間に親指を入れた握り拳を黙って皆に示し、自分で緑色のリキュールを注いで一気に飲み干した。

「オリジナァァル！」シュタインは唸った。

「オリジナル！」ナースチェニカは金切り声を上げた。

「オリジナル……」プリシラはアプテーカリの巨大な生殖器に触りながら白目を剝いた。

ヴォロホフの忍耐は限界に達した。

「君たちは洞窟の影に向かってマスターベーションしている哀れなプラトン主義者の集まりだ！　影、影こそ君たちのオリジナルだ！　影をつかまえているがいい！」

彼は電脳のもとへ駆け寄り、骨張った指でタップした。工房が薄闇に沈む。そして、中央にエドヴァルト・ムンクの絵画『クリスチャニア・ボヘミアン』のホログラムが出現した。そう、これぞまさに、まだポエートの葬式の前にピャトヌイシコによって音入れされた最後のアイディアだったのである。葬式はすべてをかき混ぜ、まるで裏返しにされた地獄さながら、誰もが寄る辺なく熱狂した。しかしこのピャトヌイシコ、汗ばむ手のひらを擦る男、数々の怪物的なアイディアの収集家は、皆に思い出させ、動揺させた。受肉の時が来た。ヴォロホフは陰気に支持し、ナースチェニカは自分の手長神に向かってさっと精神的(メンタル)な署名をし、プリシラは妬ましげに同調したが、シュタインはといえば、常にすべてに同意を与えるのだった。承認され、日取りが決められた。そしてその夜が訪れた――感覚を失うほど静かで、気絶するほど狂った夜が。

ムンクの絵画が工房の空間を占めた。登場人物のボヘミアン六人が長卓に着いており、その奥には一人の笑う娼婦がいる。崇め大切にしてきた絵画を見るなり、ピャトヌイシコの血は血管の中で凝固し、そして彼はビール浸しになっている工房の板張りの床に倒れた。

「貴様には気絶する権利すらないのだ、ないのだ！」シュタインはピャトヌイシコを足蹴にしながら低い声を轟かせた。

「彼は受肉の可能性のために死にかけているのよ、たとえ一瞬なりとも我を忘れるという驚くべき可能性のために死にかけているのよ！」ナースチェニカは金切り声を上げ、ぽんと手を打ち合わせた。「ああ、あのゲスなケンタウロスども、まったくこれは素晴らしいったらないわ！」

　プリシラはウォッカを口にため、ピャトヌイシコの顔に噴きかけた。彼はなんとか正気を取り戻した。

「お行儀よくしたまえ（スワ・サージュ）、おおわが〈苦痛〉（オー・マ・ドゥルール）よ、もっと落ちついて（エ・ティヤントワ・プリユ・トランキル）[*1]……」プリシラは詩を朗唱した。

「子どもの頃から嫌いだった楕円形、片っ端からつぶして回った[*2]」床に倒れているピャトヌイシコは宿願達成のまたとない笑みを浮かべながら彼女に向かって答えた。「起こしてくれ」

　シュタインとヴォロホフは乱暴に彼を立たせて激しく揺さぶった――まるで、ピャトヌイシコの心臓から受肉待望の愉悦を妬ましげに払い落とそうとするかのように。

「配置を決めよう」ピャトヌイシコは色をなくした唇でもごもご言った。

「私はここよ！　ここ！」金切り声を上げ、ナースチェニカは両手を腰に当てて娼婦の場所に立った。「これは私の場所よ、日陰のガキども！」

「疑いの余地なし！」コネーチヌイはげっぷしながらふむと言った。

「アプテーカリ！　ほら、お前の場所だ！」シュタインの指が深淵に向かって目を見開いている紳士を差した。

　アプテーカリは汗をだらだら流しながら従った。

「私はここね」プリシラが選んだのは、隣にどっかと座っている悲しげなひげ男を横目で見ている性別不詳のわかりづらい人物だった。

「では吾輩は君の隣に、聡明なプリシラ！　といってもひげはないが！」シュタインはひげ男の場所を占めながら低い声を轟かせた。

「ヴォロホフ、あなたの場所は最前列だ！」ピャトヌイシコはヒステリックに哄笑しはじめた。「おお、あなたたちは実にそっくりだ！　おお、この荒廃した眼窩の窪み！　おお、この虫に食われたコカイン中毒者の顔！」

「べつにどうでもいい」ヴォロホフはまるであの世に旅立つように絵画の中へ足を踏み入れ、コカイン中毒者の場所を占めた。

コネーチヌイは獅子鼻の下にインクの染みのような口ひげがある丸顔の紳士になり、一方ピャトヌイシコは、受肉性に震えおののきながら、テーブルの隅にどうにか収まって娼婦の脇のどこかに目を向けている人物の中に入り込んだ。

「承認する」歓喜のあまり彼の舌は縺(もつ)れた。

皆が息を呑んだ。電脳が記録した。

「終了!」シュタインが叫んだ。

集団が崩れた。不幸なピャトヌイシコだけはどうしても受肉をやめようとしなかった。彼はひたすら座っていた。首をすくめ、緊張の面持ちでどこか片隅を見つめたまま。あたかもそこで、蜘蛛(くも)の巣や揉みくちゃにされた絵の具の空チューブの間で、黒い裂け目がひび割れて広がり、非在の空虚を、あるいはいくつもの素晴らしい新世界の像を、彼に向かって吹きかけたかのように……。

「両方の絵を見せろ!」ヴォロホフは電脳に命じた。

工房の空間に二つのボヘミアンたちのホログラムが出現した——十九世紀末のクリスチャニアのボヘミアンと、二十一世紀中葉のサンクトペテルブルグのボヘミアン。

固まっているピャトヌイシコ以外は皆、好きな飲み物を用意して映像をじっと見つめた。

「根本的な違いは見当たらないな」ヴォロホフは陰気に確認した。

「まったく同じだ!」シュタインはホログラムにビールを撥ねかけながら大声で笑いだした。「背徳的な欲望の火の中で、我が魂は為す術もなく燃えた![*3]」

「墜ちし星に栄えあれ、我々は等しい!」コネーチヌイはアブサンを一口飲み、ひっくとしゃっくりをした。

「私の方が地獄的よ! 私の方が本物よ!」ナースチェニカは金切り声を上げ、ワインの入ったグラスをノルウェーのホログラムに向かって投げつけた。「ネヴァよ私を犯せ、なんと美しいこの私!」

「あそこへ行きたい……」プリシラはワイングラスに向かってささやいた。「どうすれば可能なのか、幻影の岸は……[*4]」

*1 [訳註] フランスの詩人シャルル・ボードレールの詩「沈思」の一節(阿部良雄訳)。

*2 [訳註] ソ連の詩人パーヴェル・コーガンの詩「雷雨」(一九三六)のパロディ。

*3 [訳註] ロシアの詩人・小説家フョードル・ソログープの詩「火によって」(一八九四)の一節。

「私はこの世界に来た、日輪を見るために」[＊5]とアプテーカリは汗まみれで言い、ぶっと屁を響かせた。

「では、これより狂宴（オルギア）だ！」シュタインはジョッキを投げ捨て、ぽんと手を打ち合わせた。

「オルギア！　オルギア！　オルギア！」ナースチェニカが叫びだした。

「オル、ギ、ア……」コネーチヌイは黄色いカーディガンの前を勢いよく開け放った。

「オルギア・モルギア」アプテーカリは汗を流しながらぶっと屁を放き、ズボンの前開きを開けた。

「オルギア……」ヴォロホフは命運尽きたように禿げ頭を縦に振った。

　そして、ピャトヌイシコだけが相変わらず窮屈な姿勢でひたすら座っていた。首をすくめ、瞬きもせず、暗い片隅をじっと見つめたまま。無精ひげの生えたその頬を涙が伝った。いったい暗い片隅に何を見たのだろう？　どうやら、彼自身にもまだそれはわからないようだった。


（一九〇三）の一節。

＊4　（231ページ）〔訳註〕ロシアの未来派詩人イーゴリ・セヴェリャーニンの詩「ハバネラⅢ」（一九一一）の一節。
＊5　〔訳註〕ロシアの象徴派詩人コンスタンチン・バリモントの詩

33

ヴィクトル・Pは目覚め、ケースから這い出し、細長いサングラスを掛け、鏡の前に立ち、自分の頭にテルルの釘を打ち込み、モンゴルの丈長の上着をまとい、瞑想部屋に入り、六十九秒間瞑想を行った。その後、キッチンに行って冷蔵庫を開け、赤い液体入りの紙パックを取り出し、コップに注ぎ、スミレ色の窓越しに昼のモスクワを眺めながらゆっくりと飲んだ。トレーニングルームに移動し、上着を脱ぎ捨て、エアロバイクに飛び乗り、滴る水の音楽に合わせて六十九分間ペダルを漕いだ。その後、シャワールームに入ってコントラストシャワーを浴びた。筋骨隆々の体を鋼色のレザースーツで包み、バルコニーに出てバルコニーの扉に鍵を掛け、翼を広げてモスクワ上空へと飛び立った。

ヴォズドヴィージェンカ通りとゴゴレフスキー並木道を飛び越え、左に曲がり、危険をかえりみず救世主キリスト大聖堂の十字架の間を勢いよく通り抜け、そこに止まっていた二羽のカラスを驚かせて追い払うと、川に向かって急降下し、伝統に従って片方の翼で水面(みなも)をさっと擦ってから再度上昇し、ボロトナヤ広場の上で滑空したり、旋回したり、上昇したり、再度滑空したりしながら、長々と空中に留まっていた。彼はモスクワ時間十五時三十五分きっかりにプロ生地(テスト)の移し替えが始まったことを見てとった。承認され合意の得られた形で隙間なく並べられた金属網によってあらかじめ押しつぶされ、柔らかくされ、しっかりとかき混ぜられていたプロ生地(テスト)は、ボロトナヤ広場に流れ出し、くっついて均質な塊となり、広場のほぼ全空間を占めた。プロ生地の中で発酵過程が活性化し、その結果プロ生地はむくむくと膨れだした。この際どい瞬間、クレムリンはプロ生地に塊の膨張過程を抑制するほぐし成分を集中的に浸透させはじめた。秘密警察の研究所で準備され試験されたプロ生地の希釈剤は膨張する塊の内部で眠っていたが、希釈の命令を受けて活発な活動に着手した。プロ生地の塊の周辺に位置していたビール軟化剤がその軟化メカニズムを起動させる。萎む恐れを感じ取ったプロ生地は、希釈剤や軟化剤やほぐし剤に対する消極的抵抗を示しはじめた。活発に抵抗したのは塊の前部のみだった。プロ生地の当該部に対しては高速回転の金属スクリューが使用され、塊の活発な部分をピロシキやペリメニといった半製品へと分割し、それらはさらなる加工のため迅速に冷凍室へと送られた。プロ生地の塊から活発に膨張している部分を取り除くと、スクリューは回転モードを高速から低速に変え、ボロトナヤ広場からヤキマンカの方へ、河岸通りやそれに隣接する路地の方へ向かって、塊を捏ねながら徹底的に押し出していった。残りの膨張が終わると、プロ生地は酵母活性を失って萎んだ。ほぐし剤と軟化剤は陰ながら効果的にスクリューを助けた。十六時四十五分頃、プロ生地は完全にボロトナヤ広場から押し出され、分割され、軟化され、希釈され、無事モスクワ地下鉄の沈殿槽へと流れ去った。

「よし」ヴィクトル・Pは声に出して言った。

ボロトナヤ広場の上空をもうしばし旋回した後、凱旋門の方へ飛び、滑空しながら、高層階レストラン〈ペキン〉のテラスに降り立ち、暗くした個室に入り、いつもどおり金紅色の龍の細い縁模様が入った空っぽの皿を注文した。皿の上に自分の尻尾を置くと、おもむろにそれを噛み、たった今見たばかりのことについて思索する。しかしふと、雪白のテーブルクロスに転がっていたちっぽけなゴマ粒に思索を遮られた。その粒は思いがけず、自宅のケースの中で彼が一人でなくなってもう一週間以上が過ぎたことを思い出させた。そこにはとある一匹の吸血昆虫が住み着いており、夜な夜なヴィクトル・Pの血をたらふく吸おうと隙間から這い出してくるのである。仏教徒として彼はそれに反対しなかったどころか、それは夢の幻影を通して刺咬やそれに続く失血の感覚を味わわせてくれた。〈腹をくちくしながら、この生き物は私をより完全にしてくれる……〉と彼は夢の中で考える。〈私は幼き者に血を吸わせる。これは意識の高いマネージャー向きのやり方ではない……〉日中、彼は時折新たな血の兄弟のために祈った。だが、一つだけはっきりしないことがあった。ヴィクトル・Pの血をたらふく飲むたび、昆虫は何やらコオロギが鳴くような断続的な音を発するのである。しかも、その音はリズムやイントネーションが一定に組織されていた。そして、その音は毎夜繰り返された。それは満足の音であり、ひょっとすると、感謝の音でもあるのかもしれなかった。〈彼は私に感謝し、私は彼に感謝する。我々はともに輪廻の大車輪に感謝せざるを得ない。なぜなら、今のところ我々はその車輪に従属しており、そのベアリングであることを余儀なくされているのだから。慎みとはこれら光り輝く球のための潤滑油（グリース）なのだ……〉とヴィクトル・Pは考える。だが、昆虫の言葉が頭の中で引っ掛かっていた。それを理解したかった。そして、自分の冷たい尻尾を噛みながらぽつんと転がるそのゴマ粒をじっと見つめていたまさにそのとき、あたかも仏陀の粘土の指で差し示されたかのように、彼ははっと思い出し、くっついて単調に唸る音を聞き分け、そして脳内に一つの長い言葉が輝きだした。

「シロバラノカンムリヲカブリセントウヲユクウロボロス」[*1]

それは予想外だった。だが、冷静なヴィクトル・Pは尻尾を口から放さなかった。〈この言葉の意味はわかるが、その意義は何か?〉彼はゴマ粒を凝視しながら考える。〈まことに、意味と意義という言葉の間には、ただ慣習的であるばかりでなく、しばしば存在論的でもある激ヤバの深淵が横たわっている。それは、若作り術と若返り術のようなものだ。真ん中には深淵！　そして、それを克服できるのはただ真の綱渡り師、形態統語論的ヌンチャクを自在に操る札つきの解釈学者のみであり、彼によってぶちのめされた意義という金髪の野獣は、綱から転落し、もっとも深き谷のどん底へと落ちていくのだ〉

しかしふと、彼はさらにもう一つのゴマ粒に気がついた。それはテーブルクロスのいちばん端にあって、そのため視界に入らなかったのである。それは第二の予想外となった。それでも彼は今回も口から尻尾を放

＊1　〔訳註〕ロシアの詩人アレクサンドル・ブロークの詩「十二」（一九一八）のパロディ。

さなかった。

〈第二の粒〉彼は考える。〈これは世界像をほぼ一変させてしまう。つまり、彼らは二匹いる？　なぜ一匹しか私に感謝しないのだ？　しかし彼らが二匹なら、必ずや第三の者も……〉

ヴィクトル・Pはその第三の者についてじっくり考えてみたかったが、ちょうどいいタイミングで思いとどまった。

〈いや、第三の者については考えまい。そして、それが今日の私の慎みとなるだろう〉

34

お父さんが市場で電脳を買ってくれました。

物心ついてからというもの、ワーリカはずっとずっと長くこの日を待ちわびていました。女の子の友達といつも意味ありげに視線を交わしたり、ひそひそ話をしたり、夢に見たり、電脳をくださいと聖母さまにお祈りしたりしました。どうして祈ったり、夢に見たり、ひそひそ話をしたりせずにいられたでしょう？　ワーリカたちの村全体で電脳はたった二台しかなかったのです。一台は富農（クラーク）のマルク・フェドートゥイチが、もう一台は書記が持っていました。二人とも自分の電脳を手放そうとはしません。はじめの一人は欲張りで、あとの一人は退屈な人でした。

あるとき、ポリンカ・ソコローワは世界人形展に行くために書記に電脳を貸してもらおうとしましたが、返ってきた答えはこうでした。

「お前の人形はラジオで見なさい、電脳はそんないたずらをするためにあるんじゃないよ」

それはそのとおりで、今やラジオは各家庭にあって、明かりがついているうちは一日中見られるのでした。けれども、ラジオにはたった三つしかチャンネルがなく、人形展のことはちょっぴりしか映してくれません。ちょっぴりで何になるというのでしょう？　ぽたっ——それっきり。見たい気持ちがかき立てられるばかり……。

結局、女の子たちはラジオの前に群がって座り、日曜日の再放送を待つのでした。やっとこさ番組が始まり、生きた人形たちを見はしたものの、がっかりしてお家に帰っていきます。目には見えども手には入らぬ高嶺の花、というわけで……。

けれども、ワーリカの祈りは無駄ではなかったのです。夏、ワーリカのお父さんに奇跡が転がり込んできました。お父さんはセミョーン・マールコフと一緒に開墾ヶ原で炭焼きをしようと考えました。二人は仕事を始め、白樺の枯れ木を切り、ノコギリで挽き、穴を掘っていったのですが、ふと見ると、穴の中に鉄が見えました。掘り出してみたところ、出てきたのは丸一台のベンツのガソリン車で、車内からは頭のない骸骨が三体見つかりました。実は六十年前、強盗たちがこの人たちを殺害し、強奪し、頭を切り落としたのですが、車の方は森の中へ運び、誰にも知られないよう穴を掘って埋めたのでした。それは第二の動乱の時代、三本指の賊が戦車でモスクワに乗り込んできたときの出来事でした。当時ワーリカのお父さんはまだ生まれておらず、マトヴェイおじいさんはたったの十歳でした。

車は錆びついていましたが、エンジンの方は無傷でしたので、お父さんとセミョーンはそれを引っ張り出し、荷馬車に積み込んで村へと運びました。エンジンのネジを外して分解し、自家製酒（サマゴン）で洗いました。おかげでエンジンは新品同然となりました。そして二人はエンジンをシロヴォに運んでいき、車の所有者たちに百六十五ルーブルで売りました。これは大金です。お父さんとセミョーンはそのお金を山分けし、セミョーンは自分の取り分ですぐ新しい家屋の増築にかかり、一方お父さんは、牛の母子（おやこ）を、家族みんなのために様々な服を、サマゴンの装置を、そして電脳を買ったのでした。いっとう高い買い物が電脳でした。貴重品です。牛の母子の六倍もします。けれども、ワーリカのお父さんはそういう人なのです。お父さんは電脳をお家に持ち帰り、小箱から取り出してワーリカに差し出しました。

「ほら、ワーリカ」

それを見たワーリカは気を失いそうになりました。電脳だ！　どれほどラジオで見て、どれほどお喋りを重ね、ちらっとでも見たさにどれほどあの退屈な書記のお家の窓を覗き込んだことでしょう。それがついに自分のものになったのです！　電脳は柔らかくて、感じがよくて、都会の香りがします。十歳でワーリカは電脳のすべてを知っていました。ワーリカが一本指で電脳をタップすると、電脳は彼女に言いました。

「こんにちは、ワルワーラ・ペトローヴナ」

「こちらこそこんにちは、電脳さん」ワーリカはぺこりとお辞儀しました。

「ワルワーラ・ペトローヴナ、お望みの形を何なりとお命じください。本にも、絵にも、コロボーク（ロシア民話に登場する丸パンの形をしたキャラクター）にも、ブロックにも、ローラーにも、ステッキにも、鞄にも、ベルトにも、帽子にも、手袋にも、マフラーにもなれますよ」

「コロボークになってちょうだい」ワーリカは命じました。

するとと、ワーリカの電脳は真ん丸いコロボークになりました。陽気なお顔に頬っぺを赤く染め、愛想のいい目をしています。

そしてワーリカはコロボークと暮らしはじめました。まるで天井下の寝床に小さな太陽が住み着いたように、オピロフ家は愉快になりました。木造りのカッコウが朝の六時に鳴きだすか鳴きださないかのときに、コロボークはもうすでに雄鶏のホログラムを出しており（店で量り売りされている卵はパンよりも安く、村ではもうずっと前から誰も鶏を飼っていなかったのです）、雄鶏は羽をバサバサさせ、脂でテカったような頭を振ってはカッコウと一緒になって歌うのでした。年老いたおじいさんカッコウが時間に遅れ、雄鶏が先に歌いだすこともよくありました。

オピロフ家のみんなが目覚め、お母さんがペチカを焚きつけ、家族が朝食の席に着くと、コロボークは歌を流し、ニュースを伝え、世界のどこで何が起きたかを見せてくれます。マトヴェイおじいさんは紅茶を飲んでガアとアヒルが鳴くような声を出します。

朝食を終えると、ワーリカはコロボークの脳天にキスをし、たすき掛けの鞄を身につけ、いざ教区附属の小学校へ向かいます。自分のコロボークを学校に持っていくことはできません。学校には学校の電脳があるのです。それはもうとってもとっても厳しくて、黒板にシーツのように吊るしてあり、冗談も言わなければ、音楽も流しません。児童たちに恐れられている学校の電脳は甘やかしてはくれませんし、何もかもお見通しなのです。もしもいたずらをしたりカンニングしたりしようものなら、たちまち電脳が厳めしい声で言います。

「パストゥホーフは放課後三十分間豆の上で正座すること！」

「ロトーシナは放課後六十分間教室の隅に立つこと！」

この電脳ではどんないたずらもできっこありませんでした。夜になると校長先生が電脳を鉄のロッカーにしまってしまうのです。

ワーリカは決められた三時間の授業を終えて帰宅すると、おやつを食べてからコロボークに向かって言います。

「コロボークよコロボーク、遠くの国や、不思議な惑星や、生きたお人形や、素敵な王子さまを見せてちょうだい」

友達の女の子たちが遊びに来てコロボークを囲んで座ると、コロボークは周りにたくさんの泡を出していろんなものを見せてくれます。そこには海や、砂漠や、外国の街や、美しい森が映ります。違法なものや罪深いものだけは映せません。家族みんなをコロボークが助けてくれます。お父さんには木炭の適正価格とどこで売るのがいいかを教え、お母さんには更紗（サラサ）をどこで買い足すのがいいかを教え、おじいさんには痛風や煙草のことで手助けするのです。オピロフ家の牝牛が群れからはぐれたときも、コロボークはすぐさま迷子の牝牛が湿り谷で瑞々しい草を食んでいる様子を映し出しました。コロボークはジャガイモの植えつけを手伝い、最後の一個まで残らず計算し、助言しました。サマゴンのことでも助言を与え、比率を計算した結果、お父さんが作った一番酒はまるで涙のように澄んでいて、青い炎を出して燃えるほどでした。おじいさんが弟のワーニャに新しい草鞋を編んでやろうと考えたときは、コロボークがどこで靭皮（じんぴ）を剝ぐのがいいかを教えました。おじいさんはびっくり仰天。生まれてこの方半焼ヶ林で剝いでいたのに、コロボークはおじいさんをパニン峡谷に向かわせたのです。おじいさんは悪態をつきながらも出かけていきました。それは半焼ヶ林より一露里も近い場所にありましたが、あるのはヤナギやハシバミだけで、ボダイジュが生えたためしはありませんでした。ところが、来てみてあっと驚きました。藪の中に若いボダイジュの小さな林ができていたのです。おじいさんは大喜びでたっぷり剝ぎ、靭皮の丸い塊を七つもこさえ、どうにかこうにか家に持ち帰りました。晩には酔っ払って歌いだし、コロボークにグラスをコツンと当てる始末でした。それを見てみんなはおじいさんのことを笑い、楽しく過ごしました……。

冬になるとコロボークは暑い国の映画を上映し、陽気な音楽をかけ、いろんな声を出してお芝居をしました。ああ楽しかった！

そうしてオピロフ家がコロボークと一緒に暮らして丸一年が経ちました。

災難がやって来たのはそれからでした。中国の曲芸師たちが遠回りをして、運悪くワーリカの村に立ち寄ったのです。村人たちは公演を見るために広場に集まりました。中国人たちは捻り技や回転技を次々に繰り出し、村人たちはぽかんと見とれては拍手しました。ワーリカもみんなと一緒に見とれていました。ところが、家に帰ってみるとコロボークがいません。錠はどこも無事だし、窓も閉まっているのに、コロボークがいないのです。

お父さんは中国人たちを追いかけようとしましたが、どうにもなりませんでした。馬で車に追いつけるはずがないのです。

ワーリカは一晩中泣き明かしました。翌朝、まだカッコウも鳴かないうちからワーリカは身支度し、七ルーブルと、それから道中で食べるためにパンの大きなかけらを一つ持って、コロボークを探しに家を出ました。中国人たちはモルシャンスクに向かったという話でした。ひょっとしたらわざと嘘をついたのかもしれませんが、そんなことはわかりっこありません。ですが仕方ないのです、コロボークを見つけなくてはなりません。モルシャンスクにたどり着くため、ワーリカはまずは森の中を突っ切って街道を目指しました。半分も行かないうちに、ふと、切り株に座ってパイプを吹かしている小さな老人が目に入りました。小人を目にするのは珍しいことで、せいぜい定期市の大衆劇で見かけるくらいでした。ワーリカは老人に近づき、ぺこりとお辞儀しました。

「こんにちは、おじいさん」

「こんにちは、かわいそうなワーリカ」

ワーリカは老人が自分の名前を知っていることに驚きました。

「驚かんでいい、ワーリカ。わしはお前さんのことだけでなく、たくさんのことを知っておるのじゃ。お前さんはご自分の賢いコロボークを探しておるのだろう？」

「そうなんです、おじいさん」

「パンを食べさせてくれたら、どこでコロボークが見つかるか教えてやろう」

ワーリカはパンのかけらを取り出し、老人に差し出しました。

老人は目を閉じてパンをがつがつ食べはじめました。どうやら長いこと食べ物を口にしていなかったようです。老人はパンを平らげてワーリカに言いました。

「道路へ出てバスに乗り、バシマコヴォへ行きなさい。そこでお前さんのコロボークが見つかるだろう」

「ということは、中国人たちはバシマコヴォへ行ったのですね？」

「中国人たちは今、沿道の食堂で飲み食いしておるが、そこでじきにお前さんのコロボークを巨人の粉屋に売るだろう。そいつがバシマコヴォから来たのじゃ。町の近くに製粉所がある。晩にはコロボークを携えて帰ってくる。コロボークを取り返したいのなら、そこへ行きなさい」

ワーリカは呆気に取られました。

「おじいさん、どうしてあなたはこれから起こることを知っているのですか？　それとも、スーパー電脳を持っているのですか？」

「ほれ、これがわしのスーパー電脳じゃよ」おじいさんはフェルト帽を脱ぎ、頭を傾けました。

おじいさんの頭には光り輝く釘が突き出ていました。これはたまげた！　ワーリカは何も言わずにぺこりと頭を下げ、先へ歩きだしました。やがて道路にたどり着き、バシマコヴォ行きのバスが来るのを待って乗り込み、三ルーブルの運賃を支払いました。到着するまで半日かかりました。バスを降りると、すぐそばに市場がありました。一人のおかみさんに近づいて、製粉所への行き方を訊ねました。おかみさんに教えられ、ワーリカは製粉所目指して歩きだしました。町全体を通り抜け、それから野原を抜け、林を抜けると、遠くに製粉所が見えました。近づいてみると、そこでは穀粒を積んだ荷馬車がたくさん列を成していて、百姓たちが群がっています。ワーリカはもっとそばに寄りました。製粉所は巨大で、でっかい丸太で組まれています。そして、中からは石臼がミシミシ軋りながら回る音が聞こえます。ワーリカは驚きました。川の水で動く水車もなく、風で動く羽根車もなく、ディーゼルエンジンもないのに、それでも石臼が回っているのです。

隙間から覗いてみると、中でものすごく大きな女巨人が石臼を回しているのが見えました。背丈は木と同じくらいです。巨人の粉屋の姿は見えません。百姓たちの会話を盗み聞きして、粉屋はまだ帰ってきておらず、この大女は粉屋の妻だということがわかりました。そこでワーリカは、石臼が回っている間に粉屋の家に忍び込んで身を潜め、夜になったら自分のコロボークを盗み出すことに決め、そのとおりにしました。粉屋の妻が穀粒をひいている間に、家に忍び込んだのです。粉屋の家はものすごく巨大で、椅子も、食卓も、衣装箪笥も、ベッドも、何もかも丸太でできていました。そして、どれもみんな恐ろしく大きいのです。そんなでっかい家の中にいると怖くなりましたが、自分のコロボークを、あの笑顔やお目々を思い出して恐怖に打ち克ちました。ベッドの下に潜り込んで待ちます。一時間が経ち、二時間が経ち、三時間が経ちました。石臼は回転を止めました。百姓たちは荷馬車に乗ってそれぞれの家に帰っていきました。粉屋の妻が家に入ってきて、一樽分の水を飲み、食卓の用意を始めました。ほどなくして地面が揺れ、扉が開け放たれ、そして粉屋が家に入ってきました。夫婦はキスを交わし、妻は夫を食卓に着かせ、飲み食いさせはじめました。たらふく飲み食いした粉屋はげっぷを漏らし、ぶっと屁を放き、それから言いました。

「妻よ、お前に高価なプレゼントを持ち帰ったぞ」

そしてポケットからコロボークを取り出し、食卓に置きます。妻はまあと叫んでコロボークを手に取り、指でタップすると、コロボークは言いました。

「私の主はワルワーラ・ペトローヴナ・オピロワです、私が従いお仕えするのはあの方だけです」

粉屋の夫婦は家全体が揺れるほど大きく笑いだしました。

「明日、町から詳しいやつを呼ぼう。調整し直してもらえば、この真ん丸野郎はお前に仕えるようになる。そしたらお前は世界の女王様だ！」

粉屋の妻は嬉しさのあまりけらけら笑いだしました。そして夫婦はベッドに倒れ込み、盛んにまぐわいはじめました。ワーリカの上でベッドがガタガタ揺れます。ワーリカは怖くてたまらなくなり、「助けて！」と叫ぶしかありませんでした。けれども、コロボークのことを思い出してぎゅっと歯を食い縛りました。粉屋の夫婦は散々まぐわい、いびきをかきはじめました。ワーリカはベッドの下から抜け出して食卓によじ登り、コロボークをつかみ、すたこらさっさと恐ろしい家から逃げ出しました。

外はもう暗い夜で、何も見えず、ワシミミズクがホウホウと鳴いているだけです。ワーリカはコロボークを胸に押しつけ、キスをしてから指でタップしました。

「こんばんは、ワルワーラ・ペトローヴナ」

「こんばんは、大好きなコロボーク！　お家に帰る道を見つけるのを手伝って」

「かしこまりました」

コロボークが光りだし、道を示しました。そして、ワーリカを真っすぐ街道へと導いていきました。そこにちょうどセルドプスク行きの夜行バスが通り掛かりました。ワーリカはそれに乗り込み、三ルーブルの運賃を支払いました。そして翌朝にはもうセルドプスクに着いていました。そこから家まで歩いて帰りました。

野原を歩きながら、コロボークを放り上げ、歌を歌います。コロボークは音楽で伴奏し、虹を出します。自分の村に到着すると、村人が総出でワーリカを探しており、お父さんはすでに警察に届け出をしていました。家族は娘の姿を見て大喜び。ワーリカは家族にコロボークを見せ、巨人たちのところからかっぱらってきたと自慢しました。お父さんとお母さんはびっくり仰天。娘がこんな勇敢な子だとは思ってもみなかったのです。

ワーリカはコロボークを棚に置き、刺繍の入ったナプキンをかぶせてから言いました。

「コロボーク、これからはもうお前を誰にも渡さないからね。巨人にも、小人にも、人間にも、ロボットにも」

そして、オピロフ家の人々はいつまでも幸せに暮らしましたとさ。

35

十字軍戦士たちからすべては始まった朝早くミッテンヴァルトの私たちのところへ三人が召使いたちを引き連れ隣人たちの殺人事件に片をつけるべくやって来た彼らは身の回り品を整理しそしてフラウ・シュルツエから仔牛二十一頭トラクター一台ジャガイモを積んだトレーラー二台を没収したまるで奥さまが隣人たちを殺したとでもいうようにトラクターやジャガイモなんかはどうでもいいだけど仔牛ちゃんたちはかわいそうだと思うどこに連れていかれるのやら屠殺場だろうかそれとも農場だろうかフュッセンだろうかそれともシュヴァンガウだろうかその後はもう殺されるのだろうかそして私もフラウ・シュルツェのもとを去らなくてはならなくなった十字軍戦士たちはアンジェリカに宣告した殺された隣人たちの遺品はまんまと彼女のものになった冷蔵庫一台燻製生ハム三個ベンチ一脚バター製造器一台それに山のような衣服それらはどれもぴったりでドレスさえもぴったりだったコートもぴったりだったけれど血がついていたので洗い流したそしてカーディガンもオーバーシューズも二個のトルコ石の指輪もパリが描かれたスカーフもどれもぴったりだっただけどズボンは合わなかった戦争中に太ったせいね可笑しいわなんてお尻が膨れたのかしら農場でミルクを飲んだりパンやソースがけのお団子を食べたりしていたからいいズボンなのだけれど粗悪なヒールブーツは入らなかったこれじゃ歩けやしないオーバーシューズの方がいいわその他は水差しに小型時計にまだ動く

古いパソコン私は仔牛ちゃんたちの体を洗ったもしかしたら殺されないで食肉用に育てるために売り渡されたのかもしれないフラウ・シュルツェは殺さないでと十字軍戦士たちに向かって叫んだけれど電脳を広げて印章入りの教皇勅書を見せつけられ奥さまは泣く泣く農場からつまみ出されたリーダー格の男は逮捕されなくて感謝しろと言うそしてやつらは仔牛二十一頭トラクター一台ジャガイモを積んだトレーラー二台をノイシュヴァンシュタイン城に持ち去ったのだった私は仔牛ちゃんたちがかわいそうで泣いたジャガイモなんかは持っていけばいいけれど仔牛ちゃんたちはかわいそうだ我が子のように育てたのにアンジェリカは黙っていたばかねやつらにヤらせてあげればよかったのにやつらが欲しがっていたのはロバの耳に毛むくじゃらの顔をした私なんかじゃない巨乳で若いアンジェリカならすぐ横の干し草置き場でやつらにヤらせてあげることだってできただってやつらに気に入られていたし隣人たちの家財道具ももらったわけだしそうすればおばかな娘は三人のせいで死なずにすんだかもしれないし仔牛ちゃんたちも救えたのだ私はアンジェリカに目配せして指や舌で合図を送ったけれどあの女は何のことやらわからないとでもいうように顔をそむけたうぶな娘じゃあるまいしまだ戦前から何人もの男とつき合っていたのだフラウ・シュルツェは泣いている罰を免れるためのお金がないのだ今は十字軍戦士たちに物品は必要ないたとえそれがいい物であっても奥さまがやつらに提供したのはとても貴重な毛皮コート一着ブーツ六足きれいなハイヒール一足亡き夫の編み上げ靴十二足レザーパンツ三本ふさ飾りのついた良質で新しい帽子三個だけど悪党どもは鼻であしらい我々に物品は必要ないとのたまうもちろん必要ないでしょうともこの一年間で十年は困らないくらい略奪したんだからそしてまたぞろ勅書だ勅書ださあ仔牛とトラクターとジャガイモを寄越せと繰り言を並べ積み込んではかっぱらっていく悪党どもは失せろウルバンは言う十字軍戦士どもはサラフィー主義者どもよりたちが悪いあいつらはチェスをしただけで右腕を切り落としたり飲酒や喫煙の廉で広場で鞭打ったりするが肉はいつだって住人から買っていたのにこいつらときたらただ奪うだけで新しい教皇勅書に物を言わせて何もかもかっぱらっていくのだからな連中はノイシュヴァンシュタイン城を占拠したがあそこにはヨーロッパ全土からかき集めて

きた黄金の山があって足りないのはドラゴンのスマウグくらいだと言われているひょっとしたら仔牛ちゃんたちは殺されずにすぐフュッセンに連れていかれたのかもあそこには三つ大きな農場があるしあるいは単に売られたのかもしれないだって十字軍戦士たちには肉なんかもう要らないだろうから売ってお金にしたのかもしれないしあるいは私たちの仔牛たちは今シュヴァンガウにいるのかもしれないあそこにも大きな酪農場があるし大きな去勢馬が三頭もいる木材を運ばせて廏舎の仕切りの中に立たせるのだ栗毛の馬が一緒だといいわねフラウ・シュルツェのもとで私にできることは何もなくなった奥さまはすかさず私におっしゃった私の雌ロバ見てのとおり私は無一物になったもう家畜番は要らないんだよ私はどうすればいいのですか好きなところへお行きどこへ行けというのですか好きなところだよあの十字軍戦士たちのところへ行って家畜番にしてもらうとかねわかりましたですがあそこに仲間はいませんあそこには召使い(クネヒト)だけで六千人もいて家畜番なんて山ほどいるでしょうしそれに皆きっとロバの耳をした私なんかと違って美しいでしょうどこへ行けばいいかわかりませんフラウ・シュルツェにもわからないただ啜り泣いているだけだどうすればいいのだろう私はウルバンに訊ねた彼は言うある場所に大きな農場があってそれはスイスのアスコナなんだがモンテ・ヴェリタ[*1]と呼ばれていてそこには夜ごと裸で月を拝む異教徒たちが住んでいる彼らは誰にも服従せず自分たちの守備隊や大農場を持っている彼らはミルクしか飲まないなぜならミルクは月の恵みだからだ彼らはミルクをたくさん必要とするが手搾り以外は認めないカトリック教徒が家畜番になりに彼らのもとへ行くことはないがお前は獣人だからモンテ・ヴェリタへ行って家畜番に雇ってもらうといい屋根もパン切れも与えられるし毎日サワークリーム入りのカッテージチーズを食べられるだろうそうして私は出発したどうしようもないじゃない何か食べなきゃならないし私がロバ女だからって誰もただでは恵んでくれない施しを乞うのはみっともないし運搬人に雇ってもらうのもいや自分の得意なことで働こう二つのスーツケースに物をいっぱい詰め込んで棒に吊るし肩に担いで歩きだしたどうしようこれからはバスに乗るにも列車に乗るにもお金が要る

*1 ［訳註］ スイスの町アスコナにある丘。二十世紀初頭、ここに自然への回帰を目指す人々によって菜食者コロニーが造られた。

だけどこれまで私への支払いは食べ物だったしお金は戦前に目にしたことがあるくらいで戦争中はずっとフラウ・シュルツェは私への支払いを食べ物だけですませていたから本物のお金はとうとう見ることがなかったフラウ・シュルツェは路銀をまったくやれず一マルクたりとも余分なお金はないのよと泣き餞別にパンとジャガイモと焼きリンゴとルバーブのパイをくれた何はともあれお辞儀をして出発した他にどうしようもないあそこは遠いけれどその代わりいい仕事がある牝牛のお乳を搾るのは慣れっこだ牝牛とはお互いにキミで呼び合う仲だもの牝牛のことなら何でも知っているてくてく歩くまだ歩く退屈しないようにずっと考え事をしながら登山靴を履きつぶさないよう努めて慎重に歩いた靴はほぼ新品で賃金代わりにウルバンがくれたのだけれどこれは帰ってこなかった彼の長男の靴だフラウ・シュルツェのもとで私は夏も冬もいつも裸足で歩いていたけれど脚に毛が生えているので寒くはなかった靴を履くことにしたのは石で足を傷つけたり人に笑われたりするのがいやだからだそのことで散々笑われたロバの耳毛の生えた顔ロバだロバだよく子どもたちが走ってきて松かさを投げつけてきたものだロバだロバだこれだけ礼儀正しく靴を履いていれば嘲笑は減り尊敬は増すそれに靴を履いていれば国境でもっと真剣に対応してもらえるそして実際に何も訊かれずに国境を越えることができた私は正規の獣人用パスポートを持っているのだそれからてくてく歩いてとある村にたどり着いたそこにはオーストリアの兵士たちがいてまさにあの事件が起きたのだったどこから見ても彼らはちょうど昼食を終えたばかりで座って煙草を吸っており歩き通しだった私は運悪く喉の渇きを癒やそうと小さな噴水に近づき飲みはじめたすると一人の兵士が近づいてきてどこから来たんだと訊ねる私はバイエルンのミッテンヴァルトからと答える彼は笑う二つもスーツケース担いで重たくないの重たくないわ君はたくましいんだなたくましいわよ君の名前はたくましい雌ロバさん好きなように呼びなさいよと言うと彼は笑いだし私がまた飲みはじめると後ろから近づいてきて私のお尻をつかんだそして俺はまだロバ女とは一度もヤったことがないんだと叫ぶ私は彼を突き放して先へ歩きだしたが彼らは五人で私の後からついてきていろいろと卑猥なことを言うお尻のことだとか耳のことだとか股間にあるもののことだとかきっとあの井戸は深いからあそ

こは涼しいに違いないぜそれから私の脚に毛が生えているかそれともつるつるかで議論しはじめ一人が今すぐ調べてやると言い駆け寄ってきてスカートをまくり上げ彼らは私の毛の生えた脚を見てからかいはじめるだけど私はそれを無視して歩きつづけそれから急に彼らが遅れだしたのでああよかったと思い先に進む村を出て街道を下りながら考える兵士や十字軍戦士の連中はいつだって何でもただで欲しがる農民の方がまともだ彼らは病気を治してもらったら必ずその対価を払うものお金じゃなくても食べ物とかでなどと考えながらしばらく歩いていくと背後で車が走る音がしたので道端へよけたところ車がブレーキを掛けた見るとそれは軍のジープで中にはあの五人組が乗っている飛び降りてきて私をつかまえトウヒ林に引きずり込んだ皆押し黙りくすりともせず一言も発さない私が突き放そうとすると彼らはのしかかってきて私を仰向けに押し倒しスカートを剝ぎ取り私の脚を持ち上げた二人が片方の脚を別の二人がもう片方の脚を押さえる何しろ私の脚はたくましいからそして五人目が私の上に体を重ねる重ねたそして犯そうとした私は首にテルルの釘をぶら下げていたかつてそれを見つけたのは町のアルベルト・ショット通りでただ舗道に転がっていたのを拾ってそれで耳を掃除することにしたのだった灰色の耳は大きくていろんなものがたまったり蠅が入り込んだりする農場で働いていたときはよく一日の終わりに釘に綿を巻きつけ酢に浸し耳を掃除してから眠りに就いたものだそしてなくさないよう紐に括りつけて首にぶら下げるようになったそれでこの男に犯されそうになったとき私は釘をつかんで直接彼の首に全力で突き刺した彼は喚きだして私の体から転げ落ちた釘の頭が首から突き出ている他のオーストリア人たちは彼のもとへ駆け寄り私は林の中に飛び込んだ彼らは叫んでいたけれどそれから立ち去ったきっと病院に連れていくのだろう私は後で現場に戻ってスカートを見つけ自分のスーツケースを担いで坂を下りだした街道ではなく直接トウヒ林を通って暗くなるまでずんずん歩いたそれから道路に出て二昼夜歩きスイス国境までたどり着いただけどそこで検疫所に入らねばならなかった私は病気や寄生虫の検査をされ一日に二度食事を与えられたその後解放されそこで親切な人が運転するトラックに遭遇しシュヴィーツまで乗せていってもらったそれから貨物列車でベリンツォーナまで行きそれから歩きに歩

いてアスコナに到着しましさしくあのモンテ・ヴェリタを見つけたのだったそれは山の上にあってなかなか通してくれなかったそこには独自の境界線や有刺鉄線を張り巡らせた柱や大砲や機関銃などがあった彼らはすべてから隔絶していた私は自分のパスポートを見せ私はプロの家畜番ですお働きたいんですバイエルンから来ましたと言う中へ通されてすぐ家畜小屋に連れていかれ胸に銀色の月を輝かせた白髪の女性が近づいてきた彼女は黙って私を牝牛たちのもとへ案内した彼らの家畜小屋は大きくてそこには百二十頭もの牝牛をはじめ馬や仔牛や七面鳥やホロホロチョウや池の鴨やガチョウや鶏などがいるのだったちょうど晩の搾乳の時間ですでに牝牛たちの搾乳が始まっていた彼らの家畜番たちはもっぱら手で搾っておりその白髪の女性は私に向かってほらバイエルンの雌ロバさんあんたの搾りっぷりを見せなさいと言うそして私は腰掛けと乳桶を与えられある一頭の牝牛のもとへ連れていかれた牛のお乳を洗いそれから乳首に塗るワセリンをちょうだいと言うと彼らは私にバターを渡したまあ裕福に暮らしているのねバターを塗って搾りはじめるやいなや乳桶は教会の鐘みたいな音を立ててすぐにたっぷり搾ることができた白髪の女性はけっこうよ満足したわ雌ロバさん私の名前はジョサナあなたの上司よあなたはこれから私たちのところで暮らし働くことになると言う私はまずシャワールームに連れていかれそこで別の女性が私の体を洗い消毒したそれから食堂へ案内されそこでチーズ入りのポレンタや野菜サラダをお腹がいっぱいになるまで食べさせてくれたそして家畜番たちが生活している共同寝室に連れていかれた私が寝る場所を見せてもらい旅の疲れを取るように言われた私は疲れていませんまだいくらでも必要なだけ搾れますと言ったけれど彼らは私にお眠りお眠り今日はもう働かなくていいと言って立ち去った私は一人寝室に取り残されたそこには三十二台の寝台があったここで寝るのは女の家畜番だけで他にまだ男の家畜番もいる私は家畜小屋で熊の頭をした三人の青年が廏肥を片づけているのを見たその他にも馬の頭をした美しい若者たちやガチョウの世話をする猪頭の女性を見かけたがロバ頭の人はまだ見ていないまあそんなわけで私は寝台にずっと座っていたのだけれどとうとうごろりと横になってするとすぐ眠気が襲ってきて眠りに落ちながら思ったまったくあの間抜けなオーストリア人どものせいで寝る前に耳

掃除をするものがないじゃないの。

36

最初の一滴と同じく、最後の一滴もアンフィーサはこぼさなかった。スプーンで受け止め、温かいしずくを舐め、間仕切りにしている乾いたシーツの向こうに座っている夫とマルスに聞こえるよう大声で言った。「これが最後じゃなければねえ！」それから自分のためにささやき声でひそひそと、「霧よ、私たちの懐を潤しておくれ」——そう言ってから、やっとバルブを閉めるのだった。最初の一滴を夫が飲み、最後の一滴を彼女が舐める。これはもう三年も続くしきたりだった。濃厚で透き通った男の最初の一滴はピリッとする。この下等なウォッカの湯気から生まれた自家製の一番酒がポドモスクワの胃袋へと通ずる液体の道を敷き、薄濁りで味も薄い女の最後の一滴は、力尽きる寸前で、奇跡の装置の六時間に及ぶ労働を締めくくるのである。

夫とマルスは電脳を市松模様の盤の形にしてキッチンテーブルに広げ、デコピンを賭けてチェッカーをしていた。電脳がゴロゴロピーピー鳴っている。勝敗は互角だった。

「アンフィーサ、どんだけたまった？」夫が駒を成らせようとしながら訊ねる。

「丸々十四本だよ」アンフィーサは巧みに最後の瓶を密栓しながら満足げに答えた。

「たいしたもんだ」夫は駒を成らせた。「よし、こっちもやるか！」

電脳が褒めるように『くるみ割り人形』の金平糖の精の曲を流し、駒が水色に光った。

「じゃんじゃんやるがぁぁいいさ……坊主を呼ばにゃならんほどの騒ぎを起こすんだな……」ひげ面で薄毛のマルスは体を掻きながらもごもご言った。

「十四本だよ」アンフィーサは自分に向かって釈明するように繰り返した。

「十四本か、そいつは確かにてぇぇしたもんだ……」マルスは立て続けに三つ目の駒を失いながらもごもご言った。

「そら、今度はこうだ」夫はニコチンで爪が黄ばんだ指で光る盤をタップした。

「なら俺はどうすりゃいいんだ？」マルスは腹に両手を押しつけながら背を丸めた。

「お前さんがどうすりゃいいかは見当もつかねえな……」夫は端の駒を動かしてマルスの駒を絶望的に詰めた。

「どれを動かせばいい？」マルスが女のような金切り声を上げる。

「動かしたいやつを動かすんだな」口ひげをわずかに捻りながら、夫は勝利の笑みを浮かべて盤上に覆いかぶさった。「ただし、もう動く必要はないように思えるがね、マルス・イワーヌイチ、さあおでこを差し出すんだ」

「まったく、このテロリストめ」マルスはちっと舌打ちし、五本指で盤をぴしゃりと叩いた。「降参だ、くそッタリバンめ！」

「えへん、えへん」夫は背筋を伸ばしながら威勢よく胸を張り、右手の中指を揉みほぐした。「お代をいただいてもよろしゅうございますか、マルス・イワーヌイチ？」

「いいとも」

マルスは目を細め、両手で自分の脇腹を抱えながら額を前に伸ばした。

夫は彼にぴしゃりとデコピンを食らわせた。マルスは声もなく呻いたが、それはまるで、眠りながら蝿を唇で追い払おうとするかのようだった。

温かい自家製酒（サマゴン）の瓶を手に、アンフィーサがシーツを潜って男たちの方へ近づいてきた。

「それでどうする、仕事熱心なお二人さん、多めにできたやつでお祝いに一杯やる？」

夫は濁った瓶に向かって鋭く目を細め、手で触った。

「さてはまた残りの酒をつかませる気だな？」

アンフィーサは怒って瓶をテーブルに叩きつけた。

「サショーク、一番酒は八本しかできなかったの、発酵不足だったのよ！」

「なるほど。つまり、お前は発酵を充分にさせず、俺とマルス・イワーヌイチの面子（メンツ）をつぶそうというのだな？　お前の哲学は理解できんよ、アンフィーサ・マールコヴナ」

「サショーク、あんたらが一番酒を飲み尽くしたら、儲けが出ないじゃないの！」

「飲み尽くしたりなどせんよ」夫はマルスと分別ありげに視線を交わした。「最初の一杯はそうと決めてるんだ。だろう、マルス・イワーヌイチ？」

「そうとも！」マルスは顎ひげをひと撫でしてから背筋を伸ばした。

「最初の一杯のことは知ってるわよ！」アンフィーサは目に見えない悪魔たちを撃退しようとするかのように両手を振りはじめた。

「おい、ガミガミ言ってねえでつまみでも用意してくれや」夫は電脳を筒状に巻いてビールジョッキに突っ込み、棚から小さなグラスを三つ下ろして汚れたタオルで拭きにかかった。

「サショーク、一杯だけ一番酒にして、後は残りのお酒にしない？」と懇願しながら、アンフィーサは心の中で言った。〈未来のロシア人には、飲むのは水だけにしてほしいものね〉

「まだゴチャゴチャぬかすか?!」夫は刑吏が斧を拭くようにゆっくりとグラスを拭き、ランプを眺めている。

「交渉（ジアオショー）（話はついた）！」

「どうしても一番酒じゃないといけないわけではないが」マルスがもっともらしく締めくくった。「しかし、最初の一杯はやはりそれに限る」

「それに限る」夫が真面目に繰り返した。

「はぁ、まったく……」アンフィーサは窓の下にある冷蔵庫に手を突っ込み、テーブルの上につまみを次々に放り投げていった。塩漬けキュウリ、キャベツ、脂身（サーロ）、豆腐、キノコ。

そして、しぶしぶ男たちの前に一番酒の瓶を出した。

夫が承認する。

「妻よ、やっぱり一番酒は違うな！」

そして注ぎはじめた。

「私は残りのお酒でいいからね！」アンフィーサは頑として譲らない。

「アンフィーサ・マールコヴナ、妻は夫に従うものだぞ」夫はアンフィーサの丸々とした尻をつねった。

「正しき仕事は正しく祝うべし、だろう、マルス・イワーヌイチ？」

「そうとも！」

「残りのお酒で、残りのお酒で……」アンフィーサが泣き言を漏らす。

「こういう女が残りの酒を飲むのは許せん」夫は洗濯で煮出されたようになったアンフィーサの手をつかみ、その目を覗き込む。「アンフィーサ・マールコヴナ、お前はそんな女じゃねえだろう」

「違うとも！」マルスが顎ひげを噛みながら請け合う。

「座れ！」夫は足で椅子を寄せ、アンフィーサの肩をつかんで下の方へぐいぐい押す。

「もう、やめてよ……」元気なく尻をどすんと椅子に下ろしながら、アンフィーサは疲れたように笑いだした。

「陛下に」夫がグラスを上げる。

「陛下に」アンフィーサとマルスが繰り返した。

三人は飲み干し、つまみにかぶりついた。

「ねえ、マルス・イワーヌイチ、急いで売り捌かないでよ」アンフィーサはまたいつもの繰り言を始めた。

「今はお金があるんだから、急ぐ必要はないのよ。少しでも高く売った方がいいわ。ブートヴォに行って、駅の下で障害者たちに売りつけて……」

「売りたいように売るさ」マルスはぶっきらぼうに答えた。

夫は二杯目を注ぎはじめた。一番酒である。

「ねえ、サショーク？」アンフィーサは泣きそうに唇を曲げた。「約束でしょ！」

「二杯目は澄んだやつでないといかん、なぜなら、愛する共産党に乾杯するのだからな」夫は諄々と言い聞かせる。「お前とマルスは非党員だが、俺はベテランの正教共産主義者だ。だから、そのような汚らわしい真似は許せんのだ」

マルスと夫は飲み干したが、アンフィーサは腹立たしげに口をつけただけだった。

「これはいったい何事だ?!」夫はキャベツを噛むのをやめ、脅すように妻のグラスを指差した。「イデオロギー的破壊工作か？ チューブ髪の金権政治家どもの扇動か？ 戦闘的無神論者どもの不意打ちか？」

「テロリズムだ！」早々に酔っ払ったマルスは顎ひげをヤギのように巻きだした。

「一番酒は飲まないからね」アンフィーサは顔を強張らせながらぶっきらぼうに答えた。

「アンフィーサ……」腕を広げたせいで、夫は危うくテーブルから瓶を払い落としそうになった。「俺たちを敬う気はあるのか？」

「サショーク、私たちは新しいペチカを買うためにお金を貯めてるんだよ、うちに入り用な物はわかってるだろうに！」アンフィーサは腹立ちを込めて愚痴をこぼした。

「貯めるとも」夫は固く約束した。「こいつを飲んだら貯める」

そして、ニコチンで黄ばんだ爪で一番酒の瓶をパチンと弾いた。

アンフィーサは力なく嘆息し、キュウリをつかんでぼりぼり食べだした。

「愛する我らの党に栄えあれ！」夫は満杯のグラスを左手に持って立ち上がり、伸び伸びと十字を切ってから一息で飲み干した。

非党員のアンフィーサとマルスは座ったまま飲んだ。

三人の手がつまみに伸びる。

「アンフィーサ・マールコヴナ、駅の下で、障害者たちにと言うが」マルスはぼりぼり食べながら言う。

「一年前ならつべこべ言わずにあそこで売ったさ。ところが今じゃ、駅の下には逃亡した中国人さえ手を出さない。今、あそこにたむろしてるのはかつての障害者じゃないのさ。犬っころみたいに切り殺され、サマゴンも飲まれ、てめえも食べられちまうのがオチさ」

「どうしてそうなるわけ？」

「どうしてってそりゃ、時代から取り残されりゃ、自分のこと以外は何一つ目に入らんようになるからな」

夫はキャベツを積み重ねながら妻を叱咤した。「社会の配慮。社会の意思。国が古傷を癒やすには長い時間がかかる。陛下と党はできる限りのことはすべてやっている。だが目下の、弁、証、法、はそれより強かったわけだ」

「一年前、あのプラットホームの下には誰がいた？」

マルスは指を折り曲げながら自分なりに解説しだした。

「ウラルの戦争で障害を負った連中だ。普通の兵器で耳が聞こえなくなったり、それからまあ、ナパーム弾で焼かれたりした。では、今モスクワへ押しかけているのはどこのどいつか？　クラスノダールの退役軍人たちだ。連中はあそこでサラフィー主義者どもから新型の殺人兵器を食らった」

「真空麻痺爆弾」夫が横から教える。

「兵士の知能を奪うんだ。俺は理性をなくすくらいなら両脚なくす方がマシだぜ」

「ってことは、プラットホームの下にはもう行ってないわけね？」募る憤懣を込めてアンフィーサは口を動かした。

「せめてルーブルで支払ってくれるんなら、びくびくせずに行くとも。ところがだ、今プラットホームの下じゃ何で支払われてると思う！」マルスはポケットに手を突っ込み、ゴム紐できつく縛った空っぽのテルルの楔の山を取り出した。「空っぽの釘でだ！　一瓶につき釘三本。こんなもんどうすりゃいい？　勅令は聞いたか？」

「勅令第四十号」夫は得意げに体を掻いた。「薬局を通してのみ」

「薬局を通してのみ！」マルスが腕を広げたところ、手がシーツに触れた。「しかも半分は国に」

「それが新政策ってやつなのさ……」夫は塩漬けキャベツを手ですくい取り、頭を反らせて上から口の中へ押し込んだ。

「で、これからいったいどこで売るつもりなの？」アンフィーサは噛む口を止めた。

「ヤセネヴァで少し売って、ビッツァの工員たちのとこへ行くつもりだ」マルスは楔をしまった。

アンフィーサは不満げなため息を漏らした。

「今の工員はあまり買わないぞ、自分で作ってるからな」夫が結論を下す。

「それはどうかな」まるで喧嘩でもおっぱじめようとするかのように、マルスは拳を叩きつけてテーブルから体を離した。「作ってるのは地方自治会（ゼムストヴォ）の連中だけで、工場街の連中は買ってる。だから俺はメドヴェドコヴォやソコーリニキのゼムストヴォ連中には決して手を出さないんだ」

「だが無駄だ」夫は諭すようにのたまった。

「無駄とはどういうことだ？」マルスは顎ひげをぴくっと動かした。

「まずは飲もう、説明はそれからだ」

それぞれのグラスに一番酒がなみなみと注がれる。

「平和な空に」夫はグラスを持ち、ランプに目をやった。「涙のように澄んだ酒だ！」

さよなら一番酒——アンフィーサは命運尽きたよう

に口をもぐもぐ動かしている。

「戦争が起きないように」マルスがつけ加えた。

「戦乱が、二、度、と、モスクワの空を覆わぬように」夫は指で脅しつける仕草をしながら重々しく言った。

飲み干す。つまみに手を伸ばす。

夫は一息つき、紙巻き煙草に火をつけて咥え、テーブルに両肘を置いた。

「ではこれより、マルス・イワーヌイチ、なぜ無駄かを説明しよう。お前さんは非党員だな？」

「まあ」

「なぜだ？」

「なんだって俺が党員になる必要が？」

「ほらな」夫は肘で妻の脇腹をつつく。「聞いたか？　なんだって俺が党員になる必要が！　幼稚なノンポリ主義だ」

「サショーク、それはそのとおりよ。なんだってマルス・イワーヌイチが党員に？」

「何か、じゃあ、もし俺がプラットホームの下で党員証を見せたら、障害者どもがあんたの一番酒に対して追加払いしてくれるっていうのか？」マルスは顎ひげを揉みながらくすくす笑う。「あいつらに必要なのはサマゴンであって、党員証じゃない。党員証じゃ腹は膨れん。においくらいは嗅げるかもしれんが」

アンフィーサが笑う。

夫は雨漏りしている天井を見上げ、嘆息する。

「ううむ……とうとうここまで来たか……なんだって俺が党員に……」

マルスは勝ち誇ったように腕を広げた。

「そうだ！　なんだって俺が党員に？」

アンフィーサが口を挟んだ。

「サショーク、まああんたなら仕事で党員証が役立つでしょうよ。今は誰もあんたを馘(くび)にできないからね。だけど、マルス・イワーヌイチには何の役に立つの？　この人はこれからも居候の身分でいくつもりなのよ」

「そのつもりだ」マルスは豆腐にフォークを突き刺した。「そういうわけだからよ、サーニャ、お前さんの党が俺に必要な理由などないのさ。そんなもんなくたって、バターを塗ったトーストに載せるキャベツくらい刻めらあ」

夫は彼の顔に煙を吐きかける。

「なら、マルス・イワーヌイチ、お前さんは何者だ？」

「自由人！　俺はそういう者さ」

「お前さんの、信、条、は？」

「俺の信条はたった一つだ、サーニャ。二ルーブルは一ルーブルに勝る。これだけが信条さ」

「陛下のことは敬っているか？」

「もちろんだ。敬っているとも」

「では党は？」

「あんたの党が俺に必要な理由などない」マルスはテーブルを突き放し、腰を上げる。「わかった、長居しすぎちまったな。アンフィーサ、瓶を寄越しな」

「どこへ？」夫はマルスのフロックコートをつかむ。

「あそこだ！」マルスは夫の手を払う。

「サショーク」アンフィーサは夫の肩をつかむ。

「自、由、人、だと？」夫はマルスの胸ぐらをつかんで揺さぶる。

「あんたは違うがな！」マルスは夫の胸を突く。

「やめて!!」アンフィーサは二人の手をつかむ。

「密売人め！」夫はマルスの歯を殴る。

「党員野郎が！」マルスは夫の耳を殴る。

「やめてぇぇ!!!」

マルスはシーツを潜って扉へ向かう。

「待て！　待て！」夫はマルスを両手で捕まえようとしたが、割って入った妻に抱きかかえられた。

マルスは鍵をがちゃがちゃさせ、シーツに向かって血を吐いた。

「やいこら、待て!!」

「また来てやるがな、悪党ども、ちゃんと頼めよ……」

「サショーク！　サショーーーク!!」

「おあいにくさま！」マルスがあまりにも激しく扉を閉めたので、ジョッキの中の電脳がビーッと警報音を発しながら赤く点滅した――〈地震の可能性がありまず〉。

「豚はいつまで経っても豚だ!!」夫は妻と取っ組み合いながらシーツに向かって喚いた。

37

タチヤーナはソコロフスカヤ駅で電車を降りた。プラットホームの時計は正午の十一分を示している。タチヤーナは自分の腕時計を見た。十二時十二分。

〈これは何かの前触れなの……〉

彼女は最近、時計を見るとよく二つの同じ数字を目にすることに気づいた。

〈シンメトリー……数字はどれも愛らしい、すうごく私に似てるから……〉

「月行きつ」彼女は春の空気を満足げに吸い込みながら言った。

プラットホームに人はまばらで、二、三の人影が見えるだけだった。湿った風がタチヤーナの明るい色の髪をそよがせ、天辺を切り落とされたポプラの木の今はまだ裸の枝を揺らした。春は遅れていた。四月も末だというのに、まだそこかしこに黒ずんだ雪が残っていた。

タチヤーナは汚れた階段を下りてプラットホームを出た。駅前広場にはストルイピン像が聳え、ヒマワリの種や塩漬けキャベツ、プリャーニク、安いおしゃべり電話、胎生フェルトのブーツ、柔らかい乾電池、蠟燭などの商いが活気なく行われていた。広場一面にヒマワリの種の殻がまき散らされていた。

「娘さんや、キリストのためになにとぞ食事代をお恵みくだされ」腰の曲がった老婆がタチヤーナにミトンを差し出した。

五ルーブル硬貨を握らせてタチヤーナは足早に老婆

の横を通り過ぎ、広場を横切って、青い革のロングブーツを履いた足でレーニン通りを威勢よく歩きだした。彼女はショート丈の黒のスプリングコートを身にまとい、肩からブーツと同じ色のハンドバッグを下げ、手にも同色の手袋をはめていた。タチヤーナが掛けている細長い眼鏡の縁もまた青かった。

まばらな通行人は基本的に年輩だったが、一杯飲み屋のそばでは四人の若い男性工員が紙巻き煙草を咥えてたむろしていた。

食料品店と金具店を通り過ぎたタチヤーナは、毛のふさふさした野良犬に微笑みかけ、何のためやら地中にめり込んでいる二つのコンクリートブロックをよけ、そしてミクルーホ＝マクライ通りへと曲がった。

〈遠くはないみたい……〉彼女は辺りを見回し、前方の通りの行き止まりに給水塔を見つけた。

「すぐ近くね」と彼女は声に出して言ってみて、それからふと振り返ってみると、先ほど一杯飲み屋の前で見かけたばかりの工員が二人、彼女の後をついてくることに気づいた。

それも、早足だ。速すぎる。

〈あらやだ、びっくり……〉彼女は不快な驚きを覚えて足を速めた。

でこぼこした通りに張った氷がヒールの下でパリパリいった。前方は無人。屋根や裸木の間には給水塔が突き出ているきりで、コクマルガラスが鳴き交わし、どこかの塀の向こうでは時折犬が吠えていた。

肩をぴんと伸ばし、タチヤーナは伸び伸びと足早に通りを歩いていく。

〈どういうこと？　若者たちが歩いてる、だからどうなの？〉彼女は自分を安心させた。〈自分たちの用事で急いでるのよ。今は昼間で、辺りは明るいし〉

彼女は空を見上げた。雲の切れ間に色褪せた青が見えた。

〈そこの空気は病院から退院した男の下着包みのように青く[*1]……〉彼女は思い出した。

背後で若者の一人が咳払いした。

〈そこの夕べは中断された話のように虚ろ……虚ろな夕べ……だけど今は昼〉

タチヤーナは隙間のない塀の横に来た。塀の向こうで一匹の犬が吠えだした。するとたちどころに、向か

＊1　［訳註］パステルナークの詩「春」（一九一八）の一節。二行後の「中断された話のように虚ろ」まで。

い側とすぐそばで別の二匹が吠えだした。
〈ねえ、ジム、お手をして、幸運が訪れるように……こんな断頭台（ブラーハ）を、じゃなくて、こんなお手々（ラーパ）を見るのは生まれて初めてなんだ……〉[*2]

一人の若者のポケットの中でカチッと音がした。ライターをつけたのだ。コクマルガラスが四羽ボダイジュに止まっており、トウヒの梢に止まっている別の一羽のカラスと鳴き交わしていた。

〈露の降りた宵の野原……いえ、雪の積もった野原ね……その上にはカラスたち……〉[*3]

若者の一人が唾を吐き、咳払いした。

〈あなたを祝福します、四方、四方すべてに向かって……〉

若者たちが足を速める。カラスは木を離れて飛び去った。コクマルガラスたちはカアカア鳴きながらその後を追いかける。

〈彼の頭上にはカラスの群れ……その内にはもう酷寒の恐怖が呼び起こされている……〉[*4]

タチヤーナは駆けだした。

若者たちが後を追ってくる。肩からすっ飛んでいきそうになるハンドバッグを押さえながら、彼女はミクルーホ＝マクライ通りを走った。若者の一人が滑って転ぶ音と、卑猥な罵り言葉を口にする声が聞こえた。もう一人が助け起こしにかかる。

「四方すべてに、四方すべてに……」タチヤーナは足を滑らせまいと必死になりながらつぶやいた。

給水塔までは一本道。けれども、少し距離があった。それに道路はつるつるで、でこぼこしていて、いまわしくて、汚らしくて、卑しくて……。

〈間に合わない！〉

右に通路が、路地のようなものが見えた。タチヤーナはそこへ飛び込んだが、その前に若者たちが再び彼女を追いかけだしたのを視界の端にとらえた。転んだ若者はまるで黒い羽のような短いコートを開いて着ていた。

「カラスの群れ……」とタチヤーナはつぶやいた。

彼女は路地を走り、杭垣の向こうでは一匹の犬が咽（むせ）ぶように吠えながら並走していた。ところが路地は行き止まりぃぃぃいいい！　タチヤーナの内側のすべてがぎゅっと締めつけられる。だが、左に救いの通路がばぁぁぁぁぁぁんと現れた。そこへ飛び込んだものの、汚れた雪だまりにはまってしまい、呻き声を上げ両手をバタバタさせながら湿った雪から抜け出し、狭い道を走って右に曲がり、錆びついたブリキ板のようなものにガーンとぶつかり、そして前方に、扉が壊れている古い納屋を見つけた。そこを通って、真新しい柱が立つ隣の通りへと通じる別の開いた扉へ。この柱が希望を抱かせた。納屋を抜けるのが通りへ出る道だった。

タチヤーナは飛び込むようにして納屋に駆け込み、腐った床をヒールで傷つけながら半開きの扉へ向かって突進した。

扉が勝手に開いた。きいっと軋みながら。

そして、扉口にはコートの前を開けた若者が立っていた。

「どこへ？」彼は押し殺した声で言った。

その顔は暗くて恐ろしく、この男にはコートと同じく森のようなカラスのような何かがあった。息が止まりそうになって、タチヤーナは後ずさった。

背後で鉄が大きな音を立て、みしっと軋む音がし、そして――

「どこへ？」

今度は背後から訊ねる声だった。タチヤーナは振り向いた。後ろの男はやや赤毛で、たらこ唇で横幅の広い顔をしていた。顔には善良そうな表情が浮かんでいる。

平静を取り戻そうとしながら、タチヤーナは大きく息を吐き、押し殺した声で訊ねた。

「あなたたち、何が目的なの？」

返事にカラス男は先ほどと同じ不快な軋り音を立てながら扉を閉めた。赤毛男も自分の側の扉を閉める。納屋は薄暗くなり、明かりは壁の穴や屋根の破れたところから差し込むだけになった。

「どこにずらかろうってんだ、え？」カラス男が近づきながら訊ねる。

無精ひげの生えた浅黒いその顔は悪意を放ち、目は病的に爛々と光っていた。

「僕たちと少し鬼ごっこをなさいませんか？」赤毛男

*2 [訳註] ソ連の詩人セルゲイ・エセーニンの詩「カチャロフの犬に」(一九二五)の一節。途中の言い間違いは、ロシアの現代詩人ドミートリー・プリゴフによる同詩のパロディを示唆。

*3 [訳註] ソ連の詩人マリーナ・ツヴェターエワの詩(一九一五)の一節。二行後の「四方すべてに向かって」まで。

*4 [訳註] パステルナークの詩「このすべてまでは冬だった」(一九一七)の一節。

はあざけるように優しく言った。

「何が目的なの？」

タチヤーナには、そう問いかけたのが自分ではなくて、遠い島国から来た遠くの女か誰かのように思え、その島々を取り囲む果てしない大海原には、秘密の深みや、沈没船や、親切なイルカや、賢いクジラや、すごくきれいで、魅惑的で、色とりどりの無関心な魚たちが泳ぐ珊瑚礁が満ちているのだった。

カラス男が浅黒い手をコートのポケットから引き抜いた。手の中でカチッと音がし、短いけれども幅の広いナイフの刃が飛び出した。彼はナイフをタチヤーナの顔に近づけた。

「おら、ピィピィ泣き叫んでみやがれ、このアマ！」

背後からは赤毛男が近づいてくる。

タチヤーナはカラス男にハンドバッグを差し出した。カラス男はそれをつかみ、タチヤーナの目を見つめながらしばらく握っていたが、いきなりバッグを納屋の隅に投げつけた。

「てめえのガラクタなんぞに用はねえんだ」カラス男はぼそぼそ言って詰め寄り、タチヤーナのコートの折り返しをつかんだ。

赤毛男は背後から彼女の肩を抱いて体を密着させ、煙草とウォッカとヒマワリの種が臭う息を吹きかけた。

「奥さま、今からあなたを辱めさせていただきます！」

彼女は服越しに彼の固くなったペニスを尻に感じて怖気(おぞけ)だった。息詰まるような波が喉を締めつける。

「にん……しんしてるの……」つっかえながらも彼女はやっとのことで言った。

「妊娠だと？」カラス男が意地悪く訊き返した。

「そうは見えませんがねえ……」赤毛男の両手が彼女の腹を抱きかかえる。

「おね……がい、お願い、全部渡すから……」彼女はぞっとして身を竦めた。

「てめえの妊娠に手出しはしねえよ」カラス男は彼女の首をつかんで下の方へ曲げた。

赤毛男の方は腰をつかんで下に引っ張る。

「おね……がい！」彼女はひざまずきながら押し殺した声で叫んだ。

赤毛男は彼女のショートコートをまくり上げ、ショーツをつかむと、ビリッと破りながら引っ張った。カラス男は片手にナイフを持ったままもう片手でズボンのジッパーを下ろし、長くて浅黒いペニスを解き放った。

　タチヤーナは立ち上がろうとして急に体を動かした。しかし、ナイフの刃が頬に触れた。

「動いてみやがれ」

　赤毛男のたくましい両手が彼女の体を持ち上げ、指が臀部を広げた。

「おやおや、砂糖みたいなお尻だ……」

　ペニスが肛門をノックした。

「お願い！」彼女は悲鳴を上げた。

「ペチューニ、こいつの喉を塞げ」赤毛男が命じた。

　カラス男は彼女の頭をつかんだ。

「いや！　いや！　いや！」彼女は激しく頭を振る。

「殺すぞ、この売女（ばいた）！」彼はタチヤーナの上に屈み込んで怒鳴りつけた。

　そして彼女は悟った――この男は本気だ。為す術もなく口を開ける。若者のペニスが入ってきた。赤毛男は肛門に突き入れようとする。中に入られ、彼女の体はぶるっと震えてわななきだした。タチヤーナはうんうん唸りはじめた。

「ほうら、これで安心だ」赤毛男は善良そうに歯を剝き出した。

　若者たちは黙って動きだした。赤毛男はタチヤーナの腰を、カラス男は手をつかんでいた。タチヤーナの青いヒールは為す術もなく納屋の腐った床を擦っては叩き、擦っては叩き、擦っては叩き、擦っては叩き、擦っては叩いた。あたかもタチヤーナの体から離れた独自の生を生きはじめたかのように。

　赤毛男のずんぐりした体に軽い痙攣が走り、その顔がまるで冷たい風に引き攣るみたいにびくっと震えた。

「ああ、このアマ……」彼は大きく息を吐き、満面の笑みが無力になった。

　カラス男は背を丸めながらまだもうしばらく動いていたが、それからナイフを落として大声で呻きだし、タチヤーナの体をつかんで密着しながら揉みしだいた。

　二人は彼女の体からほぼ同時に出て、彼女はぐったりと床にくずおれた。若者たちは黙ってズボンのジッパーを上げた。タチヤーナは貪るような呼吸としゃっくりを繰り返しながらその場に倒れていた。

「さて……」喘ぎながらカラス男はナイフを拾い上げ、折り畳んでポケットに突っ込んだ。

　赤毛男は唾を吐いて振り向き、覚束ない足取りで扉に近づくと、足で蹴って納屋から出ていった。

「お休み……」カラス男は脱力した様子でつぶやき、急いで赤毛男の後を追った。

　タチヤーナは納屋の汚れた床に倒れたままでいた。数分間そうしていた後、仰向けに寝返りを打ち、床に両手を突いて体を起こした。彼女の顔に何かが起こっていた。細長い眼鏡が横にずれただけでなく、顔立ちまでもとの位置からずれてしまったかのようだった。呼吸を整えながら手の甲で口を拭い、眼鏡を外して投げ捨てる。その後、ハンドバッグの方へ這い寄っていってそれを開け、封筒のように折り畳んだ電脳を取り出し、三本指でタップした。電脳が光りだし、鈴の音が響きわたった。タチヤーナは再び仰向けに倒れた。納屋のスレート屋根の隙間から太陽が覗いた。

　タチヤーナは力なく笑みを浮かべた。その唇からかろうじて聞こえる声が漏れた。

「来る日の太陽に[*5]……」

　新しい柱が立っている通りの方から車が到着する音が聞こえ、ドアがバタンと閉まり、人々が駆けだしてきた。納屋の扉がきいっと軋みながら開け放たれる。大柄でたくましい黒服の男が二人入ってきて、一人は直ちにタチヤーナを綿毛のようにひょいと抱え上げ、もう一人はハンドバッグと眼鏡を拾い上げた。コートと帽子を身につけた三人目の男が駆け込んできて、黒服の一方が彼に眼鏡とバッグを渡した。

　タチヤーナは迅速に大きな黒塗りの車に運び込まれ、広々とした白い客室のゆったりしたレザーシートに横たえられた。黒服の二人は客室から不透明な仕切りで隔てられた運転室に乗り込む。コートの男は客室に残り、タチヤーナの向かいに腰を下ろした。

「妃殿下、お加減はいかがですか？」

　そう訊ねる男の顔には表情がなかった。

「素晴らしいわ」彼女は弱々しい満足げな声で言った。

　男は彼女に消毒用のウェットティッシュを差し出した。彼女は両手を拭き、ウェットティッシュを床に捨てた。男は新しいウェットティッシュを差し出した。彼女はそれを自分の皺になった顔に当て、引っ張った。胎生プラスチックのマスクが顔から剝がれる。男はそれを受け取り、ウェットティッシュや眼鏡と一緒にごみ箱に捨てた。そして、タチヤーナに熱い濡れタオルを差し出した。

　彼女は気持ちよさそうにそれを顔に押し当て、座席の背にもたれ掛かったまま動かなくなった。

「妃殿下」男が口を開いた。「すべての聖人にかけてお願い申し上げます、どうか今後は承認されたルートから外れないでいただけますか。なにゆえソーネチナヤ通りではなく、ミクルーホ＝マクライ通りへ向かわれたのです？　危うく見失うところでした。それも、どうしてあんなに早足で？　妃殿下はいつもなぜだか予定の計画を逸脱なさる」

「あなたはいつも私に同じことばかり言うわね……」顔からタオルを取らずにタチヤーナは言った。

「ですが、妃殿下、私は個人的に国に対してあなたをお守りする責任を負っておりますので、私や……」

「他には誰もいないでしょ」彼女はタオルを顔から剝ぎ取りながら教えてやった。「もうたくさんよ、ニコライ・リヴォーヴィチ、繰り言はやめにして」

　タチヤーナの顔は赤らんでいた。彼女は自分の明るい髪をぎゅっとつかんで引っ張り、鬘（かつら）を外した。鬘の下には、モスコヴィア全土に知れわたっている魅惑の黒髪が頭の周りにきちんと巻きつけられていた。タチヤーナが髪からかろうじてそれとわかるほどの薄い膜を剝がすと、髪はきれいに肩に広がった。慌てずにスプリングコートを、汚れたブーツを脱ぐ。コートの男に手伝ってもらってフードつきの黒いシルクのロングコートに袖を通し、すぐさまフードを頭にかぶった。それから男が酒棚を開け、グラスに少量のウィスキーを注ぎ、氷を入れた。タチヤーナはグラスを受け取って口をつけ、座席の角に両脚を投げ出して座ると、膝の上にグラスを置いたまま長いことじっとしていた。

　国専用の赤いレーンを四十分間猛スピードでドライブした後、車はクレムリン領内に入り、世継ぎの邸宅に乗りつけてガレージに入った。頭にフードをかぶって車から滑り出たタチヤーナは、彼女の忠実なばあやであるステパニーダが開けてくれた扉の中へ駆け込むように入った。ふくよかな丸顔のばあやはタチヤーナを中へ通すと、扉を閉めて鍵を掛けた。タチヤーナはコートの衣擦れをさせながら右へ曲がり、それからまた右へ曲がり、身を屈めて低いアーチ扉を潜り、狭い石の階段を上がっていった。ステパニーダはタチヤーナが入ってから古色蒼然たる扉に巨大な掛け金を下ろし、大きな胸の上で腕組みをして扉に背中をもたせ掛

＊5　［訳註］ロシア・ソ連のキャバレー芸人アレクサンドル・ヴェルチンスキーのシャンソン『青い遠くの大海原で』（一九二七）の一節。

けた。

階段を上ったタチヤーナは古めかしい豪華な聖障（イコノスタス）がある小さな祈禱室に入った。そこでは蠟燭が燃え、高価なオクラド（イコンの顔以外の部分を覆う金属製の飾り）に囲まれた暗い顔の前に二つの灯明がともっていた。タチヤーナはひざまずいてフードを外し、十字を切って深々とこうべを垂れながら祈った。

それから立ち上がり、暗い小廊下を通って円天井の部屋を二つ通り過ぎた後、同じような第三の部屋に入った。その部屋を占めていたのは大きな三角形の浴槽で、バラ色に染まった湯が張ってあった。コートのポケットから電脳を取り出して湯の中に放り込む。それからコートと下着を脱ぎ捨て、湯船に浸かった。

大理石の縁にはリンゴとセロリのミックスジュースが入ったコップが置いてあった。彼女はそれを手に取り、口をつけた。

電脳は水を感知して小さなだるま形の船になった。

コップからちびちび飲みながら、左手でタチヤーナは自分の肛門を探り当て、そこに中指を入れ、湯の中から手を出して指をとくと眺めた。指には何もついていなかった。

最初に彼女の腹を抱きかかえ、その後で尻を鷲づかみにした赤毛男のたくましい手を思い出した。

「情欲の全面的な残酷さ」と彼女は言い、目を細め、微笑み、そして頭を振った。

〈ぼろぼろのコートを着たあの黒っぽい男の子……ぼろぼろの男の子……ぼろぼろのカラス、黒いカラスや黒ガラス、お前は空巣（からす）、それとも騙す[*6]……あの締めつけよう、手首の握りしめよう……そしてナイフが落ちた、彼のナイフが落っこちた、落っことした、かわいい子、そして泣くように呻きだした、そして悪意はすべて一瞬で蒸発した、黒きものはすべて消えた、消えた、黒きものは針の穴の中に消えた……〉

「快楽の衝撃的な無力さ」頭をプラスチックのヘッドレストに預けながら彼女は言った。

円天井には古めかしいロシアの装飾が施され、そこにはシーリンやアルコノスト（ともにロシア民話に登場する天国の鳥）、チョウザメ、そして犬たちが描かれていた。

〈あの子たちの走りよう、氷が張った道をあんなに急いで、あの子は転んだ、かわいそうに、宿命的なことのために慌てたのね、宿命的で、神秘的で、犯罪的で、甘美なことのために……〉

「どこへ?!」彼女はカラス男の口調を真似て大声で言った。

声が木霊となって円天井から返ってくる。

「どこへ?」今度は赤毛男を真似て親切に脅かすように言った。

そして、有頂天になって頭を激しく振りながらけけた笑いだし、手のひらでバラ色の湯をバシャバシャさせはじめた。

船の電脳が汽笛を鳴らす。コップを置き、タチヤーナは二本指で電脳をタップした。船の上にアプラクシナ公爵夫人の顔のホログラムが現れた。丸坊主の頭、美しい顔、頭の右耳のちょっと上から突き出ているテルルの釘。

「こんにちは、タニューシャ!」微笑みを浮かべながらアプラクシナがあいさつした。

タチヤーナはわざとらしくうつむき、眉を顰めて相手を見ながら言った。

「マルフィニカが今日もまたやらかしたの……」[*7]

「まあ……」アプラクシナはため息をついて頭を振った。「タニューシャ……」

タチヤーナはアプラクシナのホログラフィーの唇に指を当てた。

「あの子の胸からは呻き声一つ出ないの!」

「タニューシャ……」

「晩に来る?」

「きっとね、だけどかわいいタニューシャ、私たちの大切なタニューシャ、あなたは私やお友達の女性みんなを苦しめているのよ、毎度毎度!」

アプラクシナの心配そうな声が天井に鳴り響いた。

「グラーシャ、今日がどんなによかったかわかってくれたらね」タチヤーナは満足げにまぶたを伏せた。

「タニューシャ、毎度あなたは危険に身をさらしているのよ。自分の身だけじゃなくてね」

「やだ、怖がらせないでよ」

「ターネチカ、怖がらせているんじゃないの、だけどほんとに理解できないのよ、何だってあなたにあのごろつきどもが、ポドモスクワのもやし男どもが必要なの?! すぐそばにクレムリンの連隊が、美男子の若者

*6 〔訳註〕ソ連の詩人マリヤ・ペトロヴィーフの詩(一九六七)の不正確な引用。

*7 〔訳註〕ロシア生まれの多言語作家ウラジーミル・ナボコフの長編『断頭台への招待』(一九三八)の一節。マルフィニカは主人公の妻で、不貞を働いている。

たちがいるじゃない——血色がよくて、健康で、どの子も……」

「近衛兵はお后さま用よ。私の地位は別なの」

「また冗談を言って、タニューシャ、いい……」

「ああ、グラーシャ、すっごく気持ちよかったわ！」

タチヤーナは目を細めてヘッドレストに頭を預け、乳首の小さな胸を両手で締めつけた。

「もし何かあったらどうするの？」

「今のところは何もないわ」

「タニューシャ、そういうことはきっぱり断たなきゃ」

「あなたがテルルを断つみたいにね」

アプラクシナは嘆息し、間を置いてから言った。

「ターニャ。あなたは私たちみんなを苦しめるのね」

「苦しみは浄化するのよ、ドストエフスキーを思い出して」

「タニューシャ、これは冗談じゃないの！　こんなにあなたのことを気に病んでるのに、こんなに疲れきってるのに！　本当にどうすればいいかわからない！　一緒に行くしかないわね！」

タチヤーナは顔を上げ、目を開けた。

一瞬、女たちは黙って互いの目と目を見つめ合った。そして急に声を立てて笑いだした。タチヤーナは友人の顔のホログラムに湯を撥ねかけた。飛沫はその美しい丸い顔をまったく濡らすことなく通り抜けた。

「この次は連れていくわ、きっと！」タチヤーナは大笑いして言った。「ただし釘はなしね。男の子たちが怪我するといけないから」

「了解（ダコー）！」アプラクシナは再びヘッドレストに頭を預け、ため息をついた。

「はあ、グラーシェニカ、こういうことが、国民に体を与えることがどれだけ大切か。やっぱりどれだけ大切か……」

「裏切られないために？」アプラクシナは淫らな薄笑いを浮かべて訊ねた。

絵の描かれた天井を眺めながらタチヤーナは少し考え、そして真面目に答えた。

「愛されるために」

38

アンジェイ・ポモラツ――十一月十八日のいわゆるワッハーブ派の春の直後にソフィアを離れた二十四歳のセルビア系ポーランド人男性――は、ミルク入りのオートミール、コーヒー、クロワッサンで朝食をすませ、パリ郊外のル・クレムラン＝ビセートルにある小さな自宅アパートを出て、二ブロック歩き、柔足（やわあし）のホッタープの理髪店に入り、彼からテルルの釘を百四十五戦後フランで買った。ホッタープの末息子ファルーフに頭を剃ってもらったアンジェイは、理髪店の地下室に入り、ソファーベッドに横たわった。ホッタープの長男ナスルラーがアンジェイの頭に釘を打ち込んだ。謝礼として彼に電脳ペーストの塊二百グラムを渡し、アンジェイは理髪店を出て、ソベルの八百屋でリンゴ一個とハイビスカスティー一瓶を買い、自宅アパートに戻り、そして電脳ペーパーに以下のテクストを入力した。

バルグジノフ&サンズ商会の生きた毛皮コートは寒さの厳しい日でも体を温め、あなたの恋人を喜ばせてくれます。生きた毛皮に身を包んだチャーミングな女性より素敵なものなんてあるでしょうか？何千年もの間、美貌の女性たちは殺された動物から剝いだ死んだ毛皮だけで自分たちの美しい体を包んできました。このような毛皮は臨終の痛みのレプトンや断末魔の苦しみのクォークを永遠に含有・保存しており、それらはコートの所有者一人一人の健康や性格に悪影響を及ぼします。新たなテクノロジーの世界は、物言わぬ神の被造物の殺害とは関わりのない生きた毛皮コートを奥さまやご姉妹やお母さまにプレゼントするまたとない機会を与えてくれました。バルグジノフ&サンズ商会のラボで培養されたレザーのプロトコートは、我が社の店舗で五十〜四百五十ルーブルの超お手頃価格で販売いたしております。最初の冬にコートは早くも二〜三センチの素晴らしい毛皮に成長します。しかしその毛皮たるや、親愛なる女性の皆さま！　果たして死んだ毛皮がそれに匹敵するでしょうか？　皆さまはこれまで何をお召しになっていましたか？　ブルーフォックス、レッドフォックス、ウィーゼル、シェアードミンク、よくてセーブルといったところでしょう。ですが、たとえ最高級のロシアンセーブルだろうと、成長過程で色だけでなく質感まで変わる我が社の生きた毛皮とは比べものになりません。バルグジノフ&サンズのセーブルは青にも紫にも燃えるような赤にもなりますし、カフスや襟の部分をより活発に成長させることによって毛の質感を変えることだってできるのです。これは正真正銘の奇跡です！　おまけに、いいですか、奥さま、あなたの肩に掛かっているのは前世紀のフェイクファーなどではなく、光に向かって伸びる有機体、あなたを愛し温める生きた毛皮なのです。光と湿気を養分とし、雪を吸収して水の分子を成長エネルギーに変えます。ですからコートはいつだってさらさらです。そして、バルグジノフ&サンズの毛皮コートにはさらにもう一つ、フレンドリーな触れ心地という驚くべき性質がございます。美人の毛皮に手のひらで触ってみてください、そうすれば彼女は毛皮の海を優しく波立てて応えてくれます。四年経つと生きたコートは脱毛します。速度や効率は落ちますが、毛皮は再び成長いたしますので、脱毛後も着つづけていただけます。この毛皮コートが俗に〈胎生〉と呼ばれる所以(ゆえん)です。とはいえやはり、遺伝子修繕に出されることをお勧めいたします。このバイカル共和国ではそれが四十〜八十ルーブルですむのです。そして、贅沢な毛皮は再び四年間あなたの肩できらきらと輝くことでしょう！

　親愛なる女性の皆さま！　尊敬すべき男性の皆さま！　どうぞ我が社の店舗へお越しください！　バルグジノフ&サンズ商会の生きた毛皮コートをお買

い求めください！

書き終えると、彼はテクストをバイカル共和国に送った。その後で紅茶を飲み、服を脱ぎ、ココナッツオイルを体に塗り、部屋で横になってプログラムのスイッチを入れた。

39

ハイウェイを二時間ばかし走って、それから森に折れた。ばあさんはすぐ不安がってそわそわしだした。ここはどこなんだい？　俺が説明してやると安心した。だいたいが、うちのばあさんは歳の割には外面内面ともに相当しっかりしている。頭の回転の速さと日常の機転に関してはそもそも黙っておこう。二つとない頭脳の持ち主だからな！　俺とソーニカのばあさんはあらゆる点でスーパーおばあちゃんだ。そして、テルルはここに何の関係もない。

森の中を四露里ほど走って車を止め、降りた。周りは伐って売るしかないような古いトウヒ林。ばあさんはすぐに気がついた。ここですべてが起こったとき、木々は俺たち兄妹よりほんのちょっぴり高いだけだったと。すげえだろ？　それに対して強情なソーニカは直ちに不条理主義的なやり方で反論した。おばあちゃん、あのときは私たちの背の方がどの木よりも高かったんだけど、未来から来たホログラフィーの客である私たちにおばあちゃんは森の中で気づかなかっただけよ、ときた！

手短に言えば、俺は片目にナビゲーターを貼りつけ、そしてみんなで歩きだした。周りは鬱蒼たる森、人の通わぬトウヒ林。そんなところで道に迷うのは造作もないことだ。ナビゲーターがなけりゃ、「おーい！」と叫ぶ以外どうしようもない。しかしこいつがあるんで、俺たちは易々と適切なルートをたどり、林の奥に分け入っていくが、その間もずっとばあさんはぶつぶつつつぶやいている。何もわからないし、何も覚えてなけりゃ理解もできないよ、と。

ソーニャは道中ずっとばかなことをやって彼女なりに俺たちを楽しませた。森の精（レーシー）の振りをしているかと思えば、電脳を自分の頭にかぶせて赤くさせ、赤ずきんみたいにトウヒの幹の後ろから出てきて、こんなことを言うんだ。私を食べて、灰色狼さんたち、ただしゆっくりとね！　俺はげらげら笑い、ばあさんはにっこり微笑む。

要するに、俺たちは長いこと愉快にどしどし歩いて目的地を目指し、ばあさんは依然として元気に振る舞っていた。

そしてようやくたどり着いた。林がほんの少し開けたようになって草原みたいなものが現れ、そこに一つの石があった。人間二人分ほどの背丈もある巨岩。森の中でそんなものに出くわすのは北国くらいだ。氷河期の後でこの辺鄙（へんぴ）な場所に転がってきたのだろう。そしてばあさんはたちまち手を打ち鳴らした。お前たち、これだよ！　そばに寄って巨岩の裏に回り込むと、そこには洞窟みたいな穴があった。穴の中には、この巨大な御影石から削り出された三体の胸像。俺とソーニカはあんぐり口を開けた。三体の胸像！　石からじかに削り出してあって、まるでこの洞窟の壁から突き出ているみたいだ。それもかなり細密で精巧な作り。すぐさま俺が思い出したのは、なぜだかカフラー王の像だった。その見事なでき栄えは衝撃的で、ファラオもまた御影石から削り出されており、その肩の後ろには一羽のハヤブサが止まっていて、翼で王の後頭部を敵から遮っている。今の俺にもあんなハヤブサが欲しいもんだぜ！　俺とソーニカは軽く茫然自失して突っ立っていたが、ばあさんはすぐさま胸像に近づき、一礼してから大声で言った。ありがとうございます、偉大な三者さま！　我に返った俺たちは胸像に近づき、触ったり観察したりしはじめたんだが、ばあさんが口を開いた。お待ち、あたしが順を追って残らず話してあげるから。かわいい孫たち、これはね、ロシアの宿命的な三人の支配者を象（かたど）った三体の彫像で、お前たちの前に並んでいるのは偉大な禿三者さま、ドラゴンの国を打ち砕いた三人の偉大な騎士さまなんだよ。最初の一人、ほら、このひげを生やした狡（ずる）そうな男はロシア帝国を破壊して、二番目の禿げ頭にシミのある眼鏡男はソ連を崩壊させ、この顎の小さな男はロシア連邦という名の恐怖の国をつぶした。そして六十年前、民主主義者で平和主義者でベジタリアンでプロの彫刻家だったあたしの亡き夫がこの三つの胸像をすべて作った。あの夏、ロシアというドラゴンは最終的に息絶え、自国民を食らうことを永久にやめたんだ。そしてばあさんはそれぞれの胸像に近づき、肩にキャンディーやプリャーニクを置いていった。これはお前に、ヴォローデュシカ、これはお前に、ミーシェニカ、それからこれはお前に、ヴォーヴォチカ。突っ立ったままそれを見ている俺とソーニカをよそに、ばあさんは何やら優しい言葉をつぶやきながらそれらを全部並べていった。こいつは珍しい！　ばあさんはいつだって無神論者で、何にも誰にも頭など下げなかった。だが、これはまさしく三人の神を祀った神殿じゃないか。お利口なソーニカは黙っていたが、俺はもちろん質問攻めにした。ばあさん、何がどうなってんだ？　ばあさんは俺にすべてを詳しく語り直し、それから締めくくるように言った。ロシアはいつだって非人間的で恐ろしい国だったけど、とくにこの怪物が凶暴だったのは二十世紀で、あのときは本当に血が川のように流され、人間の骨がこのドラゴンの顎門（あぎと）に嚙まれてバキバキ音を立てたものだよ。そして、怪物退治のために主は禿げ頭をしるしとする三人の騎士を遣わされた。三人ともそれぞれの時代に偉業を打ち立てた。ひげ男はドラゴンの第一の頭を、眼鏡男は第二の頭を破壊し、この顎の小さな男は第三の頭を切り落とした。ひげ男は勇気によって、眼鏡男は弱気によって、三人目は狡猾さのおかげでそれを成功させたんだよ。その様子から見て、ばあさんは禿げ頭の三人の中でこの最後の男がいちばん好きなようだった。そいつに向かって何やら優しい言葉をつぶやき、撫でてやり、肩の上にたくさんのキャンディーを置いた。この三人目の人は、最後の人は、どんなにかつらかったろうねえ、誰よりもつらかったろうねえ。だってこの人は、自分の名声や評判を犠牲にして、人の怒りを買ってまで、密かに、そして賢明に自分の仕事をやってのけたんだから。どれだけの侮辱を、愚かな国民の憎しみを、浅はかな怒りを、中傷を耐え忍んだことだろう！　そう言いながら、ばあさんはずっと頭を振っているのだった。そして、鶴やと呼び掛けながらそいつを撫で、キスし、抱きしめ、自分は目に涙を浮かべている。俺とソーニカが少し呆然としていると、ばあさんは言った。お前たち、この人はたくさんのことに耐え、偉大なことを成し遂げたんだよ。

ばあさんはこの洞窟を電脳に記録することを絶対に禁じた。曰く、聖なるものは写真に撮ったりコピーしたりするものではない。なんとも残念！　また一年後にここに来る約束をした。

帰り道、俺たちはあらかじめ目をつけていたファミリーレストラン〈スノーマン〉に寄った。言っておくが、食事は素晴らしかった。

40

なんと恐ろしい（ケレ・オルール）！　ご存じのとおり、親や家族を選ぶことはできないけれど、それでもこの決定論を受け入れることは信じられないほど難しい。これはリーザおばあちゃんじゃなくて、パヴリクの話ね。至高の力は兄との二年の別離という言いようのない喜びを贈ってくれたわけだけれど、昨日兄と再会してやっと、私はこの贈り物の真の重要性をすっかり評価することができた。昨日、この三十（!!）年間話題に上りつづけていた画期的なドライブがついに実現した。テルルの作用でおばあちゃんの意識に光が当たり（宇宙よ感謝します）、場所を思い出したの。パヴリクはそれをナビゲーターで調べ、あの森にサイズが一致する石を発見した。実を言うと、幼い頃から聞かされてきた話はすべてこの三十年の間にあの巨岩と同じように噂や憶測という苔に覆われていて、その中で私たちドルマトヴィチ家の家族はふらふらとさまよい歩く運命だった。それも全部リーザおばあちゃんの物忘れのせい。だけど、記憶はすべて蘇り、ニューロンのパズルが合わさり、ナビゲーターが神話への道をつけた。兄の車に乗っていたときの感じをきちんとした言葉にするのは難しいわ。子どもの頃の夢の実現を待望することはいつだって破綻の予感を伴っていて、巻物みたいに丸まった黙示録の空と同じように、そこからはどこにも逃れられやしない。嗚呼、私たちは誰しも自分の小さなポケット版黙示録を携えているのよ。けれども、百三十二分間のドライブ中に私が車内で出くわしたものは、どんな怖いものや黙示録や予感よりも恐ろしくてはっきりと感じられるものだった。兄の俗悪さ。それは醜悪な多種多様さによって吐き気を催させ、地獄のような底深さによって身の毛をよだたせる。ご存じのとおり、悪魔というのは俗悪なもの。ドライブの間ずっと、パヴリクは私たちに一分たりとも沈黙を与えなかった。この面（つら）の皮が厚くて独りよがりなろくでなしは、道中まんまとホザキマクッタ。兄の俗悪さは、逆進化の法則で気色悪い緑とピンクの色に染まった大きくて脂ぎった芋虫を想起させる。この肉食動物は信じられないほど活発で食い意地が張っていて、あなたの脳味噌の中に這い込んでは、徹底的に食らい尽くす。天気、税金、ジャガイモエンジンよりガソリンエンジンが優れている点、自分のオモロイ妻、痔の治療、上司のホビー（ミグＡＶＯＫ収集）、猫のワシーリーの三度目のクローン化などについてべらべら喋りながら、兄は私の完璧な螺鈿（らでん）の脳味噌の中身を事実上すっかり平らげてしまった。空になった頭蓋を抱えて兄の呪われたガソリン車から降り、この上なく完全な虚脱状態でトウヒ林の針葉の絨毯を踏む。そしてやっとこの生きた壮麗な森が、偉大な造物主（デミウルゴス）によって創られ、樹脂の芳香と鳥の声に満ちた森が、私を正気に返らせてくれた。私たちは目的の場所へ向かって歩きだした。トウヒ林の中ならパヴリクの噴水も止まるだろうという私の望みも虚しく、そのピンクと緑の怪物の大顎はここで新たな力を得て動きだした。この上なく完全な分子への崩壊を回避すべく、私は古きよきカーニバル化――哄笑、異化、超意味言語（ザーウーミ）――によって身を守ることを決めた。この度重なる検査を潜り抜けてきた外部の愚者を退ける盾は、今度もまた役に立った。自傷行為やヒステリーもなく、私たちは無事に目的地へとたどり着いた。そこではもう、大きさと形状がひざまずいたエレファントを想起させる石――石――あるいはより正確には〈石〉――それ自体が助けてくれた。この眠れる象の腹の中に三体の彫像を見て、パヴリクはようやく口を噤んだのだ。この像たちは衝撃的だった。森の中に打ち捨てられた秘密のモニュメントについて幼い頃におばあちゃんが話してくれた記憶が浮かんできたけれど、記憶は御影石の現実に衝突して砕け散った。そんなことは生まれて初めてだった。なぜと言って、普通は幼年期の神話の方が強力だからで、それは何も私に限ったことではなく、たとえば、詩人は少年時代に聞いたクリスマスツリーの話をそのツリー自体よりも好むことを思い出せばいい。私はてっきり、ラシュモア山の石から削り出された四人のアメリカ大統領のような三人の石の巨人を目にするものとばかり思っていたのだけれど、三人の御影石の人間が石の窪みから私に眼差しを向けたとき、人間サイズの方が強力なのだということがわかった。この瞬きしない視線で、私の幼い頃の記憶の巨人たちは粉々に崩れ去った。それとともに、常々不足しているように思えた祖父の彫刻の才能に対する私の評価も崩れ去った。ここ、この森の中で私は悟った。祖父が何のために彫刻の技術を身につけたのかを。もちろん、これは真の神業によって作られた祖父の代表作だ。祖父の頂点。エヴェレスト。この三人をこれほどまで不朽たらしめるとは、祖父は彼らが成したことをいかに評価していたのだろう！ 彼らを見ていると時間感覚がなくなり、おばあちゃんに何かを訊ねようという気も失せた。沈黙(シレンティウム)！ それでなくとも、私はすべてを知っていた……。その代わり、おばあちゃんはごく最近ここを訪れたばかりのように元気に振る舞っていた。まるで、正教徒の人たちが至聖三者祭（復活大祭後の第八週の日曜日）前の土曜日に墓参りをするみたいに。像の周りを歩きながら、お辞儀をしたり、撫でたり、何やら感動的なことをつぶやいたり、啜り泣いたり、キャンディーやプリャーニクを置いてやったりしていた。言っておくけど、ちっとも滑稽には見えなかった。おばあちゃんの温情とキャンディーをいちばん多く手に入れたのは、ロシアの最後の支配者だった。「お前はどれだけの苦痛を、どれだけの侮辱を、どれだけの非難や呪詛を受けたことだろうねえ、それでもすべてを耐え忍んだ、すべてを黙って我慢した、愛しのお前、小さなお前、謙虚なお前……」とおばあちゃんはつぶやき、御影石の禿げ頭に接吻した。聖堂の写真撮影禁止がおばあちゃんの締めくくりの言葉となった。不服そうな外向型(エクストラヴァート)人間のパヴリクと違って、私はおばあちゃんを完全に支持した。やっぱり、幾世紀ものつまらぬ過ちの上に諸価値の揺るぎない階梯がある[*1]のだ。もっとも、この場合は〈ロシア国家史の上に〉だけど。

　家路の途中で奇跡が起きた。パヴリクが黙り込んだのだ。代わりにおばあちゃんが興奮して、饒舌になって、のべつまくなしに喋った。おじいちゃんのこと、二人の愛と苦難のこと、今は亡き偉大な友たちのこと、おじいちゃんが三ヵ月の予定で森にこもり、あの三人の騎士を削り出した夏のこと、自分の薄情な母親のこと、そしてもちろん、モスクワのこと、私とパヴリクはもう目にすることのなかったモスクワのこと、〈凶悪なカエルみたいにいつまでも膨らみつづけ、ブレストから太平洋まで皮を伸ばしたあげく、宿命的な三本の針に刺されて弾けてしまった〉モスクワのこと。

おばあちゃんの話やら、長い道のりやら、見てきたものやらのせいで私は心地よい虚脱状態に陥り、パヴリクが〈スノーマン〉に誘うのを許したほどだった。この気取っていてまずいレストランは兄のお気に入りで、そこで私は白ワインまで飲む始末だった。

その夜遅く自宅アパートに帰った私の頭にあったのは、たった一つの生産的な考え。眠ること。枕も電脳もなしで、夢も見ずに。

＊1 ［訳註］ソ連の詩人オーシプ・マンデリシタームの詩（一九一四）の一節。

41

七月十二日

今日、パヴリクとソーネチカと一緒にとうとう三者さまのところへ行ってきました。最初は怖くて不安でしたが、実際に目にすると恐怖はすっかり消えました。あとに残ったのは、三者さま、夫マリク、そして、私がすべてを思い出すことを助けてくれた釘さんへの感謝だけです。

ヴォローデニカ、ミーシェニカ、ヴォーヴォチカ、マリク、そして釘さん——どうぞ安らかにお眠りください。

42

ケンタウロみにゃ焼き印（タウロ）持てる。ケンタウロみにゃしるしある。二箇所にタウロ押す。一つ目は股のつけ根。二つ目は左の肩。一つ目のしるしおりゃ三ヵ月のとき押した。二つ目のしるしおりゃじっ歳のとき押した。そんでおりゃガヴリロガヴリロヴィツィ公爵に売られた。秋におりゃ種畜牧場からヴォロネジの見本市連れてかれたとき公爵おりゃのこと買た。おりゃ泣いた。おりゃ種畜牧場から連れ出されたくなかた。種畜牧場ケンタウロたくさんいた。種畜牧場楽しかた。種畜牧場よかた。見本市よくなかた。見本市みにゃ叫びみにゃ押す。小さい馬や大きい馬いた。人間たちひどく叫びよくない言葉ゆう。おりゃすんげ怖かた。公爵おりゃのこと見た。そんで公爵おりゃのこと二百五ずうルブルで買た。公爵そこで医者におりゃの左の肩にしるし押させた。しるし押したときおりゃすんげ泣いた。そからおりゃ列車で公爵の領地連れてかれた。列車うるさておかなかた。一晩ずう列車乗てた。おりゃおかなくてすんげ泣いた。ガヴリロガヴリロヴィツィ公爵すんげ大きな領地持てた。領地原ぱや森や庭や池あた。最初おりゃ風呂で洗われた。そから餌もらたけどおりゃ食わなかた。そからおりゃ公爵の廏（うまや）に入れられた。そんでおりゃ立て寝て泣いた。そから外連れ出され公爵の家族みにゃおりゃのこと見た。おりゃのことよくしよと公爵の子たち手叩き叫ぶ。公爵の妻おりゃに触り髪すく。よい言葉ゆう。おりゃにリンゴくれる。けどおりゃ食わなかた。ガヴリロガヴリロヴィツィおりゃ疲れておかながてるゆう。すと子たちおりゃのこと撫でよい言葉ささやきだした。おりゃ黙て立てた。公爵の妻おりゃの髪櫛ですいた。子たちおりゃの口にリンゴ入れた。おりゃリンゴ食べた。子たち手叩きえらいぞゆう。そんでおりゃ庭に散歩連れてかれた。公爵の庭よかた。おりゃ庭歩いた。子たちおりゃと歩きおりゃにリンゴくれた。そからおりゃ廏に入れられた。餌もらた。そんでおりゃもりもり食べた。そからおりゃ寝た。おりゃ公爵のとこで暮らしだした。毎日馬丁おりゃのこと散歩連れ出した。おりゃ原ぱ歩きたくさん走た。そから水や餌よくくれた。祝いの日はいい服着せられ髪巻かれ金の粉振られ金の弓矢与えられた。おりゃ飛び跳ね矢放ち子たち乗せ原ぱで遊んだ。みにゃおりゃのこと見た。みにゃおりゃによくして美味しいものくれた。ガヴリロガヴリロヴィツィおりゃのこと自慢しおりゃどんだけ高かたかゆう。そんでおりゃよい暮らしはじめた。ガヴリロガヴリロヴィツィとこで二年暮らした。そんでおりゃ大きくなた。おりゃ速く駆け弓から矢放ち子たちうまく乗せた。そんである祝いの日客たくさん来てたくさん飲み食べおりゃ子たち乗せとても正確に矢放ちみにゃおりゃに餌くれ撫でた。そから晩に花火した。たくさん火あて星燃え池落ちみにゃ立て花火や星見た。星池落ちるみたいだた。おりゃ立て見てた。そんでおりゃに一人の女寄てきた。名前コロンビナ。頭から花輪取ておりゃの手にはめた。コロンビナ頭に釘あた。おりゃコロンビナ死ぬと心配なた。コロンビナ笑てこれ魔法の釘で気持ちよくしてくれるゆう。そんですんげ笑ておりゃのこと抱きしめおりゃの耳にケンタウロケンタウロ私を乗せてゆう。おりゃ乗せる子たちだけゆう。大人乗せるの予約いる。けどコロンビナ乗せてくれたら見えない袋見せるゆう。おりゃ見えない袋て何と訊く。コロンビナ見えない袋に魔法のクスヒェン入てるゆう。おりゃ魔法のクスヒェンて何と訊く。コロンビナ魔法のクスヒェン食べたら大きな幸せもらえるゆう。おりゃ大きな幸せ欲しかた。そんでおりゃうんとゆうた。コロンビナおりゃの背に跨がりおりゃすんげ飛び跳ね遠くまで行た。もう暗くておりゃ疲れカシワの木のそばで止また。コロンビナ見せた。ほら魔法のクスヒェン入た見えない袋。世界にこのクスヒェンよりよいもの一つもない。そんでおりゃに袋見せた。けどおりゃその袋見えなくてどこ袋どこゆうた。コロンビナほらほら袋よゆうて指差した。そんでコロンビナ袋から魔法のクスヒェン出しておりゃの唇に貼りつけた。おりゃおかなくなた。おりゃ鼻震えて膝突いた。おりゃ体ずう震えだした。クスヒェンとてもおかなかた。コロンビナおりゃのこと撫でよい言葉ゆうた。そんでおりゃ落ち着いた。そからもう一つ見えないクスヒェン出しおりゃの唇に貼りつけた。おりゃ気持ちよくなた。そんでコロンビナもう一つ見えないクスヒェン出しおりゃの唇に貼りつけた。おりゃとても気持ちよくなた。そからとてもとてもとても気持ちよくなた。そんでとてもとてもとてもとてもとてもとてもとてもとてもとてもとてもとてもとてもとても気持ちよくなた。そんでおりゃ飛び跳ね嬉しくてコロンビナ乗せた。コロンビナおりゃに跨がり笑い歌た。そんでおりゃ跳ねて跳ねてコロンビナ乗せて森抜けてとてもとてもとてもとてもとてもとてもとてもとてもとてもとてもとてもとてもとてもとてもとても気持ちよくなた。そんで気持ちよかたよかたよかたよかたよかたよかたので疲れて倒れ眠た。目覚めるとコロンビナいなかた。コロンビナ探して跳ね回た。馬丁ずとおりゃのこと探しててておりゃのこと怒鳴り鞭で打ち手綱つかんだ。おりゃ泣いてコロンビナ呼びはじめた。おりゃ罰として飯抜きで廏に入れられた。そんで立て泣いてコロンビナやコロンビナの見えない袋やクスヒェンのこと叫んだ。若い馬丁コロンビナもうサンクピテルボフ帰たとゆうた。おりゃとても泣いて叫んでコロンビナ呼んだ。おりゃ罰として鎖つけられた。そんでおりゃ二日も飲み食いしなかた。コロンビナ呼びたくさん泣いた。そから夜に鎖千切て廏の門壊しコロンビナ探しにサンクピテルボフ向かて逃げた。

43

晩秋。晩の遅い時刻。ポドモスクワのコロムナにあるアレクセイのワンルームアパート。明かりを消し、アレクセイは電脳をカバーのように枕にかぶせる。その枕をセミダブルベッドの自分のいつもの枕の隣に置き、並んで寝そべり、電脳で包まれた枕を四本指でタップする。枕が輝きはじめる。そこに、自分の枕に頭を乗せている娘の顔の映像が現れる。彼女の名はシャン。娘はアレクセイに微笑みかける。

シャン　やあ。

アレクセイ　やあ。

シャン　そっちはもう夜中をだいぶ回ってる？

アレクセイ　（そわそわしながら）うん。だいたい……十一月はすぐに暗くなるんだ。すぐに。そっちは朝？　朝？　朝？　（シャンの映像にキスする）

シャン　ちょっと待ってよ。

アレクセイ　シャン……（キスする）……僕はずっと……本当に待ちくたびれちゃった……すごく……。

シャン　（自分の顔を両の手のひらで覆いながら）アリョーシャ、やめましょう……そんなに急がないで……。

アレクセイ　（彼女の手のひらの映像にキスする）シャン……シャン……。

シャン　待って、お願いだから。急ぐ必要はないのよ。

アレクセイ　僕は……（そわそわしながら）僕は君が……。

シャン　私の気持ちも同じよ。（手のひらを自分の顔から下ろしてアレクセイを見る）ちょっとお喋りしてよ。

アレクセイ　（自制しながら紅潮した自分の顔を擦り、頭を激しく振り、大きく息を吐く）好《ハオ》（わかった）！　你好嗎《ニーハオマ》（ご機嫌いかが）、シャン？

シャン　好極了《ハオジーラ》（絶好調）！　こっちは朝よ。

アレクセイ　そりゃいいね。

シャン　だけど、まだ早朝なの。まだ掃除夫すらいないわ。

アレクセイ　こっちにはもうそんな人はいないけどね。

シャン　とっても素敵な会話の始まり方ね！

アレクセイとシャンは笑う。

アレクセイ　シャン、ごめんね、いつもばかみたいに振る舞って、ばかなことを訊ねて、ばかなことを答えて、すまない……わかってるんだけどね。いつも最初に興奮しちゃうせいなんだって……いつも。

シャン　知ってるわ。もう慣れたわよ。

アレクセイ　ほんとに……君のことが欲しくてたまらないんだ。

シャン　私もよ。

アレクセイ　いや、でも君はいつだってすごく落ち着いてるじゃないか。すごく落ち着いてる！　君はなんて落ち着いていて美しいんだろう。羨ましいよ、君の……そう、興奮しないでいる能力が。

シャン　それは外見の話。落ち着いてるように見えるだけよ。本当は落ち着かないの。すごく。あのね、こんな早朝だけど、私、寝てないのよ。

アレクセイ　寝てないのはいいことだよ。僕だって寝てない。そもそも今日は眠りに就けるかな。僕は寝てない、君は寝てない、彼らは寝てない、それは寝てない。万歳《ウラー》！

間。アレクセイは片手でシャンの映像に触れる。彼女は彼に片手を伸ばす。彼女の手の映像が彼の手と触れ合う。

アレクセイ　とにかく……よくないんだ。とてもよくない。

シャン　ねえ、やめて。

アレクセイ　やめてってどういう意味？　やめる——やめない……。よくないんだ。君がいないととてもよくないんだ。

シャン　ねえ、今にも気が滅入りそう。

アレクセイ　やめてくれ、頼むよ。（じれったそうに）そんなことのために、君をよくなくさせるために、よくないって言ってるわけじゃないんだ！

シャン　あなたがよくないのを感じるのよ……。

アレクセイ　（ひどく興奮しながら）僕はよくない、だけど、よくないのは、今こうやって僕が君の隣で寝てるからじゃなくて、エゴイスティックで罪深い丸太みたいにここに横たわってるからじゃなくて、ただこんな風に唸りたいだけなんだ。シャン、よくないよぉぉぉ、どうか助けてぇぇぇ、って。だけど、そんなことのために僕はここにいるんじゃない、僕のことをそんな風に思わないでくれ！

シャン　アリョーシャ、そんなこと全然思ってないわ……。

アレクセイ　そして、そう思う必要もないんだ、シャン！　単に君がいなくてよくないって言ってるだけさ！　君がいなくてよくないんだ！　君が、いなくて、よくない！

シャン　私だってとてもよくないわ。

間。

アレクセイ　あーあ……なんだかまたばかげたことになっちゃったな……。結局、自分たちがよくなくなっただけだ。ばかばかしい！　シャン、聞いてくれ、違う、そうじゃないんだ、ちっともそうじゃないんだ！　僕は素晴らしい気分だ、最高なんだ、だって君が今ここに、隣にいるんだから、君のことが見えて感じられるんだから。

シャン　私もあなたを感じる。あなたのにおいだって感じる、現実に吸い込んだことは一度もないけど。ビールを飲んだの？

アレクセイ　（落ち着きなく笑う）ああ！　ちょっとね……だけどどうして……ああ、瓶が見えたの？

シャン　いいえ、見えなかったわ。

アレクセイ　そう、ビールを飲んだ。なぜかは知らないけど……。君が目覚めるのを待ってて、そしてビールを飲んだんだ。いけないと思う？

シャン　いいえ、ちっとも。

アレクセイ　そっちには若者を対象にした飲酒禁止法があるの？

シャン　ええ。十八歳未満はアルコール全面禁止。

アレクセイ　こっちはビールやドライワインやシャンパンなら大丈夫。ポドモスクワだからね！

シャン　あなたたちのポドモスクワはサイコーね。

アレクセイ　君たちのポドモスクワのウラジの方がサイコーだよ。そっちにはカジノもあるし、夜総会（イエゾンフィ）（ナイトクラブ）もあるし、遊戯場もある。こっちじゃもうずっと昔に禁止されたんだ。まだ最初の陛下の頃に。

シャン　ルーレットでもしたいの？

アレクセイ　いやべつに、ただなんとなく。そっちは僕たちのとこより自由が多いだろ。

シャン　その代わり、そっちは犯罪が少ないでしょ、知ってるの。それに、人も礼儀正しいし。

アレクセイ　人混みに揉まれるのが好きなのさ……。でも、そっちには大海原がある。僕は一度も生で海を見たことがないんだ。

シャン　海はきれいよ。毎年、夏になると海水浴に行くの。

アレクセイ　そいつはサイコーだ。ねえ、夜総会（イエゾンフィ）には行くの？

シャン　いいえ。高いし。私が行くのはディスコね。学校でも通ってた。

アレクセイ　うちの学校じゃ西洋の音楽は禁じられてたな。今は許可されてるけど、実際はどこでもってわけじゃない。あの頃は〈ふしだらな踊り〉って呼ばれてた。

シャン　おかしい！　ふしだらな踊り。ふしだらな踊り、いち、にの、さん！　ダンス、ダンス、ダンス！

アレクセイ　極東共和国（FER）の踊りが好きとは言えないかな。

シャン　そりゃまあ、モスコヴィアの踊りはゆっくりだから。それに慣れちゃってるのよ、もちろん。それに、歌もゆっくりだわ、メロディアスで。物悲しい歌が多いわよね。

アレクセイ　いや、こっちの踊りはすごいよ。ロシアの民族舞踊さ。学校で民族舞踊のクラブに入ってたんだけど、長続きしなかった……。

シャン　ロシアの民族舞踊は何度も見たことがあるわ。サイコーよね！

アレクセイ　君の母さんは踊らないの？

シャン　ええ、なぜかね。一度も見たことがないわ。お母さんはロシアの歌を覚えていて、友達と飲んでるときによく歌ってる。お父さんは中国の歌を、お母さんはロシアの歌を歌うの。そもそも、私たちのウラジにはいろんな歌が、いろんな音楽がたくさんあるのよ。日本人は日本の歌を、中国人は中国の歌を、ロシア人はロシアの歌を歌う。みんなの祝日がひっきりなしにやって来るの。騒々しい暮らしよ！　それが極東のシンフォニーってわけ！（笑う）

アレクセイ　シャン、いいかな……キスしても？

シャン　いいわよ。

アレクセイは枕の上のシャンの映像にキスする。彼女はそれに応じる。しかしその後、微笑みを浮かべながら手のひらを前に突き出して彼を押し止める。

アレクセイ　（不満げに中断する）ねえ……ひょっとして僕たち、ウラル民主主義共和国（DRU）で会えないかな？

シャン　こっちでもそのことを話してたのよ。あの精神病院国（ドゥールカ）には八ヵ月後、私が十八歳になりさえすれば行かせてもらえる。

アレクセイ　でも僕はバラビンに行かせてもらえない。

シャン　そうなの。ひどいわよね……。ばかげてる……。

アレクセイ　いいよ、夢を見ようよ！

シャン　そうね。

アレクセイ　タルタリアは？　あそこなら大丈夫じゃなかった？

シャン　そのことも話したじゃない、忘れたのね。タルタリアとFERの間には直行便がないの。列車は危険だわ。『タルタルの赤い強盗』って映画、覚えてる？

アレクセイ　サイコーの映画だね、こっちじゃ禁じられてるけど……。ああ、列車は危険だ。それに時間がかかる。バラビン、DRU、バシキリアを通って……。

シャン　（アレクセイの顔を撫でる）この八ヵ月は待つしかないわ。

アレクセイ　ああ、ちゃんと覚えてる。八。前にも言った……つらいよ！（自分の顔を彼女の手のひらに落とす）

シャン　（ため息をつく）つらいわ……。

アレクセイ　ちくしょう……どこで会えばいいんだ？（意地悪な薄笑いを浮かべて）テルリアとかどう？

シャン　ＦＥＲにはあそことの国交がないわ。
アレクセイ　モスコヴィアにはある。知り合いたちがあそこに行ったことがある。
シャン　試金したの？
アレクセイ　ああ、一人はね。こっちと違って、あそこはテルルが安いから。
シャン　私は麻薬には反対よ。
アレクセイ　僕もさ。だけど、テルルは麻薬以上のものだ。人間の能力の開花を助けてくれる。
シャン　人間は自力で能力を開花させることができなくてはならないわ。花のように。
アレクセイ　君は僕の花だ。
シャン　（ため息をつく）テルリアは謎めいた国だわ。こっちではこんなことが言われてるの。あそこでは何もかも無料だって……。
アレクセイ　ありふれた国さ。運がよかっただけで。

間。

シャン　アリョーシャ、あなたったらすごく悲しそう。そんな顔しないで！
アレクセイ　シャン。
シャン　何？
アレクセイ　悲しいわけじゃないんだ。ただ……君が欲しいときに、会話をするのが難しいんだ。君は僕を苦しめてる。
シャン　アリョーシャ、苦しめてるんじゃないの、私は……ただ、いつも引き延ばしたくなるのよ、祝日みたいに。親はまだ長いこと眠ってるだろうし、扉は閉まってるし、私はあなたと二人きりだし。
アレクセイ　（シャンの映像ごと枕を抱きしめる）君が欲しい！
シャン　わかった、あなたの言うとおりにしましょう。

シャンの映像が消える。アレクセイはベッドから毛布を払いのけ、電脳を枕から剝ぎ取ってベッドにシーツのようにかぶせる。素早くそわそわと服を脱ぎ、ベッドの前で膝立ちになり、ベッドを三本指でタップする。引き伸ばされた電脳全体に裸でベッドに寝そべるシャンの映像が現れる。アレクセイは彼女の体にキスしはじめ、それから彼女の上に体を重ね、シャンの映像を思いのままにする。二人は呻く。

シャン　アリョーシャ……。
アレクセイ　シャン……。

間。

シャン　アリョーシャ……。
アレクセイ　好き……だ……君……が。
シャン　あなたが好き。
アレクセイ　（寝返りを打ち、起き上がろうとしながら）僕は……君は……こんなに……。
シャン　立たないで、待って。もう少し私の上に寝ていて。お願い。
アレクセイ　（ぴたりと動きを止める）僕はただ……君のことが見たくて……。
シャン　私はあなたの音を聞きたいの。あなたの鼓動を。寝ていて。一緒に……。（音を大きくする）聞こえる？

シャンとアレクセイの心臓の鼓動音。

アレクセイ　うん。
シャン　あなたの鼓動の方が強いわ。
アレクセイ　でも、君の方が速い。

間。

アレクセイ　気持ちいい。君は僕とこうしていて気持ちいい？　本当に？
シャン　本当よ。
アレクセイ　僕はものすごく……ものすごく気持ちいいんだ……。（力を込めてベッドを抱きしめる）シャン……僕の……いちばん……いちばん……。

お互いの映像を見つめながら寝そべっている。時間が経つ。

シャン　海、森、それとも山？
アレクセイ　海だ。君は僕の海……。
シャン　（命令する）ゴア。

アレクセイのベッドの周りに、打ち寄せる波と白い砂浜のホログラムが現れる。アレクセイとシャンは抱き合ったまま波の中で寝そべっているように見える。ドリス・デイの『恋に落ちた時』が流れる。

シャン　あなたに言いたいことがあるの。

アレクセイ　何だい？

シャン　お願いだからちゃんと理解してね。

アレクセイ　僕はいつだって理解するよ。

シャン　いい、私はあなたのことが大好き。これからも好き。だけど、私には……。

アレクセイ　他の男がいる？

シャン　いないわ！　私には恐怖があるの。

アレクセイ　恐怖？　何の？

シャン　私たちが本当に出会うとき、何かを失っちゃうんじゃないかって恐怖。

アレクセイ　どうして？

シャン　さあ、ひょっとしたら、ばかげたことなのかも。だけど、バーチャル恋愛にはよくあることでしょう。

アレクセイ　そんなのナンセンスだ。ナンセンス！（彼女の映像を見つめながら笑う）逆だよ。僕たちはいっそう強くお互いを愛するようになる。

シャン　不安なの。

アレクセイ　だめだよ。だめ！　ほら、僕は今から座って君の美しさを観賞する。君の恐怖を残らず癒やすためにね！

アレクセイはベッドから下り、椅子を持ってきて座る。裸のシャンを見る。軽い波が彼女の体にかかっている。

シャン　ああもう。私ったらばかね、どうしてこんなこと言っちゃったんだろう？

アレクセイ　君はすごく……気が狂いそうだよ……。

シャン　私はあなたのものよ。

アレクセイ　欲しい。（シャンの上に寝そべる）

シャン　いいわ。

二人はキスする。突然、シャンの映像が揺れはじめる。

シャン　わっ、アリョーシャ、こっちはまた地震よ……もう……まったく！　ばかげてる！　また揺れてる……（扉をノックする音が聞こえる）終わりよ、親がノックしてる！

シャンの映像が消え、波が打ち寄せる砂浜のホログラムだけが残る。アレクセイはこの波の中に身を横たえ、上体を起こして座る。強張った姿勢で座っている。海の波がリズミカルに彼の体を通り抜けていく。

44

ナノマーケット〈ノヴォスロボツカヤ〉の派出所主任夫人アガーフィヤ・ヴィクトロヴナは夢を見た。夢の中で彼女は、夫がさる半透明のヒンドゥー教徒から没収したテルルの釘を自分の頭に打ち込み、ジガバチに姿を変えた。この変身はアガーフィヤ・ヴィクトロヴナを大いに満足させた。体はいつものふっくらした感じを失い、ぎゅっと縮まって長くなり、途方もない力と活動性とで満たされた一方、背中には強力で軽い羽がにょきっと生え、震えだした。歓喜で息が止まりそうになりながら、派出所主任の妻は自分の寝室の窓から飛び出し、故郷のザモスクヴォレーチエを舞った。すぐにでも別の派出所主任の夫人である友達のゾーヤ・フョードロヴナを訪ねて自分のファンタスティックな変容を自慢したくなったが、急に心臓がどくんと跳ね上がり、自分の内に何やら高尚な義務を感じた。彼女の黒と黄色のお腹が卵で膨らんでいる。その感覚はちっとも負担ではなく、逆に、アガーフィヤ・ヴィクトロヴナの魂をよりいっそう大きな歓喜で満たした。彼女は感じた——いちばん大事なことは、自分があのクレムリンで、それも他ならぬ陛下ご自身に孕(はら)まされたということだ。新しい体全体で彼女は不意に感じ、そして悟った。何か重要で、高尚で、国家的で、陛下や国全体にとって必要で、けれども同時にすごく気持ちよくて、うっとりさせて、大きな満足を与えてくれることを成し遂げなければならない。この満足の予感に彼女の心臓は甘く疼いた。背中でブーンと唸る羽がひとりでに彼女を目的地へ、レスナーヤの産院へ、四年前に彼女が無事男の子を出産した場所へと運んでいった。窓の通風口に飛び込んだ彼女は、紅茶を飲んでいる助産師たちの頭上を飛び越え、礼拝室を通り過ぎ、廊下を進んで乳児たちが眠っている広々とした寝室に出た。国事に関与できる感動と歓喜でいっぱいの胸をおどらせつつ、眠っている乳児たちのもとへ降りていき、彼らの柔らかくてちっちゃな体に、魅惑的な白っぽいバラ色の幼虫を産みつけはじめた。忠君の幼虫たちが真珠のように螺鈿の輝きを放ちながら長い産卵管を通って飛び出してくる。乳児たちは皆静かにすやすや眠っていたが、それはまるで内部でこの手続きに備えているかのようだった。美しい卵が眠っている柔らかい体の中に消えていく。そしてこの安らかな乳児の眠りが、寝室のこの白い静寂が、産卵管を流れていくこの柔らかい真珠のような卵が、産みつけた一個一個の卵から得られる安堵のこの酔わせるような心地よい感覚が、アガーフィヤ・ヴィクトロヴナの引き締まった体を至福で満たした。周囲のものがすべて見える巨大な複眼に喜びの涙が浮かぶ。寝室の扉から産院の医長ラーヴィチ、助産師長、初老の尼僧の看護士が静かに入ってくるのに気づいた。彼らの顔は敬虔な笑みを湛えており、看護士は十字を切った。そして彼女は、彼らがすべてを知っているのだと、皆がもう長らく彼女の飛来を待っており、すべてがこの何よりも重大な手続きのために準備されているのだと悟った。そしてこの認識から、産卵過程を拝んでいるこの人々の様子から、アガーフィヤ・ヴィクトロヴナはよりいっそう心地よくなった。将来、このかくも有益な幼虫の卵たちから、明るくて、大きくて、お国の役に立つ、高貴で忠義な何ものかが孵化する。愛情と感動の涙に咽びながら、彼女はひたすら卵を送った——苦しくも甘美な感覚の中で最後の卵が細長い産卵管を通ってアルセーニーという名の乳児の体に入るまで。ところが、それが終わってアガーフィヤ・ヴィクトロヴナの縞模様のお腹が空っぽになるやいなや、ラーヴィチ医長の顔が怒りに曇り、扉をバタンと閉めて蠅叩きを握った手をどっしりした背中から脅すように出した。助産師長の手にはモップが現れ、看護士は袖の下から筒状に巻いた電脳を抜き出した。三人は不気味に沈黙したまま、たった今味わったことでいまだ満たされているアガーフィヤ・ヴィクトロヴナに近づいてきた。よからぬことを予感して、彼女は産卵後の疲労感と格闘しながら飛び立ち、窓へと向かったが、窓はどれもしっかりと隙間なく閉まっていた。頭上で蠅叩きがひゅっと鳴り、アガーフィヤ・ヴィクトロヴナは脇へ身をかわしたものの、目の前でモップが空を切り、空気の乱流に進路を狂わされて床に投げ出された。扉の下に通り抜け可能な救いの隙間を見つける。しかしその瞬間、尼僧の電脳が力任せに彼女をリノリウムの床に叩き落とした。アガーフィヤ・ヴィクトロヴナは滑らかな灰色のいまわしい床の上でのたうちながらも飛び立とうとしたが、看護士の靴底が墓石のように下りてきて、彼女の体を押しつぶした。

おしまぁぁぁい！

アガーフィヤ・ヴィクトロヴナは汗まみれで目を覚まし、重々しく深呼吸した。もう九時十五分で、夫はとっくに出勤しており、チュール越しに陽光が差していた。キッチンからお馴染みの物音が聞こえてくる。母が息子に朝食を摂らせているのだ。

「まあ……」アガーフィヤ・ヴィクトロヴナは体を起こしながらつぶやいた。

平静を取り戻しつつベッドから足を下ろし、その足でスリッパを見つけて立ち上がると、壁に飾られたイコンに向かって十字を切り、伸びをし、あくびをしてから窓辺に近づき、チュールのカーテンをちょっとだけ開けた。

ゴールロフ袋小路はいつものように〈ノヴォスロボツカヤ〉にやって来た商人たちの車でいっぱいだった。不快なポプラの綿毛が一本飛んでいる。

「あの人たちったら、なんだって私を踏みつぶしたのかしら？」アガーフィヤ・ヴィクトロヴナは袋小路に向かってそう訊ね、それから振り返ると、体を掻きながらトイレに向かってずるずる歩きだした。

45

ベルン共和国の巨人諸君！

中国航空部隊の一味は首都の権力を完全に簒奪した。議会選挙ではとんでもない改竄（かいざん）やごまかしが行われた。巨人は一人も議員になれなかった。我々は卑劣なやり方で権力から締め出されたのである。五ヵ月前、中国の部隊とレジスタンス軍がベルンからサラフィー主義者どもを追い出した際、我々は大砲の餌食として利用された。ノルトリンクで戦車に立ち向かったのはこの我々、機銃射撃を潜り抜けて大聖堂の門を壊したのも我々、ブーベンベルク広場で火炎放射器に焼かれたのも我々である。我々の生まれ持った義侠心、善良さ、同情心が災いした。今や我々はベルンやその新たな支配者たちのお荷物となった。中国人どもは小人の支持だけでなく親中感情を持つ市民の支持も得て大規模な隠密活動を実施し、共和国民が我々に反感を持つよう仕向けた。強盗や略奪は巨人の罪だというのである！ワイン店〈モーヴェンピック〉での屈辱的な強奪、あるいは〈フヘエスブエブ〉でチーズの塊が二十八個盗まれたといった些細なことだけでなく、万人周知の国立銀行金保管庫への侵入も巨人のせいにされた。だがしかし、液体工具で開けた穴から銀行に潜り込んだのが〈狂乱のビルボ〉グループの小人どもだということは誰もが知っている。連中を手引きした大工ヴォルペ——ギャングにして売国奴、そして対敵協力者——は、テルルの助けを借りてサラフィー主義者どもに処刑された戦前の銀行幹部とコンタクトを取ったのである。この一味が盗んだ金(きん)は有権者を買収して中国の特進者の有利になるように使われた。今や首都及び共和国の権力は、多数の議席を獲得した隊員と小人の共謀者どもが一手に掌握している。そして、戦争の真の英雄たる我々には二級市民の運命が用意されている。これまでどおり我々を家畜なみに重労働にだけ利用しようというのである。決してそうはさせない！　今こそベルンへ向けて巨人たちの大行軍を開始しようではないか！　巨人たちよ！　明日正午ボーリンゲンの連邦議会地下壕に参集されたし。ただし、持参するのは冷兵器や火器ではなく棍棒に限ること。我々の行軍はとりわけ平和的な性格を帯びねばならぬため。

　中国の簒奪者とその共謀者らを打倒せよ！
勇敢たれ(ムーティヒ)、勇敢たれ(ムーティヒ)、愛する兄弟たちよ(リーベ・ブリューダー)！[*1]
勝利するのは我々だ(ミル・ヴェルデ・グヴィネ)！

*1　［原註］一八一二年のナポレオンのロシア遠征への参加を受諾したスイス人部隊の古い軍歌の一節。

46

〈我が友ナデージダ・ワシーリエヴナ、ご自分のお人形を捨てて、テレビを捨てて、飛行機（アヴィオン）に乗って、私のところへ飛んできてちょうだい。想像だにできないでしょう、このポシェホニエの春がどんなに素晴らしいか！〉と、エリザヴェータ・パーヴロヴナが端正で読みやすい、ほとんど学校の教科書のような筆跡で書き終えるが早いか、玄関の呼び鈴が鳴った。

「誰かしら……」彼女はライトペンを次の行に運びながらつぶやいたが、ふと、いまいましさとともに思い出した。これは、もう一週間以上も〈病気〉で――ざっくばらんに言えば酒の飲みすぎで――姿を見せなかったあの牛乳屋が来たのだ。書き物を一時中断し、お金を数えてワルワーラに渡し、カッテージチーズはまるっきり要らない、卵も不要、焼き牛乳（暖炉で長時間壺焼きにした牛乳）は一瓶だけでけっこう、と彼女に言わなければならないが、そんなことを言うのはこれでもう百回目になる。〈なんだか今日は朝からずっと気が逸らされるわ、まるで霧でもかかっているみたい……〉エリザヴェータ・パーヴロヴナはペンを置き、電脳を閉じながら思った。彼女はどんな手紙を書くときもその電脳を使い、そして今は、遠いメドゥイニのナーデニカ・スミナへの手紙を――いつものように手書きで――認めていたところだった。

軋む曲げ木の椅子に座ったまま伸びをし、手を組んで指を揉みほぐす。それはまるでピアノを弾く準備をしているかのようだったが、当のピアノではリータが祖母とシューマンの『楽しき農夫』の練習を延々と続けており、その音から見込みなしと察せられた。

客間の時計が正午を打った。

〈十二時！〉いまいましさとともにエリザヴェータ・パーヴロヴナは思った。〈何一つ終わらない、休日は平凡に過ぎていく……〉

彼女は立ち上がると、古い〈シンハイ〉の苦しげな音が響く客間に入った。

何もかももとのままだった。リータが祖母とピアノのお稽古をしており、ヴォローデニカは机に向かって地理の勉強中、年老いた猫は古びたソファーベッドの上。

「リトゥーリャ、いいかい、あくびしてないで、数えて、数えて」祖母の痩せて少し震えている手が、まるで当てずっぽうに探り当てたかのように楽譜に触れた。「いちと、にと、さんと、しと……」六歳のリータは明るい栗色のきちんと編まれたお下げ髪の頭を揺らしながら数を数え、小さな足で椅子の脚をコツコツ叩いた。

エリザヴェータ・パーヴロヴナはさっきの部屋にあったのと同じ軋む曲げ木の椅子に腰を下ろし、円卓を挟んでヴォローデニカと向かい合った。息子は卓上に電脳を広げ、真ん中に日本の漢字二文字が記されたサハリン島に色を塗っているところだった。母親には注意も払わず、島の輪郭の内側を黄色で塗りつぶしている。息子の顔は、何か真剣で正確さを要することをしているときはいつもそうであるように、異常に集中した表情を浮かべており、頑固なＴＲスパイラルの巻き毛が浅黒いおでこの上でぴょんと立ち、ふくよかな唇は泣きべそをかいたように突き出されていた。

〈夏にはやっぱり、どうにかしてこの子たちをせめて湖くらいには連れていってあげなきゃ、さすがに黒海は無理だろうけど……〉まだ子どもで、頑固で、少しニキビのある息子のおでこに、エリザヴェータ・パーヴロヴナは愛情のこもった眼差しを向けていた。〈ヴォローデニカは私の方を見てすらくれない……。口出しや説教にうんざりしたのね……。母親が思春期の子どもの権威になるのは難しい……ほとんど不可能だわ……とくに、私みたいな母親の場合は……。私は何？私は誰？……。中退した医学生……失敗した歌手……性格が弱くて、いつだって一貫性を欠いていて、意気地なしで、気骨のない女……〉

そこでアル中の牛乳屋のことを思い出した。

〈きっと、またワルワーラと話し込んでいるのね……耐えがたいことだわ……周りにたわ言が増えていく、まるで氷が張るみたいに、私たちの日常生活のたわ言は時に耐えがたい、それは周囲のすべてを満たし、それを通り抜けることはますます困難になっていく、だけど受け入れなくちゃ、努力しなきゃ、すべての人に善いことを願わなきゃ、すべての、すべての人に、ワルワーラにも、あの飲んだくれの牛乳屋にも……〉

「日常生活のたわ言」と彼女は声に出して言った。

息子は母親をちらっと見て、そしてまたうつむいた。

扉が開いた。隙間に、グレーの長いワンピースの上から白と赤のエプロンを身につけたワルワーラののっそりした姿が見えた。

「牛乳屋でしょ」エリザヴェータ・パーヴロヴナは彼女が口を開く前に苛立ちの口調で言った。

しかしワルワーラは、洗濯でふやけ、肘のところまで剝き出しにした手を、確信なさげに背後に向けた。

「リザヴェート・パーヴロヴナ、あちらにどこかのおかしな殿方がお見えで、直接その……待ちたくないと言って、無理に……なんでも、奥さまが長いこと自分を待っているだとか……」

「この上またどんな殿方？」エリザヴェータ・パーヴロヴナは腰を上げようとした。

だがそこに、ワルワーラをわずかに押しやり、道路の泥が撥ねかかった何やら灰色でざらざらした裾長の服に身を包んだ暗い男の姿が、扉から客間に入ってきたのだった。無精ひげを生やし、顔を日焼けさせ、何も見えていないような落ち窪んだ不眠の目を病的に爛々と輝かせるその男は、二歩進み、短く刈った頭から小ぶりでよれよれの帽子を脱ぎ、胸に押しつけ、そして立ち止まった。

エリザヴェータ・パーヴロヴナは立ち上がりかけたまま固まった。祖母は、皺だらけの、常に申しわけなさそうに何かを案じ、どんなときでもやつれている顔に鼻眼鏡を近づけ、そして大きくため息をついた。

「なんとまあ……」

リータは演奏をやめ、足で拍子を取るのをやめ、入ってきた男をじろりと見つめた。ヴォローデニカは人影によそよそしい視線を投げたが、その雨風にさらされて日焼けした顔が目に留まると、急に途方に暮れたように口を開き、みるみる顔色を変えながらつぶやいた。

「パパ……」

エリザヴェータ・パーヴロヴナは立ち上がり、両手でテーブルを突き放した。まるでそのテーブルが、ここ四年を通しての彼女の人生、どこへ逃げ隠れすることもできず、ただただ期待に倦み疲れたつらい人生であるかのように。

彼女は両手を口に押しつけた。入ってきた男の暗く光る目が彼女の目と合った。帽子を握りしめている男の汚れた浅黒い手が開いた。帽子が床に落ちた。

「セリョージェニカ！」エリザヴェータ・パーヴロヴナは、凄まじい、押し殺したような声で叫んだ。

おそらくはもう六十回目となる開花を迎えている桜の古木の枝が五月の風に揺れ、まだら模様の影も揺れ、ゆらゆらと波立ちはじめた――祝日に広げるヴォログダのテーブルクロスの緻密な刺繍の上で、皿やカップやサモワールの上で、この庭で円卓を囲んで座っている大人と子どもたちの顔の上で、セルゲイ・ヴェネディクトヴィチ・ルコムスキーの顔の上で。痩せぎすで知的なその顔はすでに、この四年間ひたすらバスルームの棚で自分の主を待ちつづけた古い〈ブラウン〉のシェーバーで剃られていたが、それでも相変わらず不安げに緊張しており、深く暗い眼窩に沈んだ目は相変わらず狂気と不眠の光を放っていた。それはまるで、この世でもっとも愛しく近しい人々をいまだ目にしていないかのようだった。夢に現に見たその人々が、今やこの懐かしい小さな庭で、果てしなく長い時間の中でひどく成長したこの懐かしい桜の古木の下で、彼を囲んで座っている。

白いコソヴォロトカを着たセルゲイ・ヴェネディクトヴィチは、片手で妻の手に、もう片手で息子の手につかまりながら座っていたが、時として強すぎるその握り方は、まるで確かめようとしているかのようだった。この人々がもはや、別離のこの四年間、夜ごと絶えず彼のもとを訪れた痛ましい幻影ではないということを。

彼は話した。そして家族は耳を傾けた。

「人類の麻薬物質への渇望は実に計り知れない。その根源は遠い過去へ、石器時代へと遡る。当時、人間は自然とともに、動物とともに暮らしていたが、その頃でさえ彼らはコカの葉を噛み、煙を吸い、根の汁を飲み、幻覚を催させるキノコを食べていたのだ。いいかい、お前たち、私にはあの遠い時代が素晴らしくよく目に浮かぶ。未開の自然に取り巻かれ、夜になれば焚き火を囲み、自分たちが殺した獣の皮を着ていた私たちの遠い祖先は、幻覚を与える植物を食べていた。私たちと違って、彼らは物質の世界だけで、目に見え触知できる世界だけで満足し、自然界と完全に調和し、自然からはただ生存と種の存続にとって必要な物だけを、動物の肉だけを、植物の甘い根だけを、毛皮だけを、狩りをしたり、衣服をこしらえたり、寒いときに温まったり、狩猟の武器や魚の罠を作ったりするのに役立つ枝や石だけを取っていたかのように思えるかもしれないが、実はその頃からすでに幻覚に魅せられていたのだ。なぜと言うに、人間は楽園から追放されたのであり、したがって周囲の世界とは——古代人の場合は自然界とは——決して調和することができないのだ。まだマンモスやマカイロドゥスが処女林に咆吼を轟かせていた頃から、人間自身がより獣らしかった頃から、すでに世界と人間との間の溝は宿命的だった。小さな額と強い顎を持ち、ヤギの毛皮で自らを包んだ毛むくじゃらの人間は、当時からすでにその小さなキノコをざらついた手につかみ取り、口に運んでいた。糧とするためではなく、別の世界を発見するために」

ルコムスキーは口を噤み、荒れるに任せて草がぼうぼうに生い茂った庭を見回し、それから目を上げた。綿雲の切れ間に五月の青空が覗いていた。

「神々しいテルルと並べば、どんなものだろうと霞み、色褪せ、輝きを失う。この産物に比肩するものなど麻薬物質の世界には存在しない。ヘロインも、コカインも、ＬＳＤも、アンフェタミンも、この完全さと並べればみすぼらしい。石斧とバイオリンを並べて置いてみるがいい、二者の隔たりは千年単位でしか測れないだろう。理性を備えた人間は発達し、人間の世界は変化し、複雑化し、絶えず新しいテクノロジーの総和が追加され、そして人間は物質から原子力を取り出すまでになった。人間がこの世界で生き残るために役立つ物質もまた変化している。球体（スフィア）、立方体（キューブ）、角錐（ピラミッド）、円柱（シリンダー）、円錐（コーン）、切頭円錐（コーン）、円環面（トーラス）、螺旋（スパイラル）——それらはいずれも新時代の、新たなテクノロジーの産物だ。かつてそれらはスーパープロダクトだと思われていた。試金（ため）した者の多くが同じことを述べ、彼らの声は混ざり合い、一つの合唱（コーラス）となって響きわたった。これは頂点だ、完全だ、これ以上望むべきものはない、満、足、だ！　そして、それがほぼ二十年続いた。神々しいテルルの発見まで。いいかい、お前たち、このテーブルから皿やカップやフォークを払い落として、ここに大きな天秤を置き、その銅の皿を両方とも黒いビロードで覆い、左のビロードの皿には今列挙した製品をすべて載せ、右には銀色に輝くテルルの釘を一本だけ載せてみなさい。そうすればお前たちは奇跡を目にするだろう。なんと、右の皿が勝ち誇ったように下がっていくではないか。なぜと言うに、一本のテルルの釘は、現代麻薬テクノロジーのあらゆる幾何学図形よりも重いのであり、あのピラミッドも、トーラスも、スフィアも、すべてが屈辱的に上がっていく。軽かったがために、偉大なテルルに比肩できなかったがために、見てくれが悪かったがために！」

　最後のフレーズをほとんど叫ぶように言いきると、彼は心を落ち着かせるために一瞬動きを止め、それから先を続けた。

「それらとともに、技術や人や薬剤が詰め込まれたすべての研究所もまた、風船よろしくふわりと浮かび上がる。あのみすぼらしいピラミッドやらキューブやらシリンダーやらをすべて創り出し、人類が赤子のようにこの積み木遊びに夢中になり、あうあう言いながら嬉々として屁を放き、感謝の涎を垂らしてくれることを期待していた科学者たちも、魔術師（マギ）たちも、錬金術師たちも、自分たちの公式ごと不名誉でパンパンに膨らみ飛んでいく。諸君に栄えあれ、新たな奇跡の魔法使いたちよ！　だが、人類は幼児ではない。人間とは真理を渇望するものだ。人間とは、一度だけでは飽き足らず、何度でも克服しようとするものだ。毎日、毎時、毎分、毎秒……」

　セルゲイ・ヴェネディクトヴィチは黙り込み、短く刈った頭を回して顔の右側を見せた。耳の上にごく小さな傷痕が見受けられた。

「触ってみなさい」

　家族は手を伸ばし、順番に傷痕に触れた。

「神々しいテルルを求める旅は四年にも及んだ」とルコムスキーは続けた。「一瞬たりともその歳月を惜しんだことはないが、その間ずっとお前たちがどれだけ苦しんだかは理解している。私もまたお前たちとの別離に苦しんだ、それはもうひどく、恐ろしいほど苦しんだ。お前たち愛する家族の面々に思いを馳せながら、いくつ眠れぬ夜を過ごしただろう！　せめてお前たちからラジオキスやトゲの一つでもあればな……。しかし私は、別離に苦しんだだけではなかった。帰ってきて、人生を崇高で意味や価値あるものにしてくれる奇跡についてお前たちに語り聞かせられることを喜びもした。そしてその自覚の助けがあってこそ、果てしなく長く険しい道のりに、別離に、喪失に耐え、身に降りかかったすべてに、テルルへと至る長い道のりで直面したすべてに耐え抜くことができたのだ。おお、あの道程、あの夢への道……」

ルコムスキーは不眠の目を閉じ、思考の中でその道を再び辿りだしたかのように動かなくなった。そして、目を閉じたまま語りだした。

「私は、馬が曳く車両に乗ってリャザンを通過し、血と精液でタルタリアの盗賊どもから解放してもらい、バシキリアで荷役労働者になり、ウラルで盗みを働き、バラビンで物乞いに身をやつし、テルリアの濾過収容所で三ヵ月過ごし、そこで四度も強姦された。こうしたことすべてに耐えたのは、ただただ十九度目のテルルの釘を自分の頭に打ち込んでもらうためだった。そして、それは実現した」

彼は目を開けた。

「テルルの力がどんなものかは知っているだろう。それは、私たちの脳内のもっとも秘められた願望を、もっとも大切にされた夢を刺激する。加えて、意識的な、深く練りあげられた夢をも、単なる衝動ではない欲求をも刺激する。有名な麻薬物質はどれも決まって私たちを引っ張っていき、勝手な願望を、勝手な意志を、そして勝手な快楽のイメージを押しつけてくる。初めて普通のＬＳＤを試みたときのことを覚えているが、当時私はたったの十一歳だった。いくつかの絵を目にしたが、それは私を感動させ、同時に怯えさせもした。これはお前たちも知っているだろう。後々、それを使いこなし、ほぼ常に快楽のみを得る術を学ぶ。より完成度の高いその他の製品も同じような原理で作用する。だが、テルルは……神々しいテルルが与えるのは、多幸感でも、快楽の痙攣でも、ハイな気分でも、陳腐な七色の恍惚感でもない。テルルは一つの世界を丸ごと授けてくれる。堅固で、本物らしい、生きた世界を。そして私は、ごく幼い頃から夢見ていた世界にいた。私は主イエス・キリストの弟子の一人になったのだ」

　ルコムスキーの目が涙であふれたように思えたが、ことさら深く力強い輝きを新たに放ちはじめただけだった。

「幼少期から青年期にかけての私の夢想がすべて、主の人生にまつわる、主の行いと功績にまつわる思索がすべて実現したのだ。私は使徒の一人になった。私は主に同行し、パレスチナを歩き、山上の垂訓を聞き、ガリラヤのカナでブドウ酒を飲み、ゲネサレト湖を泳ぎ、洞窟から出てくる蘇ったラザロを、浄められた癩病患者たちを、そして崖から海に飛び込んだ豚の群れを見、ゲッセマネの園で眠り、ゴルゴタでローマ人が十字架に磔にされた救世主を槍で突き刺したときには、無力感から号泣した……」

　彼は口を噤んだ。家族も沈黙していた。

「私はすべてを見た」ルコムスキーのその言い方に、妻と息子はぶるっと身震いした。ルコムスキーの岳母の顔は力なく歪み、老人らしいむくんだ目から涙が奔流となって迸った。しかし、涙を拭こうと手を上げることはなかった。妻は夫の手を握り、まるで一緒にカナやゴルゴタにいたかのように彼を直視していた。今にもわっと泣きだしそうな息子の紅潮した顔は苦い非難に満ちていた。どうして僕を連れていってくれなかったの、父さん？　そして、六歳のリータだけが相も変わらず不動で、青い目を大きく見開き、貫くような視線を父親に向けたままじっと座っていた。

「お前たち」ルコムスキーは続けた。「今や、私たちの誰もが人生の目的を持っている。何を為すべきかを知っている。この先いかに生きるべきかを知っている。そして、何のために生きるべきかを」

　にわかに彼は椅子をひっくり返して立ち上がった。椅子は五月の若草の上に思いがけず静かに倒れ、父親は娘の腋の下を抱えてテーブルに乗せた。娘はまったく驚く素振りを見せず、相変わらず大きく見開いた目を前方に向けていた。

「娘よ、私たちの胸の内で燃えているものを教えておくれ」とルコムスキーは言い、ひざまずいた。

　妻、息子、岳母もまたひざまずいた。

　ルコムスキーの娘は仰向き、花咲く桜の木漏れ日を見ながら話しだした。

「天にいます我らの父や。願わくは汝の名は聖とせられ、汝の国は来たり、汝の旨は天に行わるるが如く地にも行われん。我が日用の糧を今日我らに与えたまえ。

我らに債ある者を、我ら、赦すが如く、我らの債を赦したまえ。我らを誘いに導かず、なお我らを虚偽と悪意より救いたまえ」

「アーメン」ルコムスキーは言った。

そして、この果てしなく長く険しい一日で、初めてほっと微笑んだのだった。

47

大草原(ステップ)が広がっている。私の前におとなしく延びている。

私の白い牝馬の蹄の下に無窮のステップが広がっている。誰がステップを測る？　どうやってその広さを測る？　それができるのはただ、私の忠実な弩(いしゆみ)から放たれる矢と、私の牝馬の凄まじい疾駆と、そして私の願望の飛翔だけ。

ハイヤア！

駆けよ牝馬、私の願望の道の上を。広がれステップ、私の下で無窮の絨毯となって。吹けよ風、私のテルルの楔の中で鳴り響け！

ハイヤア！

私は自由に生きる。都会も人間も私の自由を止められはしなかった。私は暗い都会に生まれ、石棺の中で父母は私に命を与えた。石棺の中で母は私を産んだ。石棺の中で都会人は生きる。石棺の中で生まれ、その中で生き、死んでいく。死ねば木棺に移され、永久に大地に呑み込まれる。ある棺から別の棺に移されるために生きる価値はある？　遅い石棺的願望で満ち足りるために生きる価値はある？　都会の石棺の中で願望が静まるように生きる価値はある？

ハイヤア！

テルルは私に単純な真理を明かした。私は暗い都会から、石棺から逃れた。悲しげな母と遅い父を牝馬と弩に取り替えた。牝馬こそ私の母。弩こそ私の父。牝馬と弩より身近な者など一人もいない。ただ彼らだけを愛し、彼らだけを信頼し、彼らだけに忠誠を守る。

ハイヤア！

風と星とステップは私の友。私は彼らの友情を重んじ大事にする。友の助言は貴重であり、他の何とも取り替えたりしない。風は順風の歌を歌い、楔の中で鳴り、確かな言葉を耳にささやく。星は道を示し、注意を促しては守り、方向づけては警告する。ステップは私の牝馬の足下に延び、寝床を与え、草でもって寝かしつける。草は私にステップの夜の歌を歌ってくれる。

ハイヤア！

ステップの広大な空間こそ私の世界。跡をたどっては身を潜め、隠れては襲い、追いついてはまた追い、愛しては殺すことこそ私の願い。私の目は鋭く、耳は聡く、手は忠実。見ては聞き、追いついては捕らえ、服従させては打ち負かす。

ハイヤア！

風よりも速く私の矢は飛ぶ。それは当て損なうことも容赦することも知らない。私の願望はさらに速い。私を目標へと運び、鋼の弾をよけることを助けてくれる。

私は人間の弾をよける。なぜなら私は速く、石棺の人間は遅いのだから。思考も遅く、願望も遅く、鋼の馬も遅く、弾も遅い。どれだけの弾が私の速い体の脇を寝ぼけた雄バチのようにぶんぶん飛んでいっただろう？　どれだけの鋼の馬が私の白い牝馬に追いつこうと無駄な努力をしただろう？　どれだけのハンターが私を狩りに出てきて、反対に狩りの標的へと変えられただろう？

ハイヤア！

私の弩の弦が鳴り、遅い体に向かって矢が飛ぶ。遅い体は私の矢に貫かれて落ち、あっと驚いてステップの大地に倒れる。速い死が遅い体を見舞う。そして遅い体はステップに取り残される。速い死は都会の棺からやって来た遅い人間をさらう。ステップには自由なものたちが残る。棺の代わりに風と星、聖職者の代わりにソウゲンワシ、書記の代わりに黒いワタリガラス。草は私に殺められた者たちを弔う。

ハイヤア！

私は私を狩ろうとする者を殺める。欲しい者をさらう。男が欲しい、女が欲しい。私の熱い魔羅で男を激しく愛でる。私の熱い舌で女を優しく愛でる。私の愛の激烈さに彼らの心臓は冷たくなる。けれどもその愛は束の間。男や女をくたくたになるまで愛でた後、私は彼らを置き去りにする。ステップには私の愛に疲れた体が残っている。彼らは私の情欲の熱を覚えているだろう。遅い人間たちの誰もまず私のようには愛せまい。私はこの男女らに愁いと涙の運命を背負わせる。私の熱い体を懐かしみ、都会の棺の中で夜ごと涙を流すだろう。けれども、石の都会に愛の救いをもたらしてくれる者はいない。私の道はステップのさらにその先へ、新たな目標と願望へ。

ハイヤア！

風が順風の歌を歌う。私の牝馬の蹄の下でステップが唸る。星が正しい道を示し、方向づけ、注意を促す。時間は心の中で消え去った。あるのはただ空間と願望の渇きのみ。私は永遠に幸福だ。

ハイヤア！

48

そういうわけで、パトリックとエンゲルベルトはハネムーンにはやはりエキゾチックな国々を旅して回ることに決めたのだった。そして最初の訪問国は、ＳＳＲ——スターリン・ソヴィエト社会主義共和国——になった。

　旅行をＳＳＳＲから始めるというアイディア自体は、誰あろう、パトリックの頭に浮かんだものだった。こんなことを思いつけるのは、回転は速いが浅薄でもあり、疑うということをまるで知らない、彼の頭脳くらいのものだろう。けれども、鈍感なエンゲルベルトは反対しようとしなかった。単純に、どうでもよかったのだ。事実上、彼の心を震わせるものはただ一つしかなかった。パトリック、彼の麦わらのような剛毛、永遠に十代の痩せた胴体、今にも柔らかい皮膚を突き破りそうな肋骨、永遠のひび割れ声。どんな国だろうと、どんな大陸や惑星だろうと、パトリックを見て、キスして、触れることさえできれば、どこだって同じなのだ。

「エセセセール！」とパトリックはロシア語の発音で言い、自分のプテロダクティルスのイヤリングをパチンと弾きながら笑っていた。

　実を言えば、パトリックのアイディアに特別な意味はなかったのだが、個人的な動機があった。彼の祖父はＳＳＳＲ（ソ連）崩壊の日にサンクトペテルブルグで生まれた。この祖父はその後プーチンのロシアからフランスに移住し、パトリックの祖母となるフランス人女学生と結婚した。ロシア語でパトリックに残ったのは、三十の単語、それから、祖父が読み聞かせてくれたかなり奇妙なロシア民話の、ペチカに乗って方々を旅したり、魚の言葉を話せたりする何とかのばかに関するおぼろげな記憶だけだった。

　穏やかでしっかり者のエンゲルベルトが関心を持ったのは、この普通とは異なる国の安全性の問題だけだったが、観光客の身の安全は保証されていた。

　六月一日、二人はウィーンからチャーター便でSSSR唯一の空港に到着した。このごく小さな国のあらゆるものと同じように、空港にもスターリンの名が冠されていた。

「着いたぞ（オニ・エ）、象さん（ババール）！」スターリニスト観光客たちの拍手とともに飛行機が着陸したとき、パトリックはエンゲルベルトに言った。

「ようこそ（ヴィルコメン）、仔鹿くん（マイン・キッツ）」エンゲルベルトはパトリックに返事をした。

　二人はキスした。

　もっとも、彼らは自分たちの間では再び流行している英語で話すよう心がけていた。恋人たちは言語の選択をせねばならなかった。実際、選択ができたのだ。

両親は十二歳のパトリックをワッハーブ派革命に巻き込まれたフランスから安全なスウェーデンへと連れ去り、そこで彼は育ち、技術大学に入り、卒業後は冷たい機械の仕事に携わろうとしていた。パトリックの家では主としてスペイン語が話されていた。彼の父親はコルドバ生まれで、スペイン経済のあらゆる希望を打ち砕いた悪名高いスペインの黒い金曜日から逃れるため、若い頃にフランスに移住したのだった。パリ郊外でウェーターの職に就き、その数年後、当時ホテル〈ワーテルロー〉の客室係だった、ロシア人とフランス人のハーフであるパトリックの母親と結婚した。

　エンゲルベルトはミュンヘンで豊かな歴史を持つ知識人家庭に生を受けた。彼の曾祖父はバイエルンの著名なドイツ文学者で、片方の祖母は中世史を教え、神学者だった片方の祖父はインドで愛人と有名な崖から身投げし、もう片方の祖母はオペラ劇場で歌い、もう片方の祖父は生涯鳥類学とコンセプチュアル・アートに従事した。化学専攻だったエンゲルベルトの父親は、ワッハーブ派の騒乱に包まれたミュンヘンから家族とともに山に逃れた。そこには、父親の自殺後アルバニア人農婦と結婚し、オベルブフビフル村に移住して、永久に自然と一体化することを決めた少々変わり者の弟が暮らしていた。弟は経済学者から農場経営者に転職し、驚くべきやり方で成果を上げた。家族とともにやむを得ず弟のもとに身を寄せたエンゲルベルトの父親は、絶景のアルプス山脈に長居するつもりは毛頭なかった。だが騒乱の鎮静後、バイエルンが突如ドイツから分離し、独立国家となったことで、どうしたわけか父親は継続的な鬱状態に陥ってしまった。無政府主義者で汎神論者の弟の方は独立に歓喜した。エンゲルベルトの父母と二人の兄弟はオベルブフビフルに留まり、とうとう都会には戻らなかった。当のエンゲルベルトは、少年時代は形成外科学と遺伝子工学の話ばかりしていたものだが、哲学者になる勉強をするためにミュンヘンに行くことに決めた。自分の欲求を合理的に説明することはできなかった。

「意味を見つけたいんだ」彼は家族会議の場で言った。

すでにアルコールに親しんでいた鬱状態の父親にこの言葉は催眠術的な効き目を現し、彼は一も二もなく承諾した。今日の時代としては奇妙な職業選択に、父親は動乱の時代の後に訪れる平穏な暮らしの兆しを見たような気がしたのだ。つべこべ言わずに息子の学費と小遣いを払ってやり、ウェーターのアルバイトをして金を稼ぐ必要を省いてやった。もう四年間もエンゲルベルトはもっぱら哲学に打ち込んでいた。そして、この課業は彼に満足を与えていた。

パトリックとはフランクフルトで開催された技術成果フェアで知り合った。エンゲルベルトをそこへ赴かせたのは、技術への愛ではなく（それには彼は無関心だった）、ヨーロッパのネオ脱構築主義者たちを粉砕し、ヘクトル・モルティメスコの『非存在と時間後（ニヒトザイン・ウント・ポストツアイト）』に一ダースものずっしりした丸石を投げつけた、哲学者蘇真（スー・ジエン）の流行本『神の機械』だった。エンゲルベルトは蘇真（スー・ジエン）の瞠目すべき思想の視覚的な証拠を探していたのだ。

パトリックに目を留めたのは、言葉をグルメ料理に変えてくれる有名な機械の第五モデルのそばでだった。フェアの来場者は希望すれば料理を受け取り、試食することができた。知識欲旺盛なパトリックが少額を支払ってから言葉取り入れ口に向かってロシア語の〈ピズジエーツ〉[*1]という単語を発すると、機械は軽くブーンという音を立て、そして何やら楕円形の緑がかったピンク色のものを搾り出した。オレンジ色っぽい紅（プロミ）

炎(ネンス)を噴き上げ、真ん中にワインレッドの半球を載せたその料理は、曰く言いがたいにおいを放っていた。

「これを食べるんですか？」その様子を観察していたエンゲルベルトは興味をそそられた。

「必ず食べる！」そう言ってパトリックはもじゃもじゃ頭を激しく振ったので、彼のプテロダクティルスのイヤリングがくちばしを開いてガァと鳴いた。

　パトリックと彼のプテロダクティルスをたちまちエンゲルベルトは好きになった。彼も機械に金を支払い、〈現存在(ダーザイン)〉*2と言ってみた。機械の半透明の漏斗口からは、象牙色の美しい立方体が出てきた。

　並んで立ち、自分たちの作品の口直しに苦いフランクフルトのビールを飲みながら、二人は知り合いになった。エンゲルベルトにとって、パトリックの姿はあの立方体――舌の上で心地よくとろける軽やかなフィッシュスフレ――の味と永久に結びついた。

　結局、〈ピズジェーツ〉の味はパトリックにはわからずじまいだった。それでも、勇ましくすべて平らげた。彼はエンゲルベルトのどっしりした体格や落ち着き、しっかりしたところが気に入り、すぐに〈象さん〉というあだ名をつけ、この象さんの鼻は大きいぞと直感した。そして、それは正しかった。

　汚らしいホテルで夜を過ごした二人は、明くる日の昼には別れてそれぞれの家路につかねばならなかった。六度、彼らはバーチャル・セックスを行った。そして、夏に実際に会って〈クールな場所に〉行こうと決めた。

　今や、それが実現したのだった。

　クリスタルガラスでできた高さ五メートルのスターリンが聳え立つ空港で二人を引き取ったのは、うら若いゲイ（注文どおり）のガイドで、流暢な英語でべらべら捲し立てながら、ＳＳＳＲの首都に連れていった。

　この国の沿革それ自体にクールなエキゾチシズムがあった。ポストソ連ロシアの崩壊とその空間における十五の新国家の出現の直後、モスクワの三人のスターリニスト政商(オリガルヒ)がバラビンとウラル民主主義共和国から百二十六平方キロに及ぶ空き地の塊を買い占めた。このスターリンの夢の島に、口ひげの指導者を崇拝する金持ちたちが押し寄せて来たのだった。貧乏なスタ

*1　［訳註］女性器の卑称であるロシア語の「ピズダー」から派生した、非常に幅広い意味を持つスラング。

*2　［原註］マルティン・ハイデガーによって哲学言説に導入された哲学概念。

ーリニストには道は閉ざされていた。相当な早さで新国家の樹立が宣言され、国土は機関銃座を備えた巨大な電気柵で周囲のポスト帝国世界から隔離された。単一の国におけるスターリンの楽園の建設はスタハーノフ＝ハリウッド的テンポで進み、六年後には早くも国が観光客に門戸を開いた。彼らはすぐに詰めかけた。チャーター便だけでは、国民がスターリニズムという新たな宗教を信仰している〈世界一公正な国家〉を一目見たいと願う人々を輸送しきれないほどだった。

　実際、オリガルヒは創造的かつスターリン流の鉄のような揺るぎなさでもって自らの夢を形にしたのだ。大規模な建築を除き、ソ連の独裁者の支配が残したシンボルは、彼自身の亡骸も含め、ほぼすべて彼らに買い占められた。ＳＳＳＲの首都スターリングラードには巨大な大理石の聖堂が建設され、そこの分厚い防弾ガラスの下では〈全進歩的人類の指導者〉の聖骸が安息を得ていた。新たな宗教が創出されたのであり、優れた知識人や神学者らがその根拠づけや解釈に取り組んだ。

　果たして、この数年間でＳＳＳＲを体験しなかった観光客などいるだろうか！　急進左翼、トロツキスト、ありとあらゆる傾向の無政府主義者、チェ・ゲバラの動くタトゥーを彫った反抗者、ゲリラ戦の古兵（ふるつわもの）、流行作家、人生に疲れたり疲れなかったりの富豪、マゾヒスト、フェティシスト、狂人、そして最後に、倦むことなく情報や映像を貪りつづけるただの観光客たちがここを訪れた。

　スターリニストたちはとりわけ自分たちの定期大会の件で参集した。大会は特別に建てられたソヴィエト宮殿で行われるのだが、それは指導者の存命中にモスクワでついぞ実現されることのなかった、三百メートルもの高さを誇るキュクロプス級のオリジナルの五分の一サイズのコピーだった。

〈万国のスターリニストよ、団結せよ！〉――各大会はこのスローガンのもとで行われた。

　そして彼らは五年ごとに団結し、経験を交換し、発表を行い、資本主義に、君主制に、修正主義に、日和見主義に呪詛を浴びせ、次期スターリン五ヵ年計画について報告しながら、口ひげを生やした不滅の神に敬意を表して行われる拍手喝采や乾杯の集団的絶頂感（オーガズム）の中で一つに溶け合うのだった……。

　空港から首都への道路は、矮林と上等な邸宅に覆われた丘を通っていた。

「これは別荘（ダーチャ）ですか、それとも住居？」エンゲルベルトはいつもの癖でパトリックのほっそりした指をいじりながらガイドに訊ねた。

「ここには我が国の創造的知識人たちが住んでいます」青年は説明した。「スターリングラードに住んでいるのは基本的にサービス部門で働く人々です」

「首都の人口は？」パトリックが訊ねた。

「三十万だよ」しっかり者のエンゲルベルトはパトリックの耳にささやいた。

「三十四万二千六百四人です」ガイドがチャーミングな笑みを浮かべながら訂正する。

「で、全員がサービス部門だけで？　クールだ！」パトリックはプテロダクティルスをパチンと弾き、エンゲルベルトの小鼻の先に指で触れた。

「聖堂、ソヴィエト宮殿、博物館、映画館、レストラン、ショップ、公衆浴場、プール、体育館、娼館、等々、どこでも不断の気配りが求められるのです」ガイドが説明した。

「だから工業生産は皆無なんですね」エンゲルベルトは大真面目にうなずいた。

「ＳＳＲが生産しているのは、スターリニズム関連のグッズや本や映画だけです。ここの空気は極めて清浄ですよ」

　空気は実際に澄んでおり、爽快でうきうきする気分にさせてくれた。恋人たちは天候に恵まれていた。太陽が照り、空が青かった。

　プログラムは盛りだくさんだった。ランチの後で旅行者たちを待っていたのは、ＳＳＲの主聖堂訪問、すなわちスターリンの聖骸見学だった。荘大なピラミッド型の建物の内部は高価な装飾が燦然と光り輝き、正教と構成主義と古典主義の共生が観る者を圧倒した。大理石の柱が高々と伸び、シャンデリアが輝き、黄金の巨大な鎌とハンマーが眩しかった。聖堂の中心には、神の暮らしを描いた聖障（イコノスタス）と至聖所が聳え、至聖所の前には聖骸が納められたスプレマティズム風のガラスの棺が安置されていた。聖堂のピラミッドの側面には、厳格な古典主義の手法で描かれた盟友たちのイコンの数々が大規模に飾られていた。パトリックが気に入ったのは、赤いトーガをまとい赤熱したやっとこを手にしたエジョフで、エンゲルベルトが記憶に留めたのは、農民や動物とともに白樺林にいる品のいい白ひげのカリーニン、それに裁判官のマントを羽織り光り輝く天秤を手に持ったヴィシンスキーだった。前者は彼にバイエルンや牝牛や両親を、後者は大学や落第した新人類学のレポートを思い出させた。

聖堂にはまるで映画館のように柔らかく深い肘掛け椅子が何列も並んでおり、半ば身を横たえることすらできた。これは快適だった。広げた椅子からはミケランジェロの画風で描かれた天井画がよく見渡せた。そこでは、雲にすっぽり包まれたマルクス似のひげ面の万軍（サヴァオフ）の主が、熾天使（セラフイム）たちに取り囲まれながら昇天していく若く美しい裸体のスターリンに向かって御手を差し伸べていた。

聖堂では小人たちが配る軽い飲み物が出された。ガイドはしばらく二人から離れた。聖堂の塔門（ピロン）には新聖人に捧げられる主祈禱文が光り、それは三つの言語——ロシア語、中国語、英語——で書かれていた。〈聖なるスターリンよ、聖なる鋼（スタリノイ）の者よ、聖なる完全者よ、我らを憐れみたまえ……〉——そう祈禱文は始まっていた。

椅子に半ば身を横たえ、祈禱文を少しずつ読みながら、エンゲルベルトはパトリックのズボンの前開きに自分の御手を突っ込んだ。

「軽いペッティングだろうな、象さん？」パトリックは椅子の間をせかせか動き回っている矮人からアップルショットのグラスを受け取りながら訊ねた。

「害はないよ」エンゲルベルトはノンアルコールビールを啜っている。

愛撫の間、彼は決まって無口になった。

二人は聖堂を出て、ホログラムや模型や展示品や書類などでいっぱいの博物館に案内された。ある独立のホールでは、スターリンがまだ存命中に受け取った贈り物の数々が展示されていた。パトリックを楽しませたのは（クール！　クール！）、中国の共産党員たちの手になるスターリンの肖像が彫られた米粒だった。エンゲルベルトが記憶に留めたのは、ポーランドの都市ウッチの労働者たちから贈られた電話で、それは地球の形をした本体に、ハンマーの形をした受話器と鎌の形をしたフックレバーがついているのだった。

博物館見学の後、エンゲルベルトはいつものように疲労を感じたが、パトリックの方は逆に興奮してきて、水浴びをしたくなった。ガイドが現れ、二人は女性水泳選手の彫刻が立ち並ぶシティビーチに赴いた。砂浜ではスターリンの歌が大音量で流れており、池には華やかに着飾った若者たちが乗るボートが浮かんでいた。

　シベリアの夏の暑さにもかかわらず、水はやはりちょっぴり冷たかったので、パトリックは早々に水から出たが、不屈のエンゲルベルトはそれでも克己心から泳いだ。デッキチェアに寝そべりながら、友人たちはなかなか悪くない地ビールをちびちび飲んだ。

「お二人とも、晩にあのお方との対面があるのをお忘れなく」ガイドが念を押した。

「忘れるわけありませんよ」エンゲルベルトはリラックスした様子でつぶやいた。

「クールだ！」パトリックはエンゲルベルトの手のひらをパンと叩いた。「象さん、オリジナルに会う準備はいいか？」

「もちろん（ナテユーアリヒ）……」エンゲルベルトは白いボートに向かって目を細めた。どのボートにも青年とブーケを持った娘が乗っていた。

　彼はボートの数を数えた。全部で十八艘だった。

　砂浜と水が旅行者たちの食欲を喚起した。そして二人はまもなくグルジア料理レストラン〈ゴリ〉のテーブルに着き、キンズマラウリを飲み、タンパク質やハーブや胡椒や脂肪を豊富に含んだグルジア料理を試し、民族衣装に身を包んだアンサンブルの演奏によるスターリンが愛した歌に耳を傾けた。

　腹が満たされると、ベッドが恋しくなった。

　恋人たちの束の間の親密な関係は眠りで終わった。それは一時間半後にガイドからの電話で破られ、対面の時が訪れたことを知らされた。

　友人たちはシャワーを浴び、ミニカップで濃いグルジアコーヒーを飲み、服を着てロビーに降りた。そこで待っていたのはガイドと〈エムカ〉[*3]という自動車、それに前世紀三〇年代に流行した服を着たにこやかな運転手だった。

「さて、驚くべき旅がお二方を待っています」ガイドは二人を車に案内しながら早口で見事に捲し立てた。「我が国は観光客の皆さまに無料のテルル・トリップを行い、発達したスターリニズムの偉大で峻厳で英雄的な時代に赴き、個人的に同志スターリンと面会する機会を提供いたしております。教養あるヨーロッパ人であるお二方は、おそらく、著名なヨーロッパ知識人

＊3　［原註］一九三六〜一九四三年に製造されていたソ連の自動車GAZ-M1。

であるスヴェトニー・リクイダスの『私のスターリンとの七つの出会い』という本をご存じでしょう。この本は、著者が我が国での三ヵ月の滞在中に当地で行った七回のソ連旅行について物語ったものです。この本は世界的ベストセラーとなり、すでに映画化もされ、リクイダスと指導者の対話はヨーロッパの左翼知識人の間で広く引用されています」

「〈人間が存在しなければ、問題も存在しない、同志リクイダス〉」エンゲルベルトは思い出した。「〈ロボットが存在するならば、問題も存在する〉」

ガイドは美しい口を開いて嬉しそうに笑いだした。

「クール！」リクイダスについて何一つ耳にしたことのないパトリックが言った。

「きっと、お二方は他の回想録も見かけたことがおありでしょう。たとえば、女優のクロエ・ロビンスは指導者の愛人となり、その秘められた――疲れきって、孤独で、深い情感に富んだ――魂の驚くべき性質を突き止めましたし、メディア王のブフヴァイツェンはトリップの後メガヒットしたテレビチャンネル〈スターリングラード〉を開設し、自動車王のホプキンスは指導者との交流の後で自社の一つを倒産から救い出すことができ……」

「それなら知ってるぜ！」パトリックはエンゲルベルトの耳をつかみながら遮った。「いいか、象さん、そいつはここで釘を打ち込んでもらった後、赤字だった二つの自動車工場を近代化する決定を下したんだ。そうしたおかげで、利益がたちまち四十パーセントも増えた。けど、最高にクールなのは、やつが具体的に何をやったのか、誰にもはっきりとわからないってことなんだ！　工場はまったく同じ車を製造しているのに、なぜか活発に買われるようになったんだ！」

「謎ってこと？」エンゲルベルトはスターリン大通りをゆっくりと走る車の窓の外を眺めながら訊ねた。

「知るかよ。ひょっとしたら、単に脳味噌の働きがよくなっただけかもな、いつもテルルをやった後でそうなるみたいに。言ったろ、俺は飛行と水泳の能力が開花したって。滑空飛行（モモンガ）の免許も簡単に取れたし、泳ぎもうまくなった、リアルに！　前はめちゃくちゃ水が怖かったのに」

「ああ、僕も覚えがある……」エンゲルベルトはパトリックの指を撫でた。

一年前、彼自身もまた、父親からの仕送りの金を少しずつ貯め、テルルを試してみたのだった。これは強烈だった。彼は偉大なアテナイの学堂で忘れ得ぬ時間を過ごし、多くの新しいことを知った。彼は偉大なプラトンと共通の言語を見いだすことができず、歓喜のあまり動けなくなって長々と苦しい無言のキスを交わし、それから立派な体格の哲学者に、彼がしたいことをすべて自分にすることを許した。ピタゴラスはうんざりするほど退屈な男に思われ、プロティノス老人はなぜかエンゲルベルトに神秘的な恐怖を呼び起こしたが、快活で寛容なパルメニデスとは生産的な対話を行うことができ、結果として二十一世紀の使者は古代ギリシャ人に――ヘーゲルもハイデガーもサルトルも援用せずに――非存在は存在と同じく現実的であり、したがってそれは純粋な現在と同じである、つまり存在は非存在により生じるが故に永遠ではない、ということを論証することができた。

　もっとも、このトリップで何か能力が増大するようなことはなく、プラトンの威圧的でしつこい舌の味だけが記憶に残った。

　ガイドは〈ワッハーブ派のハンマーの打撃後のイデオロギー支援〉を求めるためにＳＳＳＲに殺到してきたヨーロッパの政治家たちについてべらべら喋っていた。フランスの大統領やベルリンの選帝侯もまたここに滞在し、スターリンと民族問題について語らったらしい。

　エンゲルベルトはあまりガイドを信用していなかった。それに、そもそもからして彼は、パトリックの意志でやって来た、この観光的で、でっち上げで、徹頭徹尾人工的な国にあまり興味を持てなかった。スターリンにも関心がなかった。けれども当然のように、流行のリクイダスは読んでいた。何しろ、偉大なモルテイメスコの『非存在と時間後（ニヒトザイン・ウント・ポストツアイト）』と論争になった彼の『猶存在と時間後（ドツホザイン・ウント・ポストツアイト）』は哲学部の全学生が読んでいたのだ。だが、ＳＳＳＲに来たからには、やはり一九三七年に行ってみなくてはならなかった。著書でリクイダスは二つの章をこの年に捧げていたが、それというのもその年を二度訪れたからだった。最初は内務人民委員部（エヌ・カー・ヴェー・デー）の刑吏となって演出家メイエルホリドを訊問し、その後は早くもメイエルホリド本人となり、取調官に不眠責めにされ、ゴム棒で打ち据えられた。その結果として、エネルギッシュな実存主義的哲学ルポ〈強制的／非強制的に望まれた暴力の機械〉が生まれ、その中でリクイダスは自らの体験と、トリップで得た歓喜を伝えていた。それによれば、このトリップは〈心身医学をアップグレードし、身体性をフォーマットし、実存を再インストールした〉のであり、次のトリップではもうスターリンの政治局の一員となり、指導者の前にひざまずき、その手にキスしたのだった。それに対して指導者は、〈ばかをやるなよ、カリーヌイチ〉とつぶやいた。

「清潔な頭か……」エンゲルベルトは物思わしげに言った。

「俺はだいぶ長いこと洗ってないぜ！」パトリックは笑いながら告白した。

　広大な対面の聖堂で二人を待っていたのは魅力的な白衣の娘たちで、彼女たちは二人の服を脱がせ、頭髪を剃り落とし、大理石の浴槽に浸からせ、体を洗い、アルタイ産のオイルを擦り込み、スターリンのシンボルが丁寧に刺繍された白衣を着せた。ゴルノ＝アルタイスクの薬草茶をたっぷり飲んだ後、観光客たちは健康被害があった場合も苦情の申し立てをしないという恒例の契約書にサインし、その後、意味ありげな落ち着きを顔に浮かべた白ひげのテルリア人の手に委ねられた。彼は二人を特別な肘掛け椅子に座らせてから、必要不可欠な手順を踏み、芳香を漂わせるつるつるした頭に二本のテルルの楔を打ち込んだ。

　パトリックは八分後に死んだ。エンゲルベルトの脳はほぼ四時間にわたって死と格闘した。

　興味深いことに、ＳＳＳＲではそれまでテルル・トリップによる死亡例はたった二件しかなかった。最初にあの世に逝ってしまったのは、共産党員の両親に連れられてスターリンの国にやって来た三十歳のイギリス人女性で、次に永眠したのは、一九三〇年でソ連のジャズピアノ奏者ツファスマンに会い、彼とトラックを録音することを夢見ていたアンゴラ出身の十九歳のバイオラッパーだった。この犠牲者たちは、パトリックやエンゲルベルトと同じく、スターリニストではなかった。その一方で、口ひげを生やした〈諸民族の父〉の大崇拝族は決して苦しまなかった。彼らは皆、満足し若返って旅から帰還し、とある九十三歳のチェチェン人女性などは、後に『私はスターリンの面（つら）に唾を吐いた』という仰々しいタイトルの本を出版したほどだ。

　だが、パトリックとエンゲルベルトはなぜか運が悪かった。
なぜかって？　それは誰にもわからない……。
冷凍された二人の遺体はＳＳＳＲの負担で家族のもとへ送り届けられた。
とまあ、こういう話だ。

49

私は見た、テルルによって黒い狂気から救い出された同世代の最悪の頭脳を

　平凡な人生の日々の泥沼を克服した人々の頭脳を

俗物的な自己過信と愚かしい自己満足というコンクリートの皮を自分の魂から脱ぎ捨てた人々の頭脳を

　この世の宿命という幻想（キメラ）を瞬く間に踏みにじった人々の頭脳を

世界認識の疲労という灰色のもさもさしたかびを自分の目から払い落とした人々の頭脳を

　べとべとする鬱病の殻を新たな手で粉砕した人々の頭脳を

千年も続く塞ぎの陰鬱な面（つら）にまったき価値という熱いマグマを吐きかけた人々の頭脳を

　埃まみれの図書館の空っぽの眼窩に生の新たな息を吹き込んだ人々の頭脳を

分裂症的絶望によって読者を精神病院や自殺へと追いやる何千冊もの書物を無に帰した人々の頭脳を

　この世の寄る辺なさという墓に光り輝くテルルの杭を打ち込んだ人々の頭脳を

人間的な自己幻滅という陰気なドラゴンの背骨をへし折った人々の頭脳を

　先行世代の弱さの灰から永久に立ち上がり、新現実の頂点へと自分の輝く体を運び上げた人々の頭脳を

血と汗と涙で錆びついた時の鎖を引き裂いた人々の頭脳を

　時、白い目をした希望と期待の刑吏

時、待ちくたびれて卑屈になり希望の潰(つい)えに傷ついた数十億人をその地獄の機械で八つ裂きにしたもの
時、いくつもの世代をまるで蚋(ぶゆ)のように不可能という無慈悲な琥珀で覆ったもの
時、人に鞍を置き、二度と戻らぬものへの永遠の渇望という鋼鉄の轡でその口を引き裂くもの

時、二本足に拍車を掛けては幻の成功を追い求めてギャロップで駆けさせ、息を引き取るまで、罪の赦しが出るまで、火葬場のガスバーナーに焼かれるまで、鼻が燃えボタンが溶けるまで、冷たい骨壺の中で温かい灰になるまで駆り立てるもの
あなたたちの眠れる脳に入り、それを想像で満たしたのはいかなる金属か？

テルル！　実現した夢！　現実と化した思考！　子どもの空想！　凍りついたガラス窓を溶かすクリスマスのささやき！　枕を濡らす涙と涎！　親切な魔法使いたち！　生き返る王女さま！　素敵な王子さま！　おとぎ話！　懇願！　あり得ないこと！

テルル！　ずっと前に去っていった者たちの思い出！　あなたたちの寝室に入ってくる今は亡き恋人たち！　私たちを抱きしめる過去の亡霊たち！　行方をくらました人々のにおい！

テルル！　具現の力！　不器量な女たちの痛ましい夢想！　不具者たちの夢！　乞食や白痴たちの胸の奥！　孤独な者たちの毎夜の祈り！　期待と願い！　現実を押しのける並行世界(パラレルワールド)！


テルル！　新たな希望の地平！

テルル、天使の衣(ころも)の如く光るもの！

テルル、預言者の稲妻の如く輝くもの！

テルル、神々しいメスとなって何百万もの脳に入り込むもの！

テルル、人間的なものの限界を拡張するもの！

テルル、過去・現在・未来への確信で人々を満たしたもの！　自信！　幸福！　歓喜！　あふれるまで！　我を忘れるまで！　血が沸き立つまで！　魂の大いなる平安が訪れるまで！

テルル、その名は時空の克服！

テルル、私たちを完全にしたもの！

テルル！

お前は過ぎ去りし人類の諸世紀の夜に燦然と輝く！

お前は歴史の闇を払う！　お前は導きの星ポラリス！

お前は墓を開く！　お前は怪我や、爆弾や、有毒物質や、オーバードーズや、叶わぬものへの幻滅により死んだ兵士、自殺者、麻薬中毒者たちを蘇らせる！　お前は彼らの腐敗する骸（むくろ）を集めて作り直す！　お前は彼らを肉親や恋人たちのもとへ導く！　非業の死を遂げた者たちを！　自分の血反吐で窒息した者たちを！　目や睾丸や頭を失った者たちを！　戦車に押しつぶされた者たちを！　コンピューターの電子幻想ペーストに溶解した者たちを！　戦争の猛火や狂気のとろ火に焼かれた者たちを！　自分の血を何千ものあふれる浴槽に流した者たちを！　奇跡への不信という夜明け前のアスファルトに激突してつぶれた者たちを！

　テルル！

　お前は彼らの骸を光り輝く手で削り取る！　アスファルトから！　反吐まみれの舗道から！　浴槽の壁から！　お前は前よりも健康な新しい体をこしらえる！　墓の中で腐りゆく麻薬中毒者たちの輪廻！　灰と化した兵士たちの転生！　犬に食われた乞食たちの復活！　取り戻された身体性の力！

　テルルの鐘があなたたちを呼び集める！　消え去った魂たちの帰還！　新しい唇！　新しい目！　彼らは嬉々として勝ち誇ったように笑っている！

　テルルは彼らを蘇らせた！　彼らは私たちを抱きしめる！　私たちは一緒だ！　死は存在しない！　私たちは朗らかで、力強く、幸せだ！　私たちは自分たちの夢と抱き合う！　私たちは待ちおおせた！　私たちは平らな地面を蹴って跳び上がる！　私たちは跳んで跳んで跳んでいく！　上へ！　上へ！　上へ！　汚れたアスファルトから！　舗道から！　虫に食われた納骨所から！　燃える建物から！　死体置き場（モルグ）から！　刑務所や収容所から！　共同墓地から！　爆破された兵舎から！　失敗の経歴から！　吐き気を催させるオフィスから！　ぐにゃりと曲がった戦車から！　インペリアル・ホテルから！　廃墟と化した都会から！　うんざりさせられる別荘から！　フィットネスクラブやプールから！　アイデンティティの危機から！　コンクリートや愛の破片の下から！　レストランや映画館から！　温かい家庭のベッドから！　上へ、上へ、テルルに集められた者たちよ！　上へ！　上へ！　現実の希望へ！　実現不可能なものとの再統合へ！　肉親や近しい人たちへ！　愛する人たちへ！　願うことを禁じられた人たちへ！　あり得ないほど崇められる人たちへ！　慈しむことが罪とされた人たちへ！　偉大な人たちへ！　モーツァルトやプラトンへ！　ニーチェやドストエフスキーへ！　仏陀やキリストへ！　毛（マオ）やヒトラーへ！　新たな共生へ！　時への勝利へ！　生ける神々へ！　死への勝利へ！　上へ！　屋根の上へ！　通りの上へ！　川の上へ！　虹の上へ！　上へ、雲の上へ、おお、テルルのカタパルトよ！　上へ、燃え盛る熾天使（セラフイム）たちへ、賢明な智天使（ヘルヴイム）たちへ、厳格な天使たちへ、王座と支配へ、力と権力へ、上へ、上へ、上へ！

50

ジャガイモが尽きた。一つ残らず。夜明けとともに目覚め、お天道さまにお辞儀をし、パンに脂身（サーロ）を載せて食ってから動きだした。二袋で森を三十四露里走った。最後の芋をエンジンに投げ込む。いい子だから動いてくれよ。しばらく走ってから、エンジンがプスプスいって止まった。そういうわけだ。これ以上進むための燃料はない。それに、進む必要もない。必要な場所で止まってくれた。いい場所だ、まるでわざとみたいにな。前方には小さな草地、カシワや白樺が周囲を取り囲み、近くにはトウヒ林、空き地。車を降りて辺りを見回す。場所はいい。しばらく歩き回り、よく考え、そして決めた。お天道さまに頭を下げる。ヤリーロ（スラヴの太陽神）よ、我がためにこの地を温め育ててくれたことに感謝する。ここに住まいを構えるとしよう。しゃがんで火を熾し、馬肉を炙り、軽く腹ごしらえし、ハシバミの陰で糞を垂れた。それから辺りを見回した。ヤリーロ自身のお導きだ。すぐそばにせせらぎがある！　こりゃまたたいした幸運だ。最初はアナグマでも唸ってやがるのかと思ったが、近づいて見てみると水たまりがあって、中では泉がこんこんと湧き出ていた。美味しい森の水をたらふく飲む。これはつまり、井戸はもうあるってことだ。井戸があるなら、そこに家を建てられる。話が早い。籠を開け、袋、斧、鋸（のこぎり）、鑿（のみ）、ねじ錐（きり）を取り出す。麻布の上にそれらを並べ、ひざまずいてお天道さまに頭を下げ、そして言う。光たるヤリーロよ、恙（つつが）なく家を建てる力を我に授けたまえ。

そしてすぐさま仕事に取りかかった。この手もきっと大工仕事を恋しがっていたはずだ。六年も公爵夫人のもとで車を走らせていた。長かった。他にすることはなかったし、どこに行く当てもなかった。仕事は面倒だったが、つらくはなかった。きちんと食べさせてもらった。どちらにせよ、他人の施しは喉につかえるが……。まあいい、大目に見よう。これまではおばさんに仕え、これからは自分のために働けるんだ。大工に生まれついたからには、御者なんかでくたばるのはまっぴら御免だ！　まずは道具を調えるところから。シャベルに柄を、ねじ錐に取っ手をはめ込み、お次は木槌、楔、予備の斧の柄。道具は常にいい状態にしておかなくてはならん——死んだ親父がよくそう言っていた。斧、鋸、鑿、ねじ錐を研ぐ。それからシャツを脱ぎ捨て、斧と鋸をつかみ、さっとトウヒ林の中へ。つぎに木っ端が舞った！　どれだけ仕事が恋しかったったか！　木を選び、切り倒し、皮を剝ぎ、表面を平らに削る。森の茂みの中で暮らすことになるが、清潔な家を建てるぞ！　きれいにするんだ。日暮れまでに四段分の丸太を作った。それを見て自分でも驚いた。おい、ガヴリーラ・ロマーヌイチ、なかなかやるじゃないか！　お天道さまに別れを告げ、鍋に水を汲み、サーロと一緒にお粥を煮込む。疲れていたのでたらふく食った。そしてすぐ車にばたんきゅうだった。鳥のさえずりとともに目覚め、パンと馬肉を食べ、日の出を待ち、お天道さまに一礼し——そして斧をつかむ。日暮れまでにもう五段分の丸太をこさえた。三日目にはもう四段分。斧を研ぐ暇もありゃしない。その後は土台作りだ。周囲ひと抱えのカシワの木を切り倒し、四つの脚に切り分ける。草地に穴を掘り、石を大量に投げ込み、脚を入れる。そして、脚の上にそっと骨組みを置いていく。用意しておいた丸太を組むのは心底楽しい！　苔さえあればそれで充分、その他のものは不要。苔はフクロウの綿毛みたいにふわふわして芳しい。苔を置き、丸太を組み、歌を口ずさんでは鳥を怖がらせる。きれえだ！　立ち並ぶ白樺たちが俺に向かって枝を振っている——新天地でも達者でな、ガヴリーラ・ロマーヌイチ！　ラウンドノッチで組み上げ、窓を切り抜き、胎生ガラスで覆う。扉を作る。垂木をこしらえ、枝を切り、芝生を掘り出す。それでしっかりした分厚い屋根を作る。屋根の上には大きな石を並べる。真っ二つにした丸太をいくつも繋げて床にし、冬に風が入らないよう、隙間を胎生材で塞ぐ。離れて見てみる。立派なお家のできあがりだ！　そして自分に息抜きをさせた。銃を片手に付近をぶらつく。大きな獣には出くわさなかったが、猪が掘った跡やヘラジカの足跡は見かけた。ということは、やつらはここに棲息しているのだろう。クロライチョウはしくじったが、その代わり三羽のツグミを一発で仕留めた。奇跡だ！　これは飯のおかずにしよう。そうやって、夏の間はずっと住まいを整えていた。土を掘って小川を広げ、大きな石を積み上げて井戸を作った。草地を焼いて掘り起こし、猪除けの柵を巡らせた。春になったら早生(わせ)のジャガイモを植えよう。とっておきの種があるんだ。充分に育ったら掘り出し、車に積み込む。そうすりゃまた鉄の馬が走る！　鉄の馬さえありゃ怖いものなしだ。森中を走り回る。そして狩りに必要な場所まで行って、猪やヘラジカを仕留めて持ち帰り、毛皮獣用の罠を仕掛け、自分に立派な服を仕立てるんだ。塩は三プードもあって今のところは充分だから、ヘラジカの肉は塩漬けにしよう。燻製小屋を建て、猪の胸肉を燻製にする。まずは煙突のない竈を整備し、明くる年には粘土を集めに川へ行き、大きな石を切って煉瓦を作り、ペチカを組み立て、一面に粘土を塗る。それからろくろを設置し、甕や壺をいくつか適当にこしらえて素焼きにする。そこには、アナグマの油、猪の脂、胡桃(くるみ)、干し苺、ヒッポファエの実、塩漬けキノコなんかを詰め込む。広々とした穴を掘って、氷室を兼ねた穴蔵にしよう。ライ麦も植えるか、種は手に入ったし。パンを焼き、ビールを醸造し、ペチカで暖を取る。それか、交友のために何かしら毛の生えた動物を飼うのもいいかもな、退屈しのぎにはなる。余計なものは要らない。女も、映画も、泡も、ピラミッドも、釘も、戦争も、金も、お上も。そうやって残りの人生を生きるんだ。家があり、雨漏りしない屋根があり、食うものがある。どこかに働きに行く必要はない。大切な自分のために汗を流せ。好きなときに眠れ。頭を下げるのはお天道さまにだけにしろ。可愛がるのは毛の生えた動物だけにしろ。口喧嘩は森の鳥とだけにしろ。その上まだ、人間に何が必要なんだ？

訳者あとがき

松下隆志

本書は現代ロシア作家ウラジーミル・ソローキン Владимир Сорокин（一九五五〜）の長編『テルリア』«Теллурия»（二〇一三）の全訳である。

ソローキンはロシアのポストモダン文学のもっとも先鋭的な部分を代表する作家として知られているが、二十一世紀に入ってからは小説の形式よりも物語に重点を置いた創作にシフトした。とりわけ、イワン雷帝時代を想起させる専制が復活した二〇二〇年代末のロシアを描いた『親衛隊士の日』（二〇〇六）以降、まるで自ら構築した幻想のロシアに住み着いたかのように、『砂糖のクレムリン』（二〇〇八）、『吹雪』（二〇一〇）と、近未来のロシアを執拗に描きつづけてきた。その結果、ソローキンはときにロシアの未来の「予言者」と呼ばれるまでになったが、本書もまたそうした一連の流れに位置づけられる作品である。

とはいえ、『テルリア』は『親衛隊士の日』以降の一連の作品の単なる続編というわけではない。むしろ、「破壊」と言った方が相応しい側面もある。何しろ、強大な専制君主が支配し、豊富な天然資源を背景に経済的繁栄を享受し、そして万里の長城を思わせる巨大な「壁」によってヨーロッパから隔てられていたあのロシアという巨大な国家は、そこにはもはや存在しないのだ。

新たな作品の舞台となるのは、二十一世紀中葉のロシアとヨーロッパである。かつての首都モスクワを中心とする地域は「モスコヴィア」と呼ばれる国になっている。そこでは相変わらず専制君主が支配を続けているようだが、かつての繁栄はもはや見る影もない。『親衛隊士の日』では復興したロシア正教が国民の生活に浸透していたが、今やそこに共産主義までもが加わり、「正教共産主義者」なる奇怪な肩書きを持つ人々が幅を利かせている。国は首都のモスクワ、ザモスクヴォレーチエ、中国人が多く居住するポドモスクワという三つの区域から成り、それぞれが「壁」で仕切られている。頼みの綱だった天然資源はすでに枯渇し、街にはジャガイモを原料にしたバイオ燃料で動く車が行き交い、通りには常にジャガイモのにおいが漂っている……。

モスコヴィア以外にも、古きよきロシア文化を保存するリャザン帝国から、共産主義の勝利のためにパルチザンが「占領白衛軍」と戦いを続けるウラル共和国、民主主義のベロモリエに極東共和国、さらには新たなSSSR（スターリン・ソヴィエト社会主義共和国）まで、多様な国家がかつてのロシアの広大な領土に犇（ひし）めいている。ヨーロッパもまたイスラム原理主義勢力との戦争によって疲弊しており、スウェーデンのようにイスラム化した国もあれば、ドイツやフランスのように分裂した国もある。

特定の覇権国家が存在せず、多様なイデオロギーを有する多様な国家が並存する混沌とした未来世界の有り様を「新しい中世」と呼んでもいいだろう。だがはたして、このような世界は歓迎すべきものなのだろうか？　ロシアの批評家の間では『テルリア』をユートピアと見なすかディストピアと見なすかで意見が真っ二つに割れているようだが、この多元的な世界にそうした古典的な二分法はそぐわないのではないか。そこには帝国もあれば王国もあり、民主主義もあれば共産主義もあり、ザミャーチン的な「完全国家」もあればスターリニストたちの楽園もある。個人的には、批評家フレドリック・ジェイムソンが『未来の考古学』（作品社）でポストモダニズム以後のユートピアの形式として提案した、自律的な複数のユートピアが群島のように同時に存在する「ユートピア的多島海（アーキペラゴ）」という考え方がしっくりくる。

こうした世界の有り様に呼応するかのように、作品は全部で五十もの断片的な章から構成されており、各章が異なる文体（散文や詩から、戯曲、日記、童話、公文書、書簡、檄文、さらには事典や広告まで）で書かれ、しかも、章ごとに登場人物までまったく異なっている。こうした実験的なスタイルを採用した理由について、作者はインタビューで次のように説明している。「世界がバラバラに砕けはじめた以上、それを単一の言語と線的な展開で描くことは不可能です。世界が破片でできているのなら、それは破片の言語で描かれねばなりません」

もっとも、バラバラの断片を繋（つな）ぎ合わせて一つの作品にするパッチワーク的な手法自体はもともとソローキンが得意とするものだ。ただし、『青い脂』など以前の作品ではパッチワーク的な形式が必ずしも内容と密接に結びついていなかったのに対し、『テルリア』ではそうした形式と世界観が見事にマッチしている。

作者が述べているように、本書には普通の小説における線的な物語は存在しない。章同士の内容的な繋がりがまったくないわけではないが、どの章も高い独立性を有している。したがって、読者は必ずしも本書を几帳面に一ページ目から最後のページに向かって読まなくてもいい。飛び飛びに読んだり、順番を入れ替えたり、あるいは単独の章を短編として観賞してもいいだろう（最初に本書の抄訳を雑誌に掲載する際にも、訳者はほとんど終わりに近い第四十八章を選んだ）。

訳し終えて改めて感じるが、『テルリア』は非常に多角的な作品だ。解説しようにも、全体を一つのまとまりとしてとらえることが難しい。「新しい中世」という言葉は確かに本書の世界観を一言で表すのには便利だが、そこから漏れるテーマも数多く存在する。

たとえば、本書には普通の人間の他に小人や巨人、動物の頭を持つ獣人といった異形の者たちが当たり前のように登場する。こうした登場人物は中世ヨーロッパをモデルにしたファンタジー映画などでよく見かけるものだが、ニーチェの名前が出てくる犬の頭をした放浪者たちの対話（第二十二章）では、「人間の超克」という極めて近代的な問いが提起されている。

あるいは、本書のキーアイテムである「テルルの釘」はどう考えればいいのか。これは、脳に直接打ち込むことで願望を叶えたり秘められた能力を引き出したりすることが可能だが、その一方で失敗すれば死に至る危険を孕むという代物である。ある者はそれを麻薬だと言い、別の者は、いや、麻薬以上のものだと言う。表題の『テルリア』は釘の原料となるレアメタルのテルルを産出するアルタイ地方の新国家で、テルルの釘の使用が唯一合法化されている国だ。

普遍的な理念が失われ、世界がバラバラに解体していく中で、テルルの釘は逆に人々の統合や全体性への希求を象徴していると考えることもできるだろう。たとえば、第四十六章に出てくる男は、四年間にわたる困難な旅の末ようやくテルリアにたどり着き、釘の力でキリストの弟子の一人になるという幼少期からの宿願を果たし、そして「人生の目的」を得る。

しかし一方で、このような体験はどことなく昨今話題になっているＶＲ（バーチャルリアリティ）を想起させなくもない。ＶＲの技術がより進歩して、それこそ本書のように自分が望む世界と完全に一体化することができるようになれば、もはや政治や社会は意味を喪失するのではないか。テルルの釘は、「社会的動物」としての人間に対する作者の痛烈な皮肉とも受け取れる。その意味で、最終章で自然への回帰が描かれているのは示唆的だ。

その他にも、『テルリア』には興味深いテーマがたくさん詰まっている。訳者自身もいまだに本書の意義を最後まで理解できたという実感がないが、そもそもこのような作品に「終わり」はあるのだろうか？

実際、『テルリア』の世界は現在も広がりつづけている。作品の発表後、ソローキンは実に三十五年ぶりに絵筆を取り、『新人類学』と題された一連の絵画作品に取り組んだ。これは十二の作品から構成され、『テルリア』と同じように、それぞれがリアリズム、表現主義、シュールレアリスム、キュビスム、ポップアートといった異なる手法で描かれている。

二〇一五年のヴェネツィア・ビエンナーレでは、ソローキンが芸術家のジェーニャ・シェフと共同で本書をモチーフにしたパビリオンを出展し（そこにはソローキンの絵画作品も出展された）、オープニングイベントでは原始人（？）の衣装をまとった半裸のソローキンが木の棒の先端にノートパソコンのキーボードをくくりつけた武器を手に鎧姿の中世の騎士と戦うというパフォーマンスも行われた。

そして、今年二〇一七年にはおよそ三年半ぶりの新作小説『マナラガ』が発表された。テーマは異なるが本書と同じ世界観で書かれた作品で、『テルリア』の第五十一章として読むことも可能である。

最後に、翻訳について。本書は当初『早稲田文学7』（二〇一四）に「テルリヤ（抄）」として第四十八章のみを抜粋する形で掲載され、その後「テルリア」と改題の上、同じ『早稲田文学』誌上で九回にわたって連載された（二〇一五〜二〇一七）。

単行本化に当たっていくつかの用語は訳し直した。たとえば、本書に登場する伸縮自在のモバイルデバイスは«умница»（「賢い人」の意）と呼ばれており、雑誌連載時は「知恵機」と訳していたが、どうもしっくり来ないので、本書では「電脳」とした。

また、本書で「帝国」と訳した«царство»という言葉は、厳密には「ツァーリを君主とする国家」を意味し、«империя»、すなわち「帝国（エンパイア）」とは区別される。«царство»に関しては定訳がなく、「ツァーリ国」、「皇国」といった訳語もあるが、どちらも決して日本の読者に馴染みがあるとは言えず、本書が一般読者向けの小説であるということも考慮し、「帝国」とした。

作者の他の作品同様、本書は様々な引用や仄めかしに満ちている。たとえば、第三十三章に「ヴィクトル・P」なる人物が登場するが、これは現代ロシア作家ヴィクトル・ペレーヴィンが長編『バットマン・アポロ』（二〇一三）でソローキンを戯画的に描いたことに対する応答だと思われ、さらに当時ロシアで活発に行われていた反政府デモ運動に対する風刺も盛り込まれている。こうした事柄について註釈しだすときりがないので、訳註はロシアの詩の引用など必要最低限に留めた。

いち早く本書を『早稲田文学』に掲載する話を持ちかけてくださった市川真人氏、連載で担当を務めてくださった窪木竜也氏、北原美那氏、そして河出書房新社の島田和俊氏には大変お世話になった。また、いちいち名前を挙げることはしないが、いつもながら翻訳の過程では様々な方からありがたいアドバイスをいただいた。併せて感謝申し上げたい。

*

ウラジーミル・ソローキン著作一覧（『四人の心臓』までの年代は執筆時期）

『ノルマ』Норма（一九七九〜一九八三）、長編
『はじめての土曜労働』Первый субботник（一九七九〜一九八四）、短編集、邦訳『愛』（亀山郁夫訳、国書刊行会、一九九九）※ダイジェスト版である『短編集』Сборник рассказов（一九九二）からの翻訳
『行列』Очередь（一九八三）、長編
『マリーナの三十番目の恋』Тридцатая любовь Марины（一九八二〜一九八四）、長編
『ロマン』Роман（一九八五〜一九八九）、長編、邦訳『ロマン（Ⅰ・Ⅱ）』（望月哲男訳、国書刊行会、一九九八）

『四人の心臓』Сердца четырёх（一九九一）、長編

『青い脂』Голубое сало（一九九九）、長編、邦訳『青い脂』（望月哲男・松下隆志訳、河出書房新社、二〇一二／河出文庫、二〇一六）

『饗宴』Пир（二〇〇〇）、短編集

『氷』Лёд（二〇〇二）、長編、邦訳『氷　氷三部作2』（松下隆志訳、河出書房新社、二〇一五）

『ブロの道』Путь Бро（二〇〇四）、長編、邦訳『ブロの道　氷三部作1』（松下隆志訳、河出書房新社、二〇一五）

『4』Четыре（二〇〇五）、短編・映画脚本・リブレットを収録した作品集

『三部作』Трилогия（二〇〇五）、長編『ブロの道』、『氷』、『23000』を収録、『23000』については、邦訳『23000　氷三部作3』（松下隆志訳、河出書房新社、二〇一六）

『親衛隊士の日』День опричника（二〇〇六）、長編、邦訳『親衛隊士の日』（松下隆志訳、河出書房新社、二〇一三）

『キャピタル』Капитал（二〇〇七）、戯曲集

『水上人文字』Заплыв（二〇〇八）、初期短編集

『砂糖のクレムリン』Сахарный Кремль（二〇〇八）、長編

『吹雪』Метель（二〇一〇）、中編

『モノクロン』Моноклон（二〇一〇）、短編集

『テルリア』Теллурия（二〇一三）、長編、邦訳『テルリア』（本書）

『マナラガ』Манарага（二〇一七）、長編

著者略歴

ウラジーミル・ソローキン

Vladimir Sorokin

1955年ロシア生まれ。70年代後半からモスクワのコンセプチュアリズム芸術運動に関わる。83年、当時のソ連を象徴する風景を戯画化した作品『行列』を発表し、欧米で注目を集める。以後『マリーナの三十番目の恋』(82-84)、『ロマン』(85-89)、『四人の心臓』(91)、『青い脂』(99) のほか、『氷』(2002)、『ブロの道』(04)、『23000』(05) と続く〈氷三部作〉や、『親衛隊士の日』(06)、『砂糖のクレムリン』(08)、『吹雪』(10) などを発表し、2010年に『氷』でゴーリキー賞受賞。13年には本書『テルリア』、17年には長篇『マナラガ』を発表。英語圏などでも高く評価され、2013年国際ブッカー賞最終候補。邦訳に『ロマン』(98)、『愛』(99)、『青い脂』(2012)、『親衛隊士の日』(13)、『氷』『ブロの道』『23000』とつづく『氷三部作』(15-16) がある。

訳者略歴

松下隆志(まつした・たかし)

1984年生まれ。日本学術振興会特別研究員。訳書に、V・ソローキン『青い脂』(共訳、河出書房新社)、『親衛隊士の日』、『氷』『ブロの道』『23000』とつづく『氷三部作』(ともに河出書房新社) など。おもな論文に、「『物語』の解体と再生——ポストモダニズムを超えて」(『ロシア文化の方舟——ソ連崩壊から二〇年』東洋書店) がある。第4回 (平成25年度) 日本学術振興会育志賞受賞。

テルリア

2017年9月20日　初版印刷
2017年9月30日　初版発行

著　者　ウラジーミル・ソローキン
訳　者　松下隆志
装　丁　木庭貴信（OCTAVE）
発行者　小野寺優
発行所　株式会社河出書房新社
東京都渋谷区千駄ヶ谷2-32-2
電話　(03) 3404-8611〔編集〕(03) 3404-1201〔営業〕
http://www.kawade.co.jp/
組版　株式会社創都
印刷　モリモト印刷株式会社
製本　大口製本印刷株式会社

Printed in Japan
ISBN978-4-309-20734-6

河出書房新社の海外文芸書